御选古文渊鉴

评注辑校

章建文　辑校

黄山书社

图书在版编目(CIP)数据

《御选古文渊鉴》评注辑校 / 章建文辑校.—合肥:黄山书社,2022.2

ISBN 978-7-5737-0139-8

Ⅰ.①御… Ⅱ.①章… Ⅲ.①《御选古文渊鉴》-注释 Ⅳ.①I212.01

中国版本图书馆 CIP 数据核字(2022)第 052980 号

《御选古文渊鉴》评注辑校

YU XUAN GUWEN YUANJIAN PINGZHU JIJIAO

章建文 辑校

出 品 人 贾兴权
责任编辑 周振华
装帧设计 钱 昆
责任印制 李 磊
出版发行 黄山书社(http://www.hspress.cn)
地址邮编 安徽省合肥市蜀山区翡翠路 1118 号出版传媒广场 7 层 230071
印 刷 安徽新华印刷股份有限公司
版 次 2022 年 2 月第 1 版
印 次 2022 年 2 月第 1 次印刷
开 本 700mm × 1000mm 1/16
字 数 650 千字
印 张 34.75
书 号 ISBN 978-7-5737-0139-8
定 价 148.00 元

服务热线 0551-63533706

销售热线 0551-63533761

官方直营书店(https://hsss.tmall.com)

前　言

《御选古文渊鉴》六十四卷，为康熙御选，徐乾学等奉敕编注。所录上起周代《左传》，下至南宋谢枋得《交信录序》，凡1381题1391篇，并收录了大量的“点”“注”“评”。是清代御选的第一部文学总集，也是一部集大成的古文选评本，还是一部有中国特色的古文史或散文史。收录的文章虽多为实用性文章，但能从文学角度加以评点，又因选注者的身份、康熙的颁赐以及作为各类学校的教材等，对清代文学产生了重要而深远的影响。

一、《御选古文渊鉴》选注者

《御选古文渊鉴》选注者的主要工作是选文定篇、收录先贤的相关评语以及对选定的作品进行点、注、评。选注者除康熙皇帝外，还有12位汉族大臣。这12位大臣都出身于翰林院，特别是当时的三位汉大学士均在其中，他们身处台阁，深受康熙眷宠。在康熙二十四年（1685）《御选古文渊鉴》开始选注前后，他们都或多或少地从事与文学文化相关的工作，再者他们或是古文名家，或是古文作手，因此可以说，康熙通过《古文渊鉴》选注，不仅组建了以自己为中心的台阁古文批评家队伍，重建了古文批评标准，也组建了以自己为中心的台阁古文作家队伍，弥合了秦汉派与唐宋派的分歧，统一了他们的古文创作思想，落实了古文批评标准，推动了清代台阁文风乃至清代文风的形成与发展。在本书收录的3592条评语中，康熙御评有1392条（后辑为《古文评论》），12位汉族大臣评语有1120条。

康熙（1654—1722），不仅是皇帝，也是优秀的古文作家。他于康熙二十四年（1685）二月下旨选编《古文渊鉴》，十二月为之作序。之后又每篇之上冠之以御评，可以说《古文渊鉴》是康熙精心编纂的文化典籍。四十四年（1705）正月，将《古文渊鉴》颁赐廷臣与学官。四十五年（1706），康熙谕:“朕制《古文渊鉴》《资治通鉴纲目》等书，皆已刷印，颁赐大臣。此等书籍，特为士子学习有益而制，可速颁行直省。凡坊间书贾，有情愿刊刻售卖者，听其传布。”①对于《御选古文渊鉴》的选评与传播，康熙功莫大焉。本书收其评语1392条。

王熙（1628—1703），字子雍，顺天宛平人。顺治四年（1647）中进士，改庶吉士。康熙二十一年（1682）五月授保和殿大学士。二十四年（1685）充殿试读卷官，二十七年（1688）充会试正考官，三十年（1691）充殿试读卷官。《四库全书存目丛书》收录其诗文集《王文靖公集》二十四卷。本书收其评语133条。

宋德宜（1626—1687），字右之，江南长洲人。顺治十二年（1655）中进士，改庶吉士。康熙二十三年（1684）七月迁文华殿大学士。本书收其评语71条。

吴正治（1618—1691），字当世，湖广江夏人。顺治六年（1649）中进士，改庶吉士。康熙二十一年（1682）十月迁武英殿大学士，二十六年（1687）正月以原官致仕。本书收其评语63条。

陈廷敬（1639—1712），字子端，山西泽州人。顺治十五年（1658）中进士，改庶吉士。康熙二十三年（1684）九月由吏部左侍郎迁都察院左都御史，二十五年（1686）九月改工部尚书，二十七年（1688）三月充殿试读卷官，三十年（1691）充会试正考官，四十二年（1703）充会试正考官，累官文渊阁大学士兼吏部尚书。《四库全书》收录其诗文集《午亭文编》五十卷。本书收其评语170条。

张英（1638—1708），字敦复，江南桐城人。康熙六年（1667）中进士，改庶吉士。十九年（1680）五月擢翰林院学士兼礼部侍郎，二十五年（1686）奉旨任翰林院掌院学士，教习乙丑科庶吉士，二十六年（1687）以礼部侍郎兼管詹事府事，二十七年充殿试读卷官，三十年（1691）奉命教习辛未科庶吉士，三十三年（1694）奉旨教习甲戌科庶吉士，三十六年（1697）奉旨充会试正考官，累官文华殿大学士兼礼部尚书。《四库全书》收录其诗文集《文端集》四十六卷。本书收其评语137条。

---

① 素尔纳等:《钦定学政全书》卷四，《续修四库全书》史部第828册，上海古籍出版社，2002年，第565页。

徐乾学（1631—1694），字原一，江南昆山人。康熙九年（1670）中进士，改庶吉士。二十四年（1685）三月由詹事府詹事迁内阁学士，奉旨教习乙丑科庶吉士，二十七年（1688）充会试正考官，累官刑部尚书。《四库全书存目丛书》收录其诗文集《憺园集》三十六卷。本书收其评语200条。

韩菼（1637—1704），字元少，江南长洲人。康熙十二年（1673）中状元，授翰林院修撰。二十四年（1685）三月由翰林院侍讲学士迁内阁学士，三十九年（1700）任翰林院掌院学士，奉旨教习庚辰科庶吉士，累官礼部尚书兼翰林院掌院学士。《四库全书存目丛书》收录其诗文集《有怀堂诗文稿》二十八卷。本书收其评语20条。

王鸿绪（1645—1732），字季友，江南华亭人。康熙十二年（1673）中榜眼，授编修。二十二年（1683）十二月由左庶子迁内阁学士，翌年九月迁户部右侍郎，二十四年（1685）二月充会试正考官，官至工部尚书。著有《横云山人集》等。本书收其评语73条。

高士奇（1645—1703），字澹人，浙江绍兴人。康熙十年（1671）入国子监，试后留翰林院办事，供奉内廷。十四年（1675）授职詹事府录事。十六年（1677）入值南书房，任书记。二十三年（1684）春升为侍讲学士。二十五年（1686）四月转侍读学士。累官礼部侍郎兼翰林院学士。著有《清吟堂集》等。本书收其评语118条。

励杜讷（1628—1703），字近公，直隶静海人。康熙十九年（1680）特授编修，充日讲起居注官。二十七年（1688）迁赞善。累官刑部右侍郎。以善书受知于康熙皇帝。著有《松乔堂集》3卷。本书收其评语104条。

翁叔元（1633—1701），字宝林，江南常熟人。康熙十五年（1676）中探花，授编修。二十三年（1684）二月升翰林院侍讲，二十四年（1685）正月升国子监祭酒，二十六年（1687）九月升内阁学士兼礼部侍郎，二十七年（1688）三月充殿试读卷官，三十三年（1694）三月充殿试读卷官，官至刑部尚书。以精于文章知名，尤以制艺为最长。著有《铁庵文集》。本书收其评语20条。

孙岳颁（1639—1708），字云韶，江南吴县人。康熙二十一年（1682）中进士，改庶吉士。二十三年（1684）十二月散馆授翰林院编修，二十四年（1685）以编修充会试同考官，累官礼部侍郎。以善书受知于康熙皇帝。本书收其评语11条。

二、《御选古文渊鉴》版本

康熙二十四年（1685）二月，徐乾学等奉旨选集古文，十二月康熙作《御制古文渊鉴序》，所以学界大多认为《御选古文渊鉴》四色套印本成于康熙二十四年（1685）。然现存的六十四卷四色套印本与徐乾学、高士奇的《御选古文渊鉴后序》所叙不符。高士奇说："共得一百一十四卷……是书始于乙丑，逮今庚午，将告成事，时臣已荷圣恩得归田里，皇上复念臣曾与校雠，命作后序。"徐乾学也说："皇上万几余暇，稽古右文，选定《古文渊鉴》，既成，命臣等编注，别为三集……臣以微末获操铅椠，以从事斯局者六年于兹，敢敬述所自，窃附于见知之末云。"从乙丑（1685）至庚午（1690），六个年头。据徐、高所述，《御选古文渊鉴》一百一十四卷（即正集八十卷、别集二十六卷、外集八卷）定稿于庚午（1690）。然而这一百一十四卷刻本在清代各类藏书目录中并未著录，也未见有存，只见正集六十四卷。六十四卷本源于一百一十四卷本应无疑。那么，康熙为何在一百一十四卷未成之时作序呢？六十四卷本又刻于何时呢？

从目前的材料来看，康熙二十四年（1685）十二月康熙作序之时应是选本稿已成之时，这时选本稿应没有"点""注""评"。陈元龙《爱日堂诗集》中有一首诗《奉旨恭写御制古文渊鉴评语恩赉五爪蟒缎广纱绫绮各一恭纪》，而在集中这首诗的前一首诗是《初充起注居官侍直恭记》①，据《清实录》，康熙二十五年（1686）五月丙午，"以陈元龙翰林院编修充日讲起居注官"②，查《康熙起居注》，康熙二十五年（1686）六月九日陈元龙始有记注③，所以，《奉旨恭写御制古文渊鉴评语恩赉五爪蟒缎广纱绫绮各一恭纪》最早作于康熙二十五年（1686）六月九日。由此，并结合前述，《御选古文渊鉴》在康熙二十五年（1686）六月还在抄录评语，最迟到庚午年（1690）定稿才成，从工作量与参与人员等方面综合考察，康熙二十四年（1685）十二月康熙作序的《御选古文渊鉴》中应没有"点""注""评"。

六十四卷本应刻于康熙二十九年（1690）二月之后，至迟刻于三十五年（1696）。徐乾学《御选古文渊鉴后序》说："今年春，臣乾学以蒙恩赐假，

---

① 陈元龙：《爱日堂诗集》卷五，《四库全书存目丛书》集部254册，齐鲁书社，1997年，第206页。

② 《圣祖实录》卷一二六，《清实录》第五册，中华书局，1985年，第344页。

③ 中国第一历史档案馆：《康熙起居注》第二册，中华书局，1984年，第1505页。

辞便殿，皇上面谕臣撰为后序以进。”他的弟弟徐元文送他南下时作《送伯兄予假归里二首》，其中“春日既过半”即为春二月，而在《含经堂集》中，此诗前一首为《庚午元旦》，后一首为《上巳碧山堂小集分得临字》①，可知，徐乾学请假归里为庚午（1690）二月，那么此时徐乾学作后序的对象是一百一十四卷定稿本，而一百一十四卷删减为六十四卷并不难，因此，六十四卷本应成于庚午年二月之后。据我目前掌握的资料，康熙皇帝最早将《御选古文渊鉴》赐给大臣是在康熙三十五年（1696）。张廷玉《先考予告光禄大夫文华殿大学士兼礼部尚书谥文端敦复府君行述》载：“丙子赐《渊鉴斋法帖》二部、《古文渊鉴》二部。”②丙子即康熙三十五年（1696），此时张英为礼部尚书，翰林院掌院学士，深受康熙眷宠，第一批获赐《御选古文渊鉴》是极有可能的。那么，六十四卷本至迟于丙子年（1696）即有刻本。因此，我认为，六十四卷刻本成于庚午年（1690）二月之后，至迟成于丙子年（1696）。

丙子年之后，在目前所见的文献中，能查阅到康熙颁赐给大臣与学官的记载就比较多了，如：康熙三十八年（1699）蒲松龄作《拟上南巡视河特赐督抚藩臬大臣御书〈御选古文渊鉴〉及〈御制耕织图诗〉群臣谢表》③。何焯又说：“己卯冬，于保定行台阅内府所赐大臣《古文渊鉴》，有在集外者六篇”④，己卯即康熙三十八年（1699），此时何焯在直隶巡抚李光地署中。康熙四十四年正月二十三日，“颁赐王以下内外满汉大臣及景山八旗盛京官学《古文渊鉴》各一部”⑤。

由于呈御览、赐廷臣、颁学官等不同需要以及康熙四十五年（1706）允许坊间书贾刊刻售卖等原因，《御选古文渊鉴》版本比较复杂，现存汉文主要版本有四色套印本、五色套印本、古香斋袖珍本、文渊阁四库全书本等。四色套印本为内府刻本，也是《古文渊鉴》的最早版本，比较常见的有国家图书馆藏内府康熙四十九年（1710）四色本。五色套印本有两种情况，一类由两种内府四色套印本匹配而成，属于一种生造之本，如有哈佛燕京图书馆所藏五色

---

① 徐元文：《含经堂集》卷十五，《清代诗文集汇编》第132册，上海古籍出版社，2010年，第341—342页。

② 张廷玉：《澄怀园文存》卷十五《四库全书存目丛书》集部第262册，齐鲁书社，1997年，第478页。

③ 蒲松龄：《蒲松龄全集》第2册，学林出版社，1998年，第458页。

④ 何焯：《义门读书记》中，中华书局，1987年，第854页。

⑤ 《圣祖实录》卷二一九，《清实录》第六册，中华书局，1985年，第209页。

套印本；另外一类则为较晚的翻刻本，与内府毫无关系①。古香斋袖珍本为乾隆十三年（1748）内府刻本，后来又有光绪十年至十一年（1884—1885）南海孔氏重镌本，为仿乾隆间古香斋刻本，五色批本。文渊阁四库全书本与内府四色套印本、五色套印本、古香斋袖珍本等有所不同，没有圈点。这四种主要版本中，“文”“注”“评”基本相同，在抄写与刊刻过程中，“注”“评”错漏与评语排列的顺序不同等情况还是存在的。

三、《〈御选古文渊鉴〉评注辑校》凡例

（一）本书以文渊阁四库全书本《御选古文渊鉴》为底本，康熙评语以文渊阁四库全书本《圣祖仁皇帝御制文集》第三集中的《古文评论》为校本，其他评注以哈佛燕京图书馆所藏五色套印本（以下简称哈佛本）与国家图书馆藏内府康熙四十九年（1710）四色本（以下简称国图本）《御选古文渊鉴》为校本。

（二）作者注、作品首尾的总注与评语，全部录入；朝代注与作品中的名物训诂等细注，不录。

（三）按先后顺序，给收录的文章每题编一个序号。

（四）每篇文章按作者注、题注、尾注、按、评的顺序编排。评按底本的先后顺序编排，据校本补入的评语排在该篇评语的最后。

（五）底本中，康熙的评语，都置于每篇文章的眉首，作为该篇第一条评语，只有第1310题朱熹《上宰相书》特殊，有2条康熙的评语，而其中1条置于先贤与群臣评语之中。这些评语前没有标明“某某曰”，只是以位置、颜色与每行的字数来区别，本书在他的每条评语前加“康熙曰”。

（六）为方便区分，在题注文字之前加“题注”，在尾注文字之前加“尾注”，并将“按”则从首尾的总注中析出，独立成段，分别放在题注与尾注之后。

（七）“附录”收录了《御选古文渊鉴》凡例、进呈表、后序与四库全书荟要总目按语，附于评注正文之后，供读者参考。

章建文

2021年5月于池州学院

① 王传龙：《清内府〈古文渊鉴〉刊刻版本与套印技术新探》，《北京大学中国古典文献研究中心集刊》，第17辑（2018年），第394—403页。

御制古文渊鉴序

夫经纬天地之谓文。文者，载道之器，所以弥纶宇宙、统括古今、化裁民物者也。是以乾苞坤络，非文不宣；圣作贤述，非文不著：其为用也大矣。

书契以后，作者代兴，简册充盈，体制不一，约而论之，靡不根柢于群圣，权舆于六籍。如论说之类，以疏解为主，始于《易》者也；奏启之类，以宣述为义，始于《书》者也；赋颂之类，以讽喻为指，始于《诗》者也；传序之类，以纪载为事，始于《春秋》者也。引而伸之，触类而通之，虽流别各殊，而镕裁有体。于是能言之士抒写性情，贲饰词理，同工异曲，以求合乎先程，皆足以立名当时，垂声来叶，彬彬郁郁，称极盛焉。然而代不乏人，著作既富，篇什遂繁。不有所裒辑，虑无以观其备也；不有所铨择，虑无以得其精也。古来采核之家，载在四部，名目滋多，类皆散佚。其流布人区者，自萧统《文选》而外，唐有姚铉之《文粹》，宋有吕祖谦之《文鉴》，皆限断年代，各为一编。夫典章法度，粲然一王之制，前不必相师，后不必相袭，此可限以年代者也。至于文章之事，则源流深长，今古错综，盛衰恒通于千载，损益非关于一朝，此不可限以年代者也。诸家之选，虽足鸣一代之盛，岂所以穷文章之正变乎？

朕留心典籍，因取古人之文，自春秋以迄于宋，择其辞义精纯、可以鼓吹六经者汇为正集；即间有瑰丽之篇，要皆归于古雅，其绮章秀制，弗能尽载者，则列之别集；傍采诸子，录其要论，以为外集。煌煌乎洵秉文之玉律，抽牍之金科矣。夫帝王之道，质文互用，而大化以成；圣贤之业，博约并施，而性功以备。是书也，虽未足以尽文章之胜，于圣人游艺之旨，亦庶乎其有当也夫！

康熙二十四年十二月题并书。

四库全书总目提要

《御选古文渊鉴》六十四卷，康熙二十四年圣祖仁皇帝御选，内阁学士徐乾学等奉敕编注。所录上起《春秋左传》，下迨于宋，用真德秀《文章正宗》例，而睿鉴精深，别裁正当，不同德秀之拘迂；名物训诂，各有笺释，用李善注《文选》例，而考证明确，详略得宜，不同善之烦碎；每篇各有评点，用楼昉《古文标注》例，而批导窾要，开发精微，不同昉之简略；备载前人评语，用王霆震《古文集成》例，而搜罗赅备，去取谨严，不同霆震之芜杂；诸臣附论，各列其名，用五臣注《文选》例，而夙承圣训，语见根源，不同五臣之疏陋。至于甲乙品题，亲挥奎藻，别百家之工拙，穷三准之精微，则自有总集以来，历代帝王未闻斯著，无可授以为例者。盖圣人之心无不通，圣人之道无不备，非惟功隆德盛，上轶唐虞，即乙览之余，品题文艺，亦词苑之金桴，儒林之玉律也，虽帝尧之焕乎文章，何以加哉？乾隆四十六年五月恭校上。

目　录

卷三

周

《左传》

卷四

周

《左传》

卷五

周

《国语》

卷六

周

《国语》

卷七

周

《公羊传》

《榖梁传》

卷十四

汉

卷十五

汉

卷十九

卷二十

卷二十一

卷二十四

卷二十五

卷二十六

卷二十七

卷三十

卷三十一

卷三十二

卷三十三

卷三十四

卷三十五

唐

韩愈

卷三十六

唐

韩愈

卷三十七

唐

柳宗元

卷四十

卷四十一

卷四十三

卷四十四

卷四十五

卷四十六

卷四十七

卷四十八

宋

卷四十九

卷五十

宋

苏轼

卷五十一

宋

苏辙

卷五十二

宋

曾巩

卷五十三

宋

曾巩

卷五十四

卷五十五

卷五十六

卷五十七

卷五十八

宋

卷五十九

宋

朱熹

卷六十

宋

朱熹

卷六十一

宋

朱熹

卷六十二

宋

张栻

吕祖谦

卷六十三

卷六十四

附录

卷一

周

《左传》 左丘明著。丘明，鲁史也。孔子将修《春秋》，与丘明乘如周，观书于周史，归而修《春秋》之经。七十子之徒，口受其传，丘明惧弟子各安其意，失其真，故论其语，成《左氏春秋》。或先经以始事，或后经以终事，或依经以辩理，或错经以合异，随义而发，是为《春秋内传》。

1.郑庄公叔段本末

康熙曰：《书》曰“烝烝乂，不格奸”，人伦之至，万世之训也。以武姜之偏溺，叔段之贪愚，庄公初无孝友之诚心，遂不明于予夺之大义，养成弟恶，而后以兵取之，其失德多矣。

东莱吕祖谦曰：左氏序郑庄公之事极有笔力，其怨端之所以萌，良心之所以回，皆可见庄公材略侭高，叔段已在掌握中。故祭仲之徒愈急，而庄公之心愈缓，待段先发而后应之。公之于段，始如处女，敌人开户后如脱兔，敌不及拒者也。然庄公此等计术，施于敌国则为巧，施于骨肉则为忍。此左氏铺叙好处，以十分笔力写十分情事。

臣熙曰：叙事文字贵首尾连贯，详略得宜，左氏最善此法。是篇骨劲而色腴，摹写入情，为传记之祖。

臣正治曰：郑庄恶养天伦，左氏以曲笔写出，千载如画。隧而相见，亦谲谏之类欤！

臣德宜曰：孝为人心之同，百行之本，帝王以之及物，忠臣以之格君，所谓推而放之皆准也。故《西铭》言仁，亟称颍封人之锡类。

2.卫石碏谏宠州吁

康熙曰：石碏之谏，卓然千古正论，有国有家者不可不三复斯言。

西山真德秀曰：方庄公之宠州吁也，碏能谏之；及州吁之篡桓公也，碏又能诛之：可谓社稷之臣矣。

臣廷敬曰：履霜之戒，圣人所谨，辨之不早，实为厉阶。石碏谋国而忘其私，可谓忠而且智矣。

3.鲁臧僖伯谏观鱼

康熙曰：辞义坚正，有典有则。

西山真德秀曰：按僖伯所陈，皆先王之典法，人君一游一豫其可轻也哉？

康侯胡安国曰：诸侯非王事不出，非民事不出。今隐公慢弃国政，远事逸游，僖伯之忠言不见纳，又从而为之辞，是纵欲而不能自克以礼也。

臣鸿绪曰：吐辞典赡庄雅，铿然作金石声。

臣英曰："纳民轨物"一句为一篇之主，文全从此立论。气格端重，色泽浓缛。

4.郑伯侵陈

康熙曰：一篇之中论断多于序事，是史家又一格，欧阳五代诸传每得此法。

水心叶适曰：周任去恶之论，盖谓自心与行事罪过处当力锄治断绝，使善道日增长。后世反施之于人，岂惟不能去恶，又助恶矣。

臣乾学曰：陈侯昧于亲仁善邻之义，所谓长恶自及也。左氏辞义严正，垂戒切矣。

5.郑伯命大夫百里居许

康熙曰：郑庄公入人之国而不利其土地，虽怵于齐鲁，犹庶几能以私自克者。君子许其有礼，亦善善长之义也。

敬所王宗沐曰：详览庄公之言，不敢以许自为功，似让能；况能久有许，似反己；况能禋祀许，似虑患；吾其能与许争，似忧远。然其卒曰：“不惟许之为，亦聊以固吾圉也。”则自为自利之心不觉自发露矣。要之，残忍阴忌，庄公本性，不爱于段，何爱于许？

臣英曰[①]：讨贰舍服，文能道情，遂若衷言。

臣士奇曰：虑远忧深，周详婉至，守国之权谋，修辞之上品。

臣叔元曰：命许大夫之言，回环微婉，令读者不复知其情之谲，词令之妙足绝千古。

6.鲁臧哀伯谏纳郜鼎

康熙曰：典赡之中姿致蔚然。吕东莱所谓“从容委曲，辞不迫而意独切至”者，此类是也。

西山真德秀曰：桓公本以弑立，故不复知宋君弑立之恶也。哀伯之言始若平缓，至“灭德立违”以后乃始句句激切，论事体当如是。

东莱吕祖谦曰：斩关之盗，人不责其穿窬，桓公弑君篡国曾无怍色，何有于乱人之一鼎乎？宜其说之不内也。

臣杜讷曰：议论警策，章法遒紧，在左氏集中尤见峭拔古腴之色。

7.随季梁劝修政

康熙曰：季良在而楚不敢伐随，宫之奇行而晋即举虞，合二国之事观之，可以见用贤之效矣。

东莱吕祖谦曰：伯比一毁军而纳少师，譬犹置毫末之毒于其心，而使随之君臣自胜自负，自予自夺，如轮如机，不得少息，而吾拱手以制其毙焉。虽事往迹湮，而读者犹不知其端倪也。

水心叶适曰：季梁、宫之奇、士会、晏婴语略同，“所谓馨香，无谗慝”，真古人之格言，成周典型未远也。

臣岳颁曰：先成民而后致力于神，即孔子“务民义，敬鬼神”之意，为千古立国要言。

8.楚屈瑕伐罗

康熙曰：战胜而骄者必败，读此可以知兵。

臣熙曰：转折有致，劲而能婉。末后缴足前意，略增数字，结尾一掉，无限烟波。

9.鲁齐长勺之战

康熙曰：兵法贵知彼知己，此篇约略尽之。

水心叶适曰：颍考叔、曹刿、烛之武皆自草莽起，以人材见于《春秋》。左氏载刿皆忠信礼义之词，后世杂说，始有盟柯劫齐桓事，司马迁遂列于《刺客》之首。是时东迁未百年，人材虽陋，未至便为刺客，迁考之不详也。

臣廷敬曰：详整有法，文家矩矱。

10.晋献公嬖骊姬

康熙曰：观献公之行事，虽非骊姬二五，亦无不乱之理，此人事，亦天道也。

臣德宜曰：谗谮之入，必探君之情而曲中之。二五之言甘而易悦，潜移国本，此《小雅·巷伯》所为绝痛也。

11.晋献公使大子申生伐东山皋落氏

康熙曰：申生之祸，机牙已成，虽无偏衣金玦，其得免乎？左氏杂引诸臣之言,变化错综，文特古藻。

东莱吕祖谦曰：里克告父以慈，告子以孝，其处父子之间可谓至矣。其后骊姬杀申生之谋已成，惮克而未敢发，使优施以动之，而克乃曰："吾其中事乎！"夫两刃之下，人不容足，克守前术而应后势，宜其败也。

臣英曰：晋献公只因"寡人有子"一语遂使谗间窥伺，申生获戾。观其诸臣聚谋，惧而不怨，怨而不叛，至今读之，犹有凄风寒雨之色。

臣菼曰：诸大夫多劝申生去，然捐阶掩井，舜亦安之矣。故《西铭》曰："无所逃而待烹，申生其恭也。"

臣士奇曰：辛伯所谂四事是千古乱源，左氏特为拈出。

12.楚屈完对齐侯

康熙曰：楚势日强，召陵一盟而俯首听命，齐桓屈服之功大矣。

西山真德秀曰：齐不责楚之僭王，而顾责以不必责，何哉？盖齐之内失德而外失义者多矣。我以大恶责之，彼必斥吾之恶以对，岂不为诸侯羞？故舍其所当责而及其不必责，庶几楚人不尽力以抗我，而亦可以不劳而成功矣。

晦庵朱熹曰：诸侯有罪，则天子讨而正之，故《春秋》每书诸侯战伐之事，必加讥贬以著其擅兴之罪，无有以为合于义而许之者。但就中彼善于此者则有之，召陵之师之类是也。

臣正治曰：伐楚一役是春秋大举，然不责楚以僭王而问王祭，此伯功之所为卑也。

13.宫之奇谏假道

康熙曰：前段文势紧峭，后段藻色纷披。

臣熙曰：侃侃凿凿，往复尽情，无一懈笔。

臣廷敬曰：叙宫之奇谏语甚深峭，与《公》《穀》合看，始知左氏文笔之妙。

臣荚曰：奇谏屡矣。不听而逃，不失为忠。孟子之智，百里奚特辨食牛之妄耳，奚实愧奇也。

14.齐管仲论受郑子华

康熙曰：于召陵见君臣之义明焉，于宁母见父子之伦正焉，左氏于此二事叙致特详，所谓好恶与圣人同也。

东莱吕祖谦曰：观此见得管仲犹有三代气象。其曰“君若绥之以德”云云，此等言语，盖尝闻先生长者之余论，惜其急于功利，俯首以就桓公，自小之耳。

元德张洽曰：《传》言齐侯因管仲之言而修礼于诸侯，不受郑世子为内臣之请，以见管仲之于桓公，正救多矣。

臣鸿绪曰：齐桓力非不强，卒以德礼服郑，可为得制胜之本。

15.晋秦韩之战

康熙曰：韩之战其曲在晋，秦获晋侯而因晋人之忧慽，卒归而礼之，穆公于是乎有君人之度矣。

臣熙曰：叙晋侯背施弃亲，违卜致败，次第井然，似碎实整，读之惟恐其尽。

臣正治曰：战韩之举，秦直晋曲，其败也宜，不必史苏之占矣。

臣乾学曰：晋大夫反首茇舍，哀痛之诚，上感皇天后土，仅而得济。田单之存齐，种蠡之霸越，孤偃诸臣之兴晋，皆以孤忠克成奇烈。

16.晋阴饴甥对秦伯

康熙曰：饴甥立言之妙，能使秦伯降心以从，千古第一词令也。

臣德宜曰：吕甥之立子圉与明于谦之立郕王意同，使敌不得挟质以要我也。

17.宋楚泓之战

康熙曰：宋襄忍于鄫子而不忍于二毛，谓之曰仁，吾不信也。《公羊》拟以文王之战，谬矣。

元德张洽曰：《春秋》以襄公主是战，则知圣人罪其愎谏求欲，昧大义而狥小节，以取败国殄民、自及其身之祸。

臣鸿绪曰：宋襄公不务修德，而欲以力争诸侯，已为袖基，即使用子鱼之言，一战而胜，楚亦终不能霸也。

18.叙晋重耳出亡本末

康熙曰：总十九年所历各国之事而合叙之，贯穿简括，此史家列传体所从出。

臣正治曰：文公出亡，备尝艰阻，而反国之后则褊心隆怨，左氏备书，殆有以也。

臣乾学曰：子玉请杀重耳与亚父请杀沛公事同，然卒无有以此罪楚子、项王者，诚以其有君人之度也。

臣廷敬曰：秦穆、晋文皆霸主也，怀嬴一事，彼此均失。

19.富辰谏襄王

康熙曰：富辰欲王忍小忿以扞外侮，亦自有见，然至逆王命而执其使，抑亦甚矣。不能申明君臣之大义，而但以亲亲为言，岂正论乎？宜无以动王之听也。

臣乾学曰：襄王不忍小忿以弃懿亲，是从奸而忘裀也，故卒召子带之难。富辰谏词可谓恳挚矣。

20.鲁展喜犒齐师

康熙曰：读此等文字可见当时诸侯犹畏名义，先王之泽未衰。

水心叶适曰：展禽事仅一见，无子产锋锐之气，纯于义理，与事相丽，意顺词正，宜齐侯不战而自却也。

臣叔元曰：临之以先王先公，责之以弃命废职，使齐侯无所解免，欲不还师，得乎？

21.晋文公始霸

康熙曰：晋为三军谋帅而必曰“说礼乐，敦诗书”，以战功取霸而必曰“文之教”，此等议论识见非三代以下人所及。

水心叶适曰：左氏叙晋文公求霸以信、义、礼行之，如医用急药疗急病，一病必应一药，孟子又分别“驩虞”“皞皞”。

仁山金履祥曰：按晋文公勤王以示义，伐原以示信，大蒐以示礼，所谓五霸假之也，然伯图犹有此，后世并无之矣。

臣杜讷曰：礼、义、信皆立国之大经，晋文公欲用其民而亟修此三者以示之，可谓本务矣。

校记：

①国图本作“臣葵曰”。

卷二

周

《左传》

22.晋楚城濮之战

康熙曰：城濮、召陵，霸功之大者。召陵之师，责包茅之贡，问胶舟之罪，何等辞严义正！城濮之战，执宛春，许曹卫，以致蒙马虎皮、曳柴伪遁，兵家阴谋无所不用，此桓、文谲正之分也。

水心叶适曰：城濮之战，宛然战国楚汉之事，与齐桓迥殊，不谓时变如此之亟。至策命侯伯，又不止汉楚，莽操之风见矣。

晦庵朱熹曰：文公伐卫以致楚，而阴谋以取胜，故夫子称谲而不正。

臣熙曰：齐之霸以召陵，晋之霸以城濮，齐用正，晋用谲，此桓、文优劣之辨。左氏极力摹出一时情事，千古如新。

臣正治曰：得臣违楚子之节制致败，刚愎至此，欲不舆尸，得乎？蔿贾已先料之矣。

臣德宜曰：楚师之良，在其中军，故胥臣先犯陈、蔡，此兵法攻瑕之术也。栾枝伪遁，即淮阴佯北之智，横击夹攻，分道出奇，叙次如画。

臣廷敬曰：先轸之言智，子犯之言礼，栾枝之言义，晋有是三臣，安得不霸？

臣鸿绪曰：是役也，晋谋臣猛将克咸厥功，然非以礼、义、信教民于先，未必能定霸也。《传》曰“能以德攻”，信夫！

23.郑烛之武说秦伯

康熙曰：晋之伐郑，本以其无礼，贰于楚，特借辞耳。故是役也，晋主而秦客，烛之武之言易入者以此。

仁山金履祥曰：晋文报怨而喜功，故邀秦以伐郑；秦穆恃功而嗜利，故私郑以倍晋。此一役也，结怨交兵者数世。晋主夏盟，失秦之援，而为楚所抗，自是役始。《春秋》之所忧在楚，《史记》之所忧在秦，二者居天下之大势矣。

臣乾学曰：秦、晋协和以图郑，烛之武数言能使秦伯反为郑守，此种已开战国策士之风。

24.秦蹇叔谏穆公袭郑

康熙曰：违弃老成之言，自古鲜有不败者。穆公败而知悔，庶曰能贤，惜其能悔而不能改，日寻干戈而未有已也。

臣熙曰：情至，不过数语，便觉风景凄然，百端交集。

臣鸿绪曰：老成谋国，情深语至，凄婉动人。

25.秦师自郑入滑

康熙曰：秦师至滑而郑不知，微弦高之智，郑亦殆矣。文逸宕多姿。

臣德宜曰：《易》有之“师出以律，否臧凶”，又云“几事不密则害成”，今秦师甫出即为二子所窥，其取败何疑？

臣英曰：郑之辞杞子，意严而词婉，情迫而语闲，想见古人用笔之妙。

26.晋败秦师于殽

康熙曰：是时晋、郑未睦，秦师之东又非加兵于晋，乃藉同姓为兵端，而衰绖以从戎事，是亦不可以已乎。

止斋陈傅良曰：晋之伯，秦有力焉。自城濮以来，无役不从也。文公未葬，襄公墨衰，及姜戎要秦师于殽败之，秦晋之构怨自是始，更三君交兵无虚岁，曾不十年，晋遂不竞而楚伯。

臣士奇曰：秦晋交兵自殽始，先轸狃于小利而忘大计，启数世之衅，故殽之胜，祸晋，非利晋也。

27.鲁跻僖公

康熙曰：弗忌之跻僖公，所谓非礼之礼，夫子责其不智，左氏讥其失礼，圣贤所见略同。

原父刘敞曰：僖公于闵，非父子也，然与亲父子相袭无以异，臣子一体也。君之则我以臣事之，父之则我以子奉之，是故为人后者则为之子矣，彼不以子继父则必以臣继君，君臣犹父子，则父子犹君臣也。舜之有天下，祖颛顼而宗尧，尧非同姓也，受国焉尔，非同姓尚宗之，况亲亲乎！

臣荚曰：逆礼失祀，论断易繁，证以两《诗》，而足可为引经议事之则。

28.秦穆公济河焚舟

康熙曰：秦伯终任孟明以成王官之捷，可为千古用人之法。

臣乾学曰：此秦穆公之霸也。穆公悔心一萌，任贤修政，奄霸西陲，甚矣！用人之效彰彰如是也。孔子删《书》，独存《秦誓》，以此。

29.宋乐豫谏昭公

康熙曰："亲之以德"一语，自是本原之论，不专为宋公道。

臣叔元曰：葛藟本根之喻，至理可思，情切而语类讽，何其辞之冷以隽也！

30.晋郤缺说赵宣子

尾注：明年，晋归卫匡戚之田。

康熙曰：此篇深得怀柔之道。宣子能用善言，其相晋君，以主齐盟也，不亦宜哉！

31.鲁季文子出莒仆

康熙曰：辞义典重。"高阳氏"以下一段，太史公全采入《舜本纪》。

环谷汪克宽曰：莒太子仆弑其君，以其宝玉来奔，纳诸宣公，则季孙行父使司寇出诸境。郝庶其以土地来奔，襄公朝晋未返，而季孙宿以君姬氏妻之，且有赐焉。于此见行父之忠于公室而远于利，宿之贪利而忘君也。

伯厚王应麟曰：古者以德为才，十六才子是也。如狄之酆舒、晋之知伯、齐之盆成括，以才称者，古所谓不才子也。

西山真德秀曰：史克激称以辨宣公之惑，释行父之志，故其言美恶有过辞，盖事宜也。

臣熙曰：平平对去，有开有结，比偶文字，左氏已先为之矣。

臣正治曰：文子三思后行，而于莒仆则出之甚决，可谓能疾恶者矣。其引古典，详而有体。

臣廷敬曰：《国语》亦载莒仆事，而以为里革更书以授文子，似未足据[①]。

臣乾学曰：行父词气微涉激烈，要其自比鹰鹯之逐，大义凛凛，如申屠嘉召辱邓通，亦复令人想见大臣风采。

臣杜讷曰：文子此举，深明人臣之大义，节取而表著之，亦足维纲常于不坠。

32.王孙满对楚子

康熙曰：问鼎，逆节之萌也。王孙满之对，一毫委蛇不得，必如此辞严义正，始足以杜觊觎之端，折强臣之气。

臣德宜曰："在德不在鼎"，实有国之金镜宝箴也。盖正位凝命者乃鼎，而三趾两耳者非鼎也。使周鼎不沦于泗水，而秦得之，亦何益？

33.楚子入陈

康熙曰：既县陈矣，闻正言而复之，申叔深得纳诲之方，楚王亦有虚受之量。

正叔程颐曰：致乱之臣，国所不容也，故书"纳"。

臣熙曰：蹊田之喻，妙在切直，取怀而与之喻，妙在轻隽。

臣正治曰：蹊田之罚，最为妙喻，犹乡取一人以归。惜哉！其未尽裁之以义也。

34.楚子围郑

康熙曰：郑词逊顺，得以小事大之体，所以能不失国。

环谷汪克宽曰：据《左氏》《公羊》所记，郑襄公屈服于楚，礼卑辞巽以求免，则楚之凌暴亦甚矣。然其能不听左右之言而退师许平，薄于利而不要其土，则比于狡焉思启封疆者，犹有改过迁善之美意也。

臣鸿绪曰：前既封陈，兹复平郑，伐国而不有，庄之霸也宜哉！

35.晋楚邲之战

尾注：宣十五年，荀林父败赤狄，灭潞，晋侯赏以狄臣千室，亦赏士贞子以瓜衍之县。

康熙曰：传文莫多于此，而中间述言叙事繁冗纤悉，秩然不乱，粲然不遗，典而雅，富而艳，奇而法，曲而详，诸美具矣。

水心叶适曰：荆尸事已见庄公，盖通国大举，凡在役属之民皆用之矣，故邓曼以为“岂不知楚师之尽行”，而士会所言“商农工贾不败其业而卒乘辑睦”。大众远征，最为难事，而内外有纪如此，故以为不可敌也。

晦庵朱熹曰：《左传》分谤事，近世士大夫多如此，只要徇人情。如荀林父邲之役，先縠违命而济，乃谓“与其专罪，六人同之”，是何等语也！为林父者，只合按兵不动，召先縠诛之。

水心叶适曰：楚去国远而整，晋在内地而散。以《传》考之，楚固以成饵晋，晋甘其说而弗自定。比其议论反复之间，驰突忽至，遂不能支，求为河曲之交绥，岂可得也？

茅堂胡宁曰：邲之战，先縠、赵旃实败晋师，而独书林父者，责元帅也。武侯祁山之战，违命于街亭者马谡也，失于箕谷者邓芝也，而武侯深自刻责，以为咎皆在己，此亦《春秋》之义也。任归于一者，责有所归；权分于下者，众无适从。吴濞既反，汉用条侯，以梁王之贵、太后之尊交请救援，条侯谨守便宜，竟破七国。唐六道重兵攻围淮、蔡，久而无功，及裴度视师，虽韩弘亦舆疾督战，遂擒元济。代宗以九节度之师围庆绪，不立元帅，一夕而溃。其成败之绩，岂不著明也哉！

臣熙曰：左氏于极长文字，如江如河，无所不有，而起伏变化，层见叠出，令人应接不暇，洵文章之钜观。

臣德宜曰：晋帅人各异心，非楚能败晋，晋先自败也。唐季用兵，令宦官参军事，往往牵制取败，可以为戒。

臣鸿绪曰：叙两国军事，极错综变化，而成败井然，真兵书之祖，所以古良将多读之。楚子“七德”数语，志量弘远，不愧霸者。

臣英曰：先縠轻而寡谋，刚躁而愎，以致晋师败衄。《左传》数处摹写情状如画，诚《易》所谓“弟子舆尸”也。

臣乾学曰：此楚庄之霸也。《春秋》恶僭王，独于是役无贬辞，盖以庄有霸者之义也。左氏载晋、楚计画行阵，如虬龙变化，至今读者若壁上观。

臣荚曰：晋帅败于骄，楚庄胜于惧，故子行三军必与夫惧者。

臣士奇曰：不昭武功，而以“七德”自愧，楚庄善居成功，盖自克庸以来无时不兢兢也。

臣叔元曰：通篇议论叙事，铺陈排比，相杂成文，如编珠错绣，耀人心目。

臣杜讷曰：林父不能审几独断，以致丧师辱国，责自难逭矣。先縠刚愎不仁，敌国犹知之，顾使佐中军，此晋之失霸所由来也。

36.齐卫新筑之战

康熙曰：诸侯请隧，大夫请曲县、繁缨，僭越之端，上下一辙。记孔子之言，所以立万世之防也。

水心叶适曰：惟器与名不可以假人，周不许晋隧而与之田，岂非此义？然地尽则礼亦不能守，故卒为至弱之国，其要在于无失君道而已。

37.齐国佐对晋人

康熙曰：鞌之战，齐之君臣以骄而致败，晋之将帅以和而有功。

环谷汪克宽曰：齐桓末年，公孙敖帅师及诸侯之大夫救徐，征伐自大夫出矣，而未尝盟会也。晋文末年，翟泉之盟，以诸侯之大夫上盟王子虎，礼乐自大夫出矣，而非征伐也。今此鲁以四卿帅师会霸国之上卿，与卫、曹之卿大夫败齐侯于鞌，又盟齐国，佐于袁娄，而礼乐、征伐皆自大夫出矣。厥后晋悼以复伯之贤，首以诸侯之大夫围彭城，城虎牢，盟陈袁侨，征伐、盟会悉付之大夫，而萧鱼之后，凡役皆以大夫矣。翟泉之大夫贬称人，此不胜贬，则从同同也。

臣正治曰：叙事琐屑而不芜，辟女子一段，写出仓皇扰攘之际，情景宛然。

臣廷敬曰：“东其亩”，范宁注《穀梁》以为利于戎车之骄侵也，何休注《公羊》以为晋地宜东亩者多，使齐亦如之也。观“戎车是利”二语，当以范说为长。

臣岳颁曰：原本孝德，仁也；称述先王，义也。正论岳岳，能诎无礼之请，尊贤尚功之报远矣。

38.晋卿让功

康熙曰：此篇仅百余言，所以处父子、君臣、僚友之道皆见。

臣鸿绪曰：谦则受益，和则致祥，人臣协恭之道莫不宜然，况军政乎！晋三帅可谓善居功矣。

39.晋巩朔献齐捷于周

康熙曰：义指严正，辞气温醇，深得王朝诰诫之体。

臣德宜曰：晋之伐齐，以私怨相攻，非奉王命，而献捷于周，非礼也。定王据周礼以折强藩，再言王命伐之，而晋之失已见。

40.晋知罃对楚子

康熙曰：当时敦尚节概，故罃之对楚王，其词强直如此。

臣乾学曰：写得知罃之言严劲不少屈，方见霸主度量过人处。

41.晋韩厥谋迁国

康熙曰："土厚水深，地利也；民从教，人和也。"立国之道，两言尽之。晋侯不从诸大夫，而惟献子是从，可谓能择善矣。

臣廷敬曰："近宝，公室乃贫"，论甚新创，然中有至理，确然不易。

42.刘子论成肃公受脤

康熙曰："民受天地之中以生"，语极纯粹，故朱子称之。大段亦醇正无疵，非复春秋气矜之习。

晦庵朱熹曰：刘康公论人受中以生，与子产论伯有为厉事，其穷理甚精。

校记：

①"足据"，阙，据哈佛本补。

卷三

周

《左传》

43.晋楚鄢陵之战

按:西山真氏《文章正宗》录左丘明文为冠,分辞命、议论、叙事三条,而叙事最有体要。如伐楚盟召陵,齐桓公之霸也;战于韩,秦晋兵争之始也;战于泓,宋襄求霸之终事也;战于城濮,晋文公之霸也;济河焚舟,秦穆公之霸也;战于邲,楚庄王之霸也;鄢陵之战,言楚之不竞也。三代以后,王降而霸,春秋首尾,大约皆五霸之事。《左氏》纤悉具备,而叙次城濮、邲、鄢陵之战,为史家权舆,读者详焉。

康熙曰:晋楚鄢陵之战,范文子始终持不轻战之议,可谓老成谋国不以胜楚而微有矜心也。其论外宁内忧,与孟子"生于忧患"之言,正相发明。

环谷汪克宽曰:春秋二百四十二年,中国胜楚者,惟城濮、鄢陵而已。自宋襄泓之败,楚衡行诸夏,至城濮而沮其志。自荀林父邲之战,楚之陵驾尤甚。婴齐盟蜀,诸侯之大夫从之者十有一国,至鄢陵而挫其锋,前此未有中国诸侯助楚以战中国者,惟鄢陵之役,郑伯佐楚共以敌晋,使无吕锜射目之胜,则楚将倚郑为援,长驱中原,其害可胜言耶?所可惜者,厉公不能修政于内,而徒务求逞于外,迹其所为,去楚虔无几耳。

息斋高闶曰:凡楚师之败,必行兵法于主将而死之。春秋之世,楚实强于天下，其所以能强者，兵强也，兵所以能强者，将帅之力也，将帅之所以力者，赏罚行也。二百四十二年之间，败绩者凡十有六，而楚居三焉。城濮之败杀得臣，鄢陵之败杀公子侧，柏举之败囊瓦逃刑而奔郑。至于中国之败绩凡十有三，不闻加兵法于一主将者。国势浸弱，遂成姑息。汉魏而下，率皆踵之，端可为鉴。

臣熙曰：楚师轻窕，晋师整暇，是一篇眼目。记事详而用字用句俱极陡健，秦汉以下不能及也。

臣正治曰：伯州犁，晋人也，而在楚；苗贲皇，楚人也，而在晋。当战之时，尽输国情以告敌人，古所谓失贤材以为敌国之资，于此益信。

臣德宜曰：范文子以克敌为惧，知晋之患不在楚也。若圣人辑宁四方，居安思危，岂复有牖户之虞？故曰惟圣人能内外无患。

臣廷敬曰：国有数人，人各数事，繁赜而不厌，间杂而成章，栾针所云整暇，左氏殆自以品其文乎。

44.晋悼公复霸

康熙曰：晋悼公初政，发令用人，一时井然厘举，壁垒顿新。文亦简严有法。

水心叶适曰：叙晋悼公复霸及叔向与婴子语，国之兴衰全在人主及一二贤智合德之臣，其余只是随大势起倒。

晦庵朱熹曰：晋悼公甚次第。才甚高，只十四岁，说话便有操有纵。才归晋，做得便别。当时，晋室大段费力。及悼公归来，不知如何做得恁地好。如久雨积阴，忽遇天晴，光景为之一新。问："胜桓、文否？"[①]曰："侭胜。但桓、文是白地做起来，悼公是见成基址。某尝谓：晋悼公、宇文周武帝、周世宗三人之才一般，都做得事，都是一做便成。"

臣鸿绪曰：悼公继厉即位，能抑书偃之权，选建贤良，修明法纪，视文公初政，更觉规模广远，三驾之烈基于斯矣。

45.祁奚请老

康熙曰：善善恶恶之间，因有私心而后有嫌疑，故避嫌非君子之道也。祁奚之心忘乎雠与子，而唯才是举，心如皎日，何复嫌疑？可为后世人臣举贤之法。

水心叶适曰：祁奚能举善善，千世之通义也。善之所在，安有偏党？偏党，末世之论也，末世以偏党锢善。

46.晋魏绛对晋侯

康熙曰：魏绛之行法，晋侯之谢过，亲亲贤贤，兼得其义。

臣乾学曰：国容不及军，军容不入国，绛之能立武也，晋侯始怒而旋用之，可谓能任将矣。齐穰苴斩庄贾、汉胡建诛监军御史、唐李光弼杀崔众，皆本诸此。

47.晋悼公緜上治兵

康熙曰：卿大夫，民之表也，堂陛之上有竞进之心，无恬让之雅，何以化民成俗？晋诸卿偕让于上，民以大和，表正影端，其捷如此。

仁山金履祥曰：鲁以三分公室而作三军，晋亦以三军无帅而复三军，非能复古也。然以魏绛之能而不以为帅，初使佐新军，至是废新军而复佐下军，非特晋悼不以为帅，而诸卿让善亦不及焉，又不知其何说也。汉马谡善谋，孔明使为将而卒败。晋悼此举，或者其无孔明之失与？

臣英曰：虞廷命官，以皋、夔、益、稷之贤，犹交让其下，唐宋诸臣时有让官表，所以砥砺廉隅，奖掖恬素，莫重于此。

48.晋师旷论卫人出君

康熙曰：典重醇茂处似《国语》，在《左传》中别为一格。

康侯胡安国曰：《春秋》端本清源之书，故不书所逐之臣，而以自奔为名，所以儆乎人君，为后世鉴也。

水心叶适曰：师旷言立君之义，乃古人遗说，孟子盖知之。

臣荄曰：天之立君以为民也，故君必畏天，畏天则勤民。旷也，君耳也，其言可以司聪。

49.宋子罕辞玉

康熙曰：古帝王捐金抵璧，不贵异物，惟贤材是重，稼穑是务，知国家之所宝在此不在彼也。献玉而子罕不受，可谓智矣。

50.鲁臧孙论诘盗

康熙曰：古人不纳叛臣，盖所以昭君臣之大义，明古今之大防，不贪其利而容之也。郲庶其窃地来奔，鲁国容之，臧武仲谓之赏盗，其旨严矣。

西山真德秀曰：季孙赏盗而已，非为盗也。而臧武仲乃曰“上之所为，民亦为之”，何哉？盖季氏是时颛有鲁国，凡土地、贡赋、名器、威福，君所有者，皆窃以为己物，非盗而何？故臧武仲因事而规之，其言深有味云。

臣士奇曰：正朝廷以正百官，正百官以正万民，能推武仲之言，宁止诘盗？

51.郑子产论重币

康熙曰：洁己澡躬，臣子之义；悖入悖出，古训所戒。子产象齿焚身之论最为深切著明，当官者宜铭诸座右。

水心叶适曰：子产攻币重，直言无德与名而已。若后世之论，则当有委曲，而好利之患已成，亦无肯直受攻者。盖以义易利，在春秋时犹未为难事也。

52.子产然明论政

康熙曰：为政者保爱善良，如农夫之育嘉谷；剪除奸慝，如农夫之去恶草：故曰政如农功。

53.吴公子请观周乐

康熙曰：季札以乐论列国之风，上及三代之盛，粲如指掌，即孟子所谓闻其乐而知其德也。《三百篇》即当时乐章，其审听入微处，尤当与六义参看。

水心叶适曰：季子之观乐，以音声论义理。

臣叔元曰：论《诗》至《颂》而曰“盛德之所同”，论乐至《韶》而曰“德至矣哉”，以德为主，则其他贞淫得失莫之能违矣，此季札之微旨也。

臣杜讷曰：季子慧心卓识，自当独绝千古。篇中逐句转折，逐段变化，极其纵横跌宕，尤是第一奇文。

臣岳颁曰：吴季札僻处南方，未通中国，于观乐之际，能知十五国盛衰与四代升降。司马迁称其闳览博物君子，不虚也。

54.卫北宫文子相襄公如楚

康熙曰：郑国多材，亦由子产善于委任，使各用其所长耳。

水心叶适曰：北宫文子所谓有礼，见相小国之难也。

臣熙曰：子产生平得力只一“礼”字，择能而使，故词令之美重于春秋。

55.子产不毁乡校

康熙曰：古帝王悬鞀设铎以察迩言，正所以通幽隐、广闻见也。子产不毁乡校以达舆情，故孔子称之。

伯厚王应麟曰：侨不以防怨为善而怨自弭，故侨与郑俱昌；斯以分过为忠而过益彰，故斯与秦俱亡。

56.子产论尹何为邑

康熙曰：喻政以美锦，又喻以田猎，所以深著不学而仕之戒。文势逐段相生，奇峭古隽，如层峦复水，令人寻绎不穷。

水心叶适曰：“我小人也，衣服附在吾身，我知而慎之；大官大邑所以庇身也，我远而慢之。”子皮就自所知分剂上言之，自有地位，故虽才智不如子产，而子产为其所用也。用人之弘乃多于其人之有用，此理当深察也。

臣正治曰：“愿，吾爱之”，此用人大患，软美所为见讥于司马也。至未能操刀而使割，所害非小，宜子产委曲折之。子皮服善，亦足多焉。

57.卫北宫文子论威仪

康熙曰：经纬家国之谓礼，容止进退之谓仪，分别本末处入微。

水心叶适曰：令尹围之不终，如何只无威仪见得？又说到《诗》《书》，甚于后人义疏之学也。

臣德宜曰：傲慢在心而威仪形之，故执玉高卑，昔人即以占休咎。公子围蒲宫在会，执戈在前，僭越甚矣，文子所以决其不终也。

臣乾学曰：威仪定命，固不可忽，而持身有本，则又在威仪之先，尤当三省也。鲁昭公习仪已亟，汉成帝临朝渊默，尊严若神，与夫穆穆皇皇如云如日者，固已不侔矣。

58.子产论晋侯疾

康熙曰：子产之论典而核，医和之论奥而博。文特雄奇排宕，古色陆离。

臣廷敬曰：闳览博物而卒归之于正，此儒者之言，非祝史之说也。

臣鸿绪曰：公孙侨博闻多识，其言可以祛阴阳祈祷之诬，和所论有裨于节情治性，当是读书见道之流也。

臣杜讷曰：子产征事凿然，则晋人之惑不烦言而自解，养生慎疾之道亦莫备于此矣。

臣英曰：此一段苏辙引之作《汉昭帝论》以讥霍光，谓其不明于古大臣保傅之义，诚笃论也。

臣士奇曰：侨之言不独博物，可以养身；和之言不独医疾，可以活国。

59.晏婴叔向论齐晋

康熙曰：晏婴、叔向论齐晋之失，切中情事，可谓智矣。但二子皆国之大臣，明知其失而不能救，体国之忠之谓何？词语古藻劲峭，左氏之腴也。

西山真德秀曰：方田氏之初，不过以小惠市于国人而已。使景公用晏子之言，修明君臣上下之礼，使惠施出于上而下不得私利，权归于上而下不得擅，则大分明而人心一，虽百田氏，其能窃国乎？景公乃善之而不能用，且厚敛焉，是驱其人而归之也。

臣乾学曰：国家久安长治之道，不可偏有所重轻。苟能施惠于民，即以导扬德意，如岩下贯珠者之论，田单则亦奚害？晋之公族荣悴失均，浸假而偏重之势集于三家，有识者料之如烛照也。

臣菼曰：齐晋之季也，皆因弃其民而民无所依，而后齐陈氏、晋三族起而收之，故爱民者，君之大柄也。

臣叔元曰：婴曰“齐其为陈氏”，肸曰“政在家门”，二国如一辙。两贤忧深虑远，情见乎词，读之使人太息。

臣岳颁曰：齐晋此时皆晏然，使二臣各竭其忠，虽季世犹足自立，而徒相对欷歔，惜哉！

校记：

①“文”，原作“公”，据哈佛本改。

卷四

周

《左传》

60.晋司马侯论三不殆

康熙曰：此篇论“险不可恃”一段，精严雄阔，《左传》中堂堂正正之文。

臣熙曰：议论条达，文势参错有致。

臣廷敬曰：是时楚灵方侈，未可与争，许之，诚是也。第所云“修德以待其归”，自是老臣说论，惜晋侯之不克自振耳。

臣乾学曰：平公初接荆使，犹有虚憍疾视之气，及闻司马侯之言而转圜不吝，亦贤矣哉！光武之待公孙，神尧之答李密，皆是物也。

61.鲁申丰论雨雹

康熙曰：古人重藏冰、伐冰之礼，以其为燮阴理阳、助流德化之一事也。

泗山邹德溥曰：《七月》卒章虽曰藏冰之道，然必明君察相燮而理之，斯无霜雹之灾，夫岂弥文之可弭也，而申丰乃望之季氏乎？

臣德宜曰：阴气胁阳，雨则凝结成雹，《汉·五行志》所云“阴乘阳之征是也”。申丰以藏冰对季氏，其犹有隐乎尔。

62.晋女叔齐论鲁侯

康熙曰：以法纪政令为礼之大纲，据国势以立论，切而不浮。

少春穆文熙曰：礼在忧国恤民，用贤行政，而昭公乃习于威仪容止，舍本崇末，卒至乾侯之变，此其为无礼之明验与！ 曹人“衣裳楚楚”之喻，殆有类此。

63.楚薳启彊论辱晋

康熙曰：韩起、叔向皆晋之贤，是时晋国人材方盛，故楚畏之而不敢辱。古云“山有猛兽，藜藿为之不采”，于此益信。

西山真德秀曰：晋于是时人材之多，世族之盛如此，岂可动哉？ 其后栾、郤、胥、原降为皂隶而晋始弱。 然则有国者培植人材，护养世族，正自为计耳。 昧者乃翦弃而摧残之，是自蹶其本、撤其卫也。 薳启彊所陈皆晋国实事，故能感悟其君，可为人臣言论之法。

臣鸿绪曰：薳启彊首言“圣王务行礼，不求耻人”，此是正旨。 后言晋世族之盛，不可轻举，利害凿然，楚子闻之，不觉退听，可谓善于立言矣。

臣英曰：春秋时各君其国，地近而势亲，故丝粟毫发之材，皆见知于上，邻国之人亦能历历数之，春秋人才独盛于后世以此也。

64.郑人铸刑书

康熙曰：子产之铸刑书，用重典以救弊；叔向之论刑书，在修礼以胜刑。一则权时之宜，一则经久之道也。

少春穆文熙曰：以子产之贤，乃铸刑书来叔向之讥，岂其见不及此哉？郑之公族侈汰，民心习于斗乱，苟不申之禁令，何以责遵守乎？ 治乱国用重典，子产其亦不幸而当郑之乱也夫！

臣正治曰：叔向之言自是正论。 然子产云“吾以救世”，则以郑国族大宠多，非令甲不足以束之也。 既不承命，而又云“敢忘大惠”，古人服善，其虚怀如是。

臣荚曰：刑书以御争也。 而民思侥幸，贿赂并行，争之阶也。 故曰刻核太至，则必有不肖之心应之。

65.芋尹无宇对楚子

康熙曰：无宇始而断楚子之旌，既而执人于王宫，楚子终不加罪，殆亦贤其断旌而容之与。

伯厚王应麟曰：寺人披之斩袪，芋尹无宇之断旌，其雠一也。披请见而晋文让之，无宇执人于宫而楚灵赦之，楚灵之量优于晋文矣。

臣士奇曰：人臣事君，以名义等威为重，援引古制，侃侃言之。芋尹格心，楚子从谏，两得之矣。

66.鲁孟僖子论礼

康熙曰：孔子千古礼义之宗，孟僖子早知之，命其子学礼，在春秋时，可谓卓识。推论孔氏先德，溯源成汤以及正考父之主敬，世德相承，毓为至圣，渊源远矣。

臣正治曰：孟僖子知孔子之圣，使懿子与敬叔受学，眼高千古，但不急引以庸诸公，此鲁之所为削也。

67.晋师旷论石言

康熙曰：师旷因怪异而进正言，得谏君之体。

臣叔元曰：因石言而知怨讟，缘问流转，归于纳忠，古人灾异之对皆如此。

68.晋屠蒯谏平公

康熙曰：古者谏无专官，前后左右、暬御之贱，咸可谠言规正，所谓“工执艺事以谏”也。膳宰之谏晋君，饶有古人风义。

臣杜讷曰：酌以自饮，其言愈委婉而善入，悟晋侯以全知氏，其利溥哉！

69.楚子革对灵王

康熙曰：抑扬顿挫，古隽峭洁，极文势之奇。《祈招》一诗见古人讽谏遗意。

伯厚王应麟曰：楚之兴也，筚路蓝缕；其衰也，翠被豹舄。国家之兴衰，视其俭侈而已。

臣熙曰：叙事雅而不俗，妙在闲处着色，文采斐然。

臣德宜曰：楚灵骄侈太甚，锢蔽已深，虽感子革之言，而不能自克，以及于难。故宋儒程颐谓：一日克己，非君子之大壮不能也。

70.晋荀吴不纳鼓叛人

康熙曰：荀吴不以土地之利而纳叛亡，待其食竭力尽然后取之，城克而不戳一人，在春秋时犹可谓仁者之师。

臣正治曰：不纳叛人，是矣。请降不许，待其食尽力竭而后取，似多迂曲，然荀吴所以教其民者深远矣。乐毅不幸而以为养寇，后之论者何不取围鼓事观之？

臣岳颁曰：不许鼓人之叛，而又使之杀叛人，几于王者之师矣。文气简劲峭转。

71.郯子论官名

康熙曰：古藻详核，斑驳离奇。述官制处，所谓贤者识其大者。

则堂家铉翁曰：周鲁俱衰，典章阙坏，而远方小国之君乃知前古官名之沿革，盖录之也。

臣廷敬曰：唐虞以前，古文散佚，如此典制，非左氏孰能详之？远胜《公》《穀》二家者，此亦其一端也。

臣乾学曰：圣人于古帝王遗制，虽在荒远敻绝，犹且汲汲访之，圣人所以为百世法也。若郯子之不忘先典，贤于杞宋矣。

72.晏子谏诛祝史

康熙曰：此篇言当以诚信事鬼神，而福佑自至，不当归咎于祝史，可破从来矫诬之惑。文则典正弘丽，博辩多姿。

臣鸿绪曰：晏婴引君修德行仁，因事进规，婉而易入。景公能即听纳，要是令主。

臣英曰：极言竭论，词采典蔚，转折掉挠处，弥见古隽峭拔。

臣士奇曰：神无常享，享于克诚。不信史之祝而信民之诅，故善祝无诅。

73.晏子论梁丘据

康熙曰：晏子辨和同，议论极正大条畅，可裨庙谟。

臣正治曰：晏子和同之对，后世论朋党者皆本诸此。“爽鸠氏”一段，以谐语为箴规，含蕴无尽。

臣荚曰：弓招而虞人不至，由斯义也。必不与君同可否，即所谓和也。爽鸠数言殊快。

74.郑子大叔对赵简子论礼

康熙曰：此篇论礼，首举天经地义，洞见本源，故议论精微闳畅。《礼运》《礼器》诸篇悉本于此。

臣乾学曰：推本制礼之意，足以经纬万端，三代而下，知者盖鲜。

臣杜讷曰：礼以承天之道，治人之情。左氏探抉本原，阐扬奥蕴，义精而博，词简而该。司马、荀子之论，举不能出其范围。

75.晏子论禳彗

康熙曰：晏子首论彗星，谓修德可以胜灾，继论陈氏谓修礼可以已乱，古人因事纳忠之义切矣。齐侯悦其言而不能用，殆所谓悦而不绎者与。

臣叔元曰：禳灾以德，为国以礼，则天人胥应之，帝王之道备矣。晏子之言，真根本之论。

臣岳颁曰：修德莫大乎敬天，敬天莫先乎勤民，民心和，斯天象顺。晏子两引《诗》，最是禳灾要旨。

76.仲尼论晋铸刑鼎

康熙曰：尚德缓刑，为治之要。斯篇与《郑铸刑鼎》同意，文复简洁。

臣熙曰：郑铸刑书，叔向讥之，曾几何时，晋又赋铁以铸。春秋之末，日就锲急，是以圣人在御，务尚德而缓刑。

77.邾黑肱以滥奔鲁

康熙曰：邾黑肱以贱而书名，恶之也。不使叛亡者得掩其名，则人皆知所儆畏，此《春秋》笔削之法，所谓一字之诛严于斧钺也。

水心叶适曰：以滥来奔，求名而为不义，不求名而为贪，后世之敝无不然。害教之大者，此道之所以丧也。故曰：“微而显，婉而辨。”若乱臣贼子，则其法素具矣，不待圣人也。

臣德宜曰：小人身冒不韪，每不暇顾身后之名，而天良未必全昧。此之书名示惩，所谓章其所欲盖者也。

臣廷敬曰：宜书名而不书名，不必书名而书名，圣人具有深意。得此阐发，始知《春秋》发凡起例大旨，此丘明之所以为素臣也。

78.卫祝佗争先蔡

康熙曰：此篇历举先世典故，文势洋洋纚纚，如潮如海，理正而词采复工。

仁山金履祥曰：自二伯以来，未有盛于召陵之会、皋鼬之盟者。刘文公定敬王，城成周，会十八国之君，保夏怀远，攘楚尊王，于是在矣。乃坏于晋荀寅之取货，不能以义正诸侯，而虚为此会也，中国于是不复振矣。

臣鸿绪曰：祝佗援引古制，典核而辨给，遂杜强晋之口，博雅几与郑侨伦矣，但其行谊不纯，故孔子斥之为佞。

臣英曰：并建懿亲犹必崇贤尚德，使生而富贵者皆思束身修行以自励于善，可谓贻之以安矣。

臣乾学曰：尚德不尚年，且不论昭穆，文、武、成、康所以亲同姓之国，而秩然不紊者如此。

79.孔子相夹谷之会

康熙曰：圣人于樽俎之间，雍容片言，折强邻之威，合二国之好，反汶阳之田，良由盛德动人，词严而义正也。

则堂家铉翁曰：犁弥之奸，莱夷之劫，使非吾圣人相礼，动容貌，出辞气，有以格齐人之强暴，则定公几不获免，而鲁之危甚矣。

臣士奇曰：从容定变，一无声色，须于此识得圣人温良恭俭让处。

80.楚子西论夫差将败

康熙曰：国之强弱，视其君之志气。志气振举，则国势日强；志气颓靡，则国势日削。自古未有不勤恤其民，而可以战胜攻取者也。观阖庐、夫差之胜败，益可见矣。

少春穆文熙曰：阖庐恤民所以败楚，夫差劳民所以自败，古今兴亡无不由此。

臣杜讷曰：吴师方张，子西料其必败，与申胥之言若合符节。

81.仲尼论用田赋

尾注:明年用田赋。

按:文武之教之入人甚深,自《诗》《书》所载而外,惟《左氏》为备。当是时,强凌众暴,天下靡然骛于战争。然而列国诸侯朝会聘问,则有玉帛以将之;好会宴饮,则有歌诗以侑之。强大之侵伐于小国,则称王制以折之。其不幸而至于两军相遇,则犹有辞命以先之,执榼承饮以劳之,使人至今得想见先王之遗风者。《左氏》之书也,至其亲受于夫子,释经之例尤详。杜预谓"将令学者原始要终,寻其枝叶,究其所穷",是矣。自汉以来,学者但知尊《公》《穀》两家,以空文说经,而《左氏》之学中晦,赖刘歆固请,得立学官。然其所记,间有浮夸好奇之病,如长狄荣如兄弟之类,或昧于大体,如周郑交质之类,或是非瞀乱,如晋侯使吕相绝秦之类,今皆不取,择其尤粹者为四卷,冠之于编首。

康熙曰：圣人论国赋处，要言不烦，故《易》曰“吉人之辞寡”。

草庐吴澄曰：宣公税亩，首坏井田什一之法，则赋民之财也非古矣。成公作丘甲，赋民之力者非古矣。至哀公用田赋，而民财民力竭矣。

卷五

周

《国语》　班固《艺文志》"春秋家"有《国语》二十一篇，注"左丘明著"。左丘明受经于仲尼，作《春秋传》，复采录前世穆王以来邦国成败、嘉言善语以为《国语》，其文不主于经，故号曰《春秋外传》。《左传》为内，《国语》为外，二书相副，凡事详于内者略于外，备于外者简于内。

82.穆王将征犬戎

康熙曰：布令修德，不勤兵于远，自是先王抚驭荒服之要道。穆王以不享征之，弃祖训矣。故先儒谓《国语》列周，《国风》列王，于此见周德之衰。

水心叶适曰：祭公谋父谏征犬戎，自春秋以来，读之便为迂缓。然穆王时，上接成、康，兵偃刑措久矣，一旦征行仓猝，暴师于远，是始祸也，其语如此，正合事宜尔。古今辽阔，学者不推其世观之，难乎得其要矣。"修"字尤宜细看。

臣熙曰：耀德不观兵，即所谓"诞敷文德"也。《国语》首此篇，最有关系。

臣廷敬曰：叙五服，典雅深厚。版图之数，朝贡之节，略尽之矣。古人立言，必详于故实如此。

83.厉王虐国人谤王

康熙曰：古称愚者之言，圣人择焉，虽迩言谫说，亦得以登于鞀铎而达之于上者，盖古人容纳之广，忠厚之至也。

少春穆文熙曰：厉王怒谤固非，使巫监谤尤非。以生杀之权而寄之于鬼物之口，则将何所不至哉！

臣德宜曰：《书》云："小人怨汝詈汝，则皇自敬德。"厉王以监谤为得计，使痛疾不在厥口而在厥心，则莫可解矣。

臣乾学曰：使巫监谤，与建鞀设铎相反，治乱判然。子产秉钧郑国，犹知不毁乡校，能纳众流乃成河海，故听言为亟也。

84.厉王说荣夷公

康熙曰：王者不言有无，况专之乎。荣公用而周败，可为千古嗜利之戒。

水心叶适曰：荣夷公专利，在当时大为异事，故曰"王人者，导利而布之上下"。由后言之，为材臣矣①。

85.宣王即位不藉千亩

康熙曰：《周礼》因井田而制军赋，故务农讲武，相为表里，篇中"征则有威，守则有财"二语正见兵农之合。

臣正治曰：民之大事在农，真经术要语。称引藉田，有源有委，先王遗制犹可考见一斑，左氏诚渊才也。

臣鸿绪曰：周家以农事开基，故自天子、公卿、百吏、庶民无不以力田为首务，其歌咏诰诫往往见于《诗》《书》。至宣王时，农政渐弛，未免视为缓图，此虢公所为谆切以陈也。

臣英曰：仰观晨正，俯察土脉，瞽告协风，王乃祇袚，尊卑上下莫敢不震动，恪共于农，古人之敬民事如此。

86.宣王既丧南国之师

康熙曰：古者治民之官日与民相习，故不料而知其多少。至宣王时，农务渐弛，因师败而遂有料民之举，治兵急而治农之政愈缓矣。

西山真德秀曰：以上数篇皆周宣王以前文章，不见于《书》，而幸见于《国语》。有志学古者，其深味之。

87.晋文公既定襄王于郏

康熙曰：晋文自以功在王室，侈然自大，妄请天子之礼，襄王举先王之旧章以折服之，舒婉中倍极峻厉，遂使晋文愧悚退听。皇哉！训诰之文。

西山真德秀曰：此篇要领在“班先王之大物以赏私德”一语，后云“余敢以私劳变前之大章”，盖覆说此意也。晋文之定襄王，自以为不世之大功，其请隧也，寖寖乎窥大物之渐，襄王目之曰私德，曰私劳，所以折其骄矜不逊之意。玩其辞气，若优游而实峻烈，真可为告谕诸侯之法。

臣正治曰：请隧去问鼎一间耳。齐侯不敢贪天子之命，晋文姬姓而妄觊非分，此亦正与谲之分。篇中多用长句取胜，视《左传》别为一种，得天子告诸侯之体，班史多祖之。

臣士奇曰：守大物，折强藩，信乎礼之足以存国，而辞命之不可已也。

88.定王使单襄公聘于宋

康熙曰：废教弃制，蔑官犯令，皆亡国之政也，而犯令尤甚。文中序次自有轻重。

臣乾学曰：先王不用财贿而广施德于天下，读《豳风》《月令》，条理精密，可见三代盛时大概。

臣炎曰：叙次故实，与《周礼》相表里，足知《六典》非伪书。其言《月令》亦先于吕氏矣。

臣叔元曰：因时警戒，谨盖藏，成筑功，野无旷土，百工趋事，而治道备矣。读此知为国不可斯须去《周礼》。

臣杜讷曰：有伏有应，有关键，有结束，文之以法胜者。

89.穀洛斗

康熙曰：大意总在修德行政，穀洛自然效顺，反复敷陈，极为恺挚。

水心叶适曰：穀洛斗，将毁宫而壅之，由后世而言，水败宫阙，堤防急务，不待令而趋也，而太子晋谏词深切，前鉴共鲧，后指幽厉，怛然畏祸乱之在前，古今异意，不亦甚乎！学者从是求之，亦足深思而远猷矣。孟子论禹行水，但以为“无恶于智”，犹降此语数等，当并考。

臣熙曰：“高高下下”四字括得一部《水经》，体势疏朗，自然骏健。

臣德宜曰：盘庚避河患徙民，作书三篇，皆有震动恪恭之意，灵王唯务壅川，不思修德，故商家五迁而犹强，周室一东而不振也。

臣鸿绪曰：凡水导之则行，壅之则溃，太子晋深明治水之道。

臣英曰：象天仪地，和民顺时，为一篇大旨，远征博引，上下千古，皆以发明斯义。

臣士奇曰：天地之气化，帝王之谱系，兴亡之辙迹，皆于是篇中可发覆也。古人言事精极理数。

90.周景王将铸大钱

康熙曰：景王改铸大钱，原以救灾备患，然不合民情，故单穆公以为佐灾，可见王道在乎因民。

西山真德秀曰：单穆公《谏铸大钱》《谏铸无射》二篇，俱是名言。

臣乾学曰：汤旱禹潦，皆铸币以拯民之困。患轻患重，权母权子，因时变，非规利也。无故废轻作重，匮民财以自殖，未见其为利矣。

臣岳颁曰：铸大钱，又铸无射，民力几何，其堪此也？穆公“召灾”一语可为万世轻变法者戒。

91.海鸟曰爰居

康熙曰：无名之祀，圣王不录[②]。《曲礼》曰“淫祀无福”，则妄祀亦何益哉？此篇可与《礼经》相发明。

子威刘凤曰：人孰无过？文仲过而能知，知而能改，则亦无害其为知矣。

臣荄曰：味柳下之言，古君子无不博物。文仲知过，不知之知也。

臣叔元曰：一时议论，后人采入《戴记》，便成典则，春秋列国名卿间学问往往有此。

臣杜讷曰：臧文仲不能博物，又不能断之以理，何可谓智？惟能以季子之言为法，其虚怀服善犹为过人。

92.宣公夏滥于泗渊

康熙曰：藏罟不如置里革于侧，所谓在人不在笏也。 通篇典丽谨严，洵文章极则。

西山真德秀曰：汉成帝不葺折槛，是亦藏罟之意，然忠言不用，此复奚为？

臣熙曰：句拙而工，字奇而稳，与《周礼·考工记》文法相似。

93.公父文伯退朝

康熙曰：敬姜“劳则思，逸则淫”数语可谓见道之言，当与《无逸》《豳风》诸篇同读。

应德唐顺之曰：其文赡而有体，闺阁中乃有此识见，岂独家箴？ 自君公以下，皆宜伏读。

臣德宜曰：邦家治忽，由于勤惰，故读“休其蚕织”，识王业之所以衰。敬姜之训其子，主于服劳戒逸，其犹有《葛覃》《卷耳》之遗风乎。

臣乾学曰：古时《周礼》《王制》，虽妇孺无不知者，敬姜为女士师，尤不同也。

94.仲尼在陈

康熙曰：圣人博学多识，于此可见。

臣廷敬曰：奇奥具有典则，见周先王德化之远，展亲之仁，可以昭彝章而训世守，未可忽也。 若徒以博洽相赏，宁圣人所贵欤？

95.齐闾丘来盟

康熙曰：发挥蕴义甚大，非足“恭”之谓。

水心叶适曰：义理有择而无降，谓“陷而入于恭”，诚非矣。 老子于道德仁义各有失字。

臣鸿绪曰：恭乃美德，非声音笑貌可以伪为。 闵马父之言，醇乎儒者也。

96.桓公自莒反于齐

康熙曰：鲍叔荐管仲于桓公，委寄以齐国之重，卒能显名诸侯，取威定霸，孔子亦许其功而称其仁，则鲍叔之推贤，桓公之善任，皆彰彰于后世矣。

少春穆文熙曰：鲍叔荐管仲，自以为弗及，至欲解其位以让之，何其恳也！ 然管仲用而鲍叔之贤益彰，古人之以善相成如此。

臣正治曰：《山高》《牧民》之书虽多杂霸，然一匡九合，其才亦不可泯。鲍叔荐贤，不嫌自抑，齐之兴，叔牙力也。

水心叶适曰：管仲相齐，本末粗备，后世言治功者皆祖述之。

臣乾学曰：五伯，桓公为盛，管仲亦伯佐称首，其胸中确有成谋，即其初对桓公，以片时议论即定终身功业，谓之天下才，岂虚语哉？

臣菼曰：定民居，成民事，已变比、闾、族、党之遗，与先王贵士、重农抑末之意异矣。 管子主于富强，为此整齐简直之法，是速得志之术也。

臣英曰：管子以旷世之才，专东海之国，整齐其民人，而参伍其都鄙，功成治定，皆不出其立谈时所陈，所谓规模先定而后从事者也。

臣士奇曰：变《周官》比、闾、族、党、州、乡与伍、两、卒、旅、师、军之制，而以简直速得志为主。 周制繁曲，所以为不可败，管子简直，所以为必胜，此王霸之分。

仁山金履祥曰：管子书称齐使鲍叔傅小白不出，而管仲勉之，鲍叔乃出，谓管仲之期待小白已久。 今取其内政诸说，以见王制之变，霸业之本。

臣杜讷曰：胸有成竹，矢口而谭，见之当时，则赫赫霸业，垂之后世，则煌煌巨篇，真济世才也。

水心叶适曰：齐国之大，何止三万人为兵？ 田单亦言帝王之兵不过三万。

97.正月之朝乡长复事

康熙曰：规画明整，治国如治家，诚伯佐才也。

水心叶适曰：使乡长举善刑奸，退而自修，自古未尝不如此，何必管仲也！ 其说草略急疾，若以为上下简直易通，则乡大夫宾兴之法，与民何尝拘碍，而管仲轻变之也，以为修废则非旧典，以为作新则奚用纷更，管仲通达治体，固不如此，但其智不足以尽行王道，故有残缺苟且之患。 而张其说者，方以为新奇，陋矣。

臣德宜曰:《周官》乡举里选,《王制》移郊移遂,始本至公,厥后人心不古,不无下比上蒙而是非失实者。此桓公之亲问亲见,所以行修而政举也。

臣叔元曰:使民为善于家,即亲亲长长而天下平也。管仲治国多参用古法,异于商鞅者以此。

臣岳颁曰:数亲问,数亲见,数与语,是磨励一世大权。而复乡举里选之法,治犹近古,惜用意未纯,故终为霸首。

校记:

①"矣",阙,据哈佛本补。

②"王",原作"人",据《古文评论》改。

卷六

周

《国语》

98.桓公欲从事于诸侯

康熙曰：铺叙伯功，几同王道，但其亲睦诸侯全是以谋以力，王伯之所由分也。至文之简练典重，洵是《史》《汉》纪传之祖。

臣熙曰：语语霸国经济，笔力精悍，确是先秦以上文字。

臣正治曰：详叙桓公与管仲定谋，正如酂侯汉中、诸葛隆中数语，古来君臣遇合之际大抵如此。

仁山金履祥曰：按宰孔之命，《国语》《史记》皆有弓矢、车服、九旒之赐，《皇极经世书》赐命为伯，此《内传》所谓加赐一级者与。然宰孔初命，但以赐胙为辞，盖以宗庙为重也。孔子“朋友之馈，虽车马，非祭肉，不拜”，古人礼意所重如此。

臣德宜曰：圣门不言霸功，然一匡九合，孔子尝亟称之矣。此《传》铺张扬厉，当日定伯雄图赫赫如睹，其有“匪风下泉”之思欤！

臣廷敬曰：内政作而国本立，然后饰以仁义，尊周恤邻而天下归心，非区区旦夕之效也。故论霸者以齐桓为首。

99.文公问于胥臣

康熙曰：有圣质然后有圣学，《诗》曰“追琢其章，金玉其相”，皆质与学相须之义。

水心叶适曰：晋之兴，司空季子博习，阳处父为国人所敬，其后伯宗似之。

臣鸿绪曰：质虽上智，不可废学，故禹、汤、文、武、孔子之圣未尝无师，况储君乎？ 慎简保傅，自是豫教之本。

100.叔向见韩宣子

康熙曰：大夫忧贫，宁独身之灾殃将及国，故治世首禁官邪。

水心叶适曰：人材随世盛衰。 晋暮年尽入强家，虽叔向之贤犹不得尽为公臣，如董安于、阎没、叔宽之流，固不足道也。 家臣自是一种气象。

臣英曰：子产有言“人臣非无贿之患，而无令名之难”，叔向以贫为宣子贺，识亏盈益谦之理矣。

101.庄王使士亹傅大子葴

康熙曰：楚庄，伯者，犹郑重国本，甚矣，豫教之宜备。

少春穆文熙曰：据士亹之论，则人之善恶已定，不必用教，乃举丹朱、商均诸恶以例之。 此见噎废食之论，不可为训。

臣熙曰：文凡三叠，只是一意，气力深厚，不觉其繁。

102.灵王为章华之台

康熙曰：敷论春容博大，如聆黄钟大吕，穆然清庙之音。

臣廷敬曰：《外传》之文类以繁缛为胜，若此篇之条畅宏整，已标西京之准的矣。

臣鸿绪曰：通篇即从“美”字说入，反复敷论，名言如屑。 至布局春容，炼字华整，有鸣鸾佩玉之象。

103.左史倚相廷见申公子亹

康熙曰：闻倚相之言，惕然而惧，子亹可谓能受善矣。

水心叶适曰：左史倚相举卫武公语，当是时，未有生老病死入士大夫之心，不以聪明寄之佛老，为善者有全力，故多成材，宜哉！ 凡人壮不自定，老而自逸，孔子称“君子有三戒”，亦是以末世人材言之，若周之道俗未衰，则不然也。

臣德宜曰：功如齐桓而诸侯叛，其晚节贤如赵孟而刘子讥其耄年，左史以卫武交儆而子亹惧，亦勇于知非者也。

104.灵王虐白公子张骤谏

康熙曰：“近臣谏，远臣谤，舆人诵”，用以自诰，三代盛王所由隆也。灵王以规为瑱，祸及乾溪，宜哉！

水心叶适曰：《说命》当与白公子张语并看。 又言“既得道”，得道必有物，故孔子亦言“朝闻道”。 楚本以诈力得国，而其人材见识所造如此，非齐、晋之浅陋所能及也。

臣正治曰：“用之实难，已之易矣”，二语极其竦切。 末又以规为瑱，谐而善入。

105.斗且廷见令尹子常

康熙曰：“积货蓄怨”语警切耸动，可为当官之戒。

臣英曰：昔人以贵而能贫为贤，诸葛武侯自言“有薄田以给衣食，不使内有余帛，外有赢财，以负陛下”，正与文子同一卓见。

臣士奇曰：斗且之言危而中，足儆官邪。

106.王孙圉聘于晋

康熙曰：春秋使臣皆极一时贤士大夫之选，故对扬邻国，恒不辱命。

伯厚王应麟曰：周之大宝，《镇河图》《大训》列焉。《易象》在鲁，《三坟》《五典》在楚，周不能有其宝矣。 然而老聃之礼，苌弘之乐，文献犹存。及王子朝以典籍奔楚，于是观射父、倚相皆诵古训，以华其国，以得典籍故也。 区区一鼎，与怀璧同，其能国乎?

臣乾学曰：《书》称“不贵异物，所宝惟贤”，晋臣言“山泽林盐，国之宝”，盖亦古训也。 持论绝有根据，直与展禽、国侨争坐矣。

107.吴王夫差起师伐越

康熙曰：越君臣之阴谋，全在“广侈吴王之心”一语，麋鹿游姑苏者以此。

臣荄曰：种之献谋，已足沼吴。行成之言甘而易入，越之胜只在一忍，似得之老子也。

臣叔元曰：大夫种之谋，能玩吴于股掌之上者，知夫差有侈心而可以辞诱也。不然，虽有百种，其何能为？

108.吴王夫差告诸大夫

康熙曰：申胥事前之言洞若观火，吴越之兴亡决矣，固不待鸱夷投江时也。

臣廷敬曰：凡种、蠡之密谋，子胥已灼见其隐，英雄料事，针锋相对，可畏哉！其功之成与不成，则用舍之异也。

少春穆文熙曰：申胥论越之祸，历历如在掌上，读之令千古动色。何夫差之贪功玩祸，拒而不听，以至于灭亡也？愚哉！

109.吴王还自伐齐

康熙曰：吴之申胥，楚之范增，老谋不用，屈志而死，千古同慨。

臣杜讷曰：忠恳之心，激为谠论，至今读之，犹见当时情事。

西山真德秀曰：申胥之言，可谓忠矣，夫差既不之听，又从而戮之，不二十年吴国遂墟。古称杀谏臣者必亡其国，岂不信哉！

110.吴王夫差还自黄池

尾注：言下其群臣，以明吴不用子胥之祸。

康熙曰：阴谋猛鸷，君臣夫妇致死一心，积之二十年，吴安得不亡？记者归美之于下群臣集众谋，有以也夫。

臣正治曰：申包胥非直存楚，并能复楚之仇，真人杰也。历叙勾践事，尝胆深心，千秋如见。

少春穆文熙曰：五臣之言虽不同，不过赏罚、备御、旗鼓、进退而已。特其语意精微，人莫之知，唯习于兵机者可与谈也。

臣廷敬曰：此传叙越国君臣谋议与誓令之辞、战伐之状，一一如绘，真千古绝调，后来惟龙门可以仿佛，余史莫能继武矣。

臣鸿绪曰：越能顺用民心而不尽其力，二十年生聚教训以乘既疲之吴，吴安得不亡？篇中叙次纪律精严，令人读之气旺，史迁《项藉》等传从此得来。

臣英曰：越之报吴，全以气胜之，其大要在于恤民以自强，彼瑕者不攻而自摧矣。

臣乾学曰：悬测事机及于数变之后，言简而意尽。

臣荚曰：越之举师，多谋多惧矣，虽有云荼之众，夫岂能敌？

臣士奇曰：越之沼吴，其机密，其情诡，其痛深，篇中写来，沉着生动。

臣叔元曰：越生聚教训，能用民之心而不尽其力，所以制胜。若尝胆卧薪，左阖填土，皆积怨发愤者之为，不足道也。

111.越王勾践即位三年而欲伐吴

按：《国语》二十二卷，与《传》相表里发明，而非以释经也，故谓之《外传》。其文深闳杰异，传吴越事尤奇峻，而宋、卫、秦之纪缺如，故识者疑焉。观其词间多繁芜蔓衍，亦略类诸子之书。今择其精者若干篇，以辅《内传》而存之。然而春秋之文止此矣，一变而为战国，纵横险谲，而三代之制作遂不可复见矣。此文章正变之会，所宜深思也。

康熙曰：敬怠之分，治忽所由关也，无时不敬，则可以久安长治。勾践不能敬之于始，既危而后惧，隐忍图功，仅乃获济，亦幸矣哉！

止斋陈傅良曰：范蠡之谏可谓切直，而勾践不从，乃有会稽之败。厥后竟成伯业者，所谓人恒过而能改者也。

臣熙曰：勾践君臣殷忧动忍之意，读之令人神悚。若夫分任种、蠡，生聚教训，则几于古恭俭之主，能无胜乎？

臣乾学曰：少伯之谋虽合天道，亦主于自全而已。使黄池之役不举，亦岂能遂入吴之国都乎？要之，天道即在人事中，子所以罕言命也。

臣士奇曰：持盈之天，节事之地，定倾之人，三者要之，相资为用也。少伯之言合乎道术，而未免阑入兵谋，亦迫于时之穷耳。

臣杜讷曰：少伯智沉勇深，其为越策，毫发无遗憾矣，著论奥博精严，可作子书一则。

卷七

周

《公羊传》 公羊子，名高，齐人。受《春秋》于子夏，为经作传，故曰《公羊传》。

112.元年春王正月

康熙曰："大一统"之语，实有关于名教。盖《春秋》之作，率天下以尊周室。正月系王，示周德虽衰，天命未改之意。

升庵杨慎曰：晋曲沃庄伯改建夏正，当时诸侯如蜂房蚁穴，不奉天子之朔矣，《春秋》所以托始于隐与。

113.癸未葬宋缪公

康熙曰：《公》《穀》文短调，间用长句，亦复逶迤有致。

邵公何休曰：死而让，开争原也。修法守正，最计之要者。

东发黄震曰：《公羊》"大居正"之言，可谓能执其义之要者。

臣廷敬曰：宣公之与弟，为择贤；穆公之与侄，为不背本：皆情理之至。若与夷之弑，则庄公之罪耳，于始让者何尤？

114.纪侯大去其国

康熙曰：以吞灭为念，则复仇为长乱之阶；以雪耻为心，则复仇为大义之举：故《公羊》于襄公犹有取焉。

伯厚王应麟曰："九世犹可复仇乎？ 虽百世可也"，儒者多以为非。 然朱子《序戊午谠议》曰"有天下者，承万世无疆之统，则必有万世必报之仇"，何止百世哉？

臣正治曰：复九世之仇，胡氏已斥其妄，且襄公岂真念先世之仇者哉？然《公羊》文自成一家。

115.夏四月四卜郊不从乃免牲犹三望

康熙曰：鲁郊非礼。 孔子修《春秋》，因卜郊而寓意，诸儒之论详矣，惟《公羊》简而尽。

晦庵朱熹曰：如四卜五卜，牛伤牛死，是失礼之中又失礼也。

臣德宜曰：郊与望皆非诸侯之祭，故《书》称"望秩"。《诗》美怀柔，为帝王之盛事也。

叔佐啖助曰：郊后必望祭，若不郊则不当望，《书》犹非礼也[①]。

116.公子遂如齐纳币

康熙曰：圣人缘人情而制礼，非由外铄也。"以人心为皆有之"一语何等剀切。

伯厚王应麟曰：《公羊》此篇，天理民彝之正也。 左氏以为礼，以为孝，其害教最甚。

117.毛伯来求金

康熙曰："王者无求"一语，持论正大。 若《穀梁》所云"求车尤可，求金甚矣"，非笃论也。

康侯胡安国曰：不称使，非特谨天下之通丧，所以示后世大臣当国秉政不可擅权之法戒也。

118.世室屋坏

康熙曰：昔鲁公之鲁，而周公仍留治东都，以系天下之望，《公羊》所谓"欲天下之一乎周"者是也。 何休注《公羊》，以为嫌于周公之鲁，则恐天下回心趋乡之，何其浅视乎成王、周公也！

和仲胡宁曰：居处犹欲完葺，况宗庙乎？太室既坏，必须便修，而《春秋》不书，意可知矣。世室，始封之祖庙；新宫，成公之祢宫；御廪，粢盛之所藏：皆当务也。时不亟则讥缓，制不备则讥略，故更造而不书，虽用民力不可已也。

臣鸿绪曰：纪周、鲁牲盛之制，可与《礼经》参考。

119.晋放其大夫胥甲父于卫

康熙曰：读此传，知古君臣之间去就有礼，春秋时不能尽然。

幼清吴澄曰：河曲之战及今八年，岂有不用命之罪，八年而后讨哉！必甲以他事取恶于赵盾而逐之也。

120.晋赵盾卫孙免侵陈

康熙曰：比事属辞，层折尽致，较《左氏》尤胜。

水心叶适曰：赵盾、赵穿之事，当时天下共知，三传所载无异。盖董狐特立此义，与他史法不同，举世从之，虽孔子不能易也[②]。

臣乾学曰：叙事入情，更胜《左氏》。惟深明赵盾之无罪而后责备贤者之意益明，《春秋》立法谨严之意亦愈出。

臣英曰：叙勇士及祁弥明、桑下人三段，情事如画，文家所谓写生之笔也。

臣士奇曰：《左氏》案而后断，此篇断而后案。详叙赵盾趋朝及免难始末，殆立言之微而显者。

121.冬葬许悼公

康熙曰：听止赦止，见《春秋》笔削大公无私，此与赵盾事遂为实录。

122.西狩获麟

康熙曰：章法之妙，若断若续，忽合忽离。

元凯杜预曰：麟凤五灵，王者之嘉瑞也。今麟出非其时，虚其应而失其归，此圣人之所为感也。“绝笔于获麟”之一句者，所感而起，固所以为终也。

臣萊曰：《春秋》绝笔于获麟，惟《公羊》能观其大，说出夫子上接尧舜、下俟后圣之旨甚分明，是先儒绝识。

《穀梁传》 穀梁子，名俶，字元始，鲁人。一名赤。受《经》于子夏，为《经》作《传》，故曰《穀梁传》。

123.元年春王正月

康熙曰：伯夷、叔齐之让国，求仁而得仁；秦伯、虞仲之让国，避地以兴周。若隐之让国，则成惠公之邪心，启桓公之篡弑，故曰小道也。

勉斋黄榦曰：《左氏》以隐之让为贤，《公羊》又创为立子以贵之说，皆未为当。惟《穀梁》以为“《春秋》贵义不贵惠，信道不信邪”，乃为正论。

臣叔元曰：“贵义不贵惠，信道不信邪”，大旨凛然，议论较《公羊》为正。

124.壬申御廪灾乙亥尝

康熙曰：《周官》：时享，前期十日，师执事而卜日誓戒。今壬申、乙亥相距四日，不卜不戒，故穀梁子以为志不敬也。

康侯胡安国曰：御廪灾于壬申，而尝以乙亥，是不改卜而供，未易灾之余，大不敬也。

125.臧孙辰告籴于齐

康熙曰：观此见积贮备荒，有国家者之急务。国非其国，君子讥之。

原父刘敞曰：鲁人悦其名，而以急病为功，君子责其实，而以不能务农重谷、节用爱人为罪。

126.虞师晋师灭夏阳

康熙曰：三传无异同③，而《穀梁》叙事简要，文尤逸宕。

康侯胡安国曰：下阳，邑尔，其书灭，何也？下阳，虞、虢之塞邑，犹秦之有潼关，蜀之有剑岭，皆国之门户也。潼、剑不守，则秦、蜀破，下阳既举，而虞、虢亡矣。

臣廷敬曰：先虞后晋，《左》以为贿，《公羊》以为首恶，义与此同。若所谓“非国而曰灭，重夏阳”“灭夏阳而虞、虢举”，则深得圣人之意。

127.诸侯盟于首戴

题注：惠王以惠后故，将废大子郑而立王子带，故齐桓帅诸侯会王大子以定其位。首戴，《左传》作首止，卫地，在睢州。

康熙曰：篇中以尊王为主，亦反经行权之意。

武子范宁曰：虽非礼之正，而合当时之宜。

128.晋杀其大夫里克

康熙曰：笔笔生动，当时情事，跃然在人耳目之间。

仁山金履祥曰：按惠公之杀里克，前以掩夺国之嫌，后以防重耳之入。里克虽为社稷立贤之计，拳拳于重耳，孰若全申生以弭后患者？因优施一言之诱，遂为中立之谋，坐视申生之死于前，而卒蹈弑逆之名于后，惜哉！

臣杜讷曰：委婉曲折，语语入情，左氏虽深文老笔，似犹逊此一筹。

臣岳颁曰：里克为世子傅，深明立嫡非义，乃不强谏于献公之前，而仅迫世子以自明罪，诚难逭矣，而卒自罹其祸，非晋杀之，实克自杀也。

129.初税亩

康熙曰：公田之法，十取其一。今又履其余亩，先王之良法美意，其谓之何？是以传者交讥焉。

130.大饥

康熙曰：观大侵之礼，见先王畏天勤民，实心实政。

131.秋蒐于红

康熙曰：古奥典赡，可补《周礼》所未备。

臣乾学曰：贵仁义，贱勇力，而后可以得仁者之勇，熊罴不二心之士，非宋襄、徐偃所得而窃假也。

校记：

①此条据国图本补。哈佛本将此条置于《纪侯大去其国》眉首，误。

②“举世从之”二句，据哈佛本补。

③“三”，原作“二”，据《古文评论》改。

卷八

周

《战国策》 春秋后，七国分争，谓之战国。此书或曰《国策》，或曰《国事》，或曰《短长》，或曰《事语》，或曰《长书》，或曰《修书》。刘向谓战国游士辅所用之国，为之策谋，因定为《战国策》。

132.司马错张仪论伐韩蜀

康熙曰：战国之时不复知有周天子矣，错独曰“劫天子，恶名也”，大义凛然。后鲁肃之存刘，王猛之戒不伐晋，亦同此意。

臣正治曰：临二周之郊，诛周主之罪，此何语耶？司马错请伐蜀，亦犹知有逆顺也。

臣廷敬曰：巴蜀虽僻在西垂，秦汉皆资之以成帝业，得地不足为利，岂笃论乎？张仪策士之雄，何意有此一失？

臣熙曰：伐蜀之策算胜计完，秦并天下得力于此。立议甚闳，见识甚远，战国游说之士皆不能及。

西涯李东阳曰：张仪长于间谍，不长于料战，司马错之策真善兵之术也。

133.甘茂拔宜阳

康熙曰：谗臣在内，大将鲜有能成功于外者，此古今所同慨也。甘茂之言，剀切曲畅，可为万世鉴。

臣德宜曰：良将立功于外，如王濬见忌于贾充，班超见沮于李邑，非人主倚信之深，不几偾乃事耶？茂汲汲于息壤一盟，其防樗里疾、公孙衍之心甚于韩朋矣。

134.黄歇说秦王

康熙曰：当时策士往往嫁祸韩、魏，如黄歇之意在纾楚患耳，迨韩、魏既亡，不三年，楚亦灭矣。所谓“灭六国者六国也”，不信然耶？文特雄辩。

东发黄震曰：观春申君说秦昭王不伐楚而至莫若善楚，可谓智能之士矣。

身之胡三省曰：山东合纵，韩、魏是其腰，此篇极言山东诸国连纵之为秦害也。

臣英曰：词采络绎奔会，层折尽变，有波洄云扰之态。

臣岳颁曰：反复辨难，总归到“莫若善楚”一语，后来蚕食六国，一一与其言合，歇真策士之雄。

臣廷敬曰：为秦计者，必先服韩、魏，然后可以窥兵于山东；为六国计者，必善韩、魏，然后秦有所顾忌而不敢轻发。宋儒苏辙论之详矣。而当时之策士往往嫁祸韩、魏，以自抒其患，所谓“灭六国者六国也”，不信然耶？

臣杜讷曰：黄歇危言耸听，以冀昭王之善楚，谋国之心亦云苦矣，何若亲与国以御之，不待命于秦之为愈耶？

俨山陆深曰：当时齐最大，又提出作一折，最有轻重。

臣士奇曰：纵横之术皆合六国为谋，春申说秦王善楚，攻韩、魏，专为一国计也，徒缓近忧，未周远虑，其言虽足倾听，如唇亡齿寒何？

臣鸿绪曰：歇说秦伐韩、魏，与范雎远交近攻之策吻合，然韩、魏亡，则祸亦中于楚矣。歇见楚势弱，不得不为权时之计耳。

135.应侯谓昭王

康熙曰：先设两喻，正意只澹澹说过，盖前既危言切论，至是知昭王之心已移，故第借比喻之词一申明其说，使听者竦然。

臣鸿绪曰：尊主抑臣，乃范雎立说大指，然穰侯在秦有功，非列国专政者比。

臣正治曰：秦之所不足者，非威权旁落也，应侯特以危言动主，欲擅其国柄耳。

136.武安君谏秦昭王伐赵

康熙曰：以赵之残而难攻，以韩、魏、楚之完而易取，可见兵无常强，亦无常弱，而其机则在能惧与否而已。

颍滨苏辙曰：予读太史公《白起传》，秦之再攻邯郸也，起与范雎有怨，称病不行，以亡其躯。叹起以武夫困于游谈之士，使起勉强一行，兵未必败而免于死矣。及览《战国策》，观起自陈成败之迹，乃知邯郸决不可再攻，而起非特以怨不行，盖为之流涕也。赵充国征西羌，守便宜，不用辛武贤之策，武贤怨之，虽不能害充国，而卒陷其子。呜呼！循道不阿，自古难之与！

137.邹忌讽齐王纳谏

康熙曰：文甚谐丽动人，却是千古不易之正论。

臣德宜曰：唐文皇有言："以铜为镜，可以正衣冠；以人为镜，可以知得失。"邹忌览镜自知，而齐王下赏谏之令，则又能以邹忌为镜者也。

水心叶适曰：邹忌自知不如徐公美，因此劝其君受谏闻过。古人君臣之相与言也，以义理远贪欲而治道立，忌之言也，以贪欲求义理而谏路开，异矣。岂治道义理固无往而不在耶？虽然，其与几何！

138.淳于髡一日见七士

康熙曰：寥寥数语，为欧阳《朋党论》之所自出，人以荐贤为嫌者，可以祛其惑矣。

臣廷敬曰：髡滑稽之雄，所荐士未必皆贤，然其言甚切于理。

139.冯煖客孟尝君

康熙曰：冯煖焚券为孟尝结民志也，若汉之文景时下蠲租之令，其得民也大矣，岂区区市义之足云？

方山薛应旂曰：古人陈词隐约，令人可思。冯煖直云"无好""无能"，便非当时游士所及，孟尝固已心识之矣，贱之以试之也。

臣英曰：叙冯煖奇，叙孟尝亦奇，以照应为波澜，龙门列传多本此。

正传吴师道曰：冯公非真无能，故孟尝闻其署，则曰："客果有能也。"魏子予粟，冯公焚券，卒蒙其力。百乘之家不畜聚敛之臣，岂迂哉？

140.苏子说齐闵王

按：苏子，或作苏秦，或云苏代。《史记》称苏秦佯为得罪燕而亡走齐，说湣王厚葬以明孝，高宫室、大苑囿以明得意，欲敝齐而为燕。苏代继之，实祖秦之故智。《大事记》云：齐之伐宋也，苏代实启之，秦之救宋也，苏代复止之。代为燕反间，骄其君，劳其民，而速其亡也。此言藉权兴时，后起远怨，乃忠于谋齐者，岂其言遂若矛与楯哉？是不可知也。是言在灭中山后，取淮北、灭宋、侵三晋之前，盖闵王不听此策，以致败欤。

康熙曰：不为福先，不为祸始，此权藉之说也。圣人则以上顺天道为权，下合人心为藉。王者有征无战，用此道也。

荆川唐顺之曰：是策不从揣摩捭阖中来，直论天下形势，用兵虚实，惓惓以戢兵为意，纵轶殆荡，不诡于道，奇士也。

141.田单攻狄

康熙曰：淋漓生动，语语隽冷。

臣士奇曰：单能复齐七十余城，至是狄人不下，骄则生惰，彼此异时。仲连非战国功名之士，故持论侃直。

142.庄辛论幸臣

康熙曰：文近于赋，瑰丽可观。

俨山陆深曰：此文乃策赋之流。

臣乾学曰：自谓无患之念一萌，虽秦隋不能善其后，况楚襄乎！有《豳风》《无逸》之意，而出之婉逊，纳牖之至善者。

臣荚曰：酷写幸臣蛊惑之祸，比物连类，亦似庄生之感异鹊也。

臣叔元曰：长引曲喻，后世《七发》诸篇皆祖此。而指斥佞幸，使闻者色变体慄，则诚古今之善规也。

东莱吕祖谦曰：顷襄既失郢都，复召庄辛，闻其言至于色变体慄，此其所以能稍复故地也。

143.苏秦以合从说赵

康熙曰：文势忽断忽连，若长江万里，波澜无尽。若移此神志，明内圣外王之道、仁义礼智之功，当时所就，又复何如哉？

臣熙曰：六国形势不同，强弱各异，合之易，解之亦易。然指陈一时利害，亦自娓娓抵掌而谈，才情俊迈。

臣廷敬曰：苏秦所深虑者在韩、魏，范雎所欲先取者亦在韩、魏，盖当时之利害形势实不出乎此。使诸侯终守其约，秦安能出关而窥山东乎？

升庵杨慎曰：秦胸中计画天下如博塞，布子置路，历历在前，亦奇矣。

臣乾学曰：当时诸侯能守从约不变，终当与秦角立不相下。苏秦此文，一时绝大关键也。洹水一议，策诸侯相援，用虚用实，皆凿凿可行，不可以辩士游谈目之。

144.触詟说赵太后

康熙曰：从容委曲而取成功，可谓善于进言者。

臣德宜曰：苏明允论谏，有理谕隐讽之法。左师之说赵后，妙在徐徐引入，若与本事绝不相关，而不觉已为感动。唐之狄仁杰，盖深得此法者。

臣菼曰：触詟之言，可为人臣进谏之法，巽之妙也；子义之言，可为人臣宣劳之劝，蹇之义也。

升庵杨慎曰：人常以所爱夺于所尤爱。长安君，太后之所爱也。使长安君世世称寡，后之所尤爱也，况以存亡之故惕之乎！是太后之从左师触詟言者，得其机故也。不则，初之爱者，何心而后乃恣君之所使之哉！

145.鲁仲连义不帝秦

康熙曰：不帝秦，大义也；辞封爵，高节也。责新垣衍处，风旨奕奕。

臣杜讷曰：卓论足以警愚，高风足以起懦，千载而下，想见其人。

西山真德秀曰：鲁仲连反复言帝秦之害，有功于当时。而雄俊明伟，足为论事之法。

东发黄震曰：鲁连辟新垣衍帝秦之说，引邹鲁不肯纳齐闵王之事为证，可谓深切著明矣。

臣岳颁曰：秦雄视天下，已无一人不臣妾之，连独倡大义，使梁、魏不复帝秦，锄强扶弱，至今凛凛有生气。文之激昂慷慨，绝似连之为人。

臣鸿绪曰：战国纵横家多以利动人主，仲连独以义却秦，自是当时第一流人物。

臣叔元曰：不帝秦，大义也；却千金，高节也。战国策士未有能及之者，仲连故有儒者气象。

146.鲁君酒色味论

康熙曰：战国之君皆讲富强，鲁君独举四事，警切动人，尚有周公之遗教也。

震川归有光曰：凡文章，前立数柱议论，后宜铺应，或意思未尽，虽再言亦可，只要转换得好，如此非惟见文有情，而章法亦觉整齐。鲁共公此论可以为式。

147.信陵君谏魏王

康熙曰：四公子中，信陵最贤。即此一书，审度事理，了如指掌，虽善谋国者何以加之！

东莱吕祖谦曰：信陵君之言，深切综练，识天下之大势，使魏能用其计，纠率楚、赵，竭力助韩，则韩不失上党，赵不至败长平，六国不至为秦所吞矣。谋既不用，又以矫杀晋鄙，流落于外，六国垂亡，魏始再用，犹能收合诸侯，折强秦之锋。若用之于上党、长平未败之前，天下雌雄之势，未可量也。

荆川唐顺之曰：论至此，非深识范睢情状者不能详悉。若是其校量六国危亡、先后形势，不爽毫厘，信人杰也。

臣士奇曰：信陵君之意，盖亦主于合纵，非直危言竦听，要亦事理灼然。

臣英曰：六国之失莫大于与秦而自相攻击，信陵君欲魏存韩以共拒秦，谋画至审，使当时能守其说，强秦兼并之势亦少绌矣。

148.郭隗说燕昭王

康熙曰：昭王用郭隗之言，卑躬致士，卒复齐仇，可谓贤矣。

臣熙曰：自荐奇甚，隗能为此语，亦奇士也。文特峭拔。

东里杨士奇曰：士可求也，不可致也。从隗始以致士，故趋燕者皆可致之士，如乐毅等辈也。至于当时命世亚圣之才，如轲者，亦士也，能致之趋燕否耶？ 为隗者劝君求得斯人而委用之，则地方百里而可以王矣，又奚下齐七十余城如毅之足云？

149.苏代约燕王

康熙曰：形容秦处，尽得其情状，文笔亦有循环刺蜚之致。

定宇邓以讚曰：通篇只是明秦之不可亲，文特瑰玮奇肆。

臣鸿绪曰：摹写秦之行暴，逐段结案，又一并收束，篇法最奇最整。

150.乐毅去燕适赵

按:《史记》:燕王复以乐毅子乐间为昌国君,而乐毅往来复通燕,燕、赵以为客卿。乐毅卒于赵。

按:刘氏之序《国策》也,推本其弊,谓孟子、孙卿儒术之士,弃捐于世,然后游说权谋之徒,见贵于俗,而纵横短长之说用矣。南丰曾氏谓其论诈之便而讳其败,言战之善而蔽其患,卒至苏秦、商鞅、李斯之徒以亡其身,而六国与秦用之,亦灭其国,则夫邪说之害正如此,宜放而绝之,明矣。然观其所载,如乐毅之答燕惠王,忠义怫郁;信陵之谏安釐,谋虑深远;鲁仲连之不帝秦,辞赵赏,辞旨慷慨;及其他名言格论亦间见于书:其有益于治国理人者,固不得泯也。故裒而录之,共如干篇。

康熙曰：毅《报惠王书》虽急于自明，其情志悱恻，文辞深婉，固书牍之祖也。

升庵杨慎曰：乐毅《报燕王书》善矣，惠王亦自委曲恳至，足以饰前非而动众志。

臣正治曰：乐毅《报燕书》婉曲沉痛，蒯生所以读之而流涕也乎。

臣荄曰：毅之去燕，非臣子之正谊，战国游士之习则。 然特其文可为千载之劳臣讼冤，故用贤不可有或间之者也。 乐毅间而燕弱，李牧间而赵亡。

定宇邓以讚曰：悲切之中却作丽语点缀，此战国、西京所以奇伟。 若后人为之，不直追则淡弱，其情亦遂斩然无余矣。

臣杜讷曰：历叙衷曲，备极纡衍萦回，惟于大义未安，遂不禁覼缕其词耳。

遵岩王慎中曰：凄惋感恻，所谓长歌之悲胜于痛哭。

臣叔元曰：毅之去燕，智也；不为赵画策，仁也。 一试于燕，终身退藏，其神龙之见首不见尾乎！ 隆中之士用以自比，宜哉！

东廓邹守益曰：毅此一书，自陈其功罪，意思委曲而词气谦逊，实得奏书之体。 学者熟读而行文，自无躁率简略之患者矣[①]。

校记：

①此条据哈佛本补。

卷九

秦

按：旧选本多以《战国策》为秦文，其时周历未改，当仍系之周。今录《国策》所不载，如《孝公令》见秦之始霸，《赵良说商君》见鞅能强秦而不终，《李斯谏逐客》知秦能用人以并天下，及《子婴谏二世》著秦之所以亡，定为秦文。而驺忌子诸篇无所附丽，并录于此卷。

151.孝公下令国中

题注：孝公，名渠梁，献公之子。秦自缪公始霸，至孝公而复强。

按：秦文，如始皇《令丞相御史》《议帝号》及封禅诸石刻，其辞皆夸大，所谓作而不法者。孝公此篇，虽仅主富强，而能振先业，招贤士，为兼并之藉，故录之。

康熙曰：孝公亟思光复先业，博谋于宾客、群臣，得励精图治之意，惜乎不知修德行仁，沾沾于奇计强秦也。

水心叶适曰：秦孝公出令，上距穆公二百五十年，穆公旧事常镜见之，宜其兴也。人未有求自强而不获者，彼不幸而得商鞅，百余年秦亦亡，遗患万世，悲夫！

152.赵良说商君

题注：商鞅，卫公子，姓公孙氏。秦孝公用之，定变法之令，封之商於，号为商君。

尾注：孝公卒后，鞅出亡，秦攻而族之。

康熙曰：商鞅以残忍锲刻之性，变法速效，苟且目前，何暇计治理之纯疵耶？ 孝公举国以从，误矣。

守溪王鏊曰：赵良说商君，皆正言[1]。

臣熙曰：平叙两人行事，摹写曲尽，自觉优劣径庭。

应德唐顺之曰：残刑数事，明与五羖大夫施德相反；出盛车从，明与五羖大夫行于国中相反。

臣正治曰：商鞅结怨已深，未可以灌园解免，况忽忠言而甘朝露乎！ 是其识出应侯下矣。

153.李斯谏逐客书

题注：斯，楚上蔡人。从荀卿学帝王之术，后入秦，佐始皇并天下，为丞相，二世时族诛。时秦方逐客，斯为客卿，亦在逐中，乃上书。

按：斯此书，本自媒，而其言与帝王用人无方之义，有足相发。若阿二世意，上书劝行督责，以速秦亡，辞虽辩，不录。

康熙曰：古人搜罗贤才，招以弓旌，縻以好爵，若既入其国而以客逐之，则非矣。 李斯本邪辟之学，此篇论取材宜广，则不可以人废言也。

臣德宜曰：秦以客兴，亦以客亡。 如斯者，嬴氏之功首罪魁，即逐之不为过。 然此书终不以人废也。

守溪王鏊曰：以《韶》《虞》与《郑》《卫》并说，此战国之习。

臣廷敬曰：李斯《逐客》《督责》二篇如出两手，《逐客》雅练，类西汉，《督责》陗洁，类子书。

臣鸿绪曰：秦并六国，成一统，此书之功不浅。

154.子婴进谏二世书

题注：二世立，赵高亲近，日夜毁恶大臣，蒙氏、子婴谏，不听。

康熙曰：信任便嬖，轻弃老成，鲜有不败人家国者，汉唐之季覆辙相寻，尤可浩叹。

155.驺忌子以鼓琴见齐威王

题注：以下三篇皆战国文，《国策》不载。

康熙曰：《乐记》云“声音之道，与政相通”，确有至理。

臣英曰：覆绎前说，略加点缀以成文，自觉铿然有余韵。

156.淳于髡说驺忌子

按：此篇为隐语之始。附万民，择君子，辞归于正，故录之。

康熙曰：持论亦正，特务为隐语，终是战国习气。

臣乾学曰：《左传》秦客庾词于朝，当即此类，而不传其语，此则微示端倪，切中时政，非复郭舍人、枚皋之伦徒取捷给者所可拟矣②。

157.楚人对顷襄王

题注：顷襄王，名横，怀王子。

按：此篇类《庄子·说剑篇》，而辞采更胜。其意主于报强秦，复怀王之仇，《春秋》之义所取也，故录之正集。

康熙曰：讽楚报秦，有得于春秋复仇之旨。全以譬喻行文，弥觉古隽。

臣茨曰：以弋鸟讽弋秦、楚君臣，皆愧此小臣。《长杨》《上林》曲终奏雅，其意亦然，岂曰讽一而劝百？

臣士奇曰：一发再发，然后加于强秦，虽借弋为喻，而于形势了然，非同庄辛"黄雀"，徒然滑稽。

臣叔元曰：系心怀王，不忘敌仇。比物连类，深于正谏。顷襄不为动，愧此弋人矣。

校记：

①"言"，阙，据哈佛本补。

②"矣"，阙，据哈佛本补。

卷十

汉

高帝 讳邦，字季。自泗上亭长立为沛公，降子婴，灭项羽，成帝业。

158.入关告谕

尾注:秦人大喜,争持牛羊酒食献飨军士,沛公又让不受,曰:“仓粟多,非乏,不欲费人。”人又益喜,惟恐沛公不为秦王。

康熙曰：秦民重足而立，如在汤火中，一旦除苛法，约三章，人心所归，天命系之，汉室数百年之基业定于此矣。

西山真德秀曰：告谕之语财百余言，而暴秦之弊为之一洗，所谓若时雨降，民大说者也。

159.为义帝发丧告诸侯

题注:二年,至洛阳新城,三老董公遮说汉王以义帝死故,遂为发丧。

康熙曰：申大义以动天下之心，楚项虽强，其势已孤矣，不必决之垓下之战也。

160.罢兵诏

康熙曰：豁达大度，高帝之所由兴。罢兵一诏，其气概尤可想见。

西山真德秀曰：才数语而事理曲尽，存之以见汉诏简严之体。

161.令诸吏善遇高爵诏

康熙曰：重爵位，念勋劳，有国之常经。轸恤曲至，倍见笃厚之谊。

臣熙曰：贵爵尚功，国之令典。文情流动劲婉，极有节奏。

162.求贤诏

康熙曰：人材者，国家之桢干，储蓄而器使之，惟患其不广。高帝时，取士之法未备，宜其求之若渴也。

水窗刘友益曰：诏郡国求遗贤于是始见，自是而举贤良，举直言，皆帝启之矣。

臣正治曰：其言蔼切如此，而士不至，所令非所好也。

文帝　讳恒，高帝子。初封代王，大臣诛诸吕，迎立之，庙号太宗。凡汉帝谥，皆称孝。

163.议振贷诏

康熙曰：民胞物与之怀形诸诏令，自觉蔼然如春。

164.养老诏

康熙曰：引年尚齿，三代之制具详。时存问，厚赐予，著为令典，亦可谓善养老者矣。

165.赐南粤王佗书

题注：赵佗，高祖十一年立为南粤王，高后时叛，僭尊号。文帝元年，初镇抚天下，使告诸侯代来即位意，以陆贾为太中大夫，使南粤。贾至，佗恐，顿首称臣。

康熙曰：赵佗请罢两将军，求亲昆弟，其有悔心之萌乎。文帝赐书深自贬损，词意真朴，佗之感服，固其宜也。

耕道尹起莘曰：吕后专柄时，南越王佗反，遣周灶将兵击之，至是凡五年矣。帝不兴兵诛讨，而乃遣使告谕，然佗之臣服有甚于诛讨之威者。今即赐佗之诏，读之，其卑逊谦抑之语，温然可掬，略无一毫矜夸之意，真足使人心说诚服，佗虽欲崛强而不称臣奉贡，得乎？

臣德宜曰：开示恩信，洞达光明，得帝王驭荒服之道，故不烦一旅而南粤称臣，此宋儒张栻叹汉文帝之忠信能行于蛮貊也。

166.日食求言诏

康熙曰：《诗》曰“不显亦临”，昭事上帝之心无时可懈，因日食而克谨天戒，亦倍凛于平日尔。

琼山丘濬曰：此后人主因灾异求言之始。自文帝因日食下此诏，后凡遇日食与夫地震、山崩、水旱、疾疫之类，皆下诏求言，遂为故事。

167.除诽谤妖言之令诏

康熙曰：秦多厉禁，高帝涤除烦苛，乃诽谤妖言之令至文帝时始除之，亦已晚矣。

耕道尹起莘曰：直言虽举，而秦之虐禁犹有存者，除诽谤妖言法，则帝之开广言路尤可嘉矣。

臣廷敬曰：诽谤妖言之罪，古未之有也，有之自秦始，文帝毅然除之，仁矣哉！

168.赐民田租之半诏

康熙曰：蠲租一事乃古今第一仁政，下至穷谷荒陬，皆沾实惠，然必宫廷之上力崇节俭，然后可以行此。文帝赐田租之半盖由此道也。

169.议犯法相坐诏

康熙曰：圣王下车，以泣罪人，忍滥及其父母妻子乎？议除收孥相坐律，足征仁厚之至。

170.劝农诏

康熙曰：用意蔼至，敷词委曲，千载读之，犹足感动，况当时之人乎！

西山真德秀曰：文帝即位十二三年间，减租税半者再，除租税者一，后世人主未有能及之者，岂非躬行节俭之效欤？

171.劳赐三老孝悌力田诏

康熙曰：广教化，旌廉吏，深得致治之原，俗臻和乐，职此故欤！

臣乾学曰：汉治近古，文帝犹醇，诸诏书皆蔼然恳恻，延祚四百，有以也。置三老以教民，尤为德化之实事。

172.除肉刑诏

题注：十三年，齐太仓令淳于公有罪当刑，少女缇萦随至长安，上书愿没入为官婢，赎父刑罪，帝怜悲其意，遂下令除肉刑。

康熙曰：或谓肉刑除，而民轻犯法，不可以胜奸，不知肢体既残，绝其自新之路，惨莫甚焉，易之以笞，所全实多。

琼山丘濬曰：自是以来，犯法者始免断肢体，刻肌肤，万世之下，人得以全其身，不绝其类，文帝之德大矣。

173.除田租税诏

康熙曰：文帝至是屡下蠲租之诏矣，此真恭俭之实效，非可勉行于旦夕者。

174.令祠官致敬无祈诏

按：十三年夏，诏曰："盖闻天道，祸自怨起，而福由德兴。百官之非，皆由朕躬。今祈祝之官，移过于下，以彰吾之不德，朕甚不取。其除之。"与此同意。

康熙曰：黍稷非馨，明德维馨。苟务修德，天休自至。若徒以祠官之祝词而欲为人君祈福，果何为耶？罢之，洵为卓识。

西山真德秀曰：文帝过则自归，福则众共，古帝王之用心也。

175.策贤良诏

题注：十五年，诏有司举贤良文学士，上亲策诏之，时晁错在选中。

康熙曰：亲策贤良自此始。诏词简质，犹见古人风旨。

臣英曰：辞旨冲然自下，弥见蕴蓄之厚。

臣士奇曰：汉自文帝始策贤良，而一代得人为最盛，唐宋制科所由昉也。

176.议佐百姓诏

康熙曰：念切民依，务使家给人足而后已。语语恺恻，如见其忧劳之心。

177.定和亲诏

康熙曰：以四荒之外不安其生引为己咎，是王者以天下为一家气象。

178.遗匈奴书

康熙曰：拳拳于寝兵恤民，务期万物各得其所，卒致海内殷富，粟至十余钱，则其明效大验也。

西山真德秀曰：此书皆大哉！王者之言，非后世所及。

臣杜讷曰：以至诚之语，摅写仁爱之心，遂觉万汇群生，无不在其度内。

景帝 讳启，文帝太子。

179.定孝文庙乐舞诏

康熙曰：高帝初定天下，及乎孝惠之时，百姓疮痍未复，文帝躬行节俭，恩深渊流，庙号太宗，乐舞《昭德》，宜哉！

臣熙曰：典实弘大，沨沨乎《雅》《颂》之音。

180.谳疑狱诏

康熙曰：诏词严明，有断制，然哀矜恻怛之意益可见矣。

181.治狱务宽诏

康熙曰:《书》曰“惟明克允”，覆鞫迭讯，不厌其详，所以广好生之德也。

182.令天下务农蚕诏

康熙曰：崇本抑末，语语切至。毋为墨吏所侵暴，尤深中民隐。

仲德邵经邦曰：景帝不作雕文刻镂、锦绣纂组，及禁黄金珠玉，与文帝之敦朴无以异也，二帝所以致殷富之本正在于此。

臣正治曰：汉初诏令皆有真意，此尤王政之大者。史称移风易俗，媲美成、康，有由然矣。

183.重廉士诏

康熙曰：旌廉以惩贪风，正所以作士气。

臣德宜曰：原宪贫而愈廉，季孙富而愈贪，贪廉系人心，不系贫富也。兹之减算得官，犹得抑贪长廉之意。

184.劝农桑诏

康熙曰：文帝嘉惠元元，闾阎之间，可谓康阜矣。至于景帝之时，犹不忘劝课农桑，史称其克遵前业，信不诬也。

武帝　讳彻，景帝中子。初封胶东王，后为皇太子，嗣位，庙号世宗。

185.策贤良制

题注:建元元年,武帝即位,举贤良文学之士,亲策之。时董仲舒为举首。

康熙曰：申、韩、苏、张之习汩没人心已久，武帝策士，慨然以“则先王”“法上古”为问，两京之经学昌明，儒修蔚起，肇端于此矣。

臣廷敬曰：五帝三王以下作一段读，三代受命以下作一段读，后段文意更深细[1]。

臣鸿绪曰：武帝大略雄才，自期广远，即位之始，首兴儒术，俾焚坑、黄老之后经学大显，功不在禹下。

186.复策贤良制

题注：建元元年，时董仲舒对策，天子览其对而异焉，于是复策之。

康熙曰：武帝感仲舒之对策，因复策多士。当时崇尚经学、登进才贤意亦勤矣。

臣荚曰：策意在勤政、崇俭、省刑，数者皆在得人。人之分在贤不肖，贤不肖之分在廉耻，廉耻之不立在不得其真，可为善问。

187.复策贤良制

康熙曰：制辞屡进益切，其于天人化理之源流，可谓孜孜不倦矣。

臣英曰：西汉诏词以简洁胜，武帝三策尤渊邃于理。

188.养老诏

康熙曰：恤老者而及其子孙，曲体人情之至。

189.策贤良诏

题注：元光五年，复征贤良文学，上策诏之。

按：弘对策言仁、义、礼、智，归重于智术，曲学阿世，宋儒吕祖谦、真德秀俱深非之。今但录制辞。

康熙曰：武帝《复征贤良文学诏》词蔚然古丽，足征一代文治之美。

190.兴廉举孝诏

尾注：有司奏议曰："诏书昭先帝圣绪，令二千石举孝廉，所以化元元，移风俗也。不举孝，不奉诏，当以不敬论。不察廉，不胜任也，当免。"奏可。

康熙曰：兴廉举孝，深以壅于上闻为戒。至立为不举之罚，以惩二千石官长，汉武之求材可谓切矣。

臣叔元曰：兴廉则吏治修，举孝则风俗厚。西汉之治所以近古，而以兹事责二千石，尤为得体要也。

191.赦天下诏

康熙曰：诏词简洁，亦见古致。

192.置博士弟子诏

题注：元朔五年，公孙弘请为博士置弟子员。

康熙曰：兴崇庠序，奖进人材，乃国家之急务。汉置博士以尊经术实始于此。

193.赐三老孝悌力田帛诏

康熙曰：朝廷之德泽，每患其不能下究，虑奉行者之未善也。“县乡即赐，毋赘聚”，可谓良法。

194.赐齐王闳策

题注：元狩六年，三王同日立，皆赐策，各以国土风俗申戒。其后齐怀王薨，无子，国除。昭帝时，旦谋反，自杀。宣帝时，胥坐祝诅，诛。

康熙曰：辞意严正，能使听者凛然。

子正李奇曰：今敕封拜诸王策文起于此。

195.赐燕王旦策

康熙曰：建国之时，申严边备，可谓长顾却虑矣。

196.赐广陵王胥策

康熙曰：武帝分锡茅土，鲜克令终，于此见封建之不可复行矣。

197.遣博士巡行天下诏

康熙曰：遣使固有专责[②]，因以问民疾苦，留意人材，曲折详尽，深得诏令之体。

西山真德秀曰：《食货志》：令县官销半两钱，更铸三铢钱，皆以兴利，而褚大等之出，亦为举兼并之徒。是时张汤方用事，盖其所建请也。而此诏乃以“存问鳏寡”“举独行”为之词，岂其诚哉！武帝诏令大抵出于空文，非高文比也。

臣熙曰：辞旨错落，古色蔚然，自有云断岳连之妙。

198.遣博士巡行江南诏

康熙曰：致粟救荒，善政也。词气尤极恳恻。

槐野王维桢曰：汉人本经术以为治，故其诏书所下，颛颛然多以教化之政为言，而略不及于法令征赋，此犹有古人尚德不尚刑遗意。

199.封周子南君诏

康熙曰：周有圣德，而汉未远，为之立后，以修祀事，与封三恪义同。

200.敕杨仆书

题注：元鼎六年。杨仆，宜阳人。为楼船将军，征南越有功，封将梁侯。东越反，上欲复使将，为其伐前劳，以书敕责之，仆惶恐，愿尽死赎罪。

康熙曰：历数其罪，无可逃避，得以自效，如更生矣。此使过之法。

西山真德秀曰：武帝之所以警饬臣工、驾驭将帅者，略见于《赐严助》《敕杨仆书》，史称其雄才大略，信矣夫！

臣正治曰：欲用其力而敕责之，汉高踞床谩骂意亦尔。而仆卒以争功致败，则真骄蹇不悛者矣。

201.减内史地租诏

题注：元鼎六年。自郑国凿渠后，至是百三十六岁，而兒宽为左内史，奏请穿凿六辅渠，以溢溉郑国傍高卬之田，于是天子下诏。

康熙曰：兴水利以便民，复薄租入以宽其力，损上益下之诚溢于言表。

202.察茂材异等诏

题注：元封五年。时名臣文武欲尽，因下诏。

康熙曰：人之才分不齐，曷可拘以常格？昔人相士谓于牝牡骊黄之外，亦此意也。

臣德宜曰：汉世用人，惟高祖能驾驭豪杰，而武帝仿佛近之，读此觉雄心伟略不减《大风》一歌。

203.赐会稽太守书

题注:严助使淮南还,上问所欲,对愿为会稽太守,于是拜为会稽太守,数年不闻问,上赐责。

康熙曰：严助与淮南王相结，故非人臣礼，治郡无闻其罪之小者。

东发黄震曰：严助徒以捭阖取宠，亦以捭阖见诛。

204.赐吾丘寿王玺书

题注:寿王高材通明,为侍中中郎,会东郡盗贼起,拜东郡都尉,不复置太守。是时军旅数发,年岁不熟,盗贼益多,故赐书。

康熙曰：时以东郡多事，任寿王以都尉，且兼太守之职，倚毗至专，其何以逭陨越之咎!

205.罢屯轮台诏

题注:是时,上既悔远征伐,而搜粟都尉桑弘羊与丞相、御史奏言:“轮台以东,捷枝、渠犂皆故国,可遣卒屯种。”上乃下诏,深陈既往之悔,由是不复出军,而封丞相车千秋为富民侯,以明休息,思富养民也。

尾注:与上计者同来赴对也。

康熙曰：武帝于稽古礼文之事，修举废坠，俾三代典制灿然复兴，有功世道不浅。乃不克遵文景之节俭，遂致海内虚耗，晚年悔悟已无及矣。

西山真德秀曰：此武帝悔过之书也。其事有四：益民赋一，田轮台二，募囚徒送匈奴使者三，明赏罚以报忿四。方帝志气盛壮，时闻群臣此请，必锐然从之矣。更变知难，乃始悔艾，帝时年齿已六十九，虽徙义弗早，然汉家社稷几危而复安，实有赖焉。方诸《吕刑》《秦誓》，盖仿佛其遗意云。

臣廷敬曰：细读此诏，如云“曩者，朕之不明”“朕不忍闻”“五伯所弗为”，一篇之中三复致意，勤民恤隐之心宛然如睹。昔人每以秦皇、汉武并举，是何过之深也!

臣鸿绪曰：读此诏，如严寒霜雪之后，阳和忽转，万汇皆春。

臣荧曰：诏辞悔心真切，一无隐讳，最为质古。缚马一事，计谋、卦兆皆谬，故卿士、龟筮之从不若庶民。

昭帝 讳弗陵，武帝少子。

206.赐涿郡韩福等五人诏

题注：元凤元年，赐郡国所选有行义者韩福等五人帛，人五十匹，遣归。

康熙曰：优赐有行义者，使修孝弟以教乡里，较之居官尽职，裨益尤多。

207.赐燕王旦玺书

题注：元凤元年，燕王旦与左将军上官桀等谋反，天子使使者赐燕王玺书，旦得书，自绞死。

康熙曰：论情论理，步步紧严，结语更极警痛。

臣乾学曰：词严义正，不必更言致法于王而已无地自容矣，卒之天讨得伸，并无就戮甸人之迹，可谓恩义两尽。

宣帝 讳询，武帝曾孙，庙号中宗。

208.地震举贤良方正诏

康熙曰：宣帝锐意图治，是年春以岁饥诏振农民，甫三月又因变诏举贤良，皇皇不自暇逸，中兴之业已见一斑。

209.令郡国举孝弟诏

康熙曰：汉承秦敝，敦本行以挽颓风，乃其要务，故自文帝、武帝皆致意焉。

210.罢车骑等屯兵诏

康熙曰：戍卒之劳，自古为甚，特诏罢之，惠民实政也。

211.遭丧勿徭诏

康熙曰：以公家徭役致民不得葬，诚为可悯。 诏词惋恻入情。

了翁陈瓘曰：宣帝之政，见于风俗者始于此。

212.首匿勿坐诏

康熙曰：伦纪至重，则首匿可原，风化所关，自不得执一而论。

臣英曰：王制凡听五刑之讼必原父子之亲，诏言“首匿勿坐”良得斯义。

213.减盐贾诏

康熙曰：民隐之壅于上闻者多矣，轸恤之方自当无微不至。

214.令郡国岁上系囚诏

康熙曰：《书》称“惟刑之恤”，《易》言“明慎用刑而不留狱”，此诏得之。 词亦警动。

臣熙曰：仁义之言蔼如，亦具有综核名实之意。

215.令二千石察官属诏

康熙曰：《书》曰：“非佞折狱，惟良折狱。”察官属以务平法，得慎刑之道矣。

臣正治曰：宣帝尚名法而用心忠恕如此，史称侔德殷宗、周宣，谅哉！

216.益吏奉诏

康熙曰：念及侵渔百姓，益吏奉以养其廉，深于爱民也。

217.使尚书诏问黄霸

题注：五凤三年，乐陵侯史高以外属旧恩，侍中贵重，丞相黄霸荐高可太尉，天子使尚书诏问霸，霸免冠谢罪。

康熙曰：言不迫切，而意实严核。

218.戒不禁奸邪诏

康熙曰：致治有要，惟务宽大，不流于纵弛，考名实，不近于刻核，斯善矣。

臣德宜曰：管子云："法禁不立，则奸邪烦。"此诏谆切言之。汉宣帝之综核名实，于斯可见。

元帝 讳奭，宣帝太子。

219.责丞相御史诏

题注：上初即位，关东连年被灾害，民流入关，上于是数以朝日引见丞相、御史入受诏条，责以职事。

康熙曰：元帝初政，汲汲以弭盗振饥为事，足见愿治之心[3]。

臣廷敬曰：汉世以阴阳策免三公，其事近诬。若民之失业，吏之不职，则安辞其责！

220.蠲减律令诏

题注：按《刑法志》，元帝初立时诏。

康熙曰：肫切婉挚，犹见忠厚之遗。

221.宫馆勿缮治诏

康熙曰：克守恭俭，乃元帝之所长。诏词亦古质。

222.地震赦天下诏

康熙曰：不为浮饰之言，能宣郁悼之实，亦诏令之工者。

臣乾学曰：用意朴至，有文景之风④。

223.罢珠崖诏

题注:初元三年,珠崖郡山南县反,博谋群臣,待诏贾捐之以为宜弃珠崖,救民饥馑,从之。

康熙曰：恳恻之情，溢于言表。

臣鸿绪曰：元帝从贾捐之议，罢征珠崖，当时洵为有益，然自汉末至今，遂为郡县，盖冠裳礼乐矣，古今不同势，类如此。

224.赦天下诏

康熙曰：矜全民命，惟恐陷于苛吏之深文，此史臣所以赞其宽弘也。

225.罢甘泉建章宫卫诏

康熙曰：词近质实，意则周详。

臣英曰：罢宫卫，令就农，是务本实政。

226.复责丞相御史诏

题注:永光元年,春霜夏寒,日青亡光,上复以诏条责。

康熙曰：亟于拯民之困，图维肫切，情见乎辞。

227.罢初陵县邑诏

康熙曰：汉文最为沉郁，此独以华赡出之，已开唐人风气。

228.赐东平王太后玺书

题注:东平王宇,宣帝子。时犯法,与太后不相得,上敕谕王,复赐太后玺书。

康熙曰：委婉谆复，足以启人之悟，班史谓元帝号令温雅，有古之风烈，于兹可见。

西山真德秀曰：观东平王一事，而汉庭处之曲尽如此，可谓得治亲之谊矣。

臣叔元曰：为母言慈，为子言孝，以圣人而处人骨肉，亦无逾于此。

229.敕东平傅相诏

康熙曰：傅相之于王，任至重矣。以诏敕督责之，最得要领。

230.报贡禹

康熙曰：贡禹以明经洁行征，盖廉静寡欲之人也。使之在列，足以风示有位。

臣士奇曰：报书情文婉至，所谓劝以忠信。

成帝 讳骜，元帝太子。

231.减刑诏

康熙曰：大辟之刑至千有余条，文法之吏得以因缘为奸者，何可胜计！成帝念及此，亦见其天资之善。

232.顺四时月令诏

康熙曰：引经据古，文亦灿然。

233.举博士诏

康熙曰：儒官专司教化，所关至重，固当慎选其人。

234.劝农诏

康熙曰：汉之文景，首重农桑，优恤劝诫，详于他务。成帝此诏，犹有绳其祖武之意。

臣熙曰：语平淡而味隽永，引《书》作结，风韵泠然。

235.遣使者巡行郡国诏

康熙曰：溯流民失业之由，思所以振救安全之，委曲周到，具见诚悃。

臣正治曰：读此诏，知元成之世犹有文景遗风。

236.禁列侯近臣奢僭诏

康熙曰：辨等威，崇节俭，则僭侈不作，而风俗可淳，匪细故也。食禄之家尤易流于奢靡，今行自近，深中窾要。

臣德宜曰：世禄之家，鲜克由礼，而民俗敦朴者未之闻也。戒奢防僭，首及列侯近臣，其言亦深中时弊矣。

哀帝　讳欣，元帝庶孙，定陶恭王子。

237.罢乐府官诏

题注：时黄门名倡丙强、景武之属，富显于世。哀帝自为定陶王时疾之，又性不好音。及即位，下诏。

康熙曰：君子听乐以平其心，盖将于宫县考击之间，求制作之本原也。若郑卫之声，何可并列乐府以烦专官？

臣廷敬曰：别属他官者，属之大乐也。所罢不应经法者凡四百四十一人，详见《乐志》。

校记：

①“细”，阙，据哈佛本补。

②“责”，原作“赍”，据《古文评论》改。

③“足”，原作“定”，据《古文评论》改。

④“风”，阙，据哈佛本补。

卷十一

汉

贾山 颍川人。尝给事颍阴侯为骑。

238.至言

题注:孝文时,山上书言治乱之道,借秦为喻,名曰《至言》。真德秀曰:“汉自高帝以来,未有以书疏言事者,山实始之,盖文帝广开言路之故。”

康熙曰:文气排荡,思致遥深,既脱战国策士捭阖之习,已开西京贾董浑茂之风。

龟山杨时曰:孝文之恭俭仁慈,而贾山乃借秦为喻,盛言其侈靡、贪残、暴虐,宜若过矣,然君臣儆戒正在无虞之时,故舜犹以丹朱戒其君,则山之借秦不为过也。

伯厚王应麟曰:山之才亚于贾谊,其学粹于晁错。

荆川唐顺之曰:此文去战国未远,有奇气而不用绳墨。

臣熙曰:闳论切喻,波澜层出,笔力所至,自成法度。

臣正治曰:借秦为喻,二贾同一机杼,其中气横厉,剀而善入,亦相似。

臣德宜曰:汉文止辇受言,省刑宽赋,躬行节俭,为天下先,必无有壅蔽,如山所虑者,乃谆谆以亡秦为鉴,此忧盛危明之至计也。

臣廷敬曰:屡呼屡应,详复其辞,而读之不厌者,由其气厚而笔健也。

臣乾学曰:论秦事惟此为至快,贾论、徐书皆不能过也。

臣鸿绪曰：秦亡于不闻过，反复洗发，洵千古定论。

西山真德秀曰：山指秦之失，专归于此。

臣英曰：极言竭论中独有温醇绵密之气，西汉文继《战国策》后，一变其嚣张谲辩，归于纯正，所以开一代之风气也。

西山真德秀曰：山此书专规帝与近臣射猎而已，何至借秦为喻？盖秦亡养老之礼，亡辅弼之臣，亡进谏之士，故穷奢极欲，陷于危亡而不自知。文帝虽未至是，然不与近臣图议政事，而与之驱驰射猎，则佞幸进而侈欲滋，其蹈秦之失有不难者，此忠臣防微之论。然其末复开宴游一路，非所谓陈善闭邪也，其不得为醇儒以是哉。

臣士奇曰：肫挚纡徐，深得古人之旨，不愧至言。

臣杜讷曰：笔劲以峭，词典而腴，通篇奇气磅礴，绝无蹊径可寻，真与长沙伯仲。

贾谊　洛阳人。文帝以为博士，时年二十余，超迁，岁中至大中大夫。诸法令所更定，及列侯就国，其说皆自谊发之。谊欲立制度，兴礼乐，而绛、灌之属害其能，天子后亦疏之，以为长沙王太傅。又为梁怀王太傅。王薨，谊自伤哭泣死，年三十三。

239.陈政事疏

题注：时匈奴侵边，天下初定，制度疏阔，诸侯王僭拟，地过古制，谊上疏陈政事，多所欲匡建，其大略云云。

尾注：是时，丞相绛侯周勃免，就国，人有告勃谋反，逮系长安狱治，卒亡事，复爵邑，故谊以此讥上。上深纳其言，养臣下有节。

康熙曰：谊之大计在遏乱萌而厚风俗，上下古今，目光如炬，负此异才，惜乎厄于绛、灌而不能用也。

香山白居易曰：汉兴四十载，万方大理，四海大和，贾谊非不见之，所以过言者，以为词不切、志不激，则不能回君听、感君心而发愤于至理也。是以虽盛时也，贾谊过言而无愧；虽过言也，文帝容之而不非：故臣不失忠，君不失圣，书之史册以为美谈。

东发黄震曰：贾谊天姿甚高，议论甚伟，惜不闻孔孟之学，然一时无与比者，其后经画汉世变故，皆谊遗策。

西山真德秀曰：按：汉去古未远，故人臣言事，无所忌讳如此。

槐野王维桢曰：贾生《治安策》，其为文帝规画治体，图谋远虑，大抵害陈而利以见。

臣熙曰：敷陈时政，切中事情，凡五千余言，一气说去，逐层脱卸，反复不穷，是西汉有数文字。

西山真德秀曰：按：谊历数四事，直以帝为不能，非孝文之盛德，孰能容之哉！

臣正治曰：其言深达国体，使稍敛其锋锷，董江都无以过也。

臣德宜曰：治安之策，痛切详尽，为古今言事之宗。宋儒张栻谓其通达政体，而未免激发暴露，则少年英锐之气未除也。

西山真德秀曰：按：此天下之善谋也，使文帝早用其说，安有七国之变？至武帝始用主父偃策，令诸侯得推恩子弟，而后诸侯王之祸熄。

臣廷敬曰：谊言长太息者六，疏中止及其三。盖自“夏为天子”至“此时务也”为一段，自“凡人之智”至“引周秦事以观之也”为一段，合之共得五事，其一则史家删去之。若《新书》大都等齐诸篇，后人伪托，不足据也。

臣乾学曰：长沙论数大政而终之以重礼义，诚以上下固结之意，所关尤重，第观都俞一堂与夫《鹿鸣》《天保》之君臣，而秦汉之失自见矣，然则礼义曷可斯须去哉？

臣英曰：天下如大器，视乎所置之安危，汤武置天下于仁义礼乐，所谓措国于不倾之地也。遣辞命意，独见其大。

西山真德秀曰：文帝知富民而不知所以教之，故其大者僭至此。文帝不早定经制，致使武帝以忿疾之心，专以权抑并兼为事。是今日之容养，适以启异时决裂之祸也。谊言不见用，惜哉！

西山真德秀曰：按：是时张苍为宰相，苍故秦吏，故所知止此。

西山真德秀曰：或谓谊推尊管子，见其学之不粹，是不然。管子之言诚切于治体者，孟子尚取阳货之言，况管子乎？然又以柳子二维之说病管子，是又不然。礼义其统言，所包者广，廉耻其专言，所指者切，亦犹孟子曰“仁义忠信，天爵也”，忠信岂在仁义之外耶？

臣士奇曰：明达治体，而济之以诚，故言之侃侃。

臣杜讷曰：经世远犹，汉廷无出其右，惜乎！不能自善其用也。

240.请积贮奏

题注：时民近战国，多背本趋末，谊说上云云。上感谊言，始开籍田，躬耕以劝百姓。

康熙曰：王道之大，不外教养两端，贾生惓惓于当时者如此，所谓王佐之才，非晁错之策可比。

臣熙曰：“积贮为天下大命”一语作主，说得十分关切，足民足国，灼见本原，后世常平义仓之议悉出于此。

241.封建子弟疏

题注：文帝以代王入即位，后分代为两国，立皇子武为代王、参为太原王、小子胜为梁王。后又徙代王武为淮阳王、太原王参为代王，居数年，梁王胜死，亡子。谊上疏。

尾注：文帝从谊计，乃徙淮阳王武为梁王，得大县四十余城，徙城阳王喜为淮南王，抚其民。后吴楚之乱，梁王捍之，卒破七国。

康熙曰：亚夫所以能平七国者，恃梁为之扞蔽也。谊言已先执左券矣，顾不谓之天下才耶？

臣正治曰：封建一事，三代以下难言之。众建诸侯而少其力，是亦通变之微权也。

西山真德秀曰：《汉书·谊传》详纪本末，以见谊前谓梁足以扞齐、赵，后谓淮南王子之不可并王，其说验也。

242.谏封淮南四子疏

题注：时封淮南厉王四子皆为列侯，谊知上将复王之也，上疏谏。

尾注：后厉王子淮南王安卒以谋反诛。

康熙曰：前疏请以淮南地益淮阳，意盖不欲文帝之分王淮南诸子也，恐帝不悟，故讼言之。

敬所王宗沐曰：汉兴，贾谊博极群书，抱王伯之略，为文帝陈治安。其言诸侯王势骄悍，易生变，后七国果反；匈奴不可不备，单于果数侵苦汉边；淮南王三子怨望，不宜分封，后果反。诸所论事，皆劘切世故，以此称谊通达国体。

243.谏民私铸钱

尾注：上不听，是时吴以诸侯即山铸钱，富埒天子，后卒叛逆。

康熙曰：此奏与唐臣刘秩之议前后同指，七福与四美亦略相似，古今异，宜方资博采耳。

槐野王维桢曰：先设两端以难之，而后开以除祸致福之说。

臣德宜曰：钱法欲疏通于下，而利权断自上操，故王制山海之利不以颁者，虑权之下贷也。

244.过秦论

按：此《论》近世分为上、中、下三篇，以论始皇为上，论二世为中，论子婴为下。然《史记》不分篇次，真德秀选本亦准《史记》原文，今仍之。

康熙曰：文势一步紧一步，如回风激水，蹙蹙生漪，末乃其归墟处也。

止斋陈傅良曰：秦以七世亡六国，而民以期月亡秦，以秦之强，不能当民之弱，天下之真可畏者，果安在哉！

臣乾学曰：周之兴，以归马放牛，散财发粟；汉之兴，以破觚为圜，斫雕为朴。始皇专任法术而轻用民力，秦不能法周而汉犹能监秦，此享国之所以异也。

臣鸿绪曰：豪荡感慨，足与《麦秀》《黍离》之情相发。

臣廷敬曰：攻守异势，是言秦之所以暴兴；仁义不施，是言秦之所以速亡。全篇如许波澜，只以一语收住，关键最紧。

致堂胡寅曰：谊之言必出于陆生。所谓武逆取而顺守之也，是不然。秦以诈力取，既得之，必无能施仁义之理。

臣士奇曰：司马迁《秦纪》取此作赞，以为莫善于贾生也。陆机论吴，干宝论晋，体意俱本此。

西山真德秀曰：天下嗷嗷，新主之资，此正孟子饥渴易饮食之说也。然桀、纣之虐，必有如汤、武者代之，然后可慰斯民之望。若二世者，以始皇为之父，以赵高为之师，所习见者，非斩刈人则夷人之三族也。谊乃以任忠贤忧海内望之，何异责盗跖以伯夷之行乎！昔有谓太甲苟不能改过则商必亡，秦能立扶苏则秦必祀，先贤非之，曰："以成汤之圣德，天必不使太甲终于桐宫；以始皇之暴虐，天必不使扶苏得嗣守其业。"斯言当矣。如谊所云，亦书生之论，今特以其文取之。

薄昭　昭，文帝母薄太后弟，封轵侯，以帝舅为将军。

245.予淮南厉王书

题注：厉王名长，高帝少子。文帝时，王骄恣，不用汉法，帝令昭予王书谏数之。

尾注：王得书，不悦。后坐法，废，徙蜀。

康熙曰：四甚厚，八危亡，暗暗相对，射言帝之待王如此，而王之负帝乃如彼也。古人文字针线细密，而不露痕迹如此。

鹿门茅坤曰：此书所载，千年以来绝调。

卷十二

汉

晁错 颍川人。文帝时为太子家令，号曰智囊，数上书言事。景帝即位，为御史大夫，建议削诸侯地，吴楚反，被诛。

246.上言兵事书

康熙曰：错学刑名而精于兵事如此，可知古人兵家、法家同原异趣。班固作《刑法志》首言兵制特详，得其指矣。

西山真德秀曰：按：错三书，其论备边，皆古今不易之论，非直可施之当时而已。

次崖林希元曰：此疏首言用兵三急，中述兵法一段，又添入将知兵、君择将为兵家四要，末言匈奴、中国长技，归重于处置降胡义渠一事，此其大主意也。说出兵家利害虚实，大略无遗，又一一切当，真经世之文。

鹿门茅坤曰：按地形以画兵器之利，孙吴以来所未发明者。

荆川唐顺之曰：此文最古，尚似孙武子。

臣熙曰：叙兵势相当处，如聚米画沙，了然在目。归重在帝王之道，动出万全，庶几有本之论。

臣正治曰：言兵事固策士之雄，而“兵凶战危”数语，名言可佩，则非策士所及。

247.请募民实塞奏

尾注：言发怨恨之人使行戍役也，于是上从其言，募民徙塞下。

康熙曰：首一节举秦事以为鉴，中一节言远戍之不便，后一节言徙民塞下之利，末仍收归前二节意，矩矱森然。

东发黄震曰：错《言兵事》《徙民入塞议》，蔚有文华。

甬川张邦奇曰：民尚农则恒产立，恒产立则土著固，土著固则缓急为用，此劝农力本，为当世急务也。

臣廷敬曰：客兵之与土著，利害昭然可见，而区画详尽，使乘障者安居乐业，则不易之法也。

248.请立边民什伍法奏

康熙曰：是时，帝已从错言，徙民塞下矣，故错因前奏而更详言之。

臣德宜曰：安插募民，使生聚教训，可战可耕，此即《周官》井田、管子内政遗意也。归重良吏，尤得劳徕安集之本。

臣乾学曰：管子用轨、里、乡、连之制以寄军令，数始于五，与井田异，盖用之边境尤宜也，故曰“参其国，伍其鄙”。

249.重农贵粟奏

尾注：于是文帝从错言，令民入粟于边，赐爵有差。

康熙曰：重农贵粟之道在于抑末作，禁游惰，敦俭朴，斥奢靡。若以粟为赏罚，农人之粟有限，适所以便利商贾，而究无劝于本业也。

水心叶适曰：汉文帝用贾谊言开籍田，从晁错入粟除租，后遂三十税一。孟子以二十取一为貊道，谓有中国人伦，非苟轻之，此为当时诸侯小国言之可也。若汉初制度已大异，必将反之于古而后能利民，相持纷纷，欲益反损。错等议论，虽甚质陋简率，而因时转易，主于不贪，农末相安，积实自倍，卒成汉世之仁政，则虽圣贤复起，有不能废矣。至后世全得天下，无异于汉，上下苦心劳力，奉行刻剥之策，使仁人志士欲出一二，求以毫末利民而不可，且终莫知其所以受病者安在，真可悲尔！

东发黄震曰：文帝赐民田租，却自入粟一事始，不为无补于汉。

臣鸿绪曰：贵粟本计也，拜爵权术也，大渫天下粟而除农民租，则用术而归于正。

250.请入粟郡县奏

尾注:上复从其言,乃下诏赐民十二年租税之半。明年,遂除民田之租税。后十二岁,孝景二年,令民半出田租,三十而税一也。

康熙曰：郡县入粟以备用，遂可勿收民租，诚根本至计，可谓名言硕画。

251.贤良对

题注:文帝十五年,诏举贤良文学士,错在选中。上亲策诏之,对策者百余人,唯错为高第,由是选中大夫。

按:错学申、商刑名,其劝帝自亲事,意在综核名实,然帝于礼乐制度,多谦让未遑,则错言自足切劘也。

康熙曰：以帝王霸配合策问，似亦偏驳，视贾、董邈然河汉矣，然文甚古劲。

仲淹王通曰：洋洋乎晁、董、公孙之对，有以哉！

室甫汉晓曰：汉策莫过于晁策，就事为文，简径明畅，事皆凿凿可行，贾太傅不及也。

西山真德秀曰：错之对，惟“三王臣主皆贤”一段为正论。

臣乾学曰：胪列帝王升降之迹，归重于五帝之躬亲，又深得责难敬君之意，或以法后王为易行，真陋说也。

臣英曰：大指主于求贤自辅，以五帝三王五伯经纬立论，末虽告文帝以躬亲，而前意实隐跃也。

枚乘　字叔，淮阴人。为吴王濞郎中。王谋为逆，乘奏书谏。及吴灭，乘由是知名，召拜为弘农都尉，病免。武帝即位，征乘，道卒。

252.谏吴王书

康熙曰：是时，吴之逆谋，迹尚未露，故谏辞隐跃如此。

次崖林希元曰：此书是当吴王逆谋未露之先而谏之，故全不露出事情，而长喻远譬，曲尽利害，文字起伏变化，意态横生，真古之善言者。

荆川唐顺之曰：一篇譬喻。

臣士奇曰：佹辞隐语，善于立喻，周秦之文。

臣杜讷曰：词赋其所长尔，乃能抗言正论，未可以文士目之。

董仲舒　广川人。治《春秋》，孝景时为博士。下帷讲诵，非礼不行，学者皆师尊之。武帝时，历江都、胶西相，去位归居，以修学著书为事，所著皆明经术之意。年老寿终于家。

253.贤良对一

题注:武帝即位,举贤良文学之士,仲舒以贤良对策。

康熙曰：致知力行，学之要也，不强勉则功无由入；仁义礼乐，治之具也，不更化则治无由成。篇中立意如此，深得纲领。

子政刘向曰：董仲舒有王佐之材，虽伊、吕无以加，管、婴之属，伯者之佐，殆不及也。

孟坚班固曰：仲舒遭汉承秦灭学之后，六经离析，下帷发愤，潜心大业，令后学者有所统一，为群儒首。

西山真德秀曰：西汉儒者惟一仲舒，其学纯乎孔孟，其告君亦必以尧舜，盖七篇而后，未有及者。

甬川张邦奇曰：董子三策，明天人之道，达性命之原，发治教之实，可谓得圣门正传，足为百王之大法矣。

鹿门茅坤曰：首对在仰承天心而兴教化以善治。

晦庵朱熹曰：仲舒识得本原，如云“正心可以正朝廷”，如说“仁义礼乐皆其具”，此等说皆好。若陆宣公之论事却精密，第恐本原处不如仲舒。问：“贾谊与仲舒如何？”曰：“谊有战国纵横之气，仲舒儒者，但见不透。”又云“明于天性，知自贵于物”云云，又似识得性善。

臣熙曰：秦并六国，汉承其后，刑名法术之习胜，而仁义道德之意微。

仲舒首发性命之原，究极天人之旨，为功于圣道大矣。

臣正治曰：仲舒天人之对，缘本经术，其言甚醇。而第一策于性命之旨尤邃，谓为汉世大儒，信然！

臣德宜曰：以行道为求天之端，以正心为体元之要，以兴教化为致休应之原，天人相与之微，圣功王道之极，皆一以贯之矣。

254.贤良对二

康熙曰：设诚于内而致行之，圣功王道不外乎此。

正叔程颐曰：汉之诸儒惟董子有儒者气象。

东发黄震曰：自孟子没后，学圣人之学者惟仲舒。其天资粹美，用意纯笃，汉唐诸儒鲜其比者，使幸而及门于孔氏，亲承圣训，庶几四科之流亚矣。

西山真德秀曰：按：奢俭皆非中制，然“与其不逊也，宁固”，仲舒言之不详，武帝侈心之启，未必不由此。

西山真德秀曰：武帝徒闻而不尊，徒知而不行，此其受病之本，故仲舒箴之。

鹿门茅坤曰：次对在兴太学与择守令及求贤之大。

臣乾学曰：提出学校养士，已得为治要领。仿是法也而行之，卒无成效，岂非改作之难，而古制之不可遽复乎？

臣廷敬曰：制策云“道世务而未济”，故此对多切于时务之言。

次崖林希元曰：观仲舒所言，当时任官之弊，则资格之法，当汉初已然矣。

255.贤良对三

尾注：自仲舒对策推明孔氏，抑黜百家，于是立学校之官，州郡举茂材、孝廉，皆自仲舒发之。

康熙曰：诸不在六艺之科、孔子之术，皆绝其道，勿使并进，非学有本原，见得真切者，安能遽为是言？

鹿门茅坤曰：第三对董子并按问而条画之，其所提挈处，在损周之文以用夏之忠，无与民争财利而一道术。

西山真德秀曰：愚按：《中庸》曰：“天命之谓性，率性之谓道。道出于性，而性出于天。”仲舒此言即《中庸》之意。

西山真德秀曰：按：此非学贯天人之际者不能言。

西山真德秀曰：其曰道之大原出于天，则天命率性之意，尤所谓知其本原者。

水心叶适曰：居君子位，为庶人行，诚后世通患。然师友议论以此自责则可，教人责士大夫则不可。盖人主当化人以有耻，不当疑君子以无耻也。疑君子以无耻，则人材扫地，不可振矣。

翼之胡瑗曰：仲舒名儒也，多得《春秋》要义，所对切中当世之病，如罢黜百家，表章六经，其功不在孟子下，何谓缓而不切乎？刘蕡虽直，非其匹也。

256.限民名田奏

题注：武帝时，外事征伐，内兴功利，役费并行，而民去本，故仲舒上言。

尾注：仲舒此议竟寝。至哀帝时，丞相孔光等申其议，帝乃下《限列名田诏》，丁傅、董贤皆不便之，遂格不行。及王莽僭位，名天下田曰王田，不得买卖，其男口不满八而过一井者，分余田与族党，犯者法至死。吏缘为奸，陷刑者众，乱亦旋作，法非其人，虽良亦敝也。

康熙曰：名田之弊，宋臣叶适、苏洵、马端临论之详矣。斟古酌今，事未易言也。

淮南王安　厉王子，嗣封。好书，招致宾客，作《内书》二十一篇，《外书》甚众。后有逆谋，自杀。

257.谏诛闽越书

题注：武帝建元六年，遣王恢、韩安国将兵诛闽越，安上书谏。

尾注：言汉发一人镇抚之，则越人宾服，不烦兵往也。是时汉兵遂出逾领，闽越王弟余善杀王以降，上乃令严助谕意于安。

康熙曰：明畅雅健，辞能达指。

荆川唐顺之曰：此书如走盘之珠，不可捉摸。

次崖林希元曰：此书言山川林麓、溪谷道路之险阻，物产风气之凶恶，南越之风土历历可见。

荆川唐顺之曰：前后反复，无非是说以中国劳蛮夷之意。

臣杜讷曰：惋恻沉痛之至，反复读之，慢然有佳兵之戒。

卷十三

汉

严安　临菑人，丞相史。

258.上书言世务

题注：安与主父偃、徐乐俱上书言世务，上召见三人，谓曰："公等安在，何相见之晚也？"皆拜为郎中。

康熙曰：此书特为穷兵而发，前言禁奢侈是引端，后言郡守权重是余波，文家宾主之法也。

臣熙曰：气格似贾谊《过秦论》，而引喻深切著明。

水心叶适曰：汉武五十年用兵，独严安一疏论事有本末，言秦失之强，讥病当世有味。

臣正治曰：周失之弱，秦失之强，其敝皆由于不知变，斯言可谓明切。

东发黄震曰：严安一书，言武帝靡敝，中国结怨夷狄，而其后则谓郡守之权，非特六卿，岂虑根本既耗，或有乘时而起者耶？

徐乐　燕郡无终人。

259.上言世务书

康熙曰：与严安意指略同，而造语奇凿。

西山真德秀曰，徐乐之书谓基本积坏为土崩，祸难骤兴为瓦解，其说似矣。然圣贤虑治必察于微，不以基本之固为可恃也，不以祸难之骤为可忽也。乐之告武帝也，欲明安危之机，销未形之患，则几微之际，皆所当谨也。

贵溪江以达曰：徐乐谓祸难卒作不足畏，而基本积坏深可虑者，欲武帝观化原而销未形也。

臣德宜曰：《易》曰“山附于地，上以厚下安宅”，下固而上始安，犹山以地厚而屹峙也。兹云“民安则无土崩之势”，实本斯旨。

司马相如 字长卿，成都人。景帝时，为武骑常侍，帝不好辞赋，因病免。客游梁，著《子虚赋》。武帝读而善之，以蜀人杨得意荐，召为郎，使巴、蜀。还，拜中郎将，通西南夷。病免，卒。

260.谏猎疏

题注：时武帝方好自击熊豕，驰逐野兽，相如因上疏谏。

康熙曰：相如文类春华，此则秋实矣。

鹿门茅坤曰：辞直而文磊落。

臣英曰：绵丽之文，复饶忠爱。

主父偃 临菑人。学长短纵横术，晚乃学《易》《春秋》、百家之言。元光元年，上书阙下，朝奏，暮召入见。所言九事，其八事为律令，一事谏伐匈奴。四迁为中大夫。说上分诸侯国，推恩子弟，上从之。后坐事诛。

261.谏伐匈奴书

康熙曰：文有纪律，亦极严整。

荆川唐顺之曰：通篇只是引用二旧事与昔人谏诤之说，而后自说处不过数言，亦是文之一体。

臣廷敬曰：偃与严安、徐乐三书，体格不同，意实吻合。史家备录之，以见兵事之宜慎。其八事言律令，则以其不甚切要，故不采入也。

臣乾学曰：剽轻近乎暴，持重近乎仁。舞干因垒，初非迂谈，持重之至，即为无敌之仁，自操必胜耳。主父之言，可为三省。

东方朔　字曼倩，平原厌次人。武帝时待诏公车，后为中郎。诙达多端，然时观察颜色，直言切谏，上常用之。自公卿以下，朔皆敖弄，无所为屈。

262.谏起上林苑书

题注：时使吾丘寿王举籍阿城以南，盩厔以东，宜春以西，提封顷亩及其贾直，欲除以为上林苑，又诏中尉、左右内史表属县草田，偿鄠、杜之民，朔因进谏。

康熙曰：论上林宜与民公利，即文王刍荛雉兔之意。

次崖林希元曰：义理甚正畅，利害甚明快，辞气昌大，美丽典则，如黄钟大吕，可荐郊庙，如黼黻冕弁，可表冠裳，虽枚乘、邹阳辈以文章名，或未能过也。

子与徐中行曰：朔《谏止上林苑》一书，较扬、马《谏猎》《长杨》更宏赡古雅，乃西京谏书第一。

臣鸿绪曰：议论正大，气势昌伟，较相如《谏猎》更为伉直。

荆川唐顺之曰：入事处脱洒，不为事使。

263.化民有道对

题注：时天下侈靡趋末，百姓多离农亩。上问朔："吾欲化民，岂有道乎？"朔对云云。

康熙曰：朔此文与《谏起上林苑书》及《拒董偃事》可称謇谔，岂得以滑稽目之？

臣英曰：当武帝时即举文帝恭俭以为规劝，弥见切实。

西山真德秀曰：朔虽诙笑，然时观察颜色，直言切谏，上常用之。

吾丘寿王　字子赣，赵人。从董仲舒受《春秋》，累官光禄大夫、侍中。

264.禁民挟弓弩对

题注：丞相公孙弘奏禁民毋得挟弓弩，上下其议，寿王上对。

尾注：书奏，上以难丞相弘，弘诎服焉。

康熙曰：说得事理透彻，安得不令平津心服？

臣士奇曰：禁暴止奸，先王之法具备，未闻禁挟弓弩也，斯诚探本之论。

司马迁　字子长，左冯翊人。汉武帝时，仕为郎中，迁太史令。坐李陵事，下腐刑。撰《史记》一百三十篇。父谈，亦为太史令。

265.五帝本纪赞

题注：五帝，黄帝、颛顼、帝喾、尧、舜。纪者，记也，本其事而记之，故曰本纪。

康熙曰："好学深思，心知其意"，是读书法，亦是论世法。

水心叶适曰：牺黄为文字之始，圣智之先，不独学者言之，孔子盖言之矣。至于简弃鸿荒，断自尧舜，则何必孔子，自舜禹以来固然也。方禹、益、皋陶共明治道，祖述旧闻，其时去黄帝、颛顼不远，所称道德广大，皆独曰尧舜，未有上及其先者，推群圣贤之心，岂夸祢而忘祖哉？ 故余以为神灵不常，非人道之始，阙弗敢论，非掩之也。

东发黄震曰：迁之纪五帝，自谓择言之尤雅者著于篇，其存古之意厚矣。

266.十二诸侯年表序

题注：鲁、齐、晋、秦、楚、宋、卫、陈、蔡、曹、郑、燕为十二，表中兼叙吴为十三。表者，录其事而见之。

康熙曰：诸家所著书见《艺文志》，铎氏、虞氏《春秋》家，吕氏杂家，公孙固儒家。

水心叶适曰：迁断自共和，著周统既失，不待东迁，以《国语》黜宣王事推之，不为无意。 然谓《二南》《小雅》尽周衰所作，既与师传不合，且周人以文教自文王时，《七月》《鸱鸮》《棠棣》大抵周、召所笔也。 然则其盛也乃无诗，必衰而后有诗，且文、武之君臣，经营细微，芟拨烦乱而致盛大，乃无以劝戒讽道之，且待其衰而后有嗟叹刺讥，何哉？ 又《大雅》不言周衰，独《小雅》言之，原此数意，皆非实也。

臣杜讷曰：抑扬顿挫，尽态极妍，孟坚虽有其沉郁，而风韵少减，此班马之分也。

267.秦楚之际月表序

题注：秦、楚运数促，以月纪事而名表。

康熙曰："受命之亟"是疑辞，"一统之难"是断语，两意相反又互相发，方透得出受命正意，文之有开阖者。

鹿门茅坤曰：读《秦楚月表》而海内土崩鼎沸之始末具矣，甚可累欷而太息也。 而彼真人者翱翔其间，一切拨乱世反之正若转圜然，岂非神武而圣者乎？

268.汉兴以来诸侯年表序

题注：名为王，实如古之诸侯，故仍以侯名表。

康熙曰：周以形势弱而衰，汉则形势强矣。 立意特微婉。

鹿门茅坤曰：画次海内形势如掌，惟《五代史》欧阳公所撰《职方论》可与并雄，千年绝调也。

臣廷敬曰：高祖鉴秦之失而诸侯太强，孝武惩汉初之祸而诸侯太弱，强弱之际，利不百全，惟要归于仁义，为根本之论。

269.高祖功臣侯年表序

题注：高祖初定天下，表明有功之臣而侯之，若萧、曹等。

康熙曰：末一段，盖因汉法少密，坐罪者多，颇致慨惜之意，却能以深婉之笔出之。

臣熙曰：只平平叙去，而今昔盛衰之感悠然言外，觉有无限低徊[①]。

270.礼书（节录）

按：《礼书》《乐书》诸篇，《史记音义》疑为褚少孙所补，今删去荀卿《礼论》《兵论》及《小戴礼·乐记》之文，存者无多，自属司马迁作，其间或有脱简，而少孙以荀卿《礼记》之文补之也。

康熙曰：先王制作之旨，虽未能尽得其精微，而文采斐然，可资论讨。

臣正治曰：史迁《礼书》杂采传记成文，篇首洋洋乎数语，何等郑重！宜朱紫阳之亟称之也。

荆川唐顺之曰：叙礼制兴废，有典有则。中间叹恨褒贬之意，令人读之慨然。

水心叶适曰：自春秋以来，儒者论礼乐，何可胜数！虽无谬于道，而实知其意可以措之于治者绝少。孔子曰："安上治民，莫善于礼；移风易俗，莫善于乐。"若夫淫鄙暴慢，化导迁改，和亲安乐，久而成性，则虽汤武功成之乐，孔子犹以为有憾于其间，而况于郑声乎？迁乃谓秦尊君抑臣，朝廷济济，方以太初之初为典常，而郑卫之音所从来久，人情所感，远俗则怀，何其杂于道而易于言乎？

271.乐书

康熙曰：古乐之亡久矣！汉去古未远，宜尚有可论次者，岂泯灭于燔书之后耶？读此，令人有遐想焉。

臣德宜曰：乐以导和，而和必以敬为本。兹言虞周作乐，先之以敕几勤止自属，从来论乐所未发。

鹿门茅坤曰：太史公于礼乐之旨，原不十分见透，故述荀卿论礼之言而作

《礼书》，述《乐记》之言而作《乐书》，其所发明，率多揣摩影响而成文，然其深者亦侭微眇矣。

272.律书

康熙曰：六律之学，史迁论之颇详。

鹿门茅坤曰：天地之化，声与气合，故古之太史能吹律听声以占军兵。而史迁因之以附《律书》，发明六律之学，圣人之微眇存焉，非特当时畴人弟子所习而已。

臣乾学曰：养威不试而后能神武不杀，忘备与黩武，事正相因也。富郑公曰"愿陛下二十年不言用兵"，汉文帝曰"且无议军"，皆深识机务，不仅为仁厚之言。

273.平准书

题注：桑弘羊置大农部丞数十人，分部主郡国，置均输、盐铁官，令远方各以其物贵时商贾所转贩者为赋，而相灌输，置平准于京师。太史公取此名篇以寓意。

康熙曰：汉兴，民物凋敝，至于武帝初年，人给家足，网疏而民富，则文景以来休养生息之实从可知矣。

水心叶适曰：《平准书》直叙汉事，明载聚敛之罪，比诸书最简直。然观迁意，终以为山海轻重，有国之利。按《书》"懋迁有无化居"，周讥而不征，春秋通商惠工，皆以国家之力扶持商贾，流通货币，故子产拒韩宣子一环不与，今其词尚存也。汉高祖始行困辱商人之策，至武帝乃有算船告缗之令，盐铁榷酤之入，极于平准，取天下百货自居之。夫四民交致其用而后治化兴，抑末厚本，非平论也。使其果出于厚本而抑末，虽偏，尚有义。若后世但夺之以自利，则何名为抑，恐此意迁亦未知也。

升庵杨慎曰：《平准书》讥横敛之臣也，《货殖》讥好货之君也。太史公之旨，千载而下，有赵汸知之，懿哉！

鹿门茅坤曰：孝武承文景之后，耗费殆尽，故兴利之谋几十数变，而太史公摹写极工②。

274.孔子世家赞

康熙曰：只"至圣"二字，千古赞孔子者何以复加③！

元朗何良俊曰：方汉之兴，孔子尚未有封号，而太史公遂为之立世家。夫有土者以土世其家，有德者以德世其家。今观战国以来，凡有爵土者能至今存否耶？则世家之久，莫有过于孔子者，谁谓太史公为不知孔子哉？

275.伯夷列传

题注：叙列事迹，令可传于后世，故曰列传。

康熙曰：表章伯夷，实始孔子，故此传专以孔子为据，“怨”字即从孔子语中拈出，又从“怨”字生出天之报施意，从“天道”生出一段议论，逐节相生，错综变化。

水心叶适曰：迁本意取高尚不受利禄者为列传首，是也。

荆川唐顺之曰：此传如蛟龙不可捉摸。

稚川葛洪曰：伯夷首列传，以为善而无报也。

伯厚王应麟曰：程子云：“天道甚大，安可以一人之故妄意窥测？如曰颜何为而夭？跖何为而寿？此皆指一人计较天理，非知天者也。”

276.孟子列传

康熙曰：汉人推崇孟子者，多与荀卿并称，此传如“仲尼菜色陈蔡，孟轲困于齐梁”等语，直以孔孟并举，不为无见。

东发黄震曰：太史公之传孟子，首举不言利之对，叹息以先之，然后为之传，而传自受业子思之外，复无他语，惟详述一时富国强兵之流，与驺衍迂怪不可究诘，以取重当世之说，形孟子之守道不变，与仲尼菜色陈蔡同科。奇哉迁之文！卓哉迁之识与！

西山真德秀曰：《孟荀传》旁及诸子而兼乎议论，传之变体也。

臣鸿绪曰：通篇正叙旁引，纵横变化，传体中最变最奇者。

臣英曰：夭矫排宕，卓荦不群，此龙门之所以自为千古也。

277.儒林列传序

题注：儒林，谓儒雅之林，综理古文，宣明旧艺，以成王化。

康熙曰：诠次井然详雅，文势逸宕，是史迁本色。

槐野王维桢曰：文学兴废，世代沿革，此文备之。看他叙数千百年事，略无渗漏。

臣士奇曰：迁序六家，独反复于《春秋》，以道其《史记》所由作。复为儒林立传，表章诸经师，创史家之义例，谓其先黄老，后六经，殆未稔其苦心。

鹿门茅坤曰：太史传儒林，不采道德之士及其说经之旨，独疏六艺门户，此其不知学之过也。古人云“汉儒传经而经亡”，于此亦可概见矣。

仁山金履祥曰：首以读功令、广厉学官之路而发叹，盖叹六艺之废而兴之难也。六艺兴于孔子，至秦而废，汉初尚未能复，至武帝向儒学，招文学之士，而公孙弘能承辅以兴之，于是备载其请，著功令，所以广厉学官之路者于篇末。

278.太史公自序（节录）

按：裴骃言司马迁“善序事理，辩而不华，质而不俚”。自刘向、扬雄博极群书，皆称迁有良史之才。而苏辙谓其文“疏荡，有奇气，气充乎中而溢乎其貌”。郑樵则云“仲尼既殁，六经以后，惟此有作，同极文章之伟观矣”。而独是西山真氏选其叙事之文，首尾未免疏脱，且纪传甚夥，难以摭采。今第录其序赞及列传之有议论者，以著大略，其余则观全史得之，班固以下仿此。

康熙曰：观史迁以“述往事，思来者”自任处，殊感慨淋漓。

臣杜讷曰：洋洋大篇，一唱三叹，所谓文生于情，后此史家多祖之，然俱瞠乎后矣。

水心叶适曰：太史公言《春秋》之义，本于《公羊》、董仲舒。

迂斋楼昉曰：世家源流论著于前，而自叙处文字反复委折，有开阖变化之妙。

东发黄震曰：谈生迁，能以文章世其家，扬名后世，亦可谓善继人之志者矣。

水心叶适曰：孔子所以修《春秋》者，史法未正，义理未一，旧章可续，近事当明，所以遗后世者大矣④。

校记：

①“徊”，阙，据哈佛本补。

②此条据哈佛本补。

③“加”，阙，据《古文评论》补。

④此条据哈佛本补。

卷十四

汉

王吉 字子阳，琅邪皋虞人。好学明经，初为昌邑中尉，宣帝时为博士谏大夫。

279.谏昌邑王疏

题注：王动作亡节，吉疏谏。王入立，寻废。吉与郎中令龚遂以忠直数谏正，减死为城旦。

康熙曰：王式以《三百五篇》谏，岂若此书恺切？

鹿门茅坤曰：吉疏本经术，而文章之旨与古《伊训》《说命》相表里。

臣熙曰：忠爱出于至诚，言虽切直，意实和婉，文辞秀赡，可与司马相如并驱。

280.上言得失疏

题注：是时，宣帝颇修武帝故事，宫室车服盛于昭帝时，外戚许、史、王氏贵宠，而上躬亲政事，任用能吏，吉上疏言得失。

康熙曰：以“礼”字为骨，自是经术谠言。

东发黄震曰：王吉事昌邑，甚得辅弼之义。上宣帝一疏，可谓通达世务，不合即归，不为禄仕。汉儒学术正大，出处无愧，董生而下，子阳一人而已。孟坚以次逸民之后，未为知吉，四皓郑严逸矣，王子阳逸乎哉！

路温舒　字长君，巨鹿东里人。守廷尉史，历官临淮太守，治有异迹。

281.上尚德缓刑书

题注：时宣帝初即位，温舒上书。

康熙曰：凡为法吏者，皆宜朝夕省览，庶可上宣德意，下安黎氓。

臣德宜曰：俗吏罔恤民命，惟务刻深，苟免失出之愆，实累好生之路。此书言之绝痛，足以消害气而召天和，非特为宣帝崇尚刑名之鉴。

水心叶适曰：路温舒言"秦有十失，其一尚存"，此意虽狭，然宣帝入其语，择吏轻刑，助成安民之治。

臣正治曰：温舒通于《春秋》之义，故其疾吏之言痛切如此，史称其辞顺而意笃，信矣。

西山真德秀曰：按：温舒之论，虽为狱吏发，其实讥当时之君，故始言秦之时贵治狱之吏，非自贵，由上之贵也。次言"上下相驱，以刻为明"，则下之为此者，上实驱之也。又次言"自安之道在于人死"，则可见当时之吏能杀人者，上之所欲，故安，否则违上之所欲，故危。盖孝宣虽贤明之君，而实好刑名之学，故其意指所形至于如此，上之所好，其可不谨耶[1]？

魏相　字弱翁，济阴定陶人。少学《易》，举贤良对策高第。宣帝时为丞相，封高平侯。

282.谏伐匈奴书

题注：元康中，匈奴遣兵击汉屯田车师者不能下，上与赵充国等议，欲因匈奴衰弱，出兵击其右地，使不敢复扰西域，相上书谏，上从相言而止。

康熙曰："案今年"以下，真宰相语也。丙吉问牛喘，视此不太迂阔耶？

西山真德秀曰：按：相之论谏如此，所以为真汉相与！

致堂胡寅曰：魏相此疏止无名之师，弭连兵之祸，恐伤阴阳之和，以生萧墙之忧，真经国之远猷，宰相之能事。其尤可服者，不隐风俗薄恶，子弟杀父兄、妻杀夫之变，直以告君，此则贤者犹或以为难也。

283.条便宜奏

题注：相好观汉故事，及便宜章奏，以为古今异制，方今务在奉行故事而已。数条汉兴以来国家便宜行事，及贤臣贾谊、晁错、董仲舒等所言，奏请施行之。上施行其策。

康熙曰：二十三事及《相传》中所云汉兴以来国家便宜行事，即贾谊、董仲舒所言也，惜未胪悉。

鹿门茅坤曰：此奏是弱翁知大体处。

臣廷敬曰：汉世守成令主，无过文、景，孝昭所行者皆文、景之法，故相劝宣帝帅行之。

永之袁袠曰：魏相以小令即能摘弘羊之客之奸，及居相位发霍显之弑，后去尚书之副封，止无名之师，条水旱之疏，有阙即陈，有言即尽，不可谓非贤相也。第以刑名之主为辅，以严刻之佐，史谓其称上意，盖深惜之也。

陈止斋曰：君臣之间，相知之深，相济之不足，君子以为未尽善，信乎！

284.阴阳月令奏

康熙曰：汉儒说《易》，每流于术数，观相此奏，可以类见。

槐野王维桢曰：汉时以卦气论治。

西山真德秀曰：按：《月令》之书虽起秦世，然先王之制存焉。汉兴，颇用其略，如春行宽大之令，布封赏之恩，以至秋冬理狱，十月而后不复论囚，类皆本之《月令》。自高帝时有赵尧等分举四时之制，至是魏相又为宣帝言之，其后李寻告哀帝谓朝廷忽于时月之令，诸侍中、尚书近臣宜令通知《月令》之意。而盛夏斩人，识者知王莽之必亡。后汉陈宠、鲁恭亦尝论此大略，皆原于《月令》云。

臣乾学曰：此即《明堂月令》也。用以布政，王者所甚重，乃高帝诏仅及主衣之官，武帝作明堂仅以祀五帝，盖浸失古意矣。相此奏，绝有关系。

赵充国　字翁孙，陇西上邽人。沉勇有大略，少好将帅之节而学兵法。与霍光定册尊立宣帝，封营平侯，为后将军。破羌，振旅而还，复为将军卫尉，以老致仕，卒。

285.陈兵利害疏

题注：宣帝书敕让充国曰：皇帝问后将军，甚苦暴露，将军计欲至正月乃击罕羌，羌人当获麦已，远其妻子，精兵万人欲为酒泉、敦煌寇。边兵少，民守保不得田作。今张掖以东，粟石百余，刍稾束数十，转输并起，百姓烦扰。将军将万余之众，不早及秋共水草之利争其畜食，欲至冬，虏皆当畜食，多藏匿山中，依险阻，将军士寒，手足皲瘃，宁有利哉？将军不念中国之费，欲以岁数而胜微，将军谁不乐此者？今诏破羌将军武贤将兵六千一百人，敦煌太守快将二千人，长水校尉富昌、酒泉侯奉世将婼月氏兵四千人，亡虑万二千人，赍三十日食，以七月二十二日击罕羌，入鲜水北句廉上，去酒泉八百里，去将军可千二百里，将军其引兵便道西并进，虽不相及，使虏闻东方、北方兵并来，分散其心意，离其党与，虽不能殄灭，当有瓦解者。已，诏中郎将卬将胡越佽飞射士、步兵二校，益将军兵。今五星出东方，中国大利，蛮夷大败；太白出高，用兵深入敢战者吉，弗敢战者凶。将军急装，因天时，诛不义，万卜必全，勿复有疑。充国既得让，以为将任兵在外，便宜有守，以安国家。乃上书谢罪，因陈兵利害。

尾注：后罕羌竟不烦兵而下。

康熙曰：充国坚持，不挠其公忠之节则，然亦由此书明白晓畅，切于事情，故当时委心以听耳。

岷隐戴溪曰：汉常穷兵深入，二三十年用事夷狄，虽士马物故，而寇亦折北不支，就使如武贤之策，出兵破羌，羌亦当离解困弊，不足抗汉，未至如充国所虑者。然充国志不在羌也。汉名将称卫、霍，然实无他能，专以深追远讨为功。又当时轻锐少年若终军、傅介子辈，以图侥幸，怀匕首刺人于户牖之间，使天子喜边功者，非此辈启之乎？充国老臣，深识世变，不以晚年一为宣帝言此，谁当复言者？爱惜民命，保护国体，使天子知养威持重，不折矢伤镞，亦足制敌，成功宴然，无后患余祸，匡救其君之心术，以为后世用兵之法。

286.上屯田奏一

题注:充国度先零羌必坏,欲罢骑兵,屯田以待其敝,会得进兵玺书,因上奏。

康熙曰：罢兵留屯，为经久之规。老臣谋国忠智，即此可见。

子充王祎曰：充国奏疏乃兵家计策，其实在于屯田也。先零、罕、开相合，势不能久，充国故欲以计挫之。其曰“兵难逾度，愿至金城，图上方略”，又曰“兵当以全取胜”，是几也，宣帝及在廷诸臣未有能知之者，充国往复议论，不过粮草多少尔，几初不露也。盖人见其调度异于寻常，故输诚而退，充国寻亦凯还。在边自冬涉夏未尝收粒粟，不然五月谷将熟，讵肯留以资敌耶？充国之答浩星赐曰“兵势，国之大事，当为后法”，至是宣帝始悟其几矣。

287.上屯田奏二

题注:上报曰:“皇帝问后将军,言欲罢骑兵万人留田,即如将军之计,虏当何时伏诛？兵当何时得决？孰计其便,复奏。”

康熙曰：屯田之利粲若列眉，可以折盈廷之议，宜乎宣帝之听从也。

身之胡三省曰：此兵法之辞。言先自完坚，令敌不能胜我，乃可以胜敌，此言本之《孙子》。

东发黄震曰：充国老成持重，为国家计，为民生计，而功名之念不入其心，汉世诸将孰能与比？其谓明主可与忠言，谓老臣不以余命重为陛下明言，谁当复言之者？笃信力行，不迁就，不回挠，凛然古大臣之风烈，又非特才智而已也。呜呼！使充国得任，天下当如此兵矣，奈何独使之参兵谋而已也?

288.上屯田奏三

题注:上复赐报曰:“皇帝问后将军,言十二便,闻之,虏虽未伏诛,兵决可期月而望。期月而望者,谓今冬邪？谓何时也？将军独不计虏闻兵颇罢,且丁壮相聚,攻扰田者,及道上屯兵,复杀略人民,将何以止之？又大开、小开前言曰:‘我告汉军先零所在,兵不往击,久留,得亡效五年时不分别人而并击我?’其意恐。今兵不出,得亡变生,与先零为一？将军孰计复奏。”

尾注:诏罢兵,独充国留屯田。诸羌死亡降散,所余无几。明年,请罢屯田,充国振旅而还。

康熙曰：计虑深远，字字擘肌分理。

南轩张栻曰：反复究其规模，味其风旨，远大周密，拔出伦辈，汉将诚当以赵充国为最。

德臣徐中行曰：充国受命平羌，不希功于旦夕也。审形便，计利害，守便宜，循而行之，终底厥绩。盖战胜之形定于未战，固老臣之长虑哉!

臣鸿绪曰：屯田十二便，前奏已备，此复揣度敌情，了如指掌，比美方召，宜也。

郑昌　涿郡太守。

289.请定律令疏

题注:宣帝置廷平,秩六百石,以平刑。选于定国为廷尉,黄霸等为廷平。昌因上疏。

康熙曰：任法不若任人，才难不若平法，二义兼举，方为无弊之论。

张敞　字子高，本河东平阳人，后徙杜陵。治《春秋》，以经术自辅。历官守相京兆尹，以能吏称。

290.上霍氏封事

题注:宣帝渐疏霍氏,山、云以过归第,诸婿亲属颇出补吏。敞闻之,上封事。

康熙曰：终后一段，已知霍氏之必为逆，特以千里腾书，不敢宣露，故微启其端。张敞真能臣也。

子充王祎曰：敞与魏相、萧望之皆不得志于光者也。光薨之后，三人上疏言霍氏，俱援季氏专权为证，然相、望之所言若未能尽除私意，惟敞词正气平，又善于处事，惜不用也。

臣乾学曰：此时霍氏罪衅已成，如敞言犹可以弥逆节，少抒焦烂之祸，所贵乎知者，谓其能随事补救也。

291.劾黄霸奏

尾注：敞舍鹖雀飞集丞相府，霸以为神雀，议欲以闻。敞因奏霸，天子嘉纳敞言，召上计吏，使侍中临饬，如敞指意，霸甚惭。

康熙曰：霸相业本无足观，所劾二事亦甚苛。

槐野王维桢曰：班掾于《霸传》中，详次张敞一奏，亦借其言以发明霸之吏治相业总属虚名。

臣士奇曰：霸欲润饰太平，傅会瑞应，敞独斥为诈伪，理正大而文刻深。

正学方孝孺曰：宣帝之素志，以为汉家自有制度，从事乎督责苛刻之间，而恶闻教化之说久矣。敞之言正与帝意合，故帝信敞不疑而见霸之非。

292.自请治盗贼书

尾注：时勃海、胶东盗贼并起，敞上书自请治之。书奏，天子征敞，拜胶东相，赐黄金三十斤。辞之官，自谓治剧郡非赏罚无以劝善惩恶，吏追捕有功效者，愿得一切比三辅尤异。天子许之。

康熙曰：敞能治盗而不纯用刑罚，所以可取。

永之袁袠曰：以忠孝自负，亦见其平生大志。疏请胶东，不辞烦剧，敞真能吏哉！

贾捐之 字君房，贾谊之曾孙。元帝初，待诏金马门，数召见，言多纳用。时中书令石显用事，捐之数短显，以故不得官，后坐法弃市。

293.请弃珠厓对

题注：事详《罢珠厓诏》注。

康熙曰：远称三五良规，近述祖宗已事，援古证今，深识体要。

槐野王维桢曰：捐之议论正大明切，千古不可易，此秦汉以下之深病也。

臣英曰：陈用兵之害，痛切感人，与淮南王《谏伐闽越书》、房乔《谏伐高丽疏》、苏轼《代张方平谏用兵书》同为古今笃论。

东坡苏轼曰：扬雄有言“珠崖之弃，捐之力也。否则，鳞介易我冠裳”，此言施于当时可也。自汉末至五代，中国避乱之人多家于此，今冠裳礼乐盖班班矣，其可复言弃乎？

君卿杜佑曰：捐之，谊之孙，高见实类其祖。

匡衡　字稚圭，东海承人。好学，善说《诗》。元帝时，数上疏陈便宜，传经义，为丞相，封乐安侯。成帝初，免为庶人。

294.政治得失疏

题注：时有地震、日蚀之变，元帝问政事得失，衡为博士给事中，上疏。

康熙曰：辞理醇正，而字字警动。

仲豫荀悦曰：赦者，权时之宜，非常典也。汉兴，承秦之敝，比屋可刑，故设三章之法、大赦之令，荡涤秽流，与民更始，时势然也。后世承业，袭而不革，失时宜矣。若孝景之时，七国皆乱，异心并起，武帝末年，群盗巫蛊，人不自安，及光武拨乱之后，如此之比，宜为赦矣。

臣廷敬曰：公卿为庶民之表，京邑乃四方之则。论治既得要领，而文亦深厚闳博。

295.治性正家疏

题注：时傅昭仪及子定陶王爱幸，宠于皇后、太子，衡复上疏。

康熙曰：治性则强其所不足，正家则防之于未然，自是不刊之论。

西山真德秀曰：此所谓性，盖指气禀而言，非天命之性也。

西山真德秀曰：衡此论甚善，然元帝之失正在于温良少断，若于泛陈之后又切言之，则庶乎其有益矣。

296.戒妃匹劝经学疏

题注:成帝初即位,衡上疏戒妃匹,劝经学威仪之则,上敬纳其言。

康熙曰：乾坤肇《易》理之原,《关雎》开王化之始。疏中畅发此义，洵经术名言，修齐要道也。

西山真德秀曰：按：衡之奏对，本于经术，故在汉儒中议论最为近理，可为仲舒之亚，惜不能克其所学，故德行事业皆无足观。

臣杜讷曰：根据理要，无一泛语，如“六经者，圣人所以统天地之心”，尤汉儒所未发。

贡禹 字少翁，琅邪人。以明经洁行著闻。元帝初即位，征为谏议大夫，数虚己问以政事，书数十上。历官御史大夫。

297.循古节俭奏

题注:时年岁不登,郡国多困。

尾注:天子纳善其忠,下诏太仆减食谷马,水衡减食肉兽,省宜春下苑以与贫民,罢角抵诸戏及齐三服官。

康熙曰：因事进言，达意而止，若无意于文，而一种矫拔处，自不可及。

水心叶适曰：禹言文、景、武、宣间事皆有根柢，与王吉不同。

永之袁袠曰：贡禹上元帝数千言，皆是崇节俭之风，不可谓非君道之宜，但谗佞专权，当时大病，乃禹独置之不言，岂德石显之汲引欤？君子重始进，良有以也。

荆川唐顺之曰：善叙零碎事。

298.言钱币书

康熙曰：以布帛及谷为币，法虽近古，恐民俗未便何。

299.言风俗书

康熙曰：痛斥风俗之弊，千载下读之慨然。

西山真德秀曰：此盖采其议论，非专以文词也。

臣鸿绪曰：论风俗弊源，朗若金镜，真有裨世道之言。

萧望之　字长倩，东海兰陵人，徙杜陵。宣帝时，为太子太傅，受遗诏，以前将军辅政。元帝初，为弘恭、石显所谮，免，寻赐爵关内侯、给事中，复下狱，自裁。

300.入谷赎罪议

题注：时京兆尹张敞上书，令诸有罪、非盗受财杀人及犯法不得赦者，皆得以差入谷陇西以北、安定以西八郡赎罪。望之与少府李强同上议。

尾注：宣帝下其议，难问张敞，敞持之坚。望之、强复对曰："天汉四年，常使死罪人入五十万钱减死罪一等，豪强吏民请夺假贷，至为盗贼以赎其罪，其后群盗并起，至攻城邑，杀郡守，充满山谷，吏不能禁，明诏遣绣衣使者兴兵击之，诛者过半，然后衰止。愚以为此使死罪赎之败也，故曰不便。"上遂不施敞议。

康熙曰：守经持正之言。

臣士奇曰：张敞辞甚俊辩，然不如望之议正。

王褒　字子渊，蜀人也。以益州刺史荐，令待诏，擢为谏大夫。

301.圣主得贤臣颂

题注:褒为益州刺史王襄作《中和乐职宣布诗》,襄因奏言褒有轶才,宣帝乃征褒。既至,诏为此颂。

康熙曰:语既绚烂,气复深浑,自是斧藻润色之文。

次崖林希元曰:圣主得贤臣,世道所由以泰也。圣贤论治莫先于此。此颂曲尽其理,格言美意,不一而足,宜经生传颂,以为脍炙。

臣乾学曰:万事无不以感应而成,惟君臣为尤显,篇中独详此意。至夫宏伟典丽,洵为有关世道之作。

诸葛丰 字少季,琅邪人。元帝时,为司隶校尉。

302.谢上书

题注:时侍中许章以外属贵幸,宾客犯事,与章相连,丰案劾章,欲奏其事。适逢许侍中私出,丰驻车举节诏章曰下,欲收之。章迫窘,驰车去。许侍中自归上,丰亦上奏,于是收丰节。司隶去节自丰始。

康熙曰:丰有仗节死义之志,故言自伉直。

校记:

①此条据国图本补。

卷十五

汉

刘向　字子政，本名更生，楚元王交之曾孙。元帝初，为散骑宗正给事中，与萧望之、周堪、金敞同辅政，为外戚许史，中书宦官弘恭、石显所谮，下狱，免官。成帝即位，复进用，数奏封事，为中垒校尉。

303.条灾异封事

尾注:时萧望之自杀,天下甚悼恨之。周堪与弟子张猛俱进用,大见信任。恭、显数谮毁焉。向惧其倾危,乃上封事谏,恭、显见其书,愈与许史比,而怨向等。

康熙曰：辨而裁，雅而赡，渊然经术之气，不徒以侃正见长。

西山真德秀曰：自“窃见”以下，凡七八转，忠诚恻怛之意蔼然见于言外，非积于中者，厚不能及也。

西山真德秀曰：“和”字乃一篇纲纪。

荆川唐顺之曰：引《诗》《书》者，当法此体。

臣熙曰：篇中多引经语，不嫌冗杂，首尾相生，反复照应，雄浑博大，犹有先秦之遗。

西山真德秀曰：叙次有法，故不觉其冗。

迂斋楼昉曰：铺叙有伦，首尾相应。味其书词，方知其忠爱恳恻之意与他人不同。

臣正治曰：子政精于五行，其条灾异，博而有征，非湛深经术者不能。

臣德宜曰：用人行政是禳灾祈福之本，此全在人事发论，其言皆根本六经，视京房、翼奉诸家专言机祥者迥别。

304.请封甘延寿陈汤疏

题注：延寿、汤出西域，发兵诛郅支单于，石显、匡衡以为矫制，不宜加爵土，议久不决，向上疏。

尾注：于是天子下诏公卿议封焉。

康熙曰：延寿、汤虽有矫制之罪，而其功自不可泯，中间比较功罪处，明爽动人。

容斋洪迈曰：为文论事，当反复致志，救首救尾，则事辞章著，览者可以立决。刘向上疏，首言周方叔、吉甫诛猃狁，次言齐桓公有灭项之罪，君子不以功覆过；李广利靡亿万之费，捐五万之师，仅获宛王之首，孝武不录其过，封为列侯，然后极言今康居国强于大宛云云。一疏抑扬援证，明白如此，故以衡、显出力沮害，竟不能夺。不然，衡、显之议岂区区一故九卿所能亢哉！

臣廷敬曰：自惠、文而后，剖符锡爵，僭赏为多，已非汉高之约矣。而延寿、汤独以矫制见诎，安可无此讼言也？

305.谏起昌陵疏

题注：成帝营起昌陵，数年不成，复还归延陵，制度泰奢，向上疏谏。

尾注：疏上，成帝甚感向言，而不从其计。

康熙曰：既博称贤圣，又指切亡秦，益见始皇之昏暴，厚葬之非宜，可为后世园陵奢侈之大戒矣。

臣乾学曰：葬薶取诸大过归厚之义，应如是尔。然欲计长久，则莫若令其无可欲虑之周，所以为孝之至也。

东发黄震曰：山陵事可为万世戒。

次崖林希元曰：谏厚葬，首言国家无常之理，意易世之后终不能保，以见其无益，此用意深远矣。中言古今圣帝明王、贤臣智士薄葬之得以为劝。末言吴、秦昏主暴君厚葬之害以为戒。其必旁喻远引，不为简捷直致，所以感孚人主，使浸注滋润入其言而不觉也，可谓善于立言、善于告君矣。人臣进言于君，当以为法。

臣士奇曰：向深于经术，谏厚葬，首言天命之无常，劝王公之戒慎，后来论此者非不多，而向酝藉深远矣。

306.极谏外家封事

题注:时上无继嗣,政由王氏出,灾异浸甚,向上封事极谏。

尾注:书奏,天子召见向,叹息悲伤其意,谓曰:“君且休矣！吾将思之。”以向为中垒校尉。

康熙曰：虽杂引古事，而言理则晰毫解缕，故尔卓荦不磨。

荆川唐顺之曰：此等文字，为忠诚第一。

次崖林希元曰：此与前第一疏所言意同，然前篇尚隐而未露，至此则尽露矣。其言愤激切当，读之可为酸鼻。

臣鸿绪曰：向策王氏代汉，言言符验，使帝能从之，安有新室之难?

臣英曰：吕氏强则刘章作《耕田歌》，王氏强则刘向上《外家封事》，何汉宗室之多忠贤也？刘章能制诸吕，则以众正在列，刘向仅托诸空言，则以孤忠无偶耳。

307.定礼乐疏

题注:成帝时,犍为郡于水滨得古磬十六枚,议者以为善祥,刘向因是说上。

康熙曰：当成帝时，所急诚不在此，然论自不可易。

致堂胡寅曰：向之论美矣，而未循其本也。孔子曰：“人而不仁，如礼乐何?”不仁之人，心非己有，视听举履皆迷其当，而何以礼乐为哉？惟仁所行皆礼，而所安皆乐，是则礼乐之本也。庠序声容，特其具尔。无其本而欲以其具教人，只益趣之于虚伪之域耳。

杜钦　字子夏，南阳杜衍人。好经书。与茂陵杜邺同姓字。钦为大将军军武库令。

308.讼冯奉世疏

题注:奉世以卫候使持节送大宛诸国客,以便宜发诸国兵讨杀莎车王,威振西域,不得封。死后二年,甘延寿以诛郅支单于封为列侯,于是钦上疏追讼奉世前功。

尾注:元帝以先帝时事,不复录。

康熙曰:大指与刘向《讼甘延寿疏》同,体制亦略似。

翼奉 字少君,东海下邳人。治《齐诗》,好律历、阴阳之占。元帝时,征待诏,后为谏大夫。

309.应直言封事

题注:时地震,赦天下,举直言极谏之士,奉奏封事。

康熙曰:引经征事,朴樕不雕。

次崖林希元曰:灾异之说,专咎王氏及后宫过制,切中膏肓,始可为忠臣。其视谷永媚王氏,专攻同姓及君身,相去远矣。

槐野王维桢曰:人气内逆则感动天地,此正天人交通之理,奉所独见者也。

臣杜讷曰:切实指陈,皆中情事,视谷永、杜邺诸书,便有忠佞之别。

薛宣 字赣君,东海郯人。成帝时,为丞相,封高阳侯。

310.申敕刺史疏

题注:时成帝初即位,宣为中丞,执法殿中,外总部刺史。

康熙曰：刺史，外吏之表率也，宣言于是乎得要领矣。

王尊　字子赣，涿郡高阳人。官终东郡太守。

311.敕掾功曹教

题注：尊为安定太守，出教告属县，又出教敕掾功曹。

康熙曰：鹰鹯之志，见乎行墨。

荆川唐顺之曰：大率尊刚劲侃毅人，于此可见。

312.劾匡衡张谭奏

题注：衡、谭皆畏事石显。成帝初即位，显徙为中太仆，不复典权，衡、谭乃奏显旧恶，请免显等，尊于是劾奏。

尾注：有诏勿治，于是衡惭惧，免冠谢罪。

康熙曰：尊为司隶，在孝元时，适当显专权，衡、谭比附之际，而寝默不言，此时成帝即位，显已徙官，尊劾虽当，惜其稍晚。

臣熙曰：追论前事，旁及临飨时情状，老笔纷披，文亦波峭。

公乘兴　湖三老。

313.讼王尊书

题注：尊为京兆尹，坐事免，吏民多称惜之，公乘兴等上书，讼尊治京兆功效。

尾注：书奏，天子复以尊为徐州刺史，迁东郡太守。

康熙曰：先历举尊之功状，次言被劾之由，别白是非，条理秩秩，足令忠臣吐气，谗人戢志。

臣正治曰：汉世三老数上书，其词皆美。盖其时风俗朴茂，闾里之间尚有直道可采如此。

臣德宜曰：畴咨黜陟，国之大典，后世毁誉，不稽诸实事，而人品遂无定评。如王尊之乍贤乍佞，宜为湖三老所讼也。

臣廷敬曰：尊之治迹，略尽此书。汉世重三老，故所言多可采者。

刘辅 河间宗室，为谏大夫。

314.谏立赵婕妤疏

题注:成帝欲立赵婕妤为皇后,辅上疏。

康熙曰：妃匹，人伦之始，王化所从出也。自非有德之世，不可以奉神灵之统而树宫壸之仪，成帝于是乎失德矣。

臣乾学曰：在《易·家人》言“王假有家”，而必本于女贞之吉。自古兴王之基，罔不由此。河间言人所难言，不愧亲贤矣。

谷永 字子云，长安人。历官大司农。

315.祭祀方术奏

题注:成帝末年颇好鬼神,上书言祭祀方术者皆得待诏,永因上奏。

尾注:永数上封事,尤善言灾异。然专攻上身与后宫,而党于王氏。杜钦、杜邺对策亦然,俱无取焉。独此篇与《讼陈汤疏》持论甚正,录之。

康熙曰：穷极方士情态，可以正人心，维风教。

西山真德秀曰：永发端数语，可谓知道之格言。以永之学术议论，倘能一心帝室而不私党王氏，虽刘向不及。大节既亏，他美不赎。惜哉！

316.讼陈汤疏

题注：成帝初，匡衡奏汤奉使时盗康居财物，坐免。后汤上书言，康居王侍子非王子也，按验实王子，下狱当死，永上疏。

尾注：书奏，天子出汤，夺爵为士伍。

康熙曰：傀刻之笔书剀至之情，结构最胜。

仲任王充曰：刘向之切谏，谷永之上疏，岂徒雕文饰词，苟为华叶之言哉！精诚由中，故其文语感动人深耳。

臣英曰：前博引典故，至结束处皆收摄入正意，文势益振，两汉封事多用此法。

梅福　字子真，九江寿春人。为南昌尉。后去官居家，以读书养性为事。至王莽专政，一朝弃妻子，去九江，人传以为仙。后有见福于会稽者，变名姓为吴市门卒云。

317.言王氏书

题注：时成帝委任大将军王凤，凤专执擅朝，而京兆尹王章素忠直，讥刺凤，为凤所诛。王氏浸盛，灾异数见，群下莫敢正言，福乃上书。

康熙曰：斥言王氏如此切直，谷永辈见之，能无惭色？

次崖林希元曰：此书只把高祖、武帝事来议论，近而不远，切而不浮，忠而不激，可谓善立言矣，故虽触时讳而不贾祸，西汉之末，有士如梅生，公卿有腼面目矣。

东发黄震曰：福畎亩不忘君，贼莽僭窃，则一旦飘然远去，贤于扬子云诸人远矣。

臣士奇曰：刘向之言王氏也直，梅福之言王氏也婉。疏远之臣不敢辄尽其辞，第欲开广言路，树人主之威而折王氏之势，福之用意，微而苦矣。

318.请封孔子世为殷后书

题注:成帝久无继嗣,福以为宜建三统,封孔子之世以为殷后。

尾注:成帝绥和元年,立二王后,遂下诏封孔子世为殷绍嘉公。

康熙曰：意主尊礼尼山，而以继嗣为言，辞复警动。

臣杜讷曰：表彰先圣，可谓功臣。

卷十六

汉

孔衍　孔安国孙，为博士。

319.上书辨明家语

题注:初撰次《孔子家语》为四十四篇,值巫蛊事不行,后成帝诏刘向较定众书,都纪录名古今文书《论语别录》,衍上书辨之。

尾注:奏上,天子许之,未即论定而向病亡,遂不果立。

康熙曰:《家语》真孔氏书与! 孔丛自别得博士，言更足据正矣。

臣熙曰:表章家学，不难自言。文气恢闳，笔极矫健。

耿育　成帝时议郎。

320.讼陈汤书

题注:汤与将作大匠解万年建议起昌陵邑,坐下狱,徙边,育因上书冤讼汤。

尾注:书奏,天子还汤,卒于长安。

按:刘向、谷永与育先后上书冤讼汤,持论措辞各极体致,故俱录之。

康熙曰：汤即不侯，有此一书，可以无憾。

鹿门茅坤曰：论文不如向、永，然亦可见古人材指不同。

臣正治曰：不赏边功，匡衡亦非无见，而刘向、耿育辈累累上书，其言恺挚，能令汤与延寿心折。

臣鸿绪曰：向书爽切，永书条鬯，育书更觉抑扬感慨，动人听闻。

王嘉 字公仲，平陵人。为丞相，封新甫侯。刚直严毅，数谏争，后下狱，不食死。

321.请重二千石疏

尾注：嘉因荐儒者公孙光、满昌及能吏萧咸、薛修等，皆故二千石，有名称，天子纳而用之。

康熙曰：阔略细故，勿数改易，皆深达治体之言。然须慎简其人，乃有实效。

迂斋楼昉曰：论事深切，达于世变。西汉末文字，惟梅福、王嘉书最好，亦可以见汉家故事。

臣德宜曰：慎择而不拘以资，久任而后宽其法，所以重二千石备矣。然有汉宣之励精而后有颍川、渤海之政，则表率断自上也。

臣廷敬曰：必畜养成就，乃能尊重难危，两意互见。

臣乾学曰：郡守权轻，不能使下，由于科条繁密，告讦无禁，嘉所为缌缌言之也。谓宜法古庆让之意，弘其大纲，不苛细故，苟激劝有方，则循良自出，斯真治平之善术乎。

322.遣将行边对

题注：息夫躬请遣大将军行边兵，敕武备，斩一郡守以立威，震四夷，因以厌应变异。上然之，以问丞相嘉，嘉因对云。

康熙曰："动民以行""应天以实"，圣人复起，无以易此两言。

323.日食论董贤奏

题注:时日食,举直言,嘉奏封事。

尾注:帝览奏不说,而愈爱贤不能自胜。

康熙曰:论自爽彻,意亦恳到[①]。

水心叶适曰:“慎己之所独乡,察众人之所共疑”,可谓名言矣。汉人之能言者,往往不及也。观嘉明审治体,爱惜人材,使其遇时,魏、丙何足道!自当为汉世宰相第一。

臣英曰:论董贤事极详尽。“爱之适足以害之”,达识名言。

324.再论董贤奏

题注:哀帝托傅太后遗诏,益封董贤二千户。嘉封还诏书,复奏封事。

康熙曰:文无枝词,较《日食奏》更为劲切。

西山真德秀曰:嘉以直言忤旨得谴,然犹下群臣公卿议其罪,此汉世良法。然观当时所议,惟龚胜谓荐相等罪微,不应迷国之法,然终不敢明其忠,况他人乎?自嘉死后,群臣喑哑,无复敢开口论事者,遂成新莽之篡。悲夫[②]!

东发黄震曰:嘉之事哀帝,刚方不挠,开陈婉切,可谓大臣矣[③]。

毋将隆　字君房,东海兰陵人。哀帝时,为京兆尹,左迁南郡太守,寻免官,徙合浦。

325.谏赐武库兵器奏

题注:时上使中黄门发武库兵,前后十辈送董贤及上乳母王阿舍,隆上奏。

康熙曰:质确不繁,而意已独至。

守溪王鏊曰:此奏词严而理正。

师丹 字仲公，琅邪东武人。哀帝时，为大司空，封高乐侯。

326.定陶共王立庙议

题注:时郎中令泠褒、黄门郎段犹等复奏言:“定陶共皇太后、共皇后皆不宜复引定陶藩国之名以冠大号,又宜为共皇立庙京师。”上下其议,丹议云。

尾注:丹由是浸不合上意,寻策免。

康熙曰：议甚正，后世濮议、兴献议，皆当以此为准。

遵岩王慎中曰：丹议侃侃然，砥柱中流，可谓独立不惧者。

西山真德秀曰：按：丹持议甚得《礼经》本指，治平濮议之所据也。其曰“为人后者为之子”，本《仪礼》云[④]。

李寻 字子长，平陵人。治《尚书》，好《洪范》灾异，又学天文、月令、阴阳。哀帝初，召寻待诏黄门。

327.灾异对

题注:时帝使侍中卫尉傅喜问寻曰:“间者水出地动,日月失度,星辰乱行,灾异仍重,极言毋有所讳。”

尾注:上虽不从寻言,然采其语,每有非常,辄问寻。

康熙曰：篇中援引虽繁，其切于治术处，固是正论。

臣鸿绪曰：详析灾异，讥切时政，论议皆有根柢，非但星历家言。

臣乾学曰：天事恒象，感应之理，可信不诬。汉人专家之学，尤为精密。欧阳诸公欲尽废之，诚为高明之过，宜为胡文定所斥也。

臣士奇曰：世讥汉儒惑于灾异，董仲舒亦不免。如翼奉、李寻不诡不激，俱归于正，故不同于术家。

鲍宣　字子都，渤海高城人。好学明经。哀帝时，为谏大夫，拜司隶，抵罪。王莽秉政，恶汉忠直臣不附己者，宣坐死。

328.谏宠外亲幸臣书

题注:宣每居位常谏争,其言少文多实。时丁、傅子弟并进,董贤贵幸,宣上书谏。

尾注:上以宣名儒优容之。

康熙曰：直而不挠，质而无饰，故辞无嫌于过激也。

荆川唐顺之曰：此等文字是皆直写胸中所见，而非有意于为文者也，然其文亦自劲健。

守溪王鏊曰：“七亡七死”，曲尽流离困苦之状，千载之后，读之令人酸鼻。

水窗刘友益曰：自刘辅以谏大夫论鬼薪，自是谏官无闻焉。宣请黜董贤，用喜、武，辞语剀切，可谓无愧其职矣。

臣杜讷曰：诚恳之至，不自觉其言之沉痛，与捃摭浮词者相去远矣。

329.论董贤书

尾注:上感天异,纳宣言,征何武、彭宣,旬月皆复为三公。

康熙曰：辞尚质朴，意存伉直，所谓布帛菽粟之文，可济实用者也。

东发黄震曰：哀帝时丁、傅并进，董贤贵幸，鲍宣反复切谏，虽昏如哀帝，亦为感动，不诚而能若是乎？莽虽以其不附己诛之，宣盖死有余荣矣。

扬雄 字子云，蜀郡成都人。好学，不为章句训诂，通而已，博览，无所不见。尝好辞赋，成帝时待诏承明之庭，屡奏赋以风劝，除为郎给事黄门。王莽篡位，以久次为大夫。

330.谏不受单于朝书

题注:哀帝建平四年,乌珠留单于上书愿朝,公卿以为虚费府帑,可且勿许,雄上书谏。

尾注:书奏,天子寤焉,报单于书而许之。

康熙曰：文法而畅，意婉而周。

致堂胡寅曰：帝王于中国无事时，鲜不欲开辟土地，行师荒外，服前代所不能服，以为一时骏功。若汉武之于西北，行师三十余年，卒不得如志。至于宣、元、成、哀、平无意武功者，乃坐享其成。哀、平之世，汉已衰矣，匈奴、乌孙犹不废礼，西域佩印五十余君，虽曰中国荣观，譬犹大木，枝叶尚茂，而蠹生心腹，根干将颠矣。是故圣王专务治内，以固其本，不勤远略而忽迩图，其虑远矣。

臣士奇曰：老成远识，文特奇丽。

刘歆 字子骏。成帝时，为黄门郎。哀帝河平中，受诏与父向领校秘书。历迁骑都尉、奉车、光禄大夫，后历郡守。莽篡位，为国师。

331.毁庙议

题注:哀帝即位,丞相孔光等奏言:"宗庙迭毁之次,当以时定。"光禄勋彭宣等皆以为孝武皇帝虽有功烈,亲尽宜毁,歆与太仆王舜同上议。

尾注:上览其议而从之。

康熙曰：引据论议，卓尔不群，洵可谓博而笃矣。

叔皮班彪曰：考观诸儒之议，刘歆博而笃矣。

臣乾学曰：王通氏论七制之主，三代齐称，汉世幅员至孝武而始定，功尤不可泯也。 菑畬堂构，其奚愧焉？ 此议足以上成宣帝之孝思矣。

332.责让太常博士书

题注:歆欲建立《左氏春秋》及《毛诗》《逸礼》《古文尚书》,皆列于学官,哀帝令歆与五经博士讲论其义,诸博士或不肯置对,歆因移书责让之。

康熙曰：辞理明确，有功经学之文。

西山真德秀曰：观此书则汉于六经残缺之余，收拾补完，其功亦不可少。

迂斋楼昉曰：辨难攻击之体，峻洁有力。

臣廷敬曰：终两汉之世不立《左氏春秋》学。 光武常采陈元之言，置博士，旋以众议不同而罢，则诸儒专己守残，好同恶异之过也。

贾让　哀帝时待诏。

333.治河奏

题注:哀帝时,博求能浚川疏河者,莫有应书,让奏言。

按:汉承秦焚书之后,《诗》《书》放失,至文帝时,《尚书》始出,武帝访求遗经,然后六经之文备。然当文帝初,洛阳贾谊已能诵《诗》《书》、属文,称于郡中矣,意其所诵者别自有本,或秦所未焚之书,为博士所藏者,犹有留于人间者耶。观生治安诸疏及朝错、贾山所上封事,其气格之瑰玮雄绝,不异于先秦以上也。及广川董氏出,变为纡徐漫衍,湛深于经术,两司马、扬雄、刘氏父子继作,而汉一代之文章,与《雅》《颂》比隆矣。论者谓其原自上,读高、惠、文、景诸诏书,何其盛也！则夫兴教化以渐摩其民,以至于移风易俗者,岂不信哉！

康熙曰：治河之法古今异，宜语其大者，三策尽之矣。

臣鸿绪曰：治河策自汉以后形势大异，然其议论条达，敷陈弘畅，自是名臣章奏。

臣英曰：贾让虽陈三策，观其叙述有详略，命意亦多在中策耳，故后代率用之。

臣士奇曰：让之上策大利大害系焉，中策可常行，下策鼓柱自前而已。详细曲折，此奏已具有《水经》注。

校记：

①“恳到”，原作“恳恻”，据《古文评论》改。

②“夫”，阙，据哈佛本补。

③此条据哈佛本补。

④此条据哈佛本补。

卷十七

汉

光武　讳秀，字文叔，高祖九世孙，出自景帝长沙定王发之后。王莽末，帝与兄縯起兵舂陵，定天下，再受命，庙号世祖，传十二世。自光武至献帝延康元年凡一百九十六年。

334.敕冯异

题注：建武二年，帝既遣异代邓禹讨赤眉，车驾送至河南，赐以乘舆、七尺贝剑，并下此敕。异顿首受命。

康熙曰：平定安集，光武首举以训将帅，可谓王者之师，仁人之言。

335.报隗嚣手书

题注：三年，陈仓人吕鲔拥众数万，与公孙述通，寇三辅。嚣遣兵佐冯异击之，走鲔，遣使上状，帝报以手书。

康熙曰：驾驭群雄，推心置腹，无复畛域之嫌。

水窗刘友益曰：君乐于成人之美，故不以其终焉之恶而并没其始焉之善，使嚣始终若此，亦何不可之有？惜哉！

336.恤民诏

题注：五年夏四月，旱蝗，乃下诏。

康熙曰：理冤狱，释滞囚，以消亢旱之气，较圭璧祷祠远胜。

337.赐窦融玺书

题注：五年夏，融遣长史刘钧奉书献马，帝见钧欢甚，礼飨毕，乃遣令还，赐融玺书，因授融为凉州牧。玺书既至，河西咸惊，以为天子明见万里之外。

康熙曰：窦融雄据河西，待时观变。光武赐以玺书，洞见情事。融既惮英明，又怀大度，委心效顺，永为汉藩。所谓一纸书贤于十万师也。

臣熙曰：庙算明远，河西情事如在几席之间。

338.再报窦融诏

题注：融得前玺书，即复遣钧上书。会隗嚣叛，道绝，驰还，融乃与嚣书，责让之，嚣不纳。融于是与五郡太守砥厉兵马，上疏请师期。帝深嘉美之，赐融以外属图及太史公《五宗外戚世家》《魏其侯列传》，并诏报云。

尾注：融被诏，即与诸郡守将兵入金城。

康熙曰：光武初年，公孙述在蜀，隗嚣在陇右，皆割据称雄，所恃以扼二寇者，惟窦融在河西耳。帝抚以至诚，既无西顾之忧，复收指臂之势，不数年，陇、蜀削平，帝业之成重系于此。

臣正治曰：推心置腹之言，简而愈至，可与文帝《遗尉陀书》并传。

339.与公孙述书

题注：六年，述为符命，自言手文有奇，及得龙兴之瑞，数移书中国，冀以惑动众心。帝患之，乃与述书，署曰公孙皇帝。不答。

康熙曰：图谶之说盛于西汉末年，至光武初犹袭用之，观其以赤伏符受命是也，故《与公孙述书》亦举以立言。

340.赐隗嚣诏

题注：六年，有司以嚣言慢，请诛其子恂，帝不忍，复使来歙至汧，赐嚣书。

尾注：嚣得书，知帝审知其诈，遂遣使称臣于公孙述。

康熙曰：屡赐嚣书，数遣来歙，意在保全。嚣降蜀而自取殄灭，宜哉！

341.诏上书不得言圣

题注：七年三月晦，日有食之，帝避正殿，寝兵，不听事五日，乃下诏。

康熙曰：德盛而后能谦，能谦而盛德益著。光武此诏，视唐诸帝之屡上尊号者，弥增光烈矣。

342.诏让刘尚

题注：十二年，公孙述死，其将延岑降，吴汉乃夷述妻子，尽灭公孙氏，并族延岑，遂放兵大掠，焚述宫室。帝闻之，怒以谴汉，且让副将刘尚云。

康熙曰：仁厚之言，哀矜恻怛，为将者宜深体斯意。

343.地震诏

题注：二十二年九月戊辰，地震裂，下诏。

康熙曰：轸恤灾伤，具有实政。文亦简质近古。

臣德宜曰：圣王蠲赋减刑，在平时犹加意优恤，况当震动修省之日乎？盖修德弭灾，爱民所以敬天也。

344.报臧宫马武诏

题注：二十七年，宫、武上书请伐匈奴，帝因诏报，自是诸将莫敢复言兵事者。

康熙曰：光武久在兵间，深知用武之扰民，故谨于开边如此。

少颖林之奇曰：光武以兵定天下，而用兵果光武之心乎？观其遣冯异入关，必先告之曰："征伐非必略地屠城，要在平定安集之耳。"方群雄角逐之时，犹不欲以威武胜，而况匈奴乎！方投戈讲艺之余，正欲与天下相安无事，而臧、马二子欲求逞于一剑。嗟乎！一剑用而吾民之命残矣，光武之心岂忍为之哉！故不得不持黄石之说以自戒而固却之也[①]。

明帝　讳庄，光武第四子，庙号显宗。

345.报桓荣书

题注:明帝为太子,桓荣傅之。上疏辞归,因报书云。

康熙曰：明帝尊重师傅，即高宗旧学甘盘之义。

346.祀明堂诏

题注:永平二年,宗祀光武皇帝于明堂,帝及公卿列侯始服冠冕、衣裳、玉佩、絢屦以行事,礼毕,登灵台,使尚书令持节诏骠骑将军、三公等。

康熙曰：裔裔皇皇，声容俱备，东汉之盛，史称明、章，良有以哉！

水窗刘友益曰：光武中兴，投戈讲艺，息马论道，其留意文治久②矣。末年肇建三雍，未及临飨，明帝继之，举宗祀，望云物，行大射养老之礼，东都文物，于是彬彬可观，书之于册，足为美称。《诗》曰：“贻厥孙谋，以燕翼子”，光武以之。又曰：“昭哉嗣服，绳基祖武”，显宗有焉。

臣鸿绪曰：孝莫大于严父，严父莫大于配天，汉明有焉。

347.爵李躬桓荣诏

题注:二年冬十月,帝幸辟雍,初行养老礼,乃下诏。

康熙曰：三代哲王皆盛行养老之典，周秦以来，斯礼久旷，汉明帝能修举于废坠之后，宜乎人心允洽，圜桥门而观听者亿万计也。

耕道尹起莘曰：自光武末年起明堂、灵台、辟雍，然徒闻宣布图谶而已，至是始盛。三雍之仪，复先代之典，帝于此可谓贤矣，文治可谓盛矣。

348.获宝鼎诏

题注:六年,王洛山出宝鼎,庐江太守献之,乃下诏。

康熙曰：获鼎荐庙，乃归美于祖宗，让善于臣子，复禁章奏浮辞虚誉，则善矣。

耕道尹起莘曰：光武书封事不得言圣，此书禁章奏浮词，皆特笔也。

349.班示封事诏

题注:八年冬,帝既以日食下诏,于是在位者皆上封事,各言得失。帝览章,深自引咎,乃以所上班示百官。

康熙曰：史称大禹昌言则拜，仲虺赞汤改过不吝，明帝班示封事犹得斯义。

耕道尹起莘曰：诏求直言难矣，而又以示百官，所以开不讳之门也，帝于是可谓贤哉！

350.手诏东平王国傅

题注：东平王，名苍，明帝母弟。十一年，苍与诸王朝京师，月余还国，帝临送归宫，凄然怀思，乃遣使手诏国中傅云。

康熙曰：恩谊笃挚，词致渊雅。“为善最乐”之言，允为宗亲楷范。

351.申明科禁诏

康熙曰：自古慎终之礼皆有制度品节，所以辨贵贱之等，安贫富之心，维持风俗，奖成廉让，莫要于此。诏语明确，足以解世之惑。

臣乾学曰：愚民竞为侈葬，亦相驱于习俗耳。或乃僭陈仪卫，务饰观听，为之限制，一轨于礼，正所以教孝也。

352.汴渠成诏

题注：十三年四月，汴渠成，行幸荥阳，巡行河渠，下诏。因遂渡河，登太行，进幸上党。

康熙曰：黄河激湍奔流，助以他水则势益暴，明帝修复堤防，所以收河、汴分流之利，临流而叹禹功，继世宗瓠子之作，意概亦伟。

臣士奇曰：河流入汴，水势东侵，利于幽、翼者尚远，害于兖、豫者已多。筑堤立门，度地势以成功，滨渠溉田，其利溥矣。

明德马皇后　伏波将军援之少女。明帝为太子，选入宫。即位，为贵人。永平三年，立为后。

353.辞封爵诏

题注：建初二年夏，大旱，言事者以不封外戚之故，有司因此上奏，宜依旧典。太后下诏，固不许。

康熙曰：明德后损抑外家出于至诚，示之以俭，帅之以谦，正所以保全长久之也。明德之识解超矣，伏波之遗泽远矣。

臣英曰：谦冲谨抑，发于中诚，卓然明达之言。

354.报帝请封外戚诏

题注：太后辞封舅爵，章帝省诏悲叹，复重请曰："汉兴，舅氏之封侯，犹皇子之为王也。太后诚存谦虚，何令臣独不加恩三舅乎？且卫尉年尊，两校尉有大病，如令不讳，使臣长抱刻骨之恨，宜及吉时，不可稽留。"太后报云。

康熙曰：史称马后德冠后宫，观其惓惓阻戚畹之封，可为万世龟鉴。

章帝 讳炟，显宗第五子，庙号肃宗。

355.命赵熹为太傅牟融为太尉诏

题注：帝初即位，下诏。

康熙曰：汉建三公为师傅之官，慎简耆德老成，故特重之。文复典醇有致。

356.实核受廪诏

题注：建初元年，兖、豫、齐大旱，诏三州郡国。

康熙曰：矜恤流离，务施实惠，当无泽不下究之患。

357.地震举贤良诏

题注：元年三月，山阳东平地震。

康熙曰："政无大小，得人为本"，自是要言不烦。

臣鸿绪曰：地者，臣象也。因地震而思举贤良，帝可谓深达治体矣。

358.报东平王

题注：元年，地震，苍上便宜，其事留中，帝报之以书。

康熙曰：东平因灾异上封事，章帝虚己采纳，谦冲之意溢于言表。

359.赐东平琅邪二王书

题注：三年，帝飨卫士于南宫，因从皇太后周行掖庭池阁，阅阴太后旧时器服，怆然动容，乃命留五时衣各一袭及常所御衣合五十箧，余悉分布诸王主及子孙在京师者，各有差，特赐东平、琅邪二王书云。

康熙曰：赐书中笃念先德，敦睦宗亲，仁孝温文，皆蔼然至性之言。史称章帝长者，不虚也。

臣杜讷曰：敦笃彝伦，训辞深厚，读之令人恻然。

360.论五经同异诏

题注：四年，诏下太常，命大夫、博士、议郎、郎官及诸生、诸儒会白虎观，讲议五经同异。

康熙曰：五经在两汉时，各祖其师说，以专家鸣于世。章帝特开虎观，诏诸儒讲五经同异，俾先圣典训晦而复明，汉诸帝尊经之功大矣。

耕道尹起莘曰：宣帝之篇，尝会石渠讲五经矣，于是再见嘉尊经也。

臣熙曰："扶进微学，尊广道艺"，得继往开来之义。汉世经学修明，由于主德，功不独诸儒也。

361.日食诏

康熙曰：举士先岩穴，毋取浮华，尤得官人之要。

362.手诏东平王

题注：七年，有司奏遣苍归国，手诏赐之。于时车驾祖送，流涕而诀，中使问起居，相望于道。

康熙曰：亲亲之谊，辞愈朴而意愈真。

363.赐公卿助祭钱诏

题注：七年，饮酎高庙，禘祭世祖显宗。

康熙曰：文质而思深，言简而意长，两汉诏令之所以擅今古也。

臣正治曰：奉先推恩，仁孝之言蔼如，犹有文景诏令遗风。

364.行秋稼诏

题注：七年，帝幸偃师，东涉卷津至河内，乃下诏。

康熙曰：行稼所以省民，若供帐劳费，适滋烦扰。章帝下诏，务崇省约，欲令贫弱有利，庶几夏谚游豫之善。

365.选高才生受学诏

康熙曰：尊经之言，蔚然雅正。

366.赐流民公田诏

康熙曰：人情安土重迁，罹水旱而致流移，民生之最可矜者，恤之如此，当无鸿雁泽中之叹。

臣德宜曰：本移民就食之意，而屯垦之法即寓其中，可补《周官》荒政所未及。

367.诏报朱晖

题注：元年，帝巡狩，告南阳太守，问晖起居，召拜尚书仆射，迁太山太守，上便宜，陈密事，深见嘉纳，诏报云。

康熙曰：朱晖为太守时，吏畏其威，民怀其惠，可谓廉吏，故章帝报书如此。

368.赐郑均毛义谷诏

题注：元年，诏告庐江太守、东平相，以毛义庐江人、郑均东平人也。明年，帝东巡，过任城，乃幸均舍，敕赐尚书禄以终其身，时人号为“白衣尚书”。

康熙曰：崇奖孝义，存问隐逸，得为政之要。

369.诏三公

康熙曰：守令最为亲民，与为才辨，无宁简朴，与为精察，无宁浑厚，两汉罢斥俗吏，奖进安静悃愊之人，此吏治所以近古也。

370.定律诏

康熙曰：颂成康之盛，归美刑措，纪太宗之政，首曰纵囚，盖刑辟时当敬慎，固不独冬至立春后不宜报囚也。

371.诏袁安等

题注:二年,武威太守孟云上书,宜还北单于生口,以安慰之。诏百官议,安以为还之便,司徒桓虞亦从安,太尉郑弘、司空第五伦皆恨之,各相激叱。司隶校尉举奏,安等皆上印绶谢。帝诏报,竟从安议。

康熙曰：集众思、广忠益以裨庙谟，此正晏子和同之辨，诏辞深得此意。

372.诏改定礼制

题注:三年,诏侍中曹褒定汉礼,班固请广集诸儒共议得失,帝诏云。

康熙曰：议礼同于聚讼，所以贵折衷也。 文特简隽遒古。

373.禀给孤幼诏

康熙曰：恤孤怀幼，仁言恻然。

374.以肥田赋贫民诏

题注:三年,帝北巡狩,耕于怀,乃下诏。

康熙曰：章帝因巡行观俗，东礼岱宗，遂践河防，给贫民粮种，以劝力农，半免所遇田租，嘉惠生民，善政厘举，兹游故可纪也。

臣英曰：结撰简劲，而韵致宏长，音节弥古，洵为典册高文。

375.敕侍御史司空诏

康熙曰：温醇恺恻，以爱物为顺天，得体元之义。

376.诏齐相旌江革

题注:革,字次翁,齐国临淄人。家贫,裸跣行佣以供母,乡里称之曰“江巨孝”。举孝廉,拜谏议大夫,赐告归。元和中,天子思革至行,制诏齐相云。

尾注:由是“巨孝”之称行于天下。及卒,诏复赐谷千斛。

康熙曰:江革以至行受上赏,奖人伦而厚风俗者莫大焉。

和帝 讳肇,肃宗第四子。

377.罢收盐铁诏

题注:时帝初即位,皇太后称制下诏。

康熙曰:昭帝时举四方贤良,即言愿罢盐铁官,迨此时边方宁谧,故毅然去之。

臣乾学曰:东京殷阜之余,欲行度外之举,词意蔼然。

378.求曹相国后诏

康熙曰:念旧酬勋,继绝举废,词意温蔼,诏旨中有极风致者。

臣廷敬曰:萧、曹为汉宗臣,此诏得赏延于世之义。

379.选举诏

康熙曰:汉选举责成二千石、刺史,故得人为盛。

380.举贤良诏

康熙曰:和帝求贤诸诏,绰有西汉风致。

致堂胡寅曰:和帝幼冲能诛窦宪,自是威权不失,无大过举,尊信儒术,友爱兄弟,礼贤纳谏,中国乂安,方之章帝实过之。

381.封班超诏

题注：六年，超发八国兵讨焉耆，斩其王广，于是西域五十余国悉纳质内属焉。明年，下诏。

康熙曰：汉立功西域，每求智勇之士置为都尉，当时最称得人，亦由奖励激赏之典重也。

382.蝗灾罪己诏

题注：八年，京师蝗，吏民言事者多归责有司，帝乃下诏。

康熙曰：遇灾引咎，深自谦抑，得诏令之体。

383.择良吏诏

题注：十二年二月，诏贷被灾诸郡民种粮，赐下贫鳏寡孤独不能自存者及郡国流民，听入陂池渔采，以助蔬食。

康熙曰：周宣以《云汉》为忧，诗人美之，斯诏大意略同。

384.留诸王诏

题注：十五年夏四月甲子，日食，有司以日食阴盛奏遣诸侯王就国，帝下诏。

康熙曰：诏语虽简，深得友爱之义。

和熹邓皇后　讳绥，太傅禹之孙。年十六，选入掖庭，事和帝，为贵人。永元十四年，立为后。

385.诏河南尹豹等

题注：元初六年，太后诏征和帝弟济北河间王子男女年五岁以上四十余人，又邓氏近亲子孙三十余人，并为开邸第，教学经书，躬自监试；尚幼者使置师保，朝夕入宫，抚循诏导，恩爱甚渥。乃诏从兄河南尹豹、越骑校尉康等。

康熙曰：贵戚子弟乃国家肺腑股肱，幼而不学，长且面墙，恃贵而骄，恃富而侈，职此故也。此诏词可谓深中情事矣。

殇帝 讳隆，和帝少子。即位时，诞育百余日，皇太后邓氏临朝称制。

386.敕司隶校尉部刺史

康熙曰：痛言俗吏之弊，最为严切。

安帝 讳祜，肃宗孙。

387.旱蝗诏

题注：元初二年五月，京师旱，河南及郡国十九蝗，乃下诏。

康熙曰：民生疾苦，岂可壅于上闻？宜诏词专及之。

臣乾学曰：掩灾眚，务催科以饰治状，蠹吏之锢习也。因所见以诘之，其将奚辞？王言若此，可谓明且仁矣。

388.霖雨伤稼诏

题注：四年，京师及郡国十雨水。

康熙曰：国家德意，惟在有司实意奉行，始无屯膏之弊。

臣鸿绪曰：摘发吏奸，深中时弊。

389.申制度科品诏

康熙曰：绮縠、珠玑之侈滥及厮走，与贾谊所论略同。正京师以示四远，尤得风化之要。

臣廷敬曰：汉之诸帝颇知尚俭，屡有诏禁止华靡，故两京风俗犹可观焉。

顺帝　讳保，安帝子。

390.敕桂阳太守文砻

康熙曰：封还大珠，责以求媚，非徒不贵异物，亦以风励廉节。

桓帝　讳志，肃宗曾孙。

391.灾异诏

题注：永兴元年六月，彭城泗水增长逆流，京师蝗，东海朐山崩，九月朔日有食之，乃下诏。

康熙曰：酒醪足以糜谷，西汉诏令每引以为戒，亦贵粟之一端也。

校记：

①"石"，原作"后"，据哈佛本改。

②"讲艺，息马论道，其留意文治久"，阙，据哈佛本补。

卷十八

汉

窦融 字周公，扶风平陵人，章武侯广国七世孙。更始时，为钜鹿太守。以累世在河西，知其土俗，乃将家属而西。后归光武，封安丰侯。

392.责让隗嚣书

题注:融上书自通光武,光武报以手诏。融专心内向,遣弟诣阙,会嚣反叛,道绝,乃遗书责让之,嚣不纳。

康熙曰：窦融早识成败，可谓智士；始终一节，不愧贞臣。责嚣以大义，惜其不能听从耳。

臣熙曰：顺逆先后，逐节分疏，委曲详尽，于责让之中，寓忠爱之意，辞令佳品。

臣正治曰：剖析利害，词严义正，而“自起兵以来”一段，尤恻恻动人，惜乎嚣之不悟也。

马援 字文渊，扶风茂陵人。世祖即位，援留西州，隗嚣甚敬重之。后归世祖，立功殊域，封新息侯。

393.与杨广书

题注:援诣洛阳,陈灭嚣之术,因使援游说嚣诸将,离其友党,又为书与嚣将杨广云。

康熙曰：委曲婉至，动以天性之恩，晓以君臣之义，其激昂古宕处则龙门笔法也。

臣德宜曰：光武以玺书赐隗嚣，复使援陈祸福，开谕嚣将，欲其悔悟而矜全之也。虽使迷怙不悛，则君臣朋友之义得矣。

朱勃　字叔阳，扶风人。年十二，常候援兄况，方领，矩步，辞言娴雅，援裁知书，见之自失，况知其意，乃自酌酒慰援。及援为将军，封侯，勃不过县令，援待以旧恩而卑侮之，勃愈身自亲，及援遇谗，惟勃能终焉。

394.追讼马援书

尾注:书奏报,归里田。

康熙曰：马伏波有佐命之功，而未有显过，此书代为辨晰，归于赏功宥过，意良厚矣。

臣廷敬曰：以新息之壮烈而横罗贝锦之谗，此书情辞慷慨，足令忠贤吐气。

臣鸿绪曰：此书与讼陈汤诸疏同其矫健。

班彪　字叔皮，扶风安陵人。官望都长。

395.请置太子诸王官属疏

题注:时东宫初建,诸王国并开,而官属未备,师保多阙,彪上言,帝纳之。

康熙曰：论豫教之道在于审所与居，戒慎所习，要言不烦。

君实司马光曰：三代令王置师、傅、保以教其子，又置三少与燕居，至于左右前后侍御仆从之人，皆选孝悌端良之士，逐去邪人，无得在侧，使之日见正事，闻正言，然后道明而德成，福被兆民，功流万世，此教之所以为益也。

臣乾学曰：保、傅之道，非耆艾魁垒不足胜任，其后明、章继统，皆能重师傅，崇儒术，其皆彪一言启之与。

396.乞优答北匈奴奏

题注：建武二十八年，北匈奴复遣使诣阙，贡马及裘，更乞和亲，并请音乐，又求率西域诸国胡客与俱献见。帝下三府议酬答之宜，司徒掾彪奏云云。帝悉从之。

康熙曰：示以坦白，得驾驭外藩之体。

水心叶适曰：班彪奏酬答北匈奴事宜，真西汉文章，可接太史公。今《汉书》文体大率类此，盖班固所取法也。若固所自作，质弱而文靡，为魏晋先驱，失古意矣。彪不特文字，而策谋深沉，明习故事，应变有方，可施廊庙。虽光武汉业已成，不以无彪而有所阙，然如彪者不得尽其用，光武不得无弃才之过也。

397.王命论

题注：王命，帝王受命也。时隗嚣据陇右，问彪曰："往者周亡，战国并争，天下分裂，意者纵横之事，复起于今乎？"彪乃作此论以悟之。

康熙曰："应天顺人"为一篇大指，反复征引，以畅其说，文之极有光焰者。

东发黄震曰：《王命论》所以破奸雄觊幸之心，深切著明，犹不见听，则纳履而去之。当天下靡沸之时，从容无愧，可谓贤矣。

臣英曰：上推天道，下述人事，以彰受命之符，陈运世之本，危言正论，足以折隗嚣逐鹿之谈矣。

桓谭　字君山，沛国相人。博学多通，遍习五经，皆诂训大义，不为章句。世祖即位，大司空宋弘荐谭，拜议郎给事中。

398.上时政疏

题注:时天下初平,法令未定,谭初言事不合,至是复上疏。

尾注:书奏,不省。

康熙曰:定国是,重本业,所谓政贵体要。

琼山丘濬曰:按:桓谭之请,欲令通义理明法律者校定,盖人必违于礼义,然后入于刑法。律令者,刑法之所在也。议而校定,必礼义、法律两无歉焉。本是以立天下之法,用是以酌生民之情,无间然矣。汉世去古未远,犹有古意,此后世所当取法者也。

臣士奇曰:疏中所言,正民俗,重农田,谨法令,皆政之大者。文笔尤有渊古之色。

399.复上时政疏

题注:时帝方信谶,多以决定嫌疑,又酬赏少薄,天下不时安定,谭复上疏。帝省奏,愈不悦。

康熙曰:光武时颇尚谶纬,故桓谭极言之。文亦剀直明切。

水心叶适曰:图谶事,至张衡论始定。桓谭虽极言谶之非经,而《传》不载其所以极言之说。班固父子以折衷古今自任,而于谶特多所附合,非其智不足以知之也。盖以时主好尚方盛,遂不敢撄其锋,亦理势之常。至于雷同趋和,比之经典,则希世太甚矣。张衡适值其衰,故得展布言之,然后世亦有当其已衰而犹讳避不敢论者,此又在衡之下也。

杜林　字伯山,扶风茂陵人。官至大司空。

400.论增科禁疏

题注:光武时,群臣上言请增科禁,诏下公卿议,林疏奏,帝从之。

康熙曰:宽禁网,捐苛细,正以扶进廉洁,奖成节概,义实相因。

张纯　字伯仁，京兆杜陵人，安世四世孙。官至大司空。

401.正昭穆疏

题注:建武初,宗庙未定,昭穆失序,纯乃与太仆朱浮共上疏云。

尾注:诏下公卿,大司徒戴涉、大司空窦融议:"宜以宣、元、成、哀、平五帝四世代今亲庙,宣、元皇帝尊为祖、父,可亲奉祀,成帝以下,有司行事,别为南顿君立皇考庙,其祭上至舂陵节侯,群臣奉祠,以明尊尊之敬,亲亲之恩。"帝从之。

康熙曰:光武中兴汉业,以元帝为大宗,别建四亲庙。盖以嗣继统绪为重,亦可以息后世纷纷之论矣。

水心叶适曰:光武用张纯、朱浮议,始自孝宣而下,并列庙祭以代四亲,是时建武十九年也。不然,则不足为绍汉矣。纯不惟明习典礼而正论不讳,自非西京诸儒所能及。然光武能变知改,不私其亲,盖有人主之道焉。

郑兴　字少赣,河南开封人。兴好古学,世言《左氏》者,多祖于兴。终莲勺令。

402.日食疏

题注:建武七年三月晦,日食,兴疏奏,多有所纳。

康熙曰:引《春秋》《洪范》以立言,皆有根据。

西山真德秀曰:正阳之月,日有食之,古之深忌也。盖纯阳而食,阳弱之甚也。

西山真德秀曰:正月纯阳用事,为正阳之月,天地长养之时,而多霜焉,其异大矣。君子小人易位而邪正混淆,所以致繁霜之灾也。

陈元　字长孙，苍梧广信人。父钦，习《左氏春秋》，事黎阳贾护，与刘歆同时，而别自名家。元少传父业，为之训诂，锐精覃思，至不与乡里通。以父任为郎。建武初，元与桓谭、杜林、郑兴俱为学者所宗。

403.请立左氏疏

题注：时议欲立《左氏传》博士，范升奏以为《左氏》浅末，不宜立，元闻之，乃诣阙上疏。

尾注：书奏，下其议，范升复与元相辨难，凡十余上，帝卒立《左氏》学。太常选博士四人，元为第一，帝以元新忿争，乃用其次司隶从事李封，于是诸儒以《左氏》之立论议讙譁，自公卿以下数廷争之。会封病卒，《左氏》复废。

康熙曰：《左氏传》博雅奇丽，叙事擅古今之长，《公》《穀》文亦多隽逸，故三传并传学官。

晦庵朱熹曰：左氏曾见国史，考事颇精，只是不知大义，专去小处理会，往往不曾讲学。《公》《穀》考事甚疏，然义理却精。二人乃经生，传得许多说话，往往都不曾见国史。

臣乾学曰：旧称丘明论本事作传，明孔子不以空言说经，故啖氏云："比二传，其功最高也。"然非张苍、刘歆与东京之陈元，《左氏》学几不传矣，元之功尤为伟也。

臣杜讷曰：《左氏》羽翼麟经，请立博士，公论也，故篇中语气侃侃。

朱浮　字叔元，沛国萧人。官至大司空，封新息侯。

404.日食疏

题注：时帝以二千石长吏多不胜任，有纤微之过者必见斥罢，交易纷扰，百姓不宁,会有日食之异,浮乃上疏。

尾注:帝下其议,群臣多同于浮,自是牧守易代颇简。

康熙曰:古者吏道以久任为善,有治绩显效则增秩、赐金、玺书褒美。时守令更代太烦,故朱浮因日食言之。

405.与彭宠书

题注:时浮为幽州牧,宠为渔阳太守。浮性急,宠亦负其功,嫌怨转积。浮密表宠遣吏迎妻不迎母,又受货贿,多聚兵谷,意计难量。宠既积怨,闻之怒,举兵攻浮。浮书责之,宠得书愈怒,攻浮转急。

康熙曰:谕以名义,动以利害,雄快劲直,耸然可听。

臣鸿绪曰:浮虽激成宠变,而质直之词,实足以声罪。

第五伦 字伯鱼,京兆长陵人。建武中,举孝廉,拜会稽太守,再迁蜀郡。章帝即位,代牟融为司空。

406.论窦氏疏

题注:窦宪,章德皇后之兄。章帝世,诸马得罪归国,窦氏始贵,伦上疏。

康熙曰:勋戚以慎谦为美,满盈为戒。第五伦所言,不止国家防微之善道,亦戚畹保家之明鉴也。

西山真德秀曰:按:是时窦氏之势未大盛也,而第五伦已为章帝言之,忠臣之心,防微杜渐,每每如此,人君不可以不察也。

407.劝成风德疏

题注:伦常疾俗吏苛刻,及为三公,值章帝长者,屡有善政,乃上疏褒称盛美,因以劝成风德。

康熙曰:《书》称“明作有功,敦大成裕”。敦大者政之体也,明作者政之用也。此篇论治以敦大为本,文亦简切。

孟坚班固曰：伦虽天性峭直，然常疾俗吏苛刻，故其议论常依宽厚云。

韦彪　字孟达，扶风平陵人。官至大鸿胪。

408.罢官选职疏

题注：时吏多以苛刻为能，又选职不必以才，因盛夏多寒，乃上疏。

康熙曰：登用大臣，以公忠识量为重，不在应对小慧、簿书末节，篇中独畅此义。

臣廷敬曰：此疏所陈，固体国之常经，亦弭灾之急务也。

孔僖　字仲和，鲁国鲁人。自安国以下，世传《古文尚书》《毛诗》。官临晋令。

409.上章帝自讼书

题注：僖游太学，邻房生梁郁阴上书告僖诽谤武帝，讥刺当世，事下有司，僖以吏捕方至，恐诛，乃上书自讼。帝省奏，立诏勿问，拜僖兰台令史。

康熙曰：孔僖所陈，愿开张听闻，即《无逸》“皇自敬德”之意也。

水心叶适曰：孔僖自讼，辨而不愤，激而不讦，戮辱在前，惧不失正，与张俊“欧刀在前，棺絮在后”，为世所悲者，异矣。

臣乾学曰：直词不挠，具有学识，无愧圣人之后矣。

何敞 字文高，扶风平陵人。和帝时，为尚书，数切谏言诸窦罪过，宪等深恶之，出为济南太傅，后复征迁五官中郎，坐诈病抵罪，卒于家。

410.谏用窦氏疏

题注：时太后兄窦宪以车骑将军击匈奴，诏使者为宪弟卫尉笃、奉车都尉景，大起邸第，兴造劳役，百姓愁苦。敞上疏切谏，不报。敞为尚书，复上封事。

康熙曰：指陈贵戚，直言不讳，非欲摧折之，正欲保全之。何敞于汉，可谓忠矣。

西山真德秀曰：按：何敞之言，非独忠于汉室，是亦忠于窦氏也。而乃祖公孙弘去汲黯之故智黜之，以相诸侯王之贵骄者，是欲陷而杀之也。不仁之人，可与言哉！

臣英曰：盈满取害，自古为然。敞言虽直，欲令长保福佑，意固未尝不厚也。

徐防 字谒卿，沛国铚人。官至太尉。安帝时，以灾异策免。

411.论五经章句疏

题注：防以五经久远，圣意难明，宜为章句以悟后学，乃上疏，诏从之。

康熙曰：汉时五经诸家各设博士，故笺疏之说有互相径庭者，至宋诸儒而统纪一矣，宋儒羽翼经传之功固自不朽。

臣士奇曰：白虎观诸儒同异，家自为说，经学不明，病在各出己见以求胜，遂与本文相戾。得此务本之论，诚为汉儒所难。

鲁恭　字仲康，扶风平陵人。章帝时，拜中牟令，专以德化为理。官至司徒。

412.谏盛夏断狱疏

题注:初,和帝末,夏令麦秋得案验薄刑,而州郡好以苛察为政,因遂盛夏断狱,恭上疏谏。

康熙曰：顺时为治，钦若之实，况刑辟尤所当慎乎！鲁恭之言实与《月令》相发明。

琼山丘濬曰：按：先王制刑，虽曰防民奸，实所以顺承天道以安民生也。苟逆天之时，妨民之业，则天道有不顺，民生有不安矣。

臣杜讷曰：钦恤民生，立言振要。史称其专务德化，于此亦可想见。

鲁丕　字叔陵，扶风平陵人，恭之弟。兼通五经，以《鲁诗》《尚书》教授，为当世名儒。累官侍中左中郎将，再为三老。

413.举贤良方正对策

题注:章帝建初元年,诏举贤良方正,大司农刘宽举丕,时对策者百余人,惟丕在高第。

康熙曰：简直修洁，较西汉诸儒之文，别为一格。

伯厚王应麟曰：鲁丕对策，见袁宏《记》，而范《史》不载。

臣乾学曰：贱德贵功而欲速，势不得不背本实而趋浮文。文之敝，小人以僿救僿，莫若以忠诚笃论也。

414.论经术疏

题注:和帝召见诸儒,丕与贾逵等相难数事,帝善丕说,特赐冠、帻、履、袜衣一袭,丕因上疏。

康熙曰：古人于经学，守其师说，如规矩权衡，所以尊经也。

卷十九

汉

班固　字孟坚，彪之子。九岁能属文，诵诗赋，及长，博贯载籍，九流百家之言无不穷究。以父彪所续前史未详，乃探撰前记，缀集所闻，以为《汉书》，学者莫不讽诵焉。初除兰台令史，迁为郎，坐窦宪宾客，收系死狱中。

415.文帝纪赞

康熙曰：《赞》才二百余字，而文帝恭俭、宽仁、治功约略已尽，固洵良史哉！

晦庵朱熹曰：三代以下，文帝可谓恭俭之主。

潜室陈埴曰：文帝天资粹美，却能转得黄老不好处；景帝天资刻忍，却将黄老好处转作不好处。

416.武帝纪赞

康熙曰：历叙武帝尊经、好古、制度、礼文之事，彬彬可观矣。结处义正辞劲，可谓高文老笔。

晦庵朱熹曰：武帝病痛固多，然天资高，志向大，足以有为，使合下便得真儒辅佐，岂不大有可观！惜无真儒辅佐，不能胜其多欲之私，做从那边去了。

417.昭帝纪赞

康熙曰：论事措意极其整暇，有春容大雅之致。

418.成帝纪赞

康熙曰：叙述所闻，用笔轻隽，在论赞中又是一格。

419.诸侯王表序

康熙曰：援引周秦论列汉世，或详或略，极错综变化之致，纚纚千言，读之唯恐其尽。

水心叶适曰：《诸侯王表》言诸吕时赖诸侯强而存，王莽时以诸侯弱而亡，此黏合论事，形是而实非也。如意鸩死，肥几不脱死，友饥死，建死不嗣，皆高帝亲子，何足赖也？古人亲贤并建，所以为民也。夹辅一家，自为久存之计，此后人以私意疑之也。秦虽废其法，汉虽慕其名，存亡之实，盖不在此。不考德而任私，后世之论，大抵皆是矣。

荆川唐顺之曰：此等文字，只是叙事而略带议论。

臣熙曰：大意本《史记·汉兴以来诸侯年表》，而更为腴畅。观周秦之得失，可以知西汉之盛衰，叙哀平间事，尤极俯仰感慨之致。

臣正治曰：诸侯王强弱关系汉室盛衰，孟坚抑扬反复，娓娓言之，与史迁《功臣侯王年表》并读，可以识一代之势矣。

420.高惠高后文帝功臣表序

康熙曰：于论议中引用前人撰著以成文，《史》《汉》中多有此体。

臣德宜曰：汉封诸侯百四十有二①，其待功臣亦不薄，而百年间无复遗者，患生于骄逸也。故众建而少其力，贾生之论善矣。

421.外戚恩泽侯表序

康熙曰：建官惟贤，位事惟能，矧通侯之爵乎？此序逐段用意，特见文心。

鹿门茅坤曰：此文调方而整，颇开东汉以后门户矣。

臣廷敬曰：非刘氏不王，非军功不侯，此汉制也。国有峻防，其如自毁之何？ 王陵、亚夫真社稷臣矣。

422.公孙弘卜式倪宽传赞

康熙曰：笔力矫健，论次凡数十人，绝不觉其烦重。

白水刘子翚曰：武帝时异人并出，史臣方之版筑饭牛，斯言过矣。 弘、宽之儒雅，专事阿谀；汤、禹之定令，多务严急；延年倡优善歌，乃许之协律；弘羊剥民聚敛，乃许之运筹；至如助、骞之徒，皆启倡边事，在唐、虞、三代，不免放流诛殛者也，尚何才之足云？ 惟汲黯、苏武一时杰出，而武帝疏远之，肆其私心，祸流四海，则以朝无人也。 史臣之言过矣。

423.司马迁传赞

康熙曰：立论虽驳史迁，文之抑扬尽致，犹大类其笔法。

臣鸿绪曰：文人相讥，自古已然，明哲保身，何班生之卒陷吏议也？

臣乾学曰：迁论事指归甚正。 若孔子无封爵而列之世家，序战国诸子而统之以孟子、荀卿，又采《鲁论》为七十子立传。 若老子则斥之同于申、韩，而别序传经诸家曰儒林。 千载论定，究不能出此矣。

424.公孙贺刘屈氂车千秋王䜣杨敞蔡义陈万年郑弘等传赞

康熙曰：铺叙处如闲云卷舒，自成变态。

臣英曰：以贤良文学相形立论，意在责桑弘羊之言利、田千秋之括囊也。

425.循吏传序

康熙曰：吏必本经术以广教化，始能嘉惠元元，登风俗于淳古，此循吏之所以可贵也。

凤洲王世贞曰：读《汉宣帝纪》称其综核名实，错用法理，而赵京兆广汉以精锐应之，一时声称赫赫冠天下，然不能深中帝心。 而其所尊宠者，乃在龚渤海、黄颍川。 彼其敦本节啬，兴教礼义，意若欲缓收吏治之效，而不尽用其才，其民之应之顾不后于京兆，而思以心报二公，何也？ 亦可以深长思矣。

426.货殖传序

康熙曰：洞见本原，语语郑重，有关世道。昌黎《原道》大意多出于此。

守溪王鏊曰：班氏《货殖》《游侠》二传，议论纯正。

鹿门茅坤曰：班掾传货殖而推本于国家之经制，所见出太史公上一等矣。

427.游侠传序

康熙曰：立言极其正大，觉史迁之艳称，驳而不纯矣。

东发黄震曰：此《传》议论极正大，可垂训万世。

鹿门茅坤曰：班固讥太史公云："序游侠则退处士而进奸雄"，故其所指次诸游侠处，稍稍归之正。

臣士奇曰：四公子后，豪侠盛兴，好事者以为美谈，不知实关于王者之迹。班氏谓不入于道德，诚为至论。

428.西域传赞

康熙曰：每段论叙中，斡旋一二语，遂觉神采飞动。

臣杜讷曰：述西方诸国，了然如聚米成图，班史缜密乃其所长。

崔骃 字亭伯，涿郡安平人。学有伟才，与班固、傅毅同时齐名。辟窦宪府掾，宪擅权骄恣，骃数谏，不能容，弃官归。

429.诫窦宪书

康熙曰：忠告之意敦迫于中，故见之书牍，婉恻而周详。宪不知戒，愚孰甚焉。

西山真德秀曰：按：崔骃所谓四人者，景帝王皇后也，哀帝母丁姬也，然常考之田蚡之骄横，盖仅而获免，而丁氏之祸，亦见于身后，其获全而无患者，平恩、邛成二家而已。然则居戚里蒙上恩者，其可不兢兢以自保乎！

樊准　字幼陵，南阳湖阳人。和帝幸南阳，准为郡功曹，召见，器之，拜郎中，终光禄勋。

430.劝兴儒学疏

题注：时邓太后临朝，儒学陵替，准上疏，太后深纳其言。是后屡举方正敦朴仁贤之士。

康熙曰：儒学之兴莫盛于东汉，至安帝时，文教浸衰，流风媮薄矣。此可谓匡时之论。

臣熙曰：叙明帝兴学，麟麟炳炳，俨然辟雍钟鼓之风，想见桥门环听时也。

陈忠　字伯始，沛国洨人，司空宠之子。论事切直。终尚书令。

431.论丧服疏

题注：元初三年，诏大臣得行三年丧，服阕还职。至元光中，尚书令祝讽等奏，以为孝文皇帝定约礼之制，光武皇帝绝告宁之典，贻则万世，诚不可改，宜复建武故事，忠上疏云。

尾注：疏入，宦竖不便之，竟寝忠奏，而从讽等义，遂著为令。

康熙曰：典质不饰，严慄之色溢于简册。

耕道尹起莘曰：安帝元初三年，初听行三年丧，至是才六年而复禁之。虽以陈忠之切谏，不能夺宦官之所不欲，人心之不肖，甚哉！

臣正治曰：求忠臣于孝子之门，则墨衰从吉，自不可为训。伯始此疏，有功名教非浅。

432.容谏疏

题注：时因灾异诏举有道公卿百僚各上封事，忠以诏书既开谏争，虑言事者必多激切，或致不能容，乃上疏豫通帝意。

康熙曰：叙述古人，虽尔繁称远引，然用意深至，弥觉款曲。

臣德宜曰：从谏如舜，犹震惊乎谗说，惟毕照其隐而能容之，所以为浚哲也。

433.言中使疏

题注：安帝数遣黄门常侍及中使伯荣往来甘陵，而伯荣负宠骄蹇，所经郡国莫不迎谒，又霖雨积时，河水涌溢，百姓骚动，忠上疏，不省。

康熙曰：古穆之气，朴直之辞。

翟酺 字子超，广汉洛人。仕至将作大匠，为权贵所构，废于家。

434.谏外戚疏

题注：安帝始亲政，追感祖母宋贵人，悉封其家，又元舅耿宝及皇后兄弟阎显等擅权，酺时为尚书，上疏谏。

康熙曰：明而切，简而健，自是灼见本源之论。

臣乾学曰：外戚之衅炯戒历然，诚令内有明德马后之识，外有司马浮、武攸绪之贤，庶几能保家矣。

虞诩 字升卿，陈国武平人。为朝歌长，拜武都太守，迁司隶校尉，终尚书令。

435.请复三郡疏

题注：安定、北地、上郡遭羌乱，郡县皆荒，诩上疏请复，从之。使谒者督徙者各归本县，缮城郭，置候驿，又浚渠屯田，省费岁以亿计，遂令诸郡储粟周数年。

康熙曰：黝然有古光，持论亦复精警。

左雄　字伯豪，南郡涅阳人。安帝时为冀州刺史。永建初，征拜议郎，再迁尚书令、司隶校尉。

436.上顺帝陈吏事疏

题注：雄以守长数易非政之体，上疏切陈，帝感其言，申下有司考其真伪，详所施行，而宦竖擅权，终不能用。

康熙曰：守长于民最亲，贤否关闾阎休戚。疏中征引，极为典切。

水心叶适曰：左雄言汉至今三百余载，下饰其诈，上肆其残，谓杀害不辜为威风，聚敛整办为贤能，治己安民为劣弱，奉法循理为不治，末世风俗渐靡，往往如此。自雄在纳言，明达政体，修察选法，崇尚学校，顺、桓以后多知名士，雄之力也。论者不考，但徇崔寔辈私意偏说，为后世言治之害，外强中干，与食鸟喙何异？

臣英曰：论吏治以久任责成功，以治效核名实，允为经世之言。

郎顗　字雅光，北海安丘人。父宗学京氏《易》，善风角星算。顗少传父业，兼明经典。阳嘉中，征拜郎中，不就。归家后，为同里人所杀。

437.上灾异封事

题注:顺帝时,灾异屡见,公车徵顗,乃诣阙拜章。

康熙曰:造语精核,故不厌其繁缛。

臣杜讷曰:警切中却多抑扬顿挫,澜回风涌,文致最佳。

校记:

①“二”,哈佛本作“三”。

卷二十

汉

刘梁　字曼山，一名岑，东平宁阳人。桓帝时，举孝廉，除北新城长，儒化大行。

438.辨和同论

康熙曰：博考往籍，断以正义，和同之介，较若白黑矣。

臣正治曰：其论和同与晏子之言相表里，而“以义为断”“以道为贵”，尤为笃论。

臣熙曰：词旨清辨，不为激烈之语，而规时之意最深。

李固　字子坚，汉中南郑人。官至太尉，为梁冀所杀。

439.灾异策对

题注：阳嘉二年，有地动、山崩、火灾之异，诏问为政所宜，故对策。顺帝览其对，即出阿母还第舍，诸常侍悉叩头谢罪，朝廷肃然。

康熙曰：意愈婉而气愈直，谠论硕辞，可刊金石。

西山真德秀曰：按：梁氏贵盛，未及期年，不过荣显兼加而已。左雄既谏止其封，李固又欲抑止其宠，忠臣之心虑于未形，大抵如此。使顺帝能早从其言，则国家异时无弑逆之祸，梁氏亦免赤族之诛，岂不休哉！

臣德宜曰：女子、小人，孔子以为难养。根连蔓结，阴沴实乘，正月繁霜所由刺也。固能痛切指陈，胜于马融、张衡所对远矣。

臣鸿绪曰：历指时政，不减长沙之哭，而"尚书""喉舌"等语，尤识治体。

440.陈事疏

题注：时固迁将作大匠，上疏陈事。

康熙曰：老成卓伟之言，自尔伉正。

臣廷敬曰：积贤为道，精义不磨。《易》言"拔茅连茹"，《诗》言"蔼蔼王多吉士"，即此义也。

441.援日南议

题注：永和二年，日南、象林徼外蛮夷区怜等反，攻郡县，顺帝召公卿百官会议，遣大将发荆、扬、兖、豫四万人赴之，固为大将军从事中郎，驳议，四府悉从。

康熙曰：万里赴援，既言其失，又能策画方略，条论井然，谋国之忠，何其恳到也！

水心叶适曰：李固驳发兵之议，夫交阯、九真反而欲以兖、豫、扬州赴之，不待知者而知其不可用矣。然当时士大夫所见皆如此者，盖有寇即发兵，发近不能胜则发远，乃目前常行之事故也。观固历数利害，毫发无遗，借箸而筹，盖不足道，信儒者之英杰也。

臣乾学曰：命将无益，州郡可任，此治荒徼之要决。盖边徼之民[1]，各欲自卫，其身家地接，则情实易得，习同则强弱相当，第用一能吏领之，便足办寇也。

皇甫规　字威明，安定朝那人。延熹中，为泰山太守，征拜议郎，后为度辽将军，迁弘农太守，封寿成亭侯。

442.举贤良方正对策

题注:冲帝、质帝之间,梁太后临朝,规举贤良方正对策。

尾注:梁冀忿其刺己,以规为下第,拜郎中,托疾免,归,州郡承冀旨,几陷死者再三。

康熙曰：披沥直陈，于对策中尤为奇特。

西山真德秀曰：皇甫规舟楫之喻，可谓忠矣。使冀能以保国全家为心，谘诹善道，惟新令图，以济国家于险，则同舟之人，其有不安者乎？同舟之人安矣，操楫之人其有不与者乎？顾方愤其忠言，欲置之死，所谓安危利菑，而乐其所以亡也，不仁之人，可与言哉？

臣英曰：喻君民于乘舟，喻辅弼于操楫，数语扼要，遂为一篇警策。

陈蕃　字仲举，汝南平舆人。官至太傅。上疏请诛曹节、王甫等，为节等所害。

443.谏封赏内宠疏

题注:时桓帝封赏逾制,内宠猥盛,蕃上疏,帝颇纳其言,为出宫女五百余人。

康熙曰：劲爽峭利之中，自有沉挚深厚之气。

水心叶适曰：今世学者论陈蕃只举后一节，更不记以前事。“有事社稷者，社稷是为；有事君人者，容悦是为。”观其正己正物，终始以天下之重自任，历数二汉，自李固之外，更无人焉。然既有窦后父子天下在掌握，自古得时未有如此，却是蕃自蹙迫坏之，哀哉！夫以蕃终身自治，尚不做得后一节，其不如蕃者岂复能有为？事功难易，人材品目，真未易言。有志于古人者，其可不深渊薄冰，日慎一日乎？

刘瑜 字季节，广陵人。桓帝延熹中，拜议郎。窦武欲大诛宦官，引与同谋，武败，瑜亦被诛。

444.陈事书

题注：瑜初举贤良方正，上书陈事。

康熙曰：条析当时之弊，极尽情致，文亦波折古宕。

刘陶 字子奇，一名伟，颍川颍阴人，济北王勃之后。灵帝时，为御史，以切直忤宦官，下黄门北寺狱，掠验急，遂闭气而死。

445.铸钱议

题注：时陶游太学，曾有上书言："人以货轻钱薄，故致贫困，宜改铸大钱。"事下四府群僚及太学能言之士，陶乃上议，帝竟不铸钱。

康熙曰：因铸冶而及农殖，真知本之论。

琼山丘濬曰：刘陶所谓"民可百年无货，不可一日有饥"，此至言也。民之所以有饥者，以无谷也，务必使钱常不至于多余，谷常不至于不给，其价常平，则民无苦饥者矣。

臣乾学曰："民可百年无货，不可一日有饥"，苟得治财之枢要，币轻币重之纷纷，自在可略也，又归重于禁止侵夺，尤为硕画。

张敞　王畅功曹。

446.上王畅奏记

题注：畅为南阳太守，奋厉威猛，其豪党有衅秽者，莫不纠发，搜治臧物，或至发屋伐树，堙井夷灶，豪右大震。敞奏记，畅深纳之，更崇宽政，慎刑简罚，教化遂行。

康熙曰："用刑不如行恩""求奸未若礼贤"，洵为精义名言。

水心叶适曰：王畅疾恶，有发屋伐树、堙井夷灶之事。东汉中世以后，名士之患大率如此。又不知当时所谓豪强者何如，而疾之已甚。若以今世所见，则极有可议。盖以善形恶，自是义理中偏侧之论，故孟子亦谓"以善养人，然后能服天下"。孔孟在春秋战国，其乱岂不愈于顺桓之世？然善既不可屈于恶，又不能胜恶，其道只得出此。而东汉儒者欲以不平之意加于敝法之上，求以胜天下之不肖，宜其屡发而屡挫也。

傅燮　字南容，北地灵州人。官汉阳太守。金城贼王国等围汉阳，燮殉难。

447.请诛中官疏

题注：书奏，宦者赵忠见而忿恶，及破张角，燮功多当封，忠诉谮之，灵帝犹记燮言，得不加罪，竟亦不封。

康熙曰：慷慨上书，情最真至。

蔡邕 字伯喈，陈留圉人。为郎中，校书东观。董卓辟拜侍御史，迁尚书。卓诛，王允收邕付廷尉，遂死狱中。

448.上灵帝封事

题注:时频有雷霆疾风,伤树拔木,地震、陨雹、蝗虫之害,又鲜卑犯境,役赋及民,制书引咎,诏群臣各陈政要所当施行。

尾注:邕书奏,帝乃亲迎气北郊,及行辟雍之礼。又诏宣陵孝子为舍人者,悉改为丞尉焉。

康熙曰：湛深经术，晓达时务，封事之佳者。

臣杜讷曰：论列七事，根据古义，无一支蔓，语绝类刘向诸疏。

449.幽冀刺史久阙疏

题注:灵帝熹平中,行三互法,谓婚姻之家及两州人不得交互为官也,于是选用艰难,幽、冀二州久缺不补,邕上疏,帝不省。

康熙曰：言议劲正，文气纡徐。

450.谏伐鲜卑议

题注:灵帝时,幽、并、凉三州缘边诸郡,岁被鲜卑抄略。熹平六年,北地太守夏育请征幽州诸郡兵出塞击之,帝未许。会护羌校尉田晏先坐事论刑被原,欲立功自效,中常侍王甫为请,帝乃拜晏为破鲜卑中郎将,与育并力讨贼,大臣多有不同,乃召百官议朝堂,邕上议,帝不从。

康熙曰：引据多于论断，然具有精理硕画。

臣乾学曰：邕文词古质，善为碑版之体。其疏议独为畅达，绝类西汉文章。

451.司空文烈侯杨公碑

康熙曰：言能举其大者，故笔力超浑。

臣熙曰：东汉末年，文气渐靡，此独苍劲高洁，虽多引典谟成语，而音节铿然，不同凡响。

臣正治曰：立言原本《尚书》，灵帝诏策称“赐九德纯备，辅国以忠”，非斯文不足以传之矣。

452.郭有道碑文

康熙曰：藻腴流利，已开晋魏六朝之风，然西京之矩矱犹存也。

伯厚王应麟曰：蔡邕文今存九十篇，而墓铭居其半。曰碑，曰铭，曰神诰，曰哀赞，其实一也。自云为《郭有道碑》，独无愧辞，则其他可知矣。其颂胡广、黄琼，几于老韩同传，若继成汉史，岂有南董之笔？

臣鸿绪曰：典赡而工，中郎谓平生惟作《郭有道碑》不愧，宜其文之卓荦乃尔。

453.文范先生陈仲弓铭

题注：邕有《陈太丘碑》，《文选》所录是也。又有《陈太丘庙碑铭》《文范先生陈仲弓铭》，今选一首。

康熙曰：华而不缛，故渊穆之气浩乎无涯。

水心叶适曰：陈寔以善下人为一世所伏，而许劭以为“太丘道广，广则难周”。劭之言盖未可轻非，故为裁量者也。昔颜渊“愿无伐善，无施劳”，若寔隐身自约，终不以世利为己益，故可以蹈其行尧舜之道，必将有取焉。今夫烛已不尽，照物不晢，而借寔之美以行于天下者，未见其成德也。

郑康成　北海高密人。隐居著述，称为纯儒。献帝在许都，征为大司农，道卒。

454.诗谱序

题注：以其列诸侯世及《诗》之次，故名谱。

康熙曰：论《诗》之正变，独为明审。

永叔欧阳修曰：毛、郑于《诗》，其学亦以博矣。盖《诗》述商周，自《生民》《玄鸟》，上陈稷、契，下迄陈灵公，千五六百岁之间，旁及列国君臣世次、国地山川、封域图牒、鸟兽草木鱼虫之名，与其风俗善恶、方言训故、兴衰治乱、美刺之方，无所不载。予初未见郑《谱》，未能遍通其旨，故尝略考《春秋》《史记》本纪、世家、年表，为《诗图》十四篇。庆历四年于绛州得郑《谱》，而首尾残阙，因取《诗图》以补郑《谱》之亡者，庶几以见予于郑氏之学尽心焉耳已。

臣士奇曰：《诗》亡然后《春秋》作，《诗》主美刺，《春秋》主褒讥，总归法戒二义。康成《诗谱》序事编年，一用《春秋》之例。

孔融　字文举，鲁国人，孔子二十世孙。建安中，为少府，忤曹操意，构成其罪，收下狱，弃市。

455.肉刑议

题注：时论者多欲复肉刑，融建此议，朝廷善之，卒不改焉。

康熙曰：义有根据，语无泛设。

贵与马端临曰：是时肉刑之不用已三百余年，而卒欲复之，诚非笃论也。

臣英曰：肉刑除于文帝，而史迁犹如下蚕室，岂后世尚间行之乎？宜融之恻然于兹也。

456.告高密县教

题注：时郑康成隐修经业，杜门不出，融屣履造门，告高密县为康成特立一乡。

康熙曰：盛事佳文，故自可传。

应劭　字仲远，汝南南顿人，司隶校尉奉之子。博览多闻，举孝廉。献帝时，诏拜袁绍军谋校尉，时始迁都于许，凡朝廷制度、百官品式，多劭所立。

457.上汉仪疏

题注:劭删定律令为《汉仪》,上之,帝称善。

康熙曰：仿仲舒《春秋决狱》之义，删定律令以为《汉仪》，是有关系文字。

陈琳　字孔璋，广陵人。

458.为袁绍檄豫州

题注:琳避难冀州,袁绍使典文章,作此檄以告刘备,言曹操失德,不堪依附,宜归绍也。后绍败,琳归曹操。操曰:“昔为本初移书,但可罪状孤而已,何乃上及父祖耶?”琳谢罪曰:“矢在弦上,不得不发。”操爱其才,宥之。

康熙曰：笔严霜雪，气激风霆，不仅以辞采见长。

臣乾学曰：首言其贼害忠良，张布机穽，用以动朝臣之心，兴志士之愤，此一篇之警策。至写专擅、胁迁、围逼诸罪状，可谓董狐复出，宜奸雄见之而心折也。

臣士奇曰：绍悔不用沮授之计，使操先迎天子都许，挟以号令天下，故盛言其跋扈，所谓“矢在弦上，不得不发”。琳始为袁檄曹，后为曹檄孙，殆亦文词之雄耳。

臣杜讷曰：声罪致讨之词，备极条畅，弥觉谨严。

459.为袁绍与公孙瓒书

题注：绍与瓒相攻，瓒军数败，乃走还易京固守，欲以弊绍，绍遣将攻之，连年不能拔，故与书。

尾注：瓒不答。建安四年，绍悉军围之，瓒遣人与子书，刻期兵至，举火为应。绍候者得其书，如期举火，设伏击，大破之，瓒乃自杀。

康熙曰：立格修整，遣言古茂，当从吕相《绝秦书》得来。

臣廷敬曰：权彼己之情，较曲直之数，可谓辨矣。但瓒之罪，首在刘虞一事，书中何无一言指斥？岂绍与瓒不臣之心则一，琳故有所避而不之及耶？

臧洪 字子原，广陵射阳人。

460.报陈琳书

题注：洪初为广陵太守张超功曹，甚见爱信。超遣洪诣刘虞，道绝，因寓于袁绍，绍以为青州刺史，徙东郡太守。曹操围超于雍丘，洪闻之，勒兵，请绍救超，绍不许，超遂破灭。洪怨绍，绝不与通，绍兴兵围之，不下，使洪邑人陈琳与洪书，喻以祸福，洪答书。城陷，见执不屈，绍杀之。

按：西京承战国、先秦之后，故其文雄隽多奇，朝、贾诸疏是也。承平既久，士气苶弱，见之于文章者，为啴缓曼衍而不振。东汉因之，文体日趋骈丽，已滥觞晋、魏、六朝，岂风气使然，有不能遏者乎？昔司马迁文尚奇气，故公孙弘、董仲舒《传》不录其对策，而班固收之。东汉之书，成于范蔚宗，其所援述时人书疏，多更删润。三书者，遂各成一代之文。则自班、蔡诸家而外，名为东汉，已是晋宋人手笔矣。然以光武爱好经术，数引公卿郎将，讲论经理；明帝临雍拜老，亲御讲堂；章帝大会诸儒，称制论决：由在上之振励，其时耆名高义，编牒不下万人，不綦盛哉！尝谓东汉人矜名节，谈仁义，师弟传经，期足明理而已，与夫西汉大师相授受为发策决科取青紫者不侔也。至魁垒耆硕，正色立朝，封事屡上，读之有使人欷歔衆涕不已者，其为益于名教甚矣，岂异时杜钦、谷永辈浅儒所可望哉？而郭泰、黄宪、徐稚之伦,文辞不概见,其所存更有出于辞章训故之外者,此又论世而知之者也。

康熙曰：深情溢于简牍，故音节琅然。

龟山杨时曰：臧洪初为张超功曹，复遇袁绍，以为青州刺史，二人之遇洪，其义均矣，而洪之报二人何其异哉？ 方曹操围超于雍丘也，洪欲赴难，而请兵于绍，袁、曹方睦，而绍之与超素无一日之欢，则雍丘之围非切于己，欲其背好用师，以济不切之难，则绍之不听，未为过，而洪之绝绍，无乃不谅彼己与。 其不屈而死也过矣。

校记：

①“盖”,原作“益”,据哈佛本改。

卷二十一

三国

魏文帝 讳丕，字子桓。武帝太子，嗣丞相魏王，受汉禅称帝。

461.禁母后干政诏

康熙曰：垂戒深切，足以立万世之防。

462.鹈鹕集灵芝池诏

题注：黄初四年夏五月，有鹈鹕鸟集灵芝池，下诏。

康熙曰：古雅峭洁，然似是有意为之者，毕竟与西京诏令有别。

463.轻刑诏

康熙曰：能得钦恤之意。

明帝 讳睿，字元仲，文帝太子。

464.正嗣统诏

康熙曰：正统绪以重大宗，可以息后世纷纷之论。

耕道尹起莘曰：魏法之可传者，宦者不得过诸署，令后家不得辅政，自诸侯入奉大统，不得顾私情。

臣熙曰：援据《礼经》，引鉴前代，著训甚正，笔亦严劲有法。

禹修方岳贡曰：天子以承统为重，岂得称伯叔不入庙之言，而迁就其名称耶[①]？

465.论封禅诏

题注：太和中，护军蒋济请封禅，明帝下诏拒之，事遂寝。

康熙曰：退浮华，崇道本，深得治体之言。

贵与马端临曰：太史公作《封禅书》，以为古受命帝王未尝不封禅，且引管仲答齐桓公之语，以为古封禅七十二家，自无怀氏至三代皆有之，盖出于齐鲁陋儒之说，非其实也。

466.郎吏分受四经三礼诏

题注：景初中，帝以高堂隆及苏林、秦静等并老，恐无能传业者，下诏。

康熙曰：经学、吏治，两有裨益。

水心叶适曰：魏明不能从杨阜、高堂隆之谏，节减宫室，而欲传苏林、秦静之业，课试学者，绥其实而急其华，汉武误之也。然孝宣尚欲修武帝故事，况后人乎！

臣正治曰：患经学之失传，选才分受，可谓能贤。当鼎峙扰攘之际，留心及此，尤仅事也。

陈王植　植，字子建。武帝子，特见宠爱，几为太子。初封平原侯，徙临淄。文帝即位，谒者灌均希旨奏植，贬爵安乡侯，改封甄城。进爵为王，徙雍丘，再徙东阿，后封陈王。

467.求存问亲戚疏

题注:时法制待藩国峻迫,太和五年植上疏。

尾注:帝诏报曰:"矫枉过正,下吏惧谴,以至此耳。已敕有司,如王所诉。"

康熙曰:情辞恳恻之中,时见锋颖,天才秀拔,八斗非虚。

禹修方岳贡曰:陈思归藩而有司禁之,至此疏求通亲戚,盖其天性真厚如此,于诸王亲戚尚不忍乖离,况宗朝乎?

臣德宜曰:亲亲之谊,恩过则骄,义过则怨,魏氏制防甚峻,此疏委曲剀切,亦《常棣》《行苇》之遗也。

臣乾学曰:三代而下,得《行苇》《伐木》之意者,莫若东汉,迨至曹魏,网少密矣。欲令恩义两全,必由善教,故齿胄之典为尤重也。

468.陈审举疏

尾注:帝优文答报。

康熙曰:视《自试》一表,语加激切,然不免于怼矣。方之于《诗》,其《小弁》之怨乎。

闻修王志坚曰:观此疏则高贵卿公之事,思王已烛其微矣,然当时曹氏之恶已稔,天岂予之以磐石之固哉?

闇公徐孚远曰:二语指吴蜀也,当时中国自大之语每如此。

臣廷敬曰:使植见用于时,亦非司马之敌,孰若留此不朽之业,令千载下时时有绣虎天人之叹乎?此植之所谓幸也。

臣英曰:以雄隽之笔写激楚之情,风格遂与两汉顿殊矣。

469.鲁孔子庙之碑

康熙曰:鸿文足与钜典相配。

臣士奇曰:金石之文,典雅宏丽,去蔡邕未远。

臣杜讷曰:气厚而词旨,上媲两汉,下开六朝矣。

董昭　昭，字公仁，济阴定陶人。历官太仆，封乐平侯。

470.陈末流之弊疏

尾注：帝于是发切诏斥免诸葛诞、邓飏等。

康熙曰：指切弊俗，有关风教。

王朗　朗，字景兴，东海郡人。司徒，封兰陵侯。

471.节省奏

康熙曰：辞甚典质，而功效了然。筹兵食一段，尤见远略。

禹修方岳贡曰：此疏意主啬约，而词乃华茂，景兴文笔正自斐然。

臣廷敬曰：陈思王论朗谓能解疑释滞、剖散盘错者，以此。

臣乾学曰：郊祀之典，汉世杂用纬候，荒诞极矣。厘正之议，推本前王，彬彬乎儒者之言也。

刘廙　廙，字恭嗣，南阳安众人。侍中，关内侯。

472.论治道表

康熙曰：论非创获，自确不可易。

禹修方岳贡曰：魏武辅政，崔毛作选曹吏，皆课实，尚清俭而下浮誉，刘廙犹有此表，信乎吏治之难清平也。

臣熙曰：课吏当以事实，不在声誉，深中黄初以来专尚虚名之弊，通达治体，有裨经国之言。

卫觊 字伯儒，河东安邑人。魏文帝时，为尚书，封阳吉亭侯。明帝即位，封閺乡侯三百户，谥敬侯。

473.谏明帝疏

题注：时百姓凋匮，而役务方殷，觊乃上疏。

康熙曰：謇正之气，爽朗之笔。

水窗刘友益曰：魏睿承业以来，土木之工不已，今又铸铜人，起土山，卫觊一疏足以为侈靡者之戒矣。

臣正治曰：深悉当时国势，故其言恺而善入，至“奢俭……视世丰约”，真救时之名言。

杨阜 字义山，天水冀人也。太祖时，赐爵关内侯，征汉中，为益州刺史，转武都太守。明帝时，为城门校尉，迁将作大匠。

474.谏明帝营作宫室疏

题注：帝既新作许宫，又营洛阳宫殿观阁，阜上疏奏，御手笔诏答。

康熙曰：典据之言，而出之以朴悫。

卧子陈子龙曰：杨阜之简透，高堂隆之详明，俱极尽一时之弊。

高堂隆　隆，字升平，泰山平阳人。累官光禄勋。

475.谏兴役疏

题注:明帝景初元年,增崇宫室,百役繁兴,帝躬自掘土,率公卿以下莫不展力,隆上疏切谏。

尾注:书奏,帝览焉,谓中书监令曰:"观隆此奏,使朕惧哉。"

康熙曰：据理切事，反复详畅。

东莱吕祖谦曰：故老之智，幽王不与之谋猷，而讯之占梦；伯也之材，平王不委之征伐，而以为前驱，俾将帅辅弼之臣躬执贱役。故《诗》悲伤而怨刺焉，以见周室之衰也。明帝崇侈宫室，至使公卿群僚穿穴举土，抑又甚于占梦、前驱也。嗟夫！魏氏之亡无日矣。

禹修方岳贡曰：中引吴蜀一段反言，以见己情，言之无忤，而听者足为深戒，此苏老泉所称有比干之心而用仪、秦之术者欤。

蒋济　字子通，楚国平阿人。累官太尉。

476.中书专任疏

题注:时中书监令号为专任,济上疏。

尾注:诏曰:"夫骨鲠之臣,人主之所仗也。济才兼文武,服勤尽节,每军国大事辄有奏议,忠诚奋发,吾甚壮之。就迁为护军将军,加散骑常侍。"

康熙曰：情事曲尽，使人动听。

禹修方岳贡曰：魏之失纲在大臣，不在左右也。然明帝末，命引司马氏辅政者，则中书监令之所为也，顾命大事犹尚参预，以至权去王室，况于小小处分，奔走人士又不足论。

阛公徐孚远曰：势之所在，虽轻必重，此古今之格言[②]。

杜恕 恕，字务伯，杜陵人。幽州刺史，护乌桓校尉。

477.谏考课疏

题注：时大议考课之制，以考内外众官，恕以为用不尽其人，虽才且无益，所存非所务，所务非世要，乃上疏。

尾注：后考课竟不行。

康熙曰：信赏必罚，则考课不为具文，恕言得之。

君实司马光曰：为治之要莫先用人，而知人之道，圣贤所难也。故求之毁誉，则爱憎竞进，而善恶溷淆，考之功状，则巧诈横生，而真伪相冒，要其本，在至公至明而已。为人上者诚能不以亲疏贵贱异其心，喜怒好恶乱其志，虽询于人，而决之在己，虽求于迹，而察之在心，则群下之能否，焯然形于目中，安必豫为之法而委之有司哉？苟亲贵不能而任职，疏贱贤才而见遗，所喜好者败官不去，所怒恶者有功不录，则虽复为善法而繁其条目，又安能得其真乎？

卧子陈子龙曰：三公论道，所举者大，固当究辨于职课之外。

478.谏用廉昭疏

题注：恕太和中为散骑黄门侍郎，明帝任乐安廉昭以伺察群下，恕上此疏。

康熙曰：亢激之言，难于详悉，此独得之。

禹修方岳贡曰：魏帝猜忌，疑大臣不任，而又使小吏伺之，杜君此疏可谓知大体矣。夫人主课人，以法制不如使人得尽其情节，故宽厚之朝，任事之人有余，严急之世，任事之人反而不足也。

臣英曰：忠谠之言，文亦顿挫淋漓，往复自喜。

臣士奇曰：史称恕不治饰，不结援，即其论昭，亦皆和平之语，非讦以为直也。

程晓　晓，字季明，东阿人。汝南太守。

479.白罢校事疏

题注:嘉平中,晓为黄门侍郎,时校事放横,晓上疏。

尾注:疏上,遂罢校事官。

康熙曰：雅词健笔，绝无冗蔓。

水心叶适曰：魏有校事，吴有典校，近后世皇城逻者之任也。程晓言上察宫庙，下摄众司，官无局业，职无分限，随意任情，惟心所适，则诚与后世逻者同。至典校又纠擿文书，其干系尤切，然吴魏仓卒用之，不久寻废，而后世乃以为官常，岂晓所谓“大臣耻与分势，含忍而不言；小人畏其锋芒，郁结而无告”？盖亦有言者而莫之革也。

臣杜讷曰：洞析政体，故娓娓敷陈，皆中窾要。

夏侯太初　沛国谯人。为太常。司马懿剪除异己，夷三族。

480.官才议

题注:太傅司马懿问以时事,太初议。

康熙曰：其意欲使中正，台阁各不相涉，内外参校以得其真，亦通达时务之言。

禹修方岳贡曰：中正之始立也，患在人物无定，易于干求，及行之既久，华素异途，则又苦于有定，所谓“上品无寒门，下品无贵族”也。若核实品行以为人士出身之资，而不限其所至以待铨序，庶得宜乎。

臣廷敬曰：乡举里选势难复行于后世，则中正之设岂能无弊，是以学校取人之法为不可易耳。

481.除重官议

康熙曰：省官省事，甚扼治要。

水心叶适曰：太初言“先王建国，分疆画界，各守土境，非重累羁绊之体”“欲省郡守，县皆迳达”，两汉论治，未有及此者，其自负弘济，良不虚也。

臣乾学曰：长吏束于文法、簿书、期会，上下牵制，只扰民耳，若欲省郡守以重其权，不无矫枉过正，而指切利病，颇极明畅。

482.改服制议

尾注:懿报书曰:“审官择人,除重官,改服制,皆大善。礼乡闾本行,朝廷考事,大指如所示。而中间一相承习,卒不能改。秦时无刺史,但有郡守长吏。汉家虽有刺史,奉六条而已。故刺史称传车,其吏言从事,居无常治,吏不成臣,其后转更为官司耳。昔贾谊亦患服制,汉文虽身服弋绨,犹不能使上下如意。恐此三事,当待贤能,然后了耳。”太初又书曰:“汉文虽身衣弋绨,而不革正法度,内外有僭拟之服,宠臣受无限之赐,由是观之,似指立在身之名,非笃齐治制之意也。今公侯命世作宰,追踪上古,将隆至治,抑末正本,若制定于上,则化行于众矣。夫当宜改之时,留殷勤之心,令发之日,下之应也,犹响寻声耳,犹垂谦谦,曰待贤能,此伊周不正殷姬之典也,窃未喻焉。”

康熙曰：国奢示俭，甚得损益之宜。

臣熙曰：辨等威，定章服，则奢侈之风不禁自息，诚拔本塞源之论。

校记：

①此条据哈佛本补。

②此条据哈佛本补。

卷二十二

三国

蜀汉昭烈帝　讳备，字玄德，涿郡人，汉景帝子中山靖王胜之后。献帝遇害，群臣劝进，遂即位。

483.为汉中王上言献帝

题注：建安二十四年，定汉中，诸将上先主为汉中王，表于汉帝，遂设坛场，读奏讫，先主上言。

康熙曰：事本权宜，而辞义明正，不必以矫制为嫌。

东莱吕祖谦曰：自秦以来，其国家为奸盗篡窃，而戚藩兴兵以讨贼复仇者有三君焉，刘先主、晋元帝、唐庄宗是已。议者以为方事之殷，若不速践大位，则上无以继大统，宗庙有乏主之讥，下无以系人心，将士有离散之势，所以皆不待灭贼而先自立也。诚得救时拯难之良策矣。

臣廷敬曰：同时已有马超等一表，然后昭烈有此奏，极为得体。

诸葛亮　字孔明，琅琊人。躬耕陇亩，自比管仲、乐毅，徐庶谓先主曰："孔明卧龙也，将军宜往顾之。"由是诣亮，三往乃见。先主即位，为丞相，建兴元年封武乡侯。

484.出师表

题注:建兴五年,丞相亮出屯汉中,以图中原,临发上疏。

尾注:六年春,亮身率诸军攻祁山,南安、天水、安定三郡叛魏应亮,关中响震,会马谡败于街亭,遂还汉中。

康熙曰:将欲外攘,先修内治,大臣之谊,纯臣之心。

致堂胡寅曰:孔明,一代之英,远谋宏议,无不售者。至其自明之语曰"谨慎"而已,何其约也?《诗》不云乎"惟此文王,小心翼翼"?若亮者,有文王之小心矣。彼刘禅凡庸,孔明事之无不尽道,无专意恣行毫末可指者,非盛德孰能臻此?使曹操而闻孔明事幼主之规,得不羞愧入地乎?

南轩张栻曰:武侯左右昭烈父子立国于蜀,明讨贼之义,不以强弱利害二其心,盖凛凛乎三代之佐也。

臣鸿绪曰:至诚忠爱,可格金石而泣鬼神,昔人谓与《伊训》《说命》相表里,信然!

485.后出师表

题注:建兴六年冬,亮复出散关。

尾注:亮出散关,围陈仓,以粮尽引还,斩魏将王双。

康熙曰:篇首云"坐而待亡,孰与伐之",乃武侯之本计也;篇末云"鞠躬尽瘁",乃武侯之本心也。光明磊落,真可揭诸天下万世。

水心叶适曰:世之议者多惑陈寿之谬论,以孔明短于将略。夫孔明之贤,三国一人而已。其事君以诚,其处心以公,其使人以义,其行师以信,富国强兵,出奇运智,卓卓有古贤佐风。草庐之语一契而三分之势已成,定南中于七擒,平三郡于一举,故孟获称为天威,仲达叹其奇才,非将略所长而然耶?而又辅翼宗室,本仁义以正奸伪,使不遇不幸,天下舍蜀而谁归?

西山真德秀曰:三国非无文章,独武侯二表发于至忠。

鲁斋许衡曰:不问利害以求义理,孔明见得真。当时只有复汉讨贼为当然,至于成败利钝,归之于天,只得如此做,便是圣贤之心,常人则必计其成败利害也。

臣乾学曰:虽圣人不能违时,时无可乘,而义不得已。至于尽瘁为期,所谓"王臣蹇蹇,匪躬之故"也。隆兴君臣侈言恢复,无当事机,故推此表肫挚。

486.自表后主

尾注：亮卒，如其所言。

康熙曰：只此数言，可以质天地而泣鬼神，岂不堪与伊周相伯仲？

南轩张栻曰：读孔明将没自表之辞，则知天下物欲俱不足以动之，所养者深，则所发者大，理固然也。

487.正议

题注：建兴元年，魏司徒华歆、司空王朗、尚书令陈群、太史令许芝、谒者仆射诸葛璋各有书与亮，陈天命人事，欲使举国称藩，亮不报书，作《正议》。

康熙曰：大义耸然，文辞亦极典美，使华歆辈读之，能无赧汗？

禹修方岳贡曰：景兴诸君遗蜀书，岂不知其不足以动人耶？ 乃子桓好事耳。 武侯所云"逼于元祸苟免者耶"，盖深知发书之由，谈笑应之矣。

488.与群下教

康熙曰：意在集思广益，以勤攻己阙，大臣心事如此。

489.与李丰教

题注：建兴八年，亮废李平为民，徙梓潼郡，又与平子丰教。

康熙曰：读此足见武侯之用心公而恕。

禹修方岳贡曰：此书明言否可复通，逝可复还。 假使武侯长年，必将有收召之事，所以身没而有余思也。

吴大帝 讳权，字仲谋。兄策被创，呼权佩以印绶，保据江东，后称尊号。

490.责诸葛谨等诏

题注：赤乌元年，初权信任校事吕壹，后壹奸罪发露伏诛，权引咎责躬，乃使中书郎袁礼告谢诸大将,因问时事所当损益。礼还,复有诏责数诸葛瑾、步骘、朱然、吕岱等。

尾注:《步骘传》:中书吕壹典校多所纠举,骘上疏曰:“伏闻诸典校,擿抉细微,吹毛求瑕,重案深诬,趋欲陷人,以成威福。无罪无辜,横受大刑,是以使民跼天蹐地,谁不战栗?昔之狱官,惟贤是任,故皋陶作士,吕侯赎刑,张于廷尉,民无冤枉,休泰之祚,实由此兴。今之小臣,动与古异,狱以贿成,轻忽人命,归咎于上,为国速怨。夫一人吁嗟,王道为亏,甚可仇疾。明德慎罚,哲人惟刑,《书》《传》所美。自今蔽狱,都下则宜谘顾雍,武昌则陆逊、潘濬,平心专意,务在得情。骘党神明,受罪何恨?”权觉悟,遂诛吕壹。

按:壹之诛本因骘疏。

康熙曰:恳恻之辞,可谓深悉群情者。

闇公徐孚远曰:仲谋初政颇从宽大,末年偏蔽,致承明扼腕,伯言忧死,后嗣之替以此也。

禹修方岳贡曰:仲谋初以信校事吕壹而使诸将乖离,后以宠鲁王而一国中分,然校事犹有败诛之时,而鲁王卒无替爱之日,以此知宠溺之于人尤甚也。

臣英曰:所言披沥胸次,捐祛城府,冀达舆情,于斯为切。

491.让孙皎书

题注:字叔朗,为孙权防军校尉。尝以小过与甘宁忿争,权闻之,以书让皎。

尾注:皎得书,上疏陈谢,遂与宁结厚。

康熙曰:权文笔古雅乃尔,其所见者亦卓然不群。

水心叶适曰:权自作书疏数处,惟《与孙皎书》有文义可观。既知其能以谨细宽绰包受粗武之为难,又涉猎经传,有益世用,所以劝吕蒙读书,不虚语也。

景帝 讳休,字子烈,大帝子,会稽王亮之兄。孙綝废亮,迎休立之。

492.答张布诏

题注:永安三年,休与博士祭酒韦曜、博士盛冲讲论道艺,曜、冲素切直,左将军张布恐发其阴失,令己不得专,因饰说拒遏之,休答诏。

康熙曰：英明语，能令宠臣心慴。

493.又答张布

题注:布得诏陈谢,言惧妨政事,休复答。

康熙曰：语意甚为严峻，然卒之恐布疑惧，遂废讲业，可惜也。

骆统　字公绪，会稽乌伤人也。孙权时，为建忠郎将，封新阳亭侯。

494.理张温表

题注:温为孙权辅义中郎将,使蜀还,称美蜀政,权既衔之。又嫌其声名太盛,思有以中伤之。会选曹暨艳事起,权罪其宿与往还,斥还本郡。故统上表。

尾注:权终不纳。

康熙曰：权僻处江隅，身当强敌，正宜布公推诚，纳谠言而徕隽乂，忌温称美蜀政，气量可知矣。

水心叶适曰：温文识功用虽无传于后，观顾雍、张昭、诸葛亮等所推与，可谓颜出孔门，参、赐同誉，贾登汉室，绛、灌不谗也。自古负不世之才，或为人主所知，而其下共排笮之，使不得志者有矣，未有举朝所服，上下交愿，而人主反加忌恶，罗致其罪，而濒于死亡也。此但孙权自度己不足以用，又从而倾之尔，于温何损？而注载虞俊谓其材多智少，华而不实，有覆家之祸，吾见其兆，岂其然乎？骆统疏字字可考，真使人三叹息也。

臣士奇曰：温奉使入蜀，诸葛亦亟称之，可谓光荣邦国者矣，奈何忌其名称而反黜之？统表痛切详明，究不得理，其云镇重尚浅，殆温之定评欤。

诸葛恪 字元逊，瑾长子。历太傅，加荆扬州牧，为孙峻构杀。

495.与丞相陆逊书

题注：赤乌六年，拜恪威北将军，屯柴桑，与丞相逊书。恪知逊以此嫌己，故遂广其理而赞其指。

康熙曰：论甚平恕，国家用人之方，士类交友之道，均宜斟酌斯言。

禹修方岳贡曰：元逊高才，不患尽法绳下，患于疏忽防简不足耳。若乃此书犹有武侯广益之旨焉。

臣杜讷曰："以道望人则难，以人望人则易"，可谓深识名言。

496.上孙奋笺

题注：奋封齐王，居武昌。权薨，太傅恪不欲诸王处江滨兵马之地，徙奋豫章。奋不从，又数越法度。恪上笺谏，奋惧，移南昌。

康熙曰：直截明畅，文情亦自款曲。

臣乾学曰：苦言至诚，质慤无文，较之枚乘之奏记淮南、田叔之匡正鲁共，尤明切矣。宜奋之翻然从诲也。

卷二十三

晋

武帝　讳炎，字安世。文帝长子，嗣相国晋王位，受魏禅称帝，庙号世祖。

497.定祀典诏

康熙曰：严整中具有精深见道之言。

498.答司马孚等诏

题注:泰始元年,武帝既除丧,犹深衣素冠,降席撤膳,太宰司马孚等请如旧制,帝答诏。

尾注:孚等重奏,帝又答诏不许,遂以此礼终三年。

康熙曰：晋武笃于天性，故所言惋怛。

499.开言路诏

题注:泰始二年,散骑常侍皇甫陶、傅玄领谏官上书谏诤,有司奏请寝之,下诏。

康熙曰：深刻，非事理之平，斯诏真得治体。

500.答傅玄诏

题注：皇甫陶上事，欲令赐拜散官皆课使亲耕，后傅玄上疏言兴学亲农，复理陶前言，帝答诏。

康熙曰：旷然大公之论，出以婉到，觉情词相发，蔼乎近人。

水心叶适曰：傅玄、皇甫陶以谏官论事，观所下诏，谓武帝无意于听言，可乎？ 词笃旨顺，过汉诏令矣。

501.下郡国巡行诏

康熙曰：于时巡之外，遣节使周行。 诏令肫挚，文实兼备，可谓有志于民者。

禹修方岳贡曰：晋室诸帝诏辞，鲜有典赡宏整若汉室者。 武帝开基之主，受言令事，故载之。

502.藉田诏

题注：泰始四年，有司奏耕祠先农，可令有司行事，下诏。

尾注：于是乘舆御木辂以耕，以太牢祀先农。

康熙曰：温润古雅，有汉代遗风。

503.听郑冲致仕诏

题注：泰始九年，冲抗表致仕，帝下诏。

尾注：又赐安车驷马，第一区，钱百万，绢五百匹，床帐簟褥，置舍人六人，官骑二十人；以世子徽为散骑常侍，使常优游定省。禄赐所供，策命仪制，一如旧典，而又加焉。

康熙曰：优礼老臣，其意甚殷，文亦疏畅可诵。

臣熙曰：尊礼高年，褒扬有德，情文兼至，词意蔼然，而气体高骞，丰神朴茂，犹得汉诏遗意。

元帝　讳睿，字景文，宣帝曾孙，琅琊恭王觐之子。时王室多故，帝用王导计，出镇建业。怀愍蒙尘，刘琨劝进，遂即帝位，庙号中宗。

504.遗贺循书

题注：循，字彦先，山阴人，为吴国内史。元帝为镇东大将军，军司顾荣卒，引循代之，循称疾笃，笺疏十余上，帝乃作此书遗之。

康熙曰：循行为俗表，学称儒宗，宜元帝礼之。

晦庵朱熹曰：东晋时所用人才皆中州浮诞者之后，惟顾荣、贺循有人望，不得已而用之。

水心叶适曰：元帝于顾荣、贺循、薛兼皆隆师友之义，笃布衣之好，戴渊、周顗一顾如旧，始终无改，可谓得帝王用人之度矣。

505.周顗辞职诏

题注：太兴元年，立皇太子，诏以顗为太子少傅，顗疏让，帝下诏。

康熙曰：其致隽永，语不在多。

明帝　讳绍，字道畿，元帝长子，庙号肃宗。

506.定东宫仪制诏

题注：太宁三年，立皇子衍为皇太子，下诏。

尾注：尚书令卞壶议以为："《周礼》王后太子不会，明礼同于君，所以重储贰，异正嫡，宜稽则汉魏，阖朝同拜。"从之。

康熙曰：雅赡春容，绰有体裁。

康帝 讳岳，字世同，成帝母弟。

507.答有司请改服御膳诏

康熙曰：矜贵典藻，上逼左氏。

穆帝 讳聃，字彭子，康帝太子，庙号孝宗。

508.下王洽诏

题注:字敬和,丞相导子。时加中书令,固让,奏疏十上,帝下诏。

尾注:洽苦让,遂不受。

康熙曰：追述旧好，穆帝待臣下之谊甚厚，洽退然克让，尚有古风。

简文帝 讳昱，字道万，元帝少子，庙号太宗。

509.百官诏

康熙曰：简文雅量清才，斯诏亦备极斐亹。

禹修方岳贡曰：简文在相位，周旋士大夫之日久，既登大宝，思求弘济，良非饰言。

臣正治曰：省烦费，敦慫劝，可谓虚心之求矣。然是时桓温擅政，仅托空言，此狗洁者之所以终于抗迹也。

510.答殷浩书

题注:建元初,庾冰兄弟及何充等继卒,帝时为会稽王,始综万机,褚裒荐浩征为建武将军、扬州刺史。浩上书陈让,并致笺帝,帝答之,浩频陈让,自三月至七月乃受拜焉。

康熙曰:谦冲婉约,殷然有求贤之思。

羊祜　字叔子,泰山南城人。钜平侯,征南大将军,开府仪同三司。

511.让开府表

题注:帝有灭吴之志,以祜都督荆州,后加车骑将军,开府如三司之仪,祜上表固让。

尾注:帝不听。

康熙曰:辞非次之荣,广进贤之义,自是大臣美德。

禹修方岳贡曰:羊公,晋之戚属也。按本传,阅历未久,而位望已崇,故诚心推让也。仪同三司之文始于此[①],而后因以为勋阶,至于北朝,乃更为轻贱矣。

臣德宜曰:同一让爵,庾亮止于引咎,羊祜意在荐贤,一以文,一以质也。

512.上平吴疏

题注:祜以伐吴必藉上流之势,会益州刺史王濬征为大司农,祜知其可任,因表留濬,密令修舟楫为顺流之计,祜缮甲训卒,广为戎备,乃上疏。

尾注:祜卒二岁而吴平,群臣上寿,帝流涕曰:"此羊太傅之功也。"因以克定之功策告祜庙。

康熙曰:王猛之不劝伐晋,羊祜之急请平吴,皆洞灼时势,事异而识同也。

禹修方岳贡曰:晋武因屡世之资以倾魏祚,大业虽新,宿将实寡,故伐吴之计，朝臣皆以为疑。羊公所言决之欲独者，盖策其不能无用谘询也。

闇公徐孚远曰：吴之仅存以陆抗耳，抗死而吴已在羊公掌中久矣。

臣廷敬曰：吴为强国，乘衅取之，盖一劳永逸，不贻患于后人，所谓兵机庙算，惟断乃成也。疏中指陈形势，胜败了然。

杜预 字元凯，京兆杜陵人。镇南大将军，位特进，封当阳侯。

513.考课略

题注:泰始中,预受诏为黜陟之课,其略曰。

康熙曰：课绩为用人之要，即优劣以为黜陟，自是简核一法。

琼山丘濬曰：杜预此注是以六年为考满，非复有虞之制也。然每岁达官各考所统，六年而后黜陟之，其法亦善。盖明著奏牍以上闻，视彼后世，暗加询访而无案牍可稽，得于风闻而无实迹可验者，固为优也。

臣乾学曰：课吏务求实效，繁密之法适以长嚣竞、滋浮伪耳。自预酌为中制，后世遂莫出其范围，亦衷于情理而已。

514.春秋左氏传序

题注:预耽思经籍,为《春秋左氏经传集解》,参考众家谱第,谓之释例,又作《盟会图》《春秋长历》,备成一家之学,比老乃成。

康熙曰：左氏之学得预而愈显，表章之功大矣。

禹修方岳贡曰：左丘明与宣圣同时，经文不书而详之于传，此表里之作也。自《左传》晚出，而《公羊》《穀梁》以意穿凿，叙事少而引例繁，学者纷纷得征南精意于此，而后《左氏》复振，义例粲然。

卧子陈子龙曰：丘明立论，各有所本，不似《公》《穀》穿凿好奇。

臣鸿绪曰：说经之文典重不佻，元凯真胸有武库矣。

臣英曰：穿贯《左史》以立说，词约而该，义隐而正，元凯深嗜《左氏传》，故言之亲切如此。

臣士奇曰：首言《经》之所由作，继言《传》之所由成，终言笔削义例之所由起，以此读《经》，思过半矣。

荀勖　字公曾，颍阴人。光禄大夫，守尚书令。

515.省吏议

题注：时议省州郡县半吏，以赴农功，勖议。

康熙曰：省事不如清心，为政至论。然清心非去私存理有涵养之功者不能也。

臣杜讷曰：章首三言，已探骊珠，通首复极晓畅。

庾峻　字山甫，颍川鄢陵人。仕魏侍御史。入晋，赐爵关中侯，历御史中丞、侍中。

516.论宜敦礼让表

题注：峻以御史中丞拜侍中，加谏议大夫，是时风俗趋竞，礼教陵迟，峻上疏。

康熙曰：晋时凌竞成风，斯表可谓特挽颓波。

卧子陈子龙曰：东汉之士尚节概，故有羔雁盈庭而饰巾不起者，退让之风于时为盛。至于魏晋，以九品官人，在籍者惟求上门，不肯居后，故竞者多而让者少，此疏归其敝也。

臣熙曰：奖廉让，抑奔竞，乃转移人心风俗之机。文字方严有体。

刘寔 字子真，平原高唐人。魏时，以吏部郎参文帝相国军事。元康初，进爵为侯。九年，策拜司空，迁太保，转太傅。

517.崇让论

题注：寔以世多进趣，廉逊道阙，乃著《崇让论》以矫之。

康熙曰：争则必损人自见，让则必屈己求贤，委曲敷论，切中情弊。

禹修方岳贡曰：其文推论曲折，有似王仲任之作。夫有选举之典以择之于下，有崇让之章以别之于上，岂有失实争次之患哉？

臣正治曰：晋世雅尚虚谈，实崇奔竞。观二十四友之事，而他可知矣。此欲以让道兴贤能，岂惟一时良法，乃千古笃论也。

臣德宜曰：禹、皋交让流为美谈，自难进之意微，斯躁竞之风起，此论言之婉切，非徒为晋世针砭也。

刘颂 字子雅，广陵人。世为名族。历官吏部尚书，光禄大夫，谥曰贞。

518.刑法疏

题注：惠帝时，政出群下，各立私情，刑法不定，故上疏云。

康熙曰：法者，天下之公，若牵文就义，则吏缘为奸。疏中用意深微，堪与《尚德缓刑书》并传。

禹修方岳贡曰：法者取一定，不为高下，使吏有所守，民有所视而已。然人固有法可罪，而善法不坐而意则恶者，若一一欲论其轻重，则吏不能执据，而纷纷立议，以取上之裁制矣。故法未定，则可更也，不更法而以意出入，则上下病之，不可通行也。

臣廷敬曰：明慎用刑而不留狱，帝王好生之德，颂此疏深得法外之意。

刘毅　字仲雄，东莱掖人。尚书左仆射。

519.陈九品八损疏

题注：魏尚书陈群立九品官人法，毅以为权时之制，未见得人而有八损，乃上疏。

尾注：疏奏，优诏答之。后司空卫瓘等亦共表宜省九品，复古乡议里选，帝竟不施行。

康熙曰：刘毅秉公刚直，在武帝诸臣中最有风节，兹疏可谓救时之论。

禹修方岳贡曰：九品之法，晋承魏制也，于时未久，而其敝已昭然。至南渡之后，门户之限特为重峻。以王途荒隔，流冗之繁，不得不一清之以品叙耳。

臣乾学曰：乡举里选务求实，行而弊乃至，此科举之法所由起于隋唐也。然课其成效，亦互有得失，将仿成周三物宾兴之意，其惟程子学校之议与！

臣英曰：九品中正本乡举里选之遗意，但中正不能尽贤，则选举何由得实，必然之势也。斯文檃括殆尽。

傅咸　字长虞，北地泥阳人。司隶校尉。

520.陈世俗奢侈书

康熙曰：移易奢风在有位者之节俭，探本之论也。

521.上论劾王戎事

题注:时仆射王戎兼吏部,咸奏戎掌选举不能谧静风俗,开张浮竞,请免戎官。御史中丞解结以咸劾戎为越局侵官,咸复论之。

康熙曰:历辨侵官之谬,引据详明,而劲挺之气,屹乎其不可夺。

臣杜讷曰:史称咸自上前援引故事,条理灼然,于此可见。

李密 字令伯,犍为武阳人。

522.陈情表

题注:泰始初,征为太子洗马,密以祖母年高,无人奉养,遂不应命,乃上疏。

尾注:帝览之,曰:“士之有名,不虚然哉!”乃停召。后刘终,服阕,复以洗马征。

康熙曰:悱恻出于至性,自是不朽之文。

西山真德秀曰:武侯《出师》二表出于至忠,令伯《陈情》一表出于至孝。

西山真德秀曰:按:令伯之表,反复谆笃,出于真诚,至今读之,犹足使人感动,况当时之君乎?

臣鸿绪曰:至情陈乞,至今读之,犹足生人忠孝之思。

陈寿 字承祚,巴西安汉人。治书侍御史。

523.定诸葛亮故事表

按:《寿传》,马谡为亮所诛,寿父亦坐被髡。寿为亮立传,谓亮将略非长,无应敌之才,议者以此少之。

康熙曰：寿因父被髡，作《亮传》短其将略，时论少之。观此表，前后尚极称美，可见亮之贤，虽怨者不能掩也。

禹修方岳贡曰：陈寿与武侯不相能，此表乃能推扬隐奥，无美不宣，似未有纤芥者，足知武侯之贤，无间于异同也。

卧子陈子龙曰：假使诸葛公不早终，魏将先见司马之乱，蜀乘其隙，联吴而动，功业必有可观者。

臣熙曰：叙亮事蜀首尾，条理井然，抑扬尽致。后引谟诰作证，不独知亮之文，兼知亮之心矣。

虞溥 字允源，高平昌邑人。武帝时，为鄱阳内史。

524.奖训诸生诰

题注:溥至鄱阳,大修庠序,广招学徒,具为条制,于是至者七百余人,溥乃作诰以奖训之。

康熙曰：为学之道，淡而不厌，久而弥新，勉之以立志，要之以积渐，所以策诸生者至矣。

臣正治曰：魏晋之际，王道泯阙，生徒废讲久矣，此乃反复劝告，深得训勉之意。

张悛 字士然，吴国人。太子中庶子。

525.为吴令谢询求为诸孙置守冢人表

题注:询,河东人。元康中上表,诏从之。

尾注:诏从之。

康熙曰:存恤江东园寝,道归忠厚,盛德之事也。文亦典藻可则。

卧子陈子龙曰:此疏在士然为狥主之节,在晋朝有恤亡之美,两者俱得之矣。

臣德宜曰:余泽在人,虽甘棠勿加剪伐,若前代园陵蒸尝已绝,俾樵苏知禁抔土得安王者,忠厚之道也。

阎缵 字续伯,巴西安汉人。官至汉中太守。

526.陈保傅太孙疏

题注:永康元年,立皇孙臧为皇太孙,愍怀太子遹之子也,缵上疏。

康熙曰:忠款可动鬼神,与《黄台瓜辞》同其警恻。

臣廷敬曰:疏中所陈,洵选置宫僚之良法,能补贾谊所未备,其为豫教计者切矣。

陆机 字士衡,吴郡人。少有异才,文章冠世,为吴牙门将军。入晋,为太子洗马,后为成都王颖将军,为颖所害。

527.辨亡论上

题注:机祖父有大勋于江表,深慨孙皓举而弃之,乃作《辨亡论》二篇。

康熙曰:《晋书》载机少有异才,文章冠世,今观其遗篇,奇伟雄丽,张华而下，罕其俦匹。

闇公徐孚远曰[②]：此篇但言得人以兴，失人以亡。下篇乃议论归命之失。

臣乾学曰：与《过秦论》同一机杼，但贾生之意欲明恃力之不可以久，而士衡则眷怀宗国，流连忾悼，且归重于人才之盛衰，其为垂鉴则一也。

臣英曰：叙述东吴霸业，由于英贤辐凑，及归命之后，人材凋谢，渐致倾覆，恢奇麟炳之文。

528.辨亡论下

康熙曰：二篇机局全学《过秦论》，但加之以词藻耳，此汉晋风气之分。

卧子陈子龙曰：归命之猜暴失众，固无可言，然始终委任陆司马，及其末也，又分其兵以授诸子。然则吴之亡，陆氏子孙未当离心也，特以国既失势，家亦乏人，故至颠覆耳。

臣士奇曰：魏帝临江，尚称天堑，至于蜀道长技，无能为患，明矣。然则孙氏之据险而失终者，岂地势不利哉？故曰："得人者昌。"

臣杜讷曰：士衡指画治忽兴废之机，确有见地，匪独才华瑰丽，树帜文坛也。

529.五等论

康熙曰：封建之事，今古不同，未可执一而论也。文特弘博妍赡，英锐高逸，洵是词场贲育。

水心叶适曰：自魏至隋唐，曹植、陆机为文士之冠。植虽波澜阔而工不逮机，但植犹有汉余体，机则格卑气弱，虽杼轴自成，遂与古人隔绝，至使笔墨道废数百年，可叹也。然机于文字组织错综之间，实有其功，虽古今豪杰命世者，亦有所不能与，此不可不知。

禹修方岳贡曰：此文止著三代及汉事，而未详魏晋，应是未入洛以前作。士衡文士，藻词多而实叙少，方之《曹冏论》，有华实之异。

臣熙曰：封建、郡县互有得失，立纪纲，明法度，久安长治之要道也。体裁富丽，格局整齐，自首讫尾，不作寒俭语。

臣正治曰：封建废而古今天下之势一大变，此论元元本本，历陈八代之制，自是正论。然厥后唐太宗欲行而不果，乃知势有所不可也。

刘琨 字越石，中山魏昌人。侍中太尉，封广武侯。

530.劝进表

题注:建兴四年,琨为石勒所败,依鲜卑段匹磾。明年,琅琊王睿称制江左,琨乃令长史温峤劝进,于是河朔征镇夷夏一百八十人连名上表。

尾注:表上,帝优令答之。明年,愍帝凶闻至,遂即帝位。

康熙曰:琨素著雄豪之名,《劝进》一表,辞意慷慨,志气纵横,犹想见其翼戴晋室之心。

臣鸿绪曰:琨作此表时,涕泣对使,笔无点窜,而忠愤之气已郁然纸上。

臣乾学曰:时愍帝犹在平阳,而琅玡奄有江左,臣民观望,无所适从,越石间关奉表,行权道以安社稷,合于《屯》难建侯之义,与夫宋立目夷、楚奉子完,无以异矣③。

阍公徐孚远曰:此篇气调犹自高浑,在秦汉之间,比之王僧辩《劝进文》,则其体大别矣④。

校记:

①“仪”,原作“义”,据哈佛本改。

②“阇”,原作“简”,据哈佛本改。

③“矣”,阙,据哈佛本补。

④此条据哈佛本补。

卷二十四

晋

干宝　字令升，新蔡人。散骑常侍。

531.晋纪总论

康熙曰：推晋之所以兴亡，几无遗义，然宝晋臣也，于尊亲之际，其尚有隐乎。

伯厚王应麟曰：干宝著论，近王化根源，谓《晋纪论》以民情风教为国家安危之本也。

臣英曰：前言晋积累之浅，后言晋风俗之敝，中多名论，文气犹近两汉。

臣士奇曰：传世非积累之仁，受祥非顺应之义，故民情风教日趋衰薄，所谓本实先拨，枝叶必害也。“君子勤礼，小人尽力”二语，致治之本。

伯厚王应麟曰：干宝论晋之创业立本，固异于先代，后之作史者不能为此言也，可谓直矣。

臣杜讷曰：以道德典型维持天下，深得致治之原。述周之所由兴，历历与晋相形，尤为典核。

庾亮　字元规，颍川鄢陵人。明穆皇后兄。

532.让中书监表

题注:明帝即位,以亮为中书监,亮上表。

尾注:疏奏,帝纳其言而止。

康熙曰:亮以元舅懿亲负时重望,而勤修退让之节。其文亦真挚恺切,足挽颓风。

禹修方岳贡曰:元规于权轴之地,亦自不肯后人,在上流而思废始兴,岂恬雅士耶?但其《让表》,制言清恳,乃似由衷之言。

臣熙曰:盛衰倚伏,筹之最熟,妙在措词谦婉而笔力清健,足以达之。俯仰之际,自觉吐纳风流。

荀崧 字景猷,颍川临颍人。秘书监,光禄大夫。

533.请置博士疏

题注:元帝简省博士,《仪礼》《公羊》《穀梁》及《郑易》皆省不置,崧以为不可,乃上疏。

尾注:元帝诏曰:"崧表如此,皆经国之务,为政所由。息马投戈,犹可讲艺,今虽日不暇给,岂忘本而遗存耶?可共博议者详之。"议者多从崧奏。诏曰:"《穀梁》肤浅,不足置博士,余如奏。"会王敦之难,不行。

按:《元帝纪》:"太兴四年三月,置《周易》《仪礼》《公羊》博士。"《帝纪》但据诏书,实未施行也。

康熙曰:《公》《穀》义例,间合圣人本旨,而《仪礼》为经,何可废也?

禹修方岳贡曰:此篇总论欲立博士四人,而其中发明仅及《公》《穀》二家,盖以《春秋别传》不相通适故也。

臣正治曰:古今经学失传,皆在永嘉之际。崧欲增立博士,良于经术有裨。

范宁　字武子，南阳顺阳人。豫章太守。

534.罪王何论

题注:时虚浮相扇,儒雅日替,宁谓其源始于王弼、何晏,罪深桀纣,乃著论。

康熙曰：晋世清谈源于庄老，而实始于王何，宁深切言之，斯诚快论。

东莱吕祖谦曰：博施济众之谓仁，制事适宜之谓义，践斯二者之谓礼，二帝三王以是相授而莫之改也。其文则六艺，邹鲁之士多能用之。及衰周之末，有老氏者出焉，以为后世之乱皆由文灭其质，乃独推尊道德以为教，因掊击仁义，绝灭礼学，欲反本救弊，庶几乎三皇之治也。然刻薄之人喜其简贱仁义，于是专用刀锯法术以御众，故申、韩自附于老子而为刑名之学；放荡之士乐其鄙弃礼法，于是专为淫酗贪纵以适己，故王、何亦自附于老子而崇虚无之论。刑名之学行而秦亡，虚无之论起而晋灭，固非老子之本意，而其教有以致之也。

蔡谟　字道明，陈留考城人。侍中，司徒，光禄大夫。

535.止庾亮北伐议

题注:咸和八年,石勒死,亮有开复中原之谋,部分诸将自率大众移镇石头,为之声援,事下公卿,谟上议。

尾注:朝议同之,故亮不果移镇。

康熙曰：权衡强弱，持重老成，深于谋国，视殷浩何啻霄壤！

子韶张九成曰：晋以寡弱之师，一旦讨强暴之寇，是无异驱群羊以攻猛虎，不格明矣。当时王导许之，何也？盖导与亮素有隙，亮欲起兵以废导，于此复沮其谋，适以激彼之怒，故不若阳且许之以快其情，阴使郄鉴、蔡谟拒之以绝其议，此乃君子之待小人，不得不然耳。观史者当逆其意可也。

卧子陈子龙曰：元规雅才不足以经营乱略，苏峻之事足为前鉴，蔡公辨析可谓无余。

臣廷敬曰：知己知彼，见可而进，武之善经也。庾亮不揣强弱之势，赖谟倡议沮之，正与王右军《与会稽王笺》所见略同。

王羲之 字逸少，司徒导从子。右军将军，会稽内史。

536.止殷浩再举北伐书

题注：永和九年，中军将军殷浩将北伐，羲之以为必败，以书止之。浩遂行，果为姚襄所败。复图再举，又贻浩书。

康熙曰：羲之在东晋诸名士中具有经济之才，非徒以文雅见长。

水心叶适曰：王羲之谓：保淮非所复及，不如保江，江外羁縻而已。自今观之，其言深切，存亡在目，乃必验之智也。

伯厚王应麟曰：南丰记王右军墨池云“爱人之善，虽一能不以废”，愚谓右军所长不止翰墨，其劝殷浩内外协和，然后国家可安；其止浩北伐，谓力争武功非所当作；其《遗谢万书》，随事行藏，与士卒同甘苦，谓谢安虚谈废务，浮文妨要，非当世所宜：言论风旨可著廊庙，江左第一流也，不可以艺掩其德。

身之胡三省曰：保江之说，此正王导佐元帝之规模，世之议者讥其忘仇忍耻，置中原于度外。若以量时度力、保固根本言之，此策未为非也。至于引咎责躬，省民赋役，所谓善败不亡。诸葛孔明街亭丧师之后，正亦如此而已。

闇公徐孚远曰：深源本从容之士，戎略既非所长，又失荆州之助，固不宜举事也。

537.与会稽王笺

题注：简文帝时为会稽王，辅政。羲之阻浩北伐，又与王笺。

康熙曰：国家安危所关，恺切陈导，可谓忠告。

禹修方岳贡曰：深源作神州乃相王所任以抗元子者，北伐不利于事，未能遽止，不无因循。逸少此言，盖虽深源不全相王，犹可善息耳。

臣乾学曰：谋国之道，务审彼己，彼非我所得，主亦修其在己者而已。晋诸臣不务自治而妄觊敌人之有瑕，能不为识者所叹乎？羡鱼不如结网，逸少知之矣。

538.遗谢安书

题注：羲之为右将军、会稽内史，时东土饥荒，辄开仓赈贷，然朝廷赋役繁重，羲之每上疏争之，事多见从。又遗尚书仆射谢安书。

康熙曰：羲之觞咏风流，雅兴逸致，乃能留心实政，不祖尚清虚，真中流砥柱矣。

闇公徐孚远曰：读逸少诸书，其胸中大不可测，岂止文章之士耶？

孙绰　字兴公，太原中都人。廷尉卿，领著作郎。

539.谏移都洛阳疏

题注：哀帝隆和初，燕慕容暐寇洛阳，河南太守戴施出奔，冠军将军陈祐告急。桓温使竟陵太守邓遐助祐，并欲还都洛阳。朝廷畏温，不敢为异，而北土萧条，人情疑惧，绰乃上疏。

尾注：桓温见绰表，不悦，曰："致意兴公，何不寻君《遂初赋》，知人家国事耶？"事遂得止。《绰传》"绰少有高尚志，作《遂初赋》以致意"。

康熙曰：揣摩时势，条悉利害，玮辞快辩，实足折伏桓温之虚憍。

卧子陈子龙曰：元子迁洛之举非事势必然，盖亦自矜宏略耳。兴公此疏折之，言婉而论切。

臣士奇曰：《周书》云："同力度德，同德度义。"疏中所陈，殆熟审于国势之偏全、人情之向背者。

徐邈 字仙民，东莞姑幕人。太子前卫率，骁骑将军。

540.与范宁书

题注：豫章太守范宁欲遣十五议曹下属城，采求风政，并吏假还，讯问官长得失，邈与书。

康熙曰：邈儒雅博赡，持躬谨密，不独以文采为时所称也。篇中多是名言。

闻修王志坚曰：按：此书作守令者宜置座右。人言晋人好清谈，不知其吏事之精乃尔。

戴逵 字安道，谯国人。孝武时，以散骑常侍、国子博士，累征不就，逃于吴。

541.放达非道论

题注：逵性高洁，常以礼度自处，深以放达为非，乃著论。

康熙曰：能以礼度自处，深以放达为非，不可徒以隐沦目之。

东发黄震曰：士大夫风俗，自东汉以激烈取祸，一转而为虚旷，宅心事外，自谓纤尘不我及矣。然王夷甫诸人卒以此取排墙之难，至于事穷势极，方惕然悔悟："向若不祖尚虚无，勠力以正天下，可不至此。"呜呼！可鉴也夫。

韩延之　南阳赭阳人。为平西将军荆州刺史司马休之治中，转平西府录事参军。以刘裕父字显宗，遂自字显宗，示不臣刘氏。

542.报宋公书

题注：宋公，即刘裕也。时休之以平西将军镇荆州，得江汉人心，裕忌之。会休之子文思出后兄尚之为谯王者，以事被劾，休之表请解任，不许。后文思在京师招集轻侠，裕执送休之，欲使杀之，休之但表废文思，与裕书陈谢，裕滋不悦。义熙十一年，裕收休之次子文宝、兄子文祖，赐死。率众西讨，密与延之书曰："文思事，远近所知，去岁遣康之送还司马君者，推至公也，而久绝表疏，此天地所不容。卿等一时逼迫，本无纤衅，吾处怀期物，自有由来。今在近路，正是诸人来归之日。"延之报书。

尾注：刘裕视书叹息，以示诸佐曰："事人当如此。"兵败，从休之出奔姚兴。

康熙曰：临难不为强势所诱，真贤参军矣，裕当为之汗颜[1]。

校记：

①"颜"，《古文评论》作"赭"。

卷二十五

宋

武帝 讳裕，字德舆，彭城人。姓刘氏，汉楚王交之后。

543.与臧焘书

题注:焘,字德仁,东莞莒人。晋时,为太学博士。武帝镇京口,与焘书。

康熙曰：武帝以振兴人才为心，归重于经师劝诱，可谓知本。荆玉幽兰之喻，清越可诵。

文帝 讳义隆，武帝第三子。徐羡之、傅亮废少帝，迎立之。

544.与江夏王义恭书

题注:义恭,武帝子,涉猎文义,而骄奢不节。元嘉六年,为都督荆州刺史,文帝与书诫之。

康熙曰：诫弟之文，责以亲贤下士，改过节用，详尽婉曲，复以审慎听断为训，亦犹《康诰》所云“明德慎罚”之义也。

水心叶适曰：文帝诫义恭往荆州书，亦他人主所不能，宜其致元嘉之治也。

闻修王志坚曰：文帝元嘉之政，号称太平，观此书，知其致治之本矣。当时帝子出牧，犹谆谆垂诫乃尔，今之司牧宜书诸绅。

臣熙曰：家人父子间丁宁告语，委曲详尽，虽极细碎处，俱有情致。

545.又诫

康熙曰：亲切相喻，简而不浮。

546.赐南郡王义宣中诏

题注:初,武帝以荆州上流形胜,遗诏诸子次第居之,其后应及义宣,以其人才素短,用衡阳王义季。久之,乃以义宣都督七州诸军事,车骑将军,荆州刺史,先赐中诏。

康熙曰：家庭之文，朴而雅，弥见古致。

孝武帝　讳骏，文帝第三子。元嘉三十年，文帝太子元凶劭弑逆，帝率众入讨，即皇帝位。

547.审贡赋诏

康熙曰：审辨方物，非其土者不贡，非其时者不贡，自是仁言。文复简峭有色。

始安王休仁　文帝第十二子。

548.皇太子车服议

康熙曰：义取谦约，辞近古核，庶资参考。

傅亮 字季友，北地灵州人。散骑常侍，左光禄大夫，始兴郡公。

549.为宋公至洛阳谒五陵表

题注：晋安帝义熙十二年，裕率众北伐，至洛阳，修复晋五陵，置守卫，上表。

康熙曰：写洛阳旧宫景物，有诗人“禾黍”之慨。

禹修方岳贡曰：自桓元子开扫洛迳，至是又复通焉。虽建业既已情非翼晋，然暂饰坟陵，亦为盛事。

何尚之 字彦德，庐江潜人。左光禄大夫，领中书令。

550.陈庚炳之得失

题注：炳之迁吏部尚书，颇通货贿。吏部令史钱泰、主客令史周伯齐出炳之宅谘事，因留停宿。尚书旧制，令史谘事不得停宿外，虽有八座命，亦不许。为有司所奏，上于炳之素厚，将恕之，召问尚书右仆射何尚之，尚之具陈炳之得失。太祖以小事不足伤大臣，尚之又谏。

康熙曰：叙事磊落有法，见古人奏章简质处。

臣德宜曰：炳之非不谙台制，直谓燕私小节，未免疏略视之耳。故人臣当官三事，一曰慎。

551.出庾炳之为丹阳尹答

题注：太祖欲出炳之为丹阳尹，又以问尚之，尚之答。

尾注：太祖乃可有司奏，免炳之官。

康熙曰：覆论劲直，嫉恶之义甚严。

臣廷敬曰：劲厉之思，抒写曲鬯，弹文杰构也。

范晔[①]　字蔚宗，顺阳人。左卫将军，太子詹事。删众家《后汉书》，为一代之作，后以谋反被诛。

552.后汉书皇后纪序

康熙曰：引《周礼》、两汉间事，又历陈监戒之言，辞宛而义深，有国家者，当与《尚书》“牝鸡无晨”之句参看，庶不至椒房近戚之累欤。

闇公徐孚远曰：东京诸帝后宫朴素，惟以母后临朝为非令典耳，此所以鉴于后事，发魏帝之一诏者也。

臣乾学曰：光武裁省内职，归于朴素，明德以共俭开家，皆可为万世法者。蔚宗详著得失，遂以帝后并纪，有以也。

553.吴盖陈臧列传论

题注：吴汉、盖延、陈俊、臧宫。

康熙曰：文俪而严，意以偃兵为重。

554.中兴二十八将论

康熙曰：光武以封爵待功臣而不责以吏事，故保全者多，文独扼此发议。

禹修方岳贡曰：光武不任功臣、惩韩彭之事也，自是以后，功臣任职亦多有不免者，不独高帝之世，以此知建武君臣可为万世规范也。

臣鸿绪曰：光武不以功臣任职，自是保全要著，但寇、邓诸贤将实具相才，何得概置不任也？

臣英曰：佐命之臣优以爵禄，不假以事权。说光武心事，光明洞达，可祛从来之惑。

555.孔融传论

康熙曰：文有严毅之气，肃穆之容。

臣士奇曰：文举少露奇颖，一生抗志不挠。孟德雄心，然且惮其正议。设令左右王室，汉祚亦有赖焉。

556.周黄徐姜申屠列传序

题注：周燮、黄宪、徐稚、姜肱、申屠蟠。

康熙曰：引数事以成文，亦是一格。

臣杜讷曰：闲闲叙述，不以藻缋见长，而笔致坚老，弥觉古韵铿然。

557.党锢列传序论

康熙曰：叙党人始末详尽，从四豪任侠立论，其源起于气矜，其弊成于罗织，可谓论世之识。

臣熙曰：前段总论士习隆替之由，词气宣畅入后，铨次党人本末，综括不漏，详处略处，皆见笔力。

臣正治曰：东京矜重名节，自党锢之祸兴，使正道沦胥，遂为千古清流之祸，范史历历详叙，千载以下有余慨焉。

558.宦者列传序

康熙曰：东汉之末，宦寺流弊已极，斯文能痛切言之。

闻修王志坚曰：伤生之事不一，而死于色欲者十常八九，阉宦之于国家类乎此。秦不用赵高，二世不立；西京不用恭、显，中兴之业不衰；宋不用童贯，燕云之祸不成；若东京之与唐，又无论矣。是国家之有阉祸，亦十常八九也。噫，可畏哉！

禹修方岳贡曰：后汉以母后临朝，致中贵擅窃，此论良允。但中人在内，开基之主无所宽假；承平日久，君臣渐隔，而中人制其短长，不得不因为下移矣，岂必母后称制始为失御哉！

臣德宜曰:《周官》阍寺以备扫除之役，自预政事，职为乱阶，汉唐之祸烈矣。故王者缀衣虎贲，咸择正人，有以也。

臣鸿绪曰：腐身熏子，汉室厉阶，详列之以为万世戒。

559.逸民传序论

按:汉末魏初之文,孔融多奇气,陈思多逸才,骎骎乎东京以上。典午之世,清谈始炽,陵夷以及六朝,南北篇什,风云月露之状,波流而不可挽,人谓六朝无文章,信矣。然其时郡县终始以中正品第人物,士习不坏于科举。衣冠世族,家学薰染,谙熟典故,讨论经籍,非如后世之虚辞竞举也。故其著述之存于今者,犹有彬彬可观者焉。其间如范蔚宗、沈约,亦复不以人废,聊存一代文体,以志其升降云尔。

康熙曰：叙述洁已之士，文亦简裕。

臣乾学曰：逸民尝显于盛世，遇衰乱而不出者，主于自全而已。惟尧舜乃能知巢、由，惟武周乃能知夷、叔，光武、明、章诸帝或庶几矣。

校记：

①“晔”,原作“煜”,据哈佛本改。

卷二十六

齐

高帝 讳道成，字绍伯，姓萧氏，兰陵人。庙号太祖。

560.赐张融衣手诏

题注:融,字思光。高帝素爱融,即位后,手诏赐融衣。

康熙曰：数语致意，深隽。

561.答刘善明

题注:善明,平原人。为淮南、宣城二郡太守。撰《贤圣杂语》奏之,托以讽谏,太祖答之。

康熙曰：古调清音。

562.又答

题注:善明表谏起宣阳门,及宜明守宰赏罚,立学校,制齐礼,开宾馆以接邻国,帝又答。

康熙曰：谦冲和易，见延伫之忱。

563.答萧景先诏

题注:景先,帝从子。启称上德化之美,帝答。

康熙曰：命意弘长，词亦近雅。

武帝 讳赜，字宣远，高帝太子，庙号世祖。

564.禁婚葬奢靡诏

康熙曰：切中风俗之弊。

565.敕庐陵王子卿

题注：子卿，字云长，武帝第三子。为荆州刺史，在镇营造、服饰多违制度，帝敕之。

康熙曰：谨侈靡是训宗藩第一义，故言之惓惓。

566.敕晋安王子懋

题注：子懋，字云昌，武帝第七子。永明十一年，为雍州刺史，帝敕以边略。

康熙曰：以世务为根本，片言居要。

豫章王嶷 字宣俨，太祖第二子。大司马，领太子太傅，扬州刺史。

567.上世祖启

题注：永明四年，富阳人唐寓之反，嶷上启。

尾注：上答曰："欺巧那可容！宋世混淆，以为是不？"

康熙曰：大指以敦大易繁琐，自是笃论。

竟陵王子良 字云英，世祖第二子。中书监，太傅，司徒，扬州刺史。

568.谏遣台使疏

题注:宋世元嘉中,皆责成郡县,孝武征求急速,以郡县迟缓,始遣台使,自此公役劳扰,太祖践阼,子良陈之。

康熙曰：叙台使擅威福，扰吏民之弊，曲尽情状。

闇公徐孚远曰：州郡以恤民为急，或承台符，不即优辨，乃用台使督之，此等本非良士，课公及私为害扰，盖非一端。竟陵此表，切于治体矣。

569.陈时政启

题注:诏折租布二分取钱,子良又启。

康熙曰：六朝文尚骈丽，此独简洁峭劲，有裨民隐。

水心叶适曰：观此则是时荒民不减赋也。子良居富贵之地，而论人疾苦[①]，能同其仆起，岂可谓之非仁？史言其劝人为善，未尝厌倦，以此终致盛名，盖齐世一人而已。

臣英曰：六朝论事之文较之两汉则逊其醇茂，若下视唐宋则犹为简质耳。

孔觊 见史《刘悛传》，未详字与爵里。

570.铸钱均货议

题注:宋代太祖辅政,有意欲铸钱,以禅让之际,未及施行。建元四年,奉朝请,孔觊上议。

康熙曰：圜府泉法始于《周礼》，而论列体制于此为详。

琼山丘濬曰：自古论钱法多矣，惟南齐孔顗所谓“不惜铜，不爱工”，此二语者，万世铸钱不易之良法也。钱之为钱，体质厚而肉好适均，制作工而轮郭周正。造一钱费一钱，本多而工费，虽驱之使铸，彼亦不为矣，况冒禁犯法而盗为之哉！然自太府圜法以来，以铜为钱，或为半两，或为榆荚，或为八铢，或为四铢，不知几变矣，而惟汉之五铢为得其中也。

臣士奇曰：自昔钱法轻则矫之以重，重则矫之以轻，泉货之通，惟在因时制宜耳。

顾宪之　字士思，吴郡吴人。豫章内史。

571.牛埭税榷议

题注：永明六年，宪之为随王东中郎长史，行会稽郡事。西陵戍主杜元懿启：“吴兴无秋，会稽丰登，商旅往来倍多常岁，西陵牛埭税官格日三千五百，元懿如即所见，日可一倍，盈缩相兼，略计年长百万。浦阳南北津及柳浦四埭，乞为官领摄，一年格外长四百许万。西陵戍前检税，无妨戍事，余三埭自举腹心。”世祖敕示会稽郡：“此讵是事？宜可访察即启。”宪之议。

尾注：世祖从之。

康熙曰：析理既明，言事亦爽。

水心叶适曰：西陵四埭有可增之税，郡无所白，而戍主乞专其私。顾宪之斥议虽深，然终不言杜元懿是不应主论者。然则宋齐之间，纲纪败坏，兵官遂干民政耶，抑自江左至魏晋皆然也。虽衰世，若体统未失，民犹可暂安；不然，虽兴王之时，百姓无所托命矣。观宪之之言，司马迁谓可施廊庙，此等语是也。

臣杜讷曰：详陈原委，利害较然，元懿自应心折。

孔稚圭　字德璋，会稽山阴人。太子詹事，加散骑常侍。

572.上撰定律章表

题注:永明七年,尚书删定郎王植撰《律章》,表请付外详校。于是公卿八座参议考正,旧注有轻重处,竟陵王子良下意多使从轻,其中朝议不能断者,制旨平决。九年,孔稚圭上表。

尾注:诏报从纳,事竟不施行。

康熙曰：大意与路温舒《尚德缓刑疏》相近。

禹修方岳贡曰：江左名流多以简远为主，不肯亲事，故当官者不明律例。虽有此奏，亦竟不行者，以人情不便学习故也。

臣熙曰：律例不一，则比附任情；讲读不精，则听断多枉。稚圭一表，深合明慎之义，叙岁狱冤滥处，令人恻然伤怀。

梁

武帝　讳衍，字叔达，南兰陵人。姓萧氏，与齐同祖。庙号高祖。

573.详立条格令

题注:齐和帝中兴二年令,是年四月受禅。

康熙曰：意在去奢返朴，兴于厥躬。史称武帝豆羹粝食，克俭于身，于此可见。

臣正治曰：风俗之原由上，制之欲率先卿士，言则美矣，而躬行未至，是以不克有终也。

574.禁祝史祈福诏

康熙曰：效古人责躬之义，语亦简当。

575.检括封事诏

题注:大同二年,先是尚书右丞江子四等上封事,极言政治得失,五月癸卯下诏。

康熙曰：念切民事而出以古腴之辞。

576.敕外司明加听采随事举奏诏

康熙曰：洞尽物情，言之恳恳。

臣德宜曰：墨吏诛求，豪强占夺，皆民害之大者。梁武严加禁革，盖大同之政犹见精明也。

577.与谢朏敕

题注:朏,字敬冲。高祖践阼,征为侍中、光禄大夫,与敕。

康熙曰：求贤若渴，如读“白驹空谷”之诗。

578.与何点诏

题注:点,字子晳。宋泰始末,征太子洗马。齐初累征中书郎,太子中庶子,并不应。高祖与点有旧,及践阼,手诏。

尾注:点以巾褐引入华林园,高祖甚悦,赋诗置酒,恩礼如旧。

康熙曰：敦故旧，重隐逸，叙述畴昔，情绪深婉，俨然光武之待子陵。

579.征何胤手诏

题注:胤,字子季,点之弟。隐若邪云门寺。永元中,征太常太子詹事,并不就。世号点为大山,胤为小山。高祖践阼,诏为特进右光禄大夫。

尾注:胤曰:“吾年已五十七,何容得有宦情?”

康熙曰：何点、何胤史谓其居贞物表，纵心尘外，故武帝优诏敦劝之如此。

580.又敕

题注:果还,以胤意奏闻。有敕给白衣尚书禄,胤固辞。又敕山阴库钱,月给五万,胤又不受,乃敕胤。

康熙曰：勤恳之情，形于简牍。

581.又敕

尾注:于是遣何子朗、孔寿等六人于东山受学。

康熙曰：遣弟子就东山受学，武帝礼贤可谓笃矣。

582.辅政上铨序表

题注:齐中兴二年,诏:“梁国初建,宜须综理,可依旧选诸要职。”高祖上表。

尾注:诏依高祖表施行。

康熙曰：六朝九品中正法，类登世族而抑寒畯，故言之独切。

禹修方岳贡曰：江左门族，故有阶限，至于齐末，益以资序淆乱，造请良多。 武帝此表亦清明之事。

臣廷敬曰：自九品之法行而浇竞成风，浸假日甚。 所谓上品无单门，下品无贵族也。 此表足以矫正其失。

简文帝 讳纲，字世缵，昭明太子母弟。 封晋安王。 大通三年，昭明太子薨，立为皇太子。

583.请贺琛奉述毛诗义表

康熙曰：敦崇《诗》学，敷言雅合。

584.答徐摛

题注:摛,字士秀,东海郯人。太宗初,为太子,转家令,兼掌管记,后除太子左卫率。

康熙曰：词语轻隽有致。

邵陵王纶　字世调，高祖第六子。司空，都督中外诸军事。

585.与湘东王绎书

题注：时元帝围河东王誉于长沙，既久，内外断绝。纶闻其急，欲往救之，为军粮不能继，遂止，乃与书。

尾注：世祖复书，陈河东有罪，不可解围之状。纶省书流涕，曰："天下之事，一至于斯！"左右闻之，莫不掩泣。

康熙曰：史称纶聪警，有才学，忠孝独存。观此书，信矣。

臣乾学曰：使湘东能用邵陵之言，合诸藩之力以控制上流，则关中之甲必不敢动，旧京收复之后，亦何至遂移于陈氏也？惜哉！

臣英曰：意在捐骨肉之忿，合兵力以诛侯景而雪国耻，其言故为可采。

沈约　字休文，吴兴武康人。特进光禄侍中，少傅，建昌县侯。

586.宋书良吏传序

康熙曰：论宋吏治得失，却本奢俭以立说，亦探源之识也。

水心叶适曰：晋宋以前至于尧舜，居官无代，但不为民计者更易频耳。故沈约称宋文帝守宰以六期为断，虽没世不徙，未及曩时，而民有所系，吏无苟得。止言非六期不得去，亦不言及六期便当代也。

臣杜讷曰：守宰频易，则民生多扰，诈伪且日滋矣，故篇中谆复及之。

587.孔羊沈列传论

康熙曰：以常平积谷为扶灾利农之本，有裨民瘼。

卧子陈子龙曰：此盖常平之议，宜入《食货志》，而著此者以江夏王屯田，博采公卿之论，在《孔季恭传》中也。

臣廷敬曰：荆扬沃衍，然其民取给朝夕而少蓄积，无以御灾，自汉时已然矣。常平之行，亦须人法两得后能尽其利耳。

588.恩幸传论

康熙曰：言情事皆曲折尽致，文亦华实相副。

水心叶适曰：《恩幸序》称魏立九品，盖论人材优劣，非为世族高卑。岁月迁讹，斯风渐笃，凡厥衣冠，莫非二品。自此以还，遂成卑庶。周汉之道，以智役愚，台隶参差，用成等级。魏晋以来，以贵役贱，士庶之科，较然有辨。自刘毅、卫瓘、李重论中正，至约尽之矣。此魏晋江左大事也。不然，则戴法兴、徐爰、阮佃夫辈皆士大夫之选，岂得尚为佞幸耶？

任昉　字彦升，乐安博昌人。宁朔将军，新安太守。

589.天监三年策秀才文三首

康熙曰：策问三事，阜民、化俗、纳言，皆切会治理，文亦赡美而有逸韵。

禹修方岳贡曰：梁祖初政，思弘道化，策问三事，皆仰见素怀，弗缘雕饰。

臣熙曰：策士语贵在明切，骈词俪句，萧梁习尚使然，而藻采纷披，寓言清隽，自极文人之致。

590.为卞彬谢修卞忠贞墓启

题注：晋尚书令建兴县公卞壶死苏峻之难，二子眕、盱同时见害，赠侍中骠骑大将军开府，谥忠贞。彬，字士蔚，官至绥建太守。

康熙曰：叙先世忠孝，有桊笃之思。

臣鸿绪曰：自叙沦塞处，恻然动人[②]。

591.上萧太傅固辞夺礼启

题注：昉为司徒，竟陵王记室参军，以父忧去职，居丧尽礼，续遭母忧，庐于墓侧，哭泣之地，草为不生。齐明帝为太傅，起为建武将军，骠骑记室，再三固辞。

尾注：明帝见其辞切，亦不能夺。

康熙曰：文生于情，不须贲饰，自然雅健。

萧子显　字景阳，兰陵人，齐豫章王嶷第八子也。七岁封宁都县侯，以王子例拜给事中，累官吏部尚书侍郎，出为仁威将军，吴兴太守。

592.南齐书幸臣传论

康熙曰：摹写情况入微，前代多用宦寺典兵，故言之尤切。

臣乾学曰：省郎密迩禁闱，出纳王命，晋宋盛时，以谨慎寒门及文学知名者充其选，流品既清，邪佞自绝，可为后法。

陈

文帝　讳蒨，字子华，武帝兄始兴昭烈王子。初封临川王，武帝崩，入纂大统。

593.修前代墓诏

康熙曰：眷念忠烈，加恩丘墓，蔼然仁厚之音。

闇公徐孚远曰：侯景之乱，丘墓皆残，文帝此举，可称盛德。

臣士奇曰：天嘉初，陈人葬梁元帝，《纲目》书之予厚也。至是诏，前代侯王，自古忠烈，咸修其墓，仁厚之至矣。

徐陵 字孝穆，东海郯人。侍中，安右将军，中书监，太子詹事，建昌县开国侯。

594.奉使邺都上梁元帝表

题注：太清二年，兼通直散骑常侍，使魏。

康熙曰：骈偶之文，纬以经史，故丽而有则。

水心叶适曰：徐陵文颇变旧体，缉裁巧密，多有新意。每一文出，好事者已传写成诵，被之南北，家藏其本，遂为南北所宗，陆机、任昉不能逮也。自唐及本朝庆历以前皆用其体，变灭不尽者犹为四六。朝廷制命，既遵行之，不复可改矣。

臣杜讷曰：典赡之中别有深情恺致，只见逸气横流，绝无排比之迹。

卧子陈子龙曰：孝穆以前时出使，京邑之陷，湘东有当璧之望，故奉表劝进。末段自述奉使，情事恳切。

595.宣示诸求官人书

题注：天康元年，迁吏部尚书。陵以梁末选授多失其所，于是提举纲维，综核名实。时有冒进求官，諠竞不已者，陵乃为书宣示。

尾注：自是人心服焉，时论比之毛玠。

按：文章之变，质文迁换，日趋烦缛，马、扬开其源，班、蔡决其波，浸淫至于徐、庾，可云极其变而无以加矣。然犹派衍有唐之世，王、骆、燕、许，无非骈偶，直至中叶，韩、柳诸公，始讨论六经旧文，去其绮靡，其返而之于质也。不亦难哉！

姚思廉《陈书》称徐陵颇变旧体，缉裁巧密，多有新意，后人尚以为笃论。而令狐德棻作史直斥庾信淫放轻险，为词赋之罪人，不知徐、庾之文穷形写态，亦一时绝调，风会实然，德棻之言过矣。今于徐、庾骈体，多从别录，特存一二首于此集，以明文体之迁变，有源有流，非偶然也。

康熙曰：意在澄叙官方，文亦简而有韵。

耕道尹起莘曰：徐陵可谓善其职矣。陈世为吏部尚书者，徐陵、孔奂皆其人也。

沈炯　字初明，吴兴武康人。梁御史中丞，原乡侯。入陈，加通直散骑常侍。

596.请归养表

题注：高祖受禅，炯以母老表请归养，诏不许。文帝嗣位，又表。

尾注：诏答曰："省表具怀，卿誉驰咸、洛，情深宛、沛。日者理切倚门，言归异域，复牵时役，遂乖侍养。虽周生之思，每欲弃官，《戴礼》垂文，得遗从政，前朝光泽四海，劬劳万机，以卿才为独步，职居专席，方深委任，屡屈情理。朕嗣奉洪基，思弘景业，顾兹寡薄，兼缠哀疚，实赖贤哲，同致雍熙，岂便释简南园，解绂东路？当令冯亲入舍，荀母从官，用睹朝荣，不亏家理。寻敕所由，相迎尊累，使卿公私得所，并无废也。"乃迎炯母养省中。

康熙曰：词婉而意迫，《诗》曰"将母来谂"，此亦庶几风人之言。

臣乾学曰：上下曲体，恩义两全，堂陛之间，蔼然家人父子，一时盛事③。

校记：

①"人"，原作"入"，据哈佛本改。

②此条据哈佛本补。

③此条原为《宣示诸求官人书》眉批，误，据哈佛本改。

卷二十七

北魏

太武帝 讳焘，姓拓跋氏，明元帝长子，道武帝孙。

597.辟召贤良诏

康熙曰：平粹之音，不为覈急。

臣熙曰：叙贤良出处不同，语极韶秀，以礼申谕，进退任之，想见虚心大度。

598.颁制诏

康熙曰：森然尺度之文，亦复机神流畅。

臣正治曰：令行禁止，为其能定于一而民听不惑也。 太武此诏，识治体矣。

文成帝 讳濬，景穆帝长子，太武帝孙。

599.遣使巡行诏

康熙曰：遣使之辞如此详括，殆非具文。

臣德宜曰：先王遣使必周谘疾苦，非若汉武直指使徒以击断立威也，此犹得省方观民遗意。

孝文帝　讳宏，献文帝长子。

600.条禁州牧诏

康熙曰：意在禁防，而辞多冲挹，要当使牧守内愧革心，不专以法令相迫也。

601.决遣民狱诏

康熙曰：《月令》“孟夏，断薄刑决，小罪出轻”，系即此诏之意。

602.复灵丘租调诏

尾注：是月，又复七州租常调。诏曰：“萧道成逆乱江淮，戎旗频举，七州之兵既有征运之劳，深乖轻徭之义，朕甚愍之，其复常调三年。”

康熙曰：语朴而挚。

603.免租算诏

康熙曰：有勤恤之实心，故能有丐贷之实政，非泛然仁心仁闻也。

604.求直言诏

康熙曰：“刊烦华”“存简实”，两言已得体要。

臣乾学曰：孝文帝虚己求言，几于建鞀设铎之美。而省烦文，崇简实，尤得求治之要。

605.文明太后丧服诏

题注：魏氏丧礼，悉依汉魏，既葬公除。太和十四年，文明太后崩，太尉丕等请依成制，帝别问尚书游明根、高闾等曰："圣人制卒哭之礼，授练之变，皆夺情以渐，今则旬日之间，言及即吉，特成伤理。"对曰："臣等伏寻金册遗旨，逾月而葬，葬而即吉，故于卜葬之初，奏练除之事。"帝曰："窃寻金册之旨，所以令早即吉者，虑废绝政事故也。群公所请，其志亦然。朕今不敢暗默不言以荒庶政，唯欲衰麻废吉礼，朔望尽哀诚，情在可许，故专欲行之。"高闾曰："陛下既不除服于上，臣等独除服于下，则为臣之道不足，又亲御衰麻，复听朝政，吉凶事杂，臣窃为疑。"帝曰："先后抚念群下，卿等哀慕，犹不忍除，奈何令朕独忍之于至亲乎？今朕逼于遗册，唯望至期，虽不尽礼，蕴结差申，群臣各以亲疏、贵贱、远近为除服之差，庶几稍近于古，易行于今。"群臣又言："春秋烝尝，事难废阙。"帝曰："自先朝以来，恒有司行事。朕赖蒙慈训，常亲致敬。今昊天降罚，人神丧恃，想宗庙之灵亦辍歆祀，脱行飨荐，恐乖冥旨。"李彪曰："今虽治化清晏，然江南有未宾之吴，漠北有不臣之虏，是以臣等犹怀不虞之虑。"帝曰："鲁公带绖从戎，晋侯墨衰败敌，圣贤所许，如有不虞，虽越绋无嫌，而况衰麻乎？岂可于晏安之辰豫念军旅之事以废丧祀哉！古人有谅阴终丧者，若不许服衰服，则当除衰拱默，委政冢宰，二事之中，唯公卿所择。"游明根曰："渊默不言，则大政将旷。仰顺圣心，请从衰服。"太尉丕曰："臣与尉元历事五帝，魏家故事，大讳之后三月必迎神于西，禳恶于北，具行吉礼，自皇始以来未之或改。"帝曰："若能以道事神，不迎自至。苟失仁义，虽迎不来。此乃平日所不当行，况居丧乎？朕在不言之地，不应如此喋喋。但公卿执夺朕情，遂成往复。"追用悲绝，遂号恸，群官亦哭而辞出，帝遂下诏。

康熙曰：其言恻怛，可以兴起。

606.答有司卜祥日诏

题注：太和十五年九月，有司上言求卜祥日[①]，帝下诏。

康熙曰：卜祥而筮永吉，似非礼意，此能折衷至当。

607.孟月庙祀诏

康熙曰：斟酌古今，可垂礼典。文亦有渊穆之气。

臣廷敬曰：四时之祭，诸书所载不一，如《传》曰"始杀而尝在建酉之月，闭蛰而烝在建亥之月"是也，此诏颇有定识。

608.征王肃诏

题注:肃为豫州刺史,善于抚绥,治有声称,高祖手诏征入朝。

康熙曰:情文娴雅浓至,可感可诵。

609.与彭城王勰书

题注:勰除中书监,高祖至豫州,为家人书于勰,令专主宗制,纠举非违。

康熙曰:教先宗族,王化之原。彭城亲贤,无惭德举。

任城王澄　字道镇,父康王云,北魏景穆皇帝子也。澄袭封,历辅世宗、肃宗,迁司空、侍中、尚书令。

610.谏高祖幸豫州

题注:齐雍州刺史曹虎请以襄阳内附,帝引群臣议之,澄上谏。

康熙曰:有敦朴之质,无枝蔓之辞。

臣英曰:词尚简洁,而铿然余韵溢于行墨之表。

611.请修缮国学奏

尾注:表上,诏曰:"胄子崇业,自古盛典,国均之训,无应久废,尚书更可量宜修立。"

康熙曰:言裨教典,情自缠绵。

臣士奇曰:皇宗之学所以端范,四门之教所以求贤。北魏自刘元海倡乱以来,不修此制久矣。孝文志兴礼乐,而国学未建,任城于世宗时言之,尚不失为老成典型。

北海王详 字季豫，献文皇帝子。太和九年封。历侍中、录尚书事、太傅、司徒。

612.定律令奏

康熙曰：课吏自当以公清为重，此奏得之。

臣杜讷曰：汉作见知沉命法而盗转甚，何若颍川、渤海为能格奸耶？详言得失在人，谅哉！

元晖 字景袭，父城阳公忠，昭成皇帝五世孙也。肃宗征为尚书左仆射，谥文宪。

613.论御史巡行疏

康熙曰：遣使巡行，公私烦扰，诚不若委任牧守，慎选而严课之之为得也。

臣熙曰：甚言巡省之弊，且谓御史宜简宿官经事之人，可称清言举要。

张普惠 字洪赈，常山九门人。任城王澄启为镇南大将军开府主簿，寻领右将军、凉州刺史。

614.与任城王澄奏记

题注:澄功衰在身,欲于七月七日集会文武北园马射,因奏记。

康熙曰:称古昔,引经义,严毅之论,典确之文。

臣正治曰:引经据典,详而有体,岂非湛深经术之士?

韩麒麟　昌黎棘城人。冠军将军,齐州刺史。

615.陈时务表

题注:太和十一年,京都大饥,麒麟上表。

康熙曰:此表可以厚生,可以维俗,古今通义也。

臣德宜曰:豫蓄民食,惟有重农禁奢,为开源节流之要。若饥至而后图之,朱熹所云"赈荒无奇策"也。

韩显宗　字茂亲,麒麟子。太和初,举秀才,对策甲科,除著作佐郎,兼中书侍郎,历广阳王谘议参军。

616.上时事书

题注:孝文既定迁都,显宗上书。

尾注:书上,孝文善之。尝谓显宗及程灵虬曰:"著作之任,国书是司;卿等之文,朕自委悉。中省之品,卿等所闻。若欲取况古人,左马之徒,固自辽阔。若求之当世,文学之能,卿等应推崔孝伯。"

康熙曰:切于事理,言虽多而不觉其长。

臣廷敬曰:封事之文以宣治体而达民瘼,无取华靡也,此书犹有朴直之风。

臣乾学曰：世族有家学，而孤贫多废业，以门望取才犹不失裳华世禄之义，乃概冒孝、秀之名，相沿成习，则妨贤幸进，流弊滋多矣。欲求贡选得人，其在慎择中正与。

臣英曰：意在区别四民，使伎作不与士类同处，其法本诸管子，亦渐摩风俗之一术，而行文特爽骏有致。

孙惠蔚 字叔炳，武邑武遂人。国子祭酒、秘书监、平东将军、济州刺史、光禄大夫。

617.请收校典籍表

题注：惠蔚世宗初自冗从仆射迁秘书丞，既入东观，见典籍未周，乃上疏。

康熙曰：言似缓而实切，未可以疏阔目之。

臣士奇曰：六经为纲，百氏为目，搜求务广，校考务精，叙次详赡中具悉原委，欲令残阙毕备，甲乙更新，惠蔚方不愧于观阁之职。

崔光 一名孝伯，字长仁，东清河鄃人。历官至车骑大将军，仪同三司。

618.答宣武帝鸡异表

题注：正始元年夏，典事史元显献四足四翼鸡，光时为太常卿，诏以问光，光表答。

尾注：表上，世宗大悦。后数日而茹皓等并以罪伏法，于是礼光愈重。

康熙曰：明确无浮响，故当使人倾耳。

闇公徐孚远曰：长仁在北，博悉弘雅，所对灾异，皆有据义。

臣杜讷曰：《春秋》纪灾异而不言事应，诚有深意。此本《汉·五行志》立说，亦凿凿动人。

619.灾异表

康熙曰：质实良具至理，不以字句见长。

臣乾学曰：禁符瑞，却贡献，非止谦让，明于理者要当如是也。此奏与欧阳《获麟之解》并称卓论。

甄琛　字思伯，中山无极人。侍中、车骑将军特进。

620.请弛盐禁表

尾注：诏付八座议，司徒彭城王勰、尚书邢峦等奏："先朝商校大小，兴复盐禁，自行以来，典司多怠，出入之间，事不如法，遂令细民嗟怨，商贩轻议，此乃用之者无方，非兴之者有谬。今而罢之，惧失前旨。"诏曰："司盐之税，乃自古通典。然兴制利下，代或不同，苟可以富民益化，唯理所在。甄琛之表，实所谓助政毗治者也，可从其前计，使公私并宜，川利无壅，尚书严为禁豪强之制也。"

康熙曰：弛禁固为善政，第须有实心实惠及民，始为无弊耳。

致堂胡寅曰：盐之为物，天地自然之利，所以养人也。尽捐之民，则纵末作资游惰，尽属之官，则夺民日用，而公室有近宝之害。官为厉禁，俾民取之，而裁入其税，则政平而害息矣。

琼山丘濬曰：盐之为利，禁之不可也，不禁之亦不可，要必于可禁、不可禁之间，随地立法，因时制宜，必使下不至伤民，上不至于损官，民用足而国用不亏，斯得之矣。

邢峦 字洪宾，河间鄚人。仕魏，累官至散骑常侍、征南将军，迁殿中尚书，加抚军将军。

621.再上伐梁表

题注：时梁师进侵徐、兖，峦率兵败走之。正始三年，诏峦乘胜进取，峦上表宜蓄力待机，诏催进军，峦又表曰。

尾注：遂召峦还，更命镇东将军萧宝寅与英共围钟离。明年，宝寅、英自钟离败还，除名为民。

康熙曰：洞晰利害，如聚米，如借箸，似赵营平屯边诸疏。

臣廷敬曰：古戒骄兵，中山狃于一胜，而欲悬军深入，钟离之败，峦固先见其机矣。

高谦之 字道让，渤海蓨人。铸钱都将长史。

622.请复县令面陈旧制疏

题注：谦之为河阴令，有能名。旧制畿县令得面陈得失，时佞幸之徒奏罢之，乃上疏。

尾注：肃宗诏报曰："此启深会朕意，付外量闻。"

康熙曰：为畿县令不可少此风裁，足使权贵敛手避之②。

校记：

①"日"，原作"月"，据哈佛本改。

②此条据《古文评论》补。

卷二十八

北齐

邢邵　字子才，河间鄚人。文雅有才思，仕魏，历卫将军、国子祭酒，入齐授特进。

623.请建明堂太学疏

题注:《魏书》《通鉴》皆载此疏,乃孝明皇帝时李崇建言。《北齐书》《北史·邢邵传》皆以为杨愔与魏收及邵奏请置学及修立明堂,有灵太后答令曰:"配飨大礼为国之本,比以戎马在郊,未遑修缮。今四表晏宁,当敕有司别议经始。"按《邵传》,永安初,迁中书侍郎,尔朱兆入洛,与愔避地嵩高,普泰中始复官于朝。《愔传》:永安初,拜通直散骑侍郎,年才十八,时灵太后已被害矣。邵文笔甚美,少时即为洛中贵人作表,当是李崇属邵具稿,而史误载也。今定为邵作,而姑阙疑云。

康熙曰：语华意质，非仅鞶帨之工。

臣熙曰：典实高华，亦复风姿掩映，自从经术中来，不徒赏其流丽。

杜弼　字辅玄，中山曲阳人。仕魏，为卫将军，封定阳县侯。齐受禅，封长安县伯，除胶州刺史。

624.为东魏移梁朝檄

题注:寒山之败,郭凤退保潼州,慕容绍宗进围之。十二月朔,凤弃城走,魏使军司弼作檄。

康熙曰：度策梁事，如符契悉合，而文笔雅健。

致堂胡寅曰：改过者，帝王之盛节，圣人之至教也。梁武轻纳侯景，遣将出师，既败于魏人，则惩创前非，犹可及止，岂至遽如西晋乎？又况杜弼檄文指陈阙失，虽涉诟詈，而事理可推。梁武若能虚心平气，反躬自责，尽革弊政，修明军纪，选授将帅，固江淮之险以坚守，则虽侯景前驱，高澄继至，犹不足虑，而智不及此，以至于亡，岂梁德告终，天实厌之与？不然，何其迷也！

禹修方岳贡曰：详此檄意，非必便谓景能为祸梁室，但以反复之人，容养非易，欲使南朝自生猜防，离间为二耳，不悟后日乃同蓍蔡。

臣德宜曰：天下之恶，一也。梁纳侯景，昧于斯义，自诒伊戚。檄中开明事机，洞如烛照，非徒声罪，实为忠告。

臣正治曰：熊蹯、雀鷇之言，遂成左谶。梁武听信朱异，盍以此为针砭乎？

北周

武帝 讳邕，姓宇文氏，武川人。文帝第四子，庙号高祖。

625.停征发诏

康熙曰：息事宁人，恤民之善经，治理之要道。仁音琅琅，可以感人。

626.毁露寝诸殿诏

康熙曰：文既庄雅，气亦渊茂，不事雕琢，而浑噩之致见乎尺幅之中，此后代诏令之最近于文景者。

627.报于谨诏

题注:谨迁太傅、大宗伯,保定二年,以年老上表乞骸骨,诏报。

康熙曰:词意笃挚,隆礼勋旧,犹有盛世之风。

628.于谨为三老诏

题注:保定三年,帝幸太学,以谨为三老而问道焉。

康熙曰:敦行古典,得宪老乞言之遗意。

水心叶适曰:谨纵横乱世中,坠典偶兴,旷官承乏,苟应其名。然后世之效法先王,未尝不如此。

苏绰　字令绰,武功人。少好学,博览群书。周太祖召为行台郎中,加卫将军、光禄大夫,进爵为伯,后拜大行台、度支尚书,领著作,兼司农卿。

629.为周太祖作六条诏书

题注:周太祖宇文泰为魏丞相,欲革易时政,为强国富民之法,绰赞成其事,并置屯田以资军国,又为诏书奏行之:一治心身;二敦教化;三尽地利;四擢贤良;五恤狱讼;六均赋役。

尾注:泰甚重之,尝置诸座右,又令百司习诵之。其牧守令长,非通六条,不得居官。

康熙曰:治平之理,此六条足以尽之,要当以力行为亟亟也。

臣廷敬曰:论治而推本身心,似有得于经学,当是时知留意于此,识略固自绝人。

臣乾学曰:以治身为治人之本,以躬行为教化之基,从来言吏治者所未及,绰仕霸朝,舍兵食富强之谋而出于此,可谓高人一等矣。文气疏达,绝无雕饰,实足超轶六朝。

康熙曰:此以王道立说,有古儒者气象。

康熙曰：重农务本，乃王政之大端，措置处亦井然明悉。

臣英曰：田里牧畜，生业之本，故桑麻鸡豚，王政所先，有司劝课，正不当以琐碎为烦。

康熙曰：天之生才，自足供一代之用，岂有借才于异代？ 此自是千古名言。

康熙曰：天地之大德曰生，重物之生所以奉若天道，故矜慎刑狱是治天下第一义也。

臣士奇曰：六条诏书，堂堂王道。 玩其辞理，实根柢于贾生，而又湛深于经术，故当时多以诸葛孔明、王景略称之。

康熙曰：此言征税，亦救时之务。 以上六条，当时令百官诵习，牧守令长非通此者，不得居官，盖重其言而用之如此。

臣杜讷曰：六事皆经国大猷，而先之以治心，可谓提纲挈领，立言悉本王道，更见所学之醇。

庾信 字子山，南阳新野人。 初仕梁，与徐陵并为妙撰学士，历官右卫将军，加散骑常侍。 聘于周，遂留不遣。 累迁骠骑大将军、开府仪同三司、司宪中大夫，进爵义城县侯。

630.贺平邺都表

题注:《周书·文帝纪》:魏孝武帝永熙三年,齐神武推魏清河王亶子善见为主,徙都于邺。《武帝纪》:建德五年,帝率六军趣邺。六年,帝至邺,率诸军围之,齐人拒守,诸军奋击,大破之,遂平邺。

康熙曰：警丽中自有典则[1]。

臣廷敬曰：华整之制，独饶风骨，在彼体中自是单行，宜为世所称也。

631.功臣不死王事请门袭封表

题注:请门袭封,谓门中支子,并听承袭也。

康熙曰：以典核之辞抒恳恻之悃，无嫌其为骈俪也。

臣乾学曰：旁枝绍封，本汉法也。推明古义，以补典章之阙，而令封疆之臣有所激劝，关于世道不小矣。

隋

文帝　讳坚，姓杨氏，周天元皇后之父，庙号高祖。

632.辞封禅诏

题注:开皇九年,师入建业,获陈主叔宝,献俘太庙,群臣咸请封禅,诏不许。

康熙曰：谦冲非由矫饰，无须辞费。

633.正乐诏

康熙曰：圣王制作之精意，此虽未详尽，然其识议，亦有可择。

伯厚王应麟曰：师尚父曰："以不仁得之，以不仁守之，必及其世。"使隋用宝常之言，复三代之乐，其能久乎？宝常之先见不逮房乔。

634.与元谐敕

题注:吐谷浑寇凉州,谐为行军元帅,击之,帝敕谐。

康熙曰：语不多而有令音，亦耀德不观兵之意也。

635.赐高丽王汤玺书

题注:开皇初,高丽王汤频有使入朝。及平陈之后,汤大惧,治兵积谷,为守拒之策。十七年,帝赐汤玺书。

尾注:汤得书惶恐,将奉表陈谢,会病卒。子元立,袭爵辽东郡公。

康熙曰：晓示远人，必如此朗畅，始可悉其情事。文亦质实。

牛弘 字里仁，安定鹑觚人。吏部尚书，右光禄大夫，封奇章公。

636.请开献书之路表

题注:开皇初,授弘散骑常侍,秘书监。弘以典籍遗逸上表。

尾注:帝纳之,于是下诏:“献书一卷,赍缣一匹。”一二年间,篇籍稍备。

康熙曰：此表有功经籍，不在王俭、阮孝绪下也。

水心叶适曰：牛弘浅而不俗，柔而不弱，治世之中品耳。若言书“五厄”，则前盖未有能为此论也。史谓大业之世，委遇弥隆，隋室旧臣，始终信任，悔吝不及，惟弘一人。

东发黄震曰：牛弘终始无累。

耕道尹起莘曰：自汉成河平三年求遗书，至元魏再见，于是三见。

李谔 字士恢，赵郡人。通州刺史。

637.论文体书

题注:谔以属文之家体尚轻薄,递相师效,流宕忘反,于是上书。

尾注:帝以谔所奏颁示天下,四海靡然向风,深革其弊。

康熙曰：不独文教有裨，亦可使颓风归厚。

禹修方岳贡曰：文帝不娴篇章，故喜质素。谔之此疏，盖亦投时之言。

臣廷敬曰：文至六季，浮靡甚矣。谔为此论，固颓澜之砥柱，而伪体之药石也。

校记：

①此条原作“义指婉缛,名言可佩”,与后面第1149篇苏辙《刘挚尚书右丞》康熙评语相同,误,据《古文评论》改。

卷二十九

唐

高祖　讳渊，字叔德。史称高祖之兴，因时特起。在位九年。

638.修定科律诏

题注:《旧唐书》:高祖起太原,除隋大业以来苛政,约法二十条。及受禅,诏纳言刘文静与朝士,因开皇律令而损益之,又制五十三条,务在宽简。后又敕仆射裴寂、萧瑀等撰定律令,亦惟正五十三条格入于新例,余无所改。武德七年下诏。

康熙曰：汉高入关，除秦苛法，唐祖受禅，修隋律令，一代创兴，以刑法为重，务其规模可概睹矣。

琼山丘濬曰：自魏李悝作《法经》六篇，萧何加以三篇，为九章，后世作律者本以为宗。刘劭衍汉律为魏，贾充参魏律为晋，唐长孙无忌等聚汉、魏、晋三家，择可行者定为十三篇，自名例至断狱，此唐刑书之制度也。

臣熙曰：斟酌繁省，矫正差违，方成一代令典。高祖开国之初，留意科律，创业贻谋，识先务矣。

太宗　讳世民，高祖次子。在位二十三年。史称除隋之乱，比迹汤、武；致治之美，庶几成、康。

639.金镜

题注：铺陈治道，以自考镜，故以《金镜》名篇。

康熙曰：唐之太宗致治几于三代之隆，今览《金镜》所载，其于处己、行政、用人之道，亦何其见之明而言之详也，此所以追踪往古欤。

子京宋祁曰：唐有天下几三百年，可谓盛矣，岂非人厌隋乱，向蒙德泽，继以太宗之治制度纪纲之法，后世有以凭藉扶持，而能永其天命欤？

臣正治曰：历陈炯戒，得失昭然，犹有《汤盘》《武铭》之余意，宜其致贞观之治也。

臣德宜曰：张九龄云："以镜自照见形容，以人自照见吉凶。"斯篇申明法戒，于治忽源流无不毕照，名曰《金镜》，信矣。

臣廷敬曰：本谟训之义而畅其辞，综史传之迹而撮其要，囊括无遗，闳整有条，非覃思治理者不能有此详至也。

臣乾学曰：太宗英睿绝世，天姿近道，其论治术，皆匠心独造，而暗合古训。 兹篇综贯经史，旁及百家，而以考古自镜为名，盖不自满假之义也。

640.致仕朝参在见任本品上诏

康熙曰：春容雅赡，渊渊金石之音。

641.赐孝义高年粟帛诏

康熙曰：叙意属辞婉切畅悉，殊觉情文生动。

臣英曰：唐诏令较两汉虽繁简质文有异，而克己宏物，意不殊于文景，此谊主之所同也。

642.诫厚葬及赐功臣陪茔地诏

题注：贞观十一年二月，帝以汉制豫作山陵，免子孙仓卒劳费，志在俭葬，乃豫为山陵终制。

康熙曰：深情内蕴，丽藻外敷。

臣士奇曰：温蔼处令人怀，剀切处令人奋，有关典则，非特仁人之言。

643.褒李大亮书

题注:大亮,泾阳人。隋末为庞玉行军兵曹,后归李密。高祖入关,用为土门令,贞观初,以太府卿出为凉州都督。尝有台使见名鹰,讽大亮献之。大亮密表曰:"陛下绝游畋久矣,而使者求鹰,信陛下意耶!乃乖昔旨,如其擅求,是使非其才。"帝嘉之,赐答。时贞观三年。

康熙曰:温纯深润,词不烦而意甚挚。

水窗刘友益曰:自昔人君喜悦其臣,往往赐以金帛,今李大亮密表献鹰之事,而帝以荀悦《汉纪》赐之。夫《汉纪》乃一史籍之微者耳,而特赐之,见太宗之厉其臣以义而不以利也,岂不休哉!

644.帝范序

题注:贞观末年,撰《帝范》十二篇以赐太子。一君体,二建亲,三求贤,四审官,五纳谏,六去谗,七诫盈,八崇俭,九赏罚,十务农,十一阅武,十二崇文。曰饬躬阐政,悉在其中。

康熙曰:述天位之不易,叙王业之艰难,垂训后昆,特为深切。

升庵杨慎曰:太宗亲与高帝定天下,功莫大焉,而惓惓于典籍,已知为文治之主矣。且目击隋之所以亡,故切切于贻厥孙谋之意,其有唐三百年之基本乎!

645.帝范后序

尾注:《帝范序》二篇,唐宝历、宋天圣间著作郎韦公肃、学士宋绶皆常录进[①]。

康熙曰:意既切至,文复典正纯雅。

身之胡三省曰:太宗自疏其所行之过差者以戒太子,可谓至矣。然太子病于柔弱好内,乃无一言及此,一警策之人莫知其子之恶,信矣。

南湖丁奉曰:古帝王之治,莫不以女宠为戒,下及五霸,亦禁妾为妻。太宗作《帝范》,可谓备悉矣。而女宠独不与者,岂其好色之心,自有所讳言欤?厥后高宗立武后,几倾唐室,盖国家之祸出于人主之所讳言者,大抵然也。

646.晋宣帝传赞

题注:司马懿,字仲达,河内温县人。魏武帝为丞相,辟文学掾,历事文帝、明帝,辅齐王芳,诛曹爽,位至相国,封安平郡公,薨。晋国初建,追尊宣王。武帝受禅,上尊号曰宣皇帝。《晋书》,太宗御撰,有制四篇。

康熙曰:选词厚缛,而大义相绳处,殊自严正不磨。

臣熙曰:论断精确,能令晋宣心折。高文卓识,自见精彩。

647.晋武帝传赞

康熙曰:文澜浩渺而反复抑扬,于当时情事最为稳切。

臣德宜曰:晋武开创,未见立国远猷,干宝言其苟且,合斯篇观之,得失较然。

睿宗 讳旦,高祖第八子。始封殷王,徙封豫王。武后废中宗,立以为嗣。中宗复位,进号安国相王,寻即帝位,在位三年。

648.褒魏知古手制

题注:《旧唐书》:先天元年,上畋猎于渭川,知古献诗以讽,上手制褒之,兼赐物五十段,用申劝奖。

康熙曰:清辞简指,悠然自远。

649.劳毕构玺书

题注:《毕构传》:景云初,召拜左御史大夫,转陕州刺史,复授益州大都督府长史,兼充剑南道按使。所历州府咸著声绩,睿宗闻而善之,玺书嘉劳,兼赐袍带并衣一副。

康熙曰:条数弊源,洵为探本之论,而文采烂然,使人耳目一新。

臣廷敬曰:劳构之尽职而敦勉告戒,何其诚挚!奉公之臣睹此,当益自奋励。

明皇帝 讳隆基，睿宗第三子。始封楚王，后为临淄郡王。睿宗即位，立为皇太子，寻嗣位，在位四十五年。

650.发宣抚使敕

题注:太极元年,明皇即位,尊睿宗为太上皇,改元先天,大赦,命宣抚使毕构等巡行天下。

康熙曰：典正之论，而辞涉华腴，则质文损益，风会使然也。

水心叶适曰：史称明皇始终之异，性习相远，以开元治而天宝乱也。开元不得言治，但盛尔。杜甫谓："忆昔开元全盛日，小邑犹藏万家室。稻米流脂粟米白，公私仓廪俱丰实。宫中圣人奏云门，天下朋友皆胶漆。百余年间未灾变，叔孙礼乐萧何律。"是唐人之论，本以开元为盛，不以为治也。盛与治相近而不同。《鸱鸮》《小毖》之词，百世后读者常悲哀痛楚，周所以有成、康功用也，家祸深则创艾切，君臣相戒，克己念治，治而后盛，故可保矣。

651.求贤良诏

康熙曰：意既缠绵，而言皆雅令。

臣乾学曰：丘园束帛见于《易象》，弓旌之典足以辅制举所不及，明皇条为八科，收揽弥广，较之西汉，尤为明备。

652.诫励风俗敕

康熙曰：清静不扰，和平不争，王道之成，何以加此？

臣英曰：唐敕朝集使多以戒励风俗为重，斯独櫽括诸篇大义。

653.焚珠玉锦绣敕

题注:开元二年六月,内出珠玉锦绣等服玩,于正殿前焚之。

康熙曰：英茂鸿骏，亦古人贵五谷而贱金玉之意。

654.敕朝集使

题注:开元七年三月,朝集使还本任,敕之。

康熙曰:拊循斯民,惟牧守是寄,一不称职,则兆人何赖焉? 教敕之辞,故宜谆切如此。

655.敕朝集使

康熙曰:辞义何等殷切,是不欲仅奉行故事者。明皇初政,所以蔚然可观。

臣熙曰:亲民莫如守令,因朝集而申儆之重其事也。王言恺挚,想见临轩宣命,足使百僚倾听。

656.处分朝集使敕

康熙曰:吏治所赖以振饬者,全在敷奏明试之时,不如此深切郑重,安能致理? 故知临轩敕遣,非属具文也。

臣德宜曰:董仲舒云:“郡守、县令所以承流宣化,上爱民而下不恤,则奉行之过也。”诏谕耸切,想见开元励精之治。

657.孝经正义序

题注:明皇撮先儒释《孝经》尤要者为注解,至天宝二年颁行天下,仍书八分御札,勒于石碑,今尚存西安府学。

康熙曰:说经之家往往凿空骋异,使圣人之道不明于天下。此能深斥其流弊,而文亦简贵可传。

东发黄震曰:汉兴,河间人颜芝之子得《孝经》十八章,是为《今文孝经》。鲁恭王坏孔子屋壁,得《孝经》二十二章,是为《古文孝经》。郑康成诸儒主今文,孔安国、马融主古文,而今文独行。唐明皇诏议二家孰从,刘知幾谓宜行古文,诸儒争之,卒亦行今文。明皇自注《孝经》,遂用今文十八章者为定本。

臣正治曰:孝治天下,古今未有以易之也。明皇崇尚经术,而独重《孝经》,亲为制序,可谓知本。

肃宗　讳亨，明皇第三子。天宝中，安禄山反，即位于灵武，在位七年。

658.谳狱诏

题注:《旧唐书》:宝应元年,三司用刑,连年流贬相继,河北叛,畏诛不降。肃宗后悔,因有此诏。

康熙曰：有恻怛之思，故文情条畅。

臣廷敬曰：意指蔼然，辞格浑穆。

代宗　讳豫，肃宗长子。初名俶，封广平王，为天下兵马元帅，后立为皇太子。肃宗崩，即皇帝位，在位十六年。

659.增修学宫诏

题注:永泰二年正月,即大历元年,自安史之乱,国子监室堂颓坏,军士多借居之,祭酒萧昕上言学校不可遂坏,故有是诏。

康熙曰：金革之余，加意文学，不惟收拾人心，自是立国本务。

水心叶适曰：肃宗暮年，天下之势将亡，幸而有代宗以广平王统帅收两京，功在诸将上，材练涉而资宽仁，又能沉断，盖良主也。所以不治而愈乱者，不知其祸在置藩镇，既不能收，反更成之故也。藩镇已成，自无治法，六军诸将，并补国学，其遂足为治乎。

660.大赦诏

题注:大历七年三月乙酉,雨雹,大风拔树。丙戌夜,月蚀太微。乙未遂有此诏。

康熙曰：播告之文，语义加详，而名理亦复斐亹。

臣乾学曰：《月令》“仲夏之月，百官静事无刑”，此后世暑月省刑之令所自昉也。代宗修复古制，惠及来兹，其德远矣。

德宗 讳适，代宗长子。初，为天下兵马元帅，封雍王，以功兼尚书令。后立为太子，代宗崩，即位，在位二十六年。

661.亢旱罪己诏

题注：兴元元年秋，蝗遍野，草木无遗。冬十月，亢旱。乃下诏。

康熙曰：文辞赡润，而有真意流贯其间，命令之佳者。

662.褒功臣诏

康熙曰：思老成之功烈而欲图列其容仪，亦所以劝后励世也。

臣英曰：华赡是唐诏令所长，此特纬以古穆之气。

663.君臣箴

题注：仆射杜希全出为灵盐节度使，献《体要八章》，多所规谏，德宗深纳之，乃著《君臣箴》以赐之。

康熙曰：有训诫之诚，有劝勉之义，上下勤恤，庶几盛世遗风。

664.西平王李晟东渭桥纪功碑

题注：朱泚反，据京师。兴元元年三月，帝幸梁州，自行在进晟尚书左仆射，同中书门下平章事。晟自东渭桥薄都城，击贼，破之。六月，遂收京师。晟遣大将吴诜迎帝，至是优诏赐晟第，帝纪其功，自文其碑。

康熙曰：叙戡定之烈，奕奕精采，文虽以偶丽见胜，而西京遗轨犹存。

禹修方岳贡曰：质茂隆深，允称天藻。

臣廷敬曰：唐碑版述功之文，以昌黎《淮西》为第一。 此文别是一格调，而弘丽雅称，足与相配。

臣乾学曰：典雅严重，燕许而后，此为杰制。

665.赠太尉段秀实纪功碑

题注：秀实为泾原节度使，朱泚反，秀实阴结刘海宾、姚令言、何明礼共图之，不克，举笏击泚，遇害。兴元二年，亲铭其碑。

康熙曰：竖义正大，播辞详整，可以植纲常，励风教。

卧子陈子龙曰：扬忠挟义，体裁高朗。

臣熙曰：是难定后追溯，语极意阐扬，千载而下，犹兴人忠义之思。

臣德宜曰：杲卿伪迎禄山，秀实诈附朱泚，皆始以行权，终于殉节。 斯篇发扬壮烈，足使千秋正气贯皎日而凌秋霜。

武宗　讳炎，穆宗第五子。 文宗崩，仇士良等迎立之，在位六年。

666.毁佛寺制

题注：会昌五年，帝恶僧尼耗蠹天下，欲去之，乃先毁山野招提兰若，复敕上都、东都各留二寺，每寺留僧三十人，天下节镇冬留一寺，寺分三等，留僧有差，余僧及尼并勒归俗，寺皆立期毁撤，仍遣御史分道督之，财货田产并没官，寺材以葺公廨驿舍，铜像钟磬以铸钱。凡天下所毁寺四千六百余区，招提兰若四万余区，归俗僧尼二十六万五百人，收良田数千万顷，奴婢十五万人。五台僧多亡奔幽州，李德裕召进奏官谓曰："汝速白本使，五台僧为将必不如幽州将，为卒必不如幽州卒，何为虚取容纳之名，染于人口，独不见刘从谏招聚无算闲人，竟有何益？"张仲武乃封二刀付居庸关，曰："有游僧入境，则斩之。"

康熙曰：明断之举，弘硕之论，洵有裨于风化人心。

致堂胡寅曰：一身正气为邪气所伤，必以五谷六味养生之物辅之，然后邪去而正复。 若盗跖伏于室，乃召阳虎而去之，是重自伐也，庸何愈释氏蠹民心而耗其财？ 武宗废绝之，宜矣。 然君臣以公道行之，夫岂不可而待归真乎？ 且佛教行乎中国久矣，非一日所能废。 诚欲废绝释氏，当使天下知其害而不惑其说，又不利其鬻牒之资，持之三十年，则本根扫除，余风亦殄矣。

校记：

①宝历是唐敬宗年号，天圣是宋仁宗年号，所以原文“宋宝历、天圣间”，应改为“唐宝历、宋天圣间”。

卷三十

唐

傅奕　相州邺人，晓天文历数，高祖初召拜太史丞，迁太史令。

667.请除释教疏

题注:奕极恶浮图法,武德七年上疏。

尾注:又上疏十一首,词甚切直,高祖付群官详议,唯太仆卿张道源称奕奏合理,中书令萧瑀与之争论曰:“佛,圣人也。奕为此议,非圣人者无法,请寘严刑。”奕曰:“礼本于事亲,终于奉上。佛逾城出家,逃背其父,以匹夫而抗天子,以继体而悖所亲。萧瑀非出空桑,乃遵无父之教,臣闻非孝者无亲,其瑀之谓矣。”高祖将从奕言,会传位而止。

康熙曰：痛斥异端，理明气壮，始能为此，非过激也。

臣正治曰：唐初承萧梁、元魏之弊，故释教炽行，此疏可谓中流砥柱。

徐贤妃　名惠，湖州人。生五月能言，四岁通《论语》《诗》，八岁善属文，赋《小山篇》。太宗召为贵妃。

668.谏息兵罢役疏

康熙曰：謇谔之辞得于宫掖，贞观之治故尔流声千载。

致堂胡寅曰：太宗非盛德之王也，直以才能拨乱，功盖一时耳。其所以躬致隆平者，惟勉勉纳谏一事，可为百王之法。然魏征既死，则直言罕闻；重以长孙无忌，时献谀语。是故太宗晚节益自矜伐，征讨不休，营缮相继。房、褚二三公亦不敢进药石之规，而一宫妾乃能纳忠，上虽善其言，亦不能改也。于是见太宗之德益衰，而志弥荒矣。

次崖林希元曰：首举汉武、齐桓以归美太宗之辞封禅，后劝之以大业易衰，宜慎终如始，字字珠玉，句句药石，丹扆永鉴，千百载后，谏臣犹袭其余喙。

卧子陈子龙曰：含讽抒箴，婉丽深至，非止姜后脱簪之规、班姬辞辇之对也。

臣德宜曰：却肉辞辇，同其忠悃，逊其典赡。

房乔 名玄龄，字乔，齐州临淄人。太宗徇渭北，乔杖策谒军门，一见如旧。太宗即位，为中书令，进爵邢国公。卒，谥文昭。

669.谏伐高丽疏

题注：贞观二十二年，太宗将重讨高丽，时乔寝疾增剧，顾谓诸子曰："当今天下清谧，惟欲东讨高丽，方为国害，吾知而不言，可谓衔恨入地。"遂上表谏，太宗虽不从，然见表叹曰："此人危笃若此，尚能忧我国家。"

康熙曰：文势浩瀚，靡有涯涘。

琼山丘濬曰：房乔从太宗起民间，熟知兵戈之害，且知道理，识事体，故其临终之言，恳款精切如此。所引决囚事，以明人命至重，可谓纳约自牖矣。

禹修方岳贡曰：朝鲜小夷，命将兴师，特易摧破，而隋、唐天子亲屈万乘，驾六飞，而终不克者。遣将则偏师独克，便于趋利；亲征则六军徐动，计出万全。彼易于为备，而我难于再举。房公临没痛切言之，可谓忠诚之至矣。

身之胡三省曰：明谨用刑，重人命也；踊跃用兵，则忘人命之为重矣。引彼形此，房乔之言可谓深切著明。

身之胡三省曰：说到此，分明见得高丽不必征，当时在廷之臣谏东征者，未有能及此者也。此是忠诚恳切中流出。

水心叶适曰：太宗亲因隋伐辽，故能夺有天下，乃复事高丽，身与之，终不畏他人踵其后乎？不惟不诫，反愎已。亡之不胜，为异代雪耻，其用心之谬，见理之昏，何止以好大喜功为病哉？

东发黄震曰：房乔谋臣而守正，至死不忘谏，然所以为社稷长计者未及也。

魏徵　字玄成，魏州曲城人。初事李密，后归高祖，隐太子引为洗马，太宗即位，拜谏议大夫，进左光禄大夫，郑国公。卒，赠司空，谥文贞。

670.论治疏

尾注:太宗手诏褒答曰:“省前后讽喻,皆切至之意,固所望于卿也。朕以虚薄,多惭往代,若不任舟楫,岂得济彼巨川？不藉盐梅,安得调夫五味?”赐绢三百匹。

康熙曰：反复援引，文势自相贯注，辞亦淹畅不拘。

禹修方岳贡曰：语语人情之内，自成格言。

臣廷敬曰：所陈不主一意，每段自为起止，而议论相生，稳切情事，详而不浮，质而不俚，卓然名奏议也。

臣乾学曰：止善善恶恶一意，精晰入微，要之哲后知人以心相遇而已，务宽大而或失之疏简，求精详而或失之苛细，皆不能无弊，所以论知人而必本于知天也。

臣英曰：好恶乃为治之本，故篇首重发斯义，娓娓特详。论德礼刑罚，其说多祖董贾，而文则有汉唐人之别。

671.请罢工役疏

题注:贞观十一年,帝作飞仙宫,征上疏。

康熙曰：论古今奢俭，非撷华揽藻之文。

水心叶适曰：考《证传》中，提耳训饬，与察父严师之语无异，而大抵以炀帝为戒。舜非不戒丹朱，成王非不戒纣，然舜则无之而太宗则有也。或又曰：“太宗何不自置于无过之地，必待形于言动而后以受规为美？”余观太宗，罔念在前，克念在后，圣狂反手，明白洞达，如使苟身无过，耻于见攻，处偏受之地，堕愎谏之域，则其所丧已大矣，此又学者之所当知也。

水窗刘友益曰：飞仙宫之制不可得闻，然以其名观之，侈可知矣。是亦日月之一蚀也，征之谏也宜哉。

琼山丘濬曰：魏征谏太宗作飞仙宫，其言至切，世主所当深玩。

672.上十思疏

尾注:疏奏,太宗手诏答曰:“省频抗表,诚极忠款,言穷切至,披览忘倦,每达宵分,非公体国情深,启沃义重,岂能示以良图,匡其不及?朕闻晋武帝自平吴以后,务在骄奢,不复留心治政,何曾退朝谓其子劭曰:‘吾每见主上不论经国远图,但说平生常语,此非贻厥子孙者,尔身犹可以免。’指诸孙曰:‘此等必遇乱死。’及孙绥果为淫刑所戮。前史美之以为明于先见,朕意不然,谓曾之不忠,其罪大矣。夫为人臣,当进思尽忠,退思补过,将顺其美,匡救其恶,所以共为理也。曾位极台司,名器崇重,当直辞正谏,论道佐时。今乃退有后言,进无廷诤,以为明智,不亦谬乎?危而不持,焉用彼相?公之所陈,朕闻过矣,当置之几案,事等弦韦,必望收彼桑榆,期之岁暮,不使康哉良哉独美于往日,若鱼若水遂爽于当今。迟复嘉谋,犯而无隐,朕将虚襟静志,敬伫德音。”

康熙曰：风格详整中，特多恳到之语。

震川归有光曰：十思之论遏人欲于将流，存天理于将灭，实古今帝王之龟鉴也。文字虽异于汉，又一代之风气矣。

禹修方岳贡曰：论君子小人之际，极中事情。当时封德彝权，万纪之俦，犹并列在朝，故征勤勤言之。

见素林俊曰：魏征《十思》《十渐》疏，为唐朝奏疏第一。看来此等文字，意恳至而词不甚激，却有一段温雅处。太宗称其妩媚，当不独以其人也。

673.论十渐不克终疏

题注：贞观十三年，征以太宗渐好奢纵，恐不能克终俭约，乃上疏谏。

尾注：疏奏，帝谓征曰："人臣事主，顺旨甚易，忤情尤难。公作朕耳目股肱，常论思献纳，朕今闻过能改，庶几克终善事。若违此言，更何颜与公相见？复欲何方以理天下？自得公疏，反复研寻，深觉词强理直，遂列为屏幛，朝夕瞻仰，又录付史馆，冀千载之下，识君臣之义。"乃赐黄金十斤，马二匹。

康熙曰：《易》戒"履霜"，《书》言"惟几"，皆致谨于渐之义。魏征举十渐以立说，殆亦慎终于始之道也。

水心叶适曰：贞观之治，全在魏征。以谏诤事考之，如尧、舜、禹、益、皋陶、汤、伊尹、武丁、傅说，皆是防虞警畏功用，非有骄淫败德实乱于政也。至《诗》言"不显亦临，无射亦保。不闻亦式，不谏亦入"，则尤精密。不惟本无败德乱政之畏，而其身未尝不先以有过自处，古人所谓防虞鉴省者，抑又其次矣。近世乃谓汉高祖、唐太宗但以改过不吝，从谏如流，为秦汉以来百王之冠。使尧、舜、文、武之听受，禹、益、伊、傅之进说，精粗不辨，微显莫察，于治道之统纪，所失多矣。太宗之于天下，其骄奢淫佚，猜阻疑间，动众劳民者，色色皆有。使其天资不幸而不能听谏，又不幸而无魏征之能谏，则祸乱随之矣。然则实无过而谏不能忘，与实有过而谏不可缓，岂得并日而语哉？

臣熙曰：唐初诸人文尚排丽，魏郑公独长于论事，质实而不雕琢，陆宣公献纳之文多本于此。

臣德宜曰：古人敬小慎微，必于其渐，太宗政治未至鲜终，征䚡䚡致戒者，亦不忘在莒之义也。

臣廷敬曰：太宗功烈高出唐宋，而征所陈如此者，将比隆于三代也。英明之略，济以敬慎之心，则初终如一。此疏具见征之远犹。

臣英曰：贞观之初非无水旱，而储备有术，民无携贰，可以识天行有不齐之数，人事有补救之权也。

674.求贤审官疏

尾注：疏奏，帝甚嘉纳之。

康熙曰：开阖尽变，列论臣品，可谓曲中。

水心叶适曰：太宗初立，谓臣曰："正主御邪臣不能致治，正臣事邪主不能致治，惟君臣相遇有同鱼水，则海内可安。"于是有谏官随中书、门下及三品入阁之事。此太宗自知治道所由，不待人言而发者也。征之此疏，亦即此意。

臣乾学曰：六邪六正，曲尽人情之变，无以百家之言而忽之。

臣英曰：分别臣品以为审官之实，竖义不刊。

张玄素 蒲州人。仕隋为景城县户曹。贞观初，召对，历太子詹事，迁左庶子。会东宫废，坐罪为民。顷之，召授刺史。

675.请罢修乾元殿疏

题注：贞观四年，诏发卒修洛阳乾元殿，以备巡狩，玄素上疏谏。

尾注：疏奏，太宗顾谓房玄龄曰："玄素上表，洛阳实未宜修造，后必事理须行，露坐亦复何苦？所有作役宜即停止。然以卑干尊，古来不易，非其忠直，安能如此？且众人之唯唯，不如一士之谔谔，可赐绢五百匹。"魏征叹曰："张公遂有回天之力，可谓仁人之言，其利溥哉！"

康熙曰：辞不烦芜而义甚爽豁，弥足使人绎思。

琼山丘濬曰：唐太宗之为君也，营一行宫，固未必至于乱，而张玄素至比帝以隋炀帝，太宗不惟不之怒，而且加赐以旌其言，贤哲之君所存所行，有可为百世之法者，此类是也。后世昏君庸主，谏者之言未出口，已逆恶之矣。此所以甘于为庸主，而坐受乱亡之祸哉。

南湖丁奉曰：元素为台谏，事太宗，谏修洛阳宫，至以桀、纣、炀帝为比，是真台谏也。继为东宫庶子，事承乾，游畋不学则谏，不见宾友则谏，丑德日闻则谏，致使承乾遣户奴挝之，刺客伺之，而其直烈不肯少降，是真宫僚也。夫承乾下愚不足责，太宗亦不能坚听，而明年复修此宫，何耶?

水窗刘友益曰：太宗初平洛阳，毁隋宫殿，今乃反更修之，然一闻张元素之谏，随即罢役，此魏征所云“张公论事有回天之力”哉!

闇公徐孚远曰：唐初诤谏之文，气直者多，词雅者少，此文为庶几。

李百药　字重规，定州人。贞观初，拜中书舍人，后仕至礼部侍郎。卒，谥曰康。

676.封建论

题注:贞观十一年,太宗欲封建亲贤,百药上此论。

尾注:会马周亦上疏谏,乃罢封建议。

康熙曰：该洽精详，深明于损益之宜、利害之故，可谓闳辞硕议矣。

子京宋祁曰：建侯置守如质文递救，亦不可一概责也。救土崩之难莫如建诸侯，削尾大之势莫如置守宰，唐有镇帅，古诸侯比也，故王者所救，为之勿及于弊则善矣。

东莱吕祖谦曰：隋氏离乱，黎元始蒙德泽，一朝弃之，为诸侯之隶，未可一也。既立诸侯，当建庙社，礼乐仪卫顿阙，则理必不安，粗修则事有未暇，未可二也。大夫卿士咸资俸禄，薄赋则官府困穷，厚敛则人不堪命，未可三也。王畿千里，征税不多，贡赋所资，在侯甸之外，今并为国邑，府藏必虚，诸侯朝宗无所取给，未可四也。燕、秦、赵、代俱带蕃夷，追兵内地，远赴边亭，将有他变，未可五也。至名儒刘秩建论，以为设爵无土，署官不职，非古之道。至谓郡县可以少宁，不可以久安，大抵与曹、陆相上下。

臣廷敬曰：封建、郡县，人持一说，而古今异势，此成法之所以难泥也。然主郡县之说者，止据时势以折人，而此独推本德教，所见出人意表。

臣乾学曰：封建不可复行，自是气运使然。议者纷纷，大率胶于成说而不能权之情理耳。斯论既出，柳子厚、马端临继之，始有所折衷矣。

臣杜讷曰：溯封建之流弊，在春秋时已然，则拘牵古法者，益失所据矣。

百药殚心谋国，故著论透辟乃尔。

马周 字宾王，博州茌平人。仕至中书令。

677.论奉亲享庙袭封乐工等疏

康熙曰：剀笃之辞，出之以委蛇，盖由其忠诚内结耳。

致堂胡寅曰：自古继世之君，得养其母者多矣，鲜有及父之生而事之者也。得养其母未足以尽人子之心，事父致孝，然后为慊周，若以此深启帝心，使力慕大舜事亲之道，则太宗必闻言感动，而九成之车，不柅自止矣。

南湖丁奉曰：贞观将相皆隋旧臣，绝无节义，惟马周筮仕于唐，遭遇太宗，忠荩累疏，一言孝敬上皇，一言亲事宗庙，其余莫非陈善闭邪、犯颜触忌之语。史氏讥其不逮傅说、吕望，是责备贤者耳。若论贞观之臣，则周之出处纯乎无玷者。

龟山杨时曰：马周之论，此行善矣。然不止其行而速其返，是所谓月攘一鸡者，岂所以尧舜其君哉？

岑文本 字景仁，邓州棘阳人。贞观初，除秘书郎，历官侍郎。卒，赠侍中，谥曰宪。

678.上太宗勤政疏

题注：贞观十一年，大雨，穀水溢，冲洛城门，文武各上封事。

尾注：奏疏，帝深纳其言。

康熙曰：开引其端，而所包至广，政之体要略尽于此。

水心叶适曰：此文本为中书侍郎时，为贞观十一年穀洛泛溢而上封事也，可谓切于治体。《新史》削而不载，唐人议论虽若浅短，然如此见识，《新史》本所不及，故轻弃之也。

臣鸿绪曰：典雅肃穆，绝无嚣张之气。

褚遂良　字登善，杭州钱塘人。贞观中，为起居郎。高宗时，以吏部尚书同中书门下三品，进尚书右仆射。以谏立武氏，累贬爱州刺史，卒。

679.请复高昌疏

题注：太宗既灭高昌，每岁发千余人防遏其地，遂良上疏。

康熙曰：唐之郡县高昌者，国家服远之略，遂良请复高昌者，臣子谋国之忠，两者正不妨并美耳。

东莱吕祖谦曰：太宗志在西域自高昌始，故得其地而守之，不暇顾劳费。魏征、遂良之谏，万世之长策也。太宗不暇顾省，此后焉耆、龟兹之伐继行，遂置西镇，而中国之民万里征戍自兹始矣。

南湖丁奉曰：夷、夏不容相溷，天地之大分也。太宗郡县四夷，以纵一时之贪，然戍守艰难，不逾三年，而即自悔咎，故君子取其悔而病其贪也。

禹修方岳贡曰：《语》云："人主患不广大，人臣患不节俭。"以太宗之雄才大略，而褚公赞之皆以深长切近之计，固宜其国无遗谋矣①。

水窗刘友益曰：取一国而郡其地，诚盛举也，以理观之，利人土地，夺而有之，义安在哉？遂良之谏非不明白，而太宗不从者，好大之心胜之也。

张蕴古　相州人。太宗时，除大理丞。河内人李好德坐妖言下狱，蕴古以为不当死，御史权万纪劾蕴古奏不以实，太宗怒，遽斩蕴古，既而悔之。

680.大宝箴

题注:《易》曰“圣人之大宝曰位”,取以名篇。

尾注:奏上,太宗嘉之,赐帛三百段。

康熙曰:炳炳琅琅,如观礼乐之器。

南湖丁奉曰:予读《唐史》,惜张蕴古之无传,而《大宝箴》之不录也。至《少微》与《纲目》录之,则蕴古之忠贤得白矣。 又惜乎《箴》内诸词,太宗多不能实践。 若于所谓众怒而后加刑,伸其屈而直其枉者,乃即于蕴古而反之。 不待众怒,特以权万纪一言,遂怒杀之。 呜呼! 蕴古之《箴》能庇万人,而不能庇一身,可胜慨哉!

荆川唐顺之曰:“圣人之大宝曰位。”此篇专箴人主守位之难,其辞委曲,可示鉴戒。

震川归有光曰:名世之见,名世之言,诚足镌金石而勒鼎钟者。

臣鸿绪曰:义蕴博大,如海涵地负,综括靡遗,而言言精确,皆堪垂训。

校记:

①“矣”,阙,据哈佛本补。

卷三十一

唐

狄仁杰　字怀英，并州太原人。官至宰相，兴复唐室，封梁国公，谥文惠。

681.请赦河北诸州疏

题注:时仁杰为河北道安抚大使,以河北人多为突厥所驱胁,惧诛亡匿,故有此奏。

尾注:疏奏,武后可之,河北遂安。

康熙曰：定乱之方，惟崇尚宽大，则能消人心之疑惧而反侧自安，斯谓洞晰机要。

682.谏造大像疏

题注:则天将造大像,用工数百万,仁杰疏谏。

尾注:疏上,则天为之罢役。

康熙曰：摹写劳费，曲尽俗情，《佛骨表》意多本此。

水心叶适曰：武后营大像于司马坂，时张建珪亦有谏疏，全用浮图《金刚经》义解析，盖因其所溺，易于回晓，亦足见一时士大夫习尚。然较之狄疏，则张疏非权言矣。

臣熙曰：自六代至唐，佛教滥觞，习俗渐染，仁杰力排异端，有功于人心世道。此疏敷陈晓畅，笔力娇娇。

683.请罢百姓戍四镇疏

题注：武后神功元年，仁杰以鸾台侍郎同平章事兼纳言，以百姓西戍疏勒等四镇，极为凋敝，乃上疏。

康熙曰：请罢四镇远戍，以息百姓，命意与贾捐之《罢珠崖对》同，而文之顿挫古郁亦近之。

臣德宜曰：为治之道在乎休养民力，此汉武所以罢轮台之田，光武所以谢西域之吏也。

刘知幾 仕至太子左庶子，兼崇文馆学士。以子贶抵罪，贬安州别驾。尝著《史通》，备论史册之体。知幾殁，明皇诏河南就家写录，读之称善，追赠工部尚书，谥曰文。

684.上萧至忠书

题注：知幾时修国史，以监修者多，甚为国史之弊。宰相萧至忠又尝责知幾著述无课，知幾于是求罢史任，奏记至忠。

尾注：至忠惜其才，不许解史任。宗楚客嫉其正直，谓诸史官曰："此人作书如是，欲置我何地?"礼部尚书郑惟忠尝问知幾曰："自古以来文士多，史才少，何?"对曰："史才须有三长，谓才也，学也，识也。夫有学而无才，亦犹良田百顷，黄金满籯，而使愚者营生，终不能致于货殖者矣。如有才而无学，亦犹思兼匠石，巧若公输，而家无楩柟斧斤，终不果成其宫室者矣。尤须好是正直，善恶必书，使骄主贼臣所以知惧，此则为虎傅翼，善无可加，所向无敌者矣。脱苟非其才，不可叨居史任，自敻古已来，能应斯目者，罕见其人。"时人以为知言。

康熙曰：班马以前，以专家著美；晋唐而后，以众手多疵。推论史局之难，盖后先一辙矣。

臣廷敬曰：一书之成，苟欲传之千古，自不容姑且命笔，此良工苦心，必熟论其失得也。古今商榷史事者，无如知幾之深，此书已略见其指。

臣乾学曰：知幾《史通》一书，穷源竟委，锐精掌故，以述者自名三长之目，舍斯人，其谁归？书中所条五事，史家亦宜置一通于坐右也。

臣鸿绪曰：谈、迁、彪、固不世出，势不得不藉众功，但得公明有识者裁定之，亦足取信万世矣。即如《后汉书》，赖有东观史官及谢承等七家论定于前，故范史得有所藉，不然犹未能无憾也。

陈子昂　字伯玉，蜀之射洪人。文明初，举进士，武后奇其才，擢麟台正字，屡言事称旨，授胄曹参军右拾遗，忤武攸宜去官。县令段简害其富，诬捕之，死狱中。

685.对利害三事

题注：垂拱初，武后召见金华殿，赐笔札，令条上利害，子昂对三事云。

康熙曰：论事简当，不涉支蔓。百姓安则乐生，不安则轻生，洞达人情，可谓经国之言。

琼山丘濬曰：子昂此对，警切痛至。人主之于百姓，要必使之乐其生而重其死，则祸乱无从作矣。然所以使其乐生重死者，其道何由？曰："民莫不爱其身体气力也，莫不爱其父母妻子也，莫不爱其田庐赀产也。上之人不以兴作疲其筋力，不以刑法残其体肤，不以征役散其父母妻子，不以诛求耗其田庐赀产，则凡民咸有乐生之愿，而无轻死之心，祸乱不作而君位永安，国祚无穷矣。"

686.谏雅州讨生羌书

题注：武后时，吐蕃为边患，后谋开蜀山道，剪生羌，因以袭吐蕃。子昂上书。

按：先是，常于剑南募兵茂州，筑安戎城以断吐蕃之路，吐蕃攻陷其城，西洱诸番皆降于吐蕃，盖故有此道，而后通之也。

尾注：书上，役不果兴。

康熙曰：子昂本蜀人，故言蜀用兵利害警切动听。蜀恃险为固，险不可使通，良有远识。

卧子陈子龙曰：极似淮南王《谏伐闽越书》。陈拾遗之文，在唐最为杰出，以其近西汉也。

臣士奇曰：唐时生羌，内不扰中国，外可蔽吐蕃，今欲开蜀山以剪之，是自撤其藩篱也，利害较然，无待详之“七验”。

臣英曰：蜀恃险为固，役简为安，用兵于羌，则开险增役，失其安且固矣，足知边徼之地盖以安静为福也。

臣杜讷曰：历举“七验”，皆深识剀言，行文参错古逸，信是笔力过人。

苏安恒 冀州武邑人。武后末年，投匦上书，请还政太子。神龙初，为习艺馆内教，遭谗，死狱中。

687.请复位于皇太子疏

康熙曰：论还政事，不少为婉避之词，文自有奇气。

耕道尹起莘曰：帝未复位，安恒一再言人所难，可谓有功于帝矣。

688.救魏元忠疏

题注：武后长安三年，元忠为张易之兄弟所构，祸方急，安恒独上书申救，易之等大怒，遣刺客杀之，赖桓彦范等营解乃免。

尾注：疏上，元忠得贬高要尉。

康熙曰：语简而气岸，唐文之似两汉者。

崔融 全节人。科举擢第，补宫门丞，兼直崇文馆学士。融为文典丽，朝廷所须大手笔，必敕融撰之。

689.谏税关市疏

题注:时有司表税关市,融深以为不可,上书谏。

尾注:疏上,武后纳之,乃寝其事。

康熙曰:“毋扰”是此篇大义,文则陆离璀璨,色泽弥古。

水心叶适曰:融于武后时有《谏税关市疏》,陈“六不可”,利害深切,不止以义理不应税而已。又言魏、晋、齐、隋所不用,盖创事自难尔。融号能文,此疏详密可观,《新史》节略太甚,乃无足采。后人惟恐税不重,宜其轻视之也。

臣德宜曰:桑、孔之徒但以严榷为能事,不知商旅裹足,国奚利焉? 故王制弛关市之征者,恤商正以裕国也。

臣廷敬曰:从王政抑末发论,觉委宛易入,逐段分析,局整而气舒。

臣鸿绪曰:洞悉时弊,真仁人之语。其引齐相无扰狱市之喻、帝王藏富天下之言,尤为剀至。

张柬之　襄阳人,字孟将。永昌间,以贤良试第一擢监察御史,以诛张易之兄弟功拜天官尚书,封汉阳郡王。为武三思所构,贬新州司马,卒于贬所。

690.请罢兵戍姚州书

题注:故事:岁以兵五百戍姚州,地险瘴,到屯辄死。故柬之论其弊。姚州即今云南地。

尾注:疏奏,不纳。开元之季,南诏渐强,天宝九载,遂有云南之地,僭国号曰“大蒙”。

康熙曰:荒徼绝域,古有羁縻之义,不欲以劳罢中国也。兹篇论情事,详核有识。

闇公徐孚远曰:事同《罢朱崖》,文类贾捐之,而反复利害,更为详晓。

臣乾学曰:大体与刘安《谏伐南越》、贾捐之《请弃朱崖》相表里。

臣鸿绪曰：境土开辟，会有其时，盖气运使然。时至而不纳，则失怙冒之仁；非时而强图，则乖安靖之义。是故凡有血气，莫不尊亲含弘之量也，德不及焉，不享其贽，务实之训也。柬之能崇本实矣。

宋璟 南和人。举进士，为监察御史，至吏部尚书侍中，封广平郡公。

691.封还诏书奏

题注：祁公王仁皎薨，其子驸马都尉守一请用窦孝谌例，筑坟高五丈二尺，明皇许之，宋璟、苏颋固争。

尾注：奏上，明皇谓璟等曰："朕每事常欲正身以成纲纪，至于妻子，情岂有私？然人所难言，亦在于此。卿等乃能再三坚执，成朕美事，足使万代之后，光扬史册。"乃遣使赍绢四百匹，分赐之。

康熙曰：经称诸侯之孝曰"制节谨度，满而不溢"，斯文殆相发挥。

水心叶适曰：姚、宋皆以功业自矜，盖壅滞处豁开，横流中猛截，只是随时精采。

张说 字道济，洛阳人。明皇时，官至左丞相，封燕国公。

692.梁国公姚崇神道碑铭

康熙曰：详整钜丽，叙功纪行皆举其大，故要而不烦。

禹修方岳贡曰：燕梁二相义好乖异，及身后之文，极其归美。虽是梁公智术牢笼，亦是燕公雅怀忠厚，不可以纳赂之事讥之也。

臣廷敬曰：气象则渊渟岳峙，风骨则鸿骞凤举，不专用俪体，故一往饶雅健之致。姚、宋与房、杜比休，得此极力铺张，真不愧高文典册。

臣乾学曰：史称说掌文学之任三十年，朝廷大手笔，皆承中旨撰进，兹篇即奉诏所撰也。唐世大臣碑版，或亲洒宸藻，宋则词臣撰文，而天子篆其首。历代制度具存，燕许尤称典则。

693.宋公遗爱碑颂

题注：璟为广州都督，有惠政，广人为立遗爱颂。璟上言："颂所以传德载功也，臣之治不足纪，广人以臣当国，故为溢辞，徒成谄谀，欲厘正之，请自臣始。"有诏许停。

康熙曰：古质有鼎彝之色，颂词跌荡岸异，迥非恒径。

臣熙曰：纪功颂德之辞，铺张尽致，矞皇典丽，烂然成章。

苏颋　字廷硕，雍州武功人，宰相瓌之子。开元中，袭封许国公，进同紫微黄门平章事。卒，赠右丞相，谥文宪。

694.开元三年处分朝集使敕

康熙曰：诫励则严，注望弥切，足以令人勖勉。

695.谏銮驾亲征表

题注：开元初，吐蕃盗边，诸将数败，帝怒，欲自将兵讨之，颋上疏谏，不省，复上此表。会薛讷大破吐蕃，由是帝止不行。

康熙曰：摅沥款诚，不烦雕饰而自然精采，唐文之绝无俳偶者。

臣德宜曰：《书》纪徂征，《诗》称薄伐，皆简命贤将，若屈万乘之尊，思逞于一击，非帝王万全之道也。

臣廷敬曰：论事之文不详则不足以尽其意，然头绪太多则观者易厌，文首尾千余言，反复无遗蕴，而贯注不断，其气有以举之也。

臣乾学曰：是时西警猝至，飘忽难定，乘舆远赴，反失事机，此深中机宜之言。 初唐文皆沿袭六朝，独此有两汉风格。

臣鸿绪曰：明皇犹有雄心，谓渭桥六骑不难步武，要之非所亟也。 老谋深算，可为至诚。

张九龄 字子寿，韶州曲江人。 官至中书令，卒，谥文献。 开元后天下称为曲江公而不名云。

696.开元三十一年处分十道朝集使敕

康熙曰：语劲而气弥舒，词腴而旨益切，可识九龄风度矣。

臣英曰：言成雅令，读之惠风拂人。

697.请重守令慎选举疏

题注：时明皇初即位，九龄为左拾遗。

康熙曰：唐时重京秩而轻外任特甚，故九龄极言之。 至语人材以清议名节为重，则古今之通义也。

琼山丘濬曰：天生蒸民，不能自治，而付之君；君统万民，不能独理，而付之臣。 是则天之立君，君之任臣，无非以为民而已。 故凡朝廷之上，三公、九卿、百司、庶尹，何者而非为民设哉？ 不但置州县、设守令以为民也，而民必重治民之官，而于其所亲近者尤重焉，守令是已。 古人有言，轻郡县守令是轻民也，民轻则天下国家轻矣。

禹修方岳贡曰：合魏元同表观之，则铨政十得八九矣。 此是救弊，不为纷更。

卧子陈子龙曰：子产云："各务其私，以成其欲。"私，固人臣所不免，而亦非在上者所能禁也，故莫若因其私而移用之，彼得其私，而公亦不废矣。

臣士奇曰：守令，亲民之职，唐制每以出官居之，又配之以成格，故人无奋志，所得皆庸流矣。 铨政之弊，指陈凿凿。

698.上姚令公书

题注:令公即姚崇。

尾注:崇答书云:“忽辱笺翰,喜慰攸集,退惟自省,惭惧亦深,实智力之所不逮也,宜朝廷之所见责也。仆本凡近之材,素非经济之具,叨承过听,谬膺朝委。自少及长,从微至著,惟以直道为业,匪以曲路期通,历官三朝,年逾一纪,凡所称荐,罕避嫌疑,实有祁奚之举,非无许允之对。则天之世,已被流言,行之有恒,久而自辩。近蒙奖擢,倍励驽庸,每以推贤进能为务,欲使公卿大夫称职,岂阳鱎之或用,及解狐之可为?而悠悠之徒,未足矜察,嗷嗷之口,欲以中伤,上恃天聪,俯伏神道,既不得奉身而退,但知信心而前。然顾无隐慝,亦死为明矣。猥惟不敏,敬承厥休。时当座铭,永为身宝。崇顿首。”

康熙曰:昔人论唐诸臣,谓姚崇尚通,此可谓药石之箴矣。

臣杜讷曰:直摅诚悃,勖以公忠,不愧切偲之义。

卷三十二

唐

张均 均，张说子。自太子通事舍人迁主爵郎中，袭封燕国公。

699.宗庙加笾豆议

题注:一作均与韦述同议。述,弘机曾孙。

康熙曰：孝思无穷，而常典有制，范围古今，所以安人情而顺天道也。斯文殆发明《礼经》之义。

臣熙曰：礼有节制，防淫侈也。盖以情本无涯，礼为有定，古先圣王之制，所以垂万世而无弊欤。

臣德宜曰：《周礼》祭祀笾豆醯醢之外，如昌本菁茆，皆取气味，交于神明，初非嗜好之物，且不荐亵味也。援据典正，可资博采。

刘秩 字祚卿，知幾子。开元末，历左监门尉、录事参军事。至德初，迁给事中，后贬抚州长史。

700.货泉议

题注:开元二十二年,张九龄请不禁铸钱,敕百官议之,秩上此议,乃止。

康熙曰：论钱法源流、利弊极详，终之以禁铜为策，亦救弊之一道也。

琼山丘濬曰：利之在天下，固不可禁，亦不可不禁。汉文帝放铸而海内富庶，唐高宗私铸者抵死，邻保从坐，亦不闻其大治。何也？利之为利，处义之下害之上。利以为人，则上和于义而利在其中；利以为己，则下流于害而未必得利。是故圣人之制，事无往而不以义，惟义是主，择其有利于人者而定为中制，使天下之人皆蒙其利而不罹其害焉。钱也者，寓利之器，昔人所谓贫可使富、贱可使贵、死可使生之具，神通之物也。上之人苟以利天下为心操切之，使不至于旁落，上焉者不至为刘濞以灭家，下焉者不为邓通以亡身，则利权常在。上得其赢余，以减田租，省力役，又由是以赈贫穷，惠鳏寡，使天下养生送死无憾，是则人君操利之权，资以行义，使天下之人不罹其害而获其利也。

臣廷敬曰：熟于泉币通塞之故，自尔所言精确。“钱多则收之使少，重则布之使轻”二语，实不刊之议。古来论鼓铸者不少，如此简练明切，当与单穆之言并传。

孔璋　许昌人，布衣。

701.请代李邕死表

题注：李邕，字太和，扬州江都人。时为陈州刺史，明皇封泰山还，邕见于汴州，献诗赋，帝悦之。素与张说不合，会仇人告邕赃贷枉法，下狱当死。璋上书，邕得减死，贬遵化尉，流璋岭南。

康熙曰：邕固奇士，斯文与人皆奇，较谷永《讼陈汤疏》更为激昂。

水心叶适曰：昔三良之死，秦人为赋《黄鸟》以哀之。李邕将见杀，孔璋不识面，乃请以身代死，其为国爱材惜贤之意，又过于《黄鸟》矣。秦穆狃所私以殉君子，犹谓之弃民，明皇昏庸，听姚崇、张说、李林甫放戮名士，如除垢污，毙狐兔，弃天下不亦多乎？宜其保治不终，隳唐之成业也。

臣乾学曰：感君父，报师友，恃有一诚耳。惟其诚出于中，不由外饰，即明主亦谅之矣。

柳芳 字仲敷，蒲州河东人。开元末，擢进士第，由永宁尉直史馆，历官右司郎中、集贤殿学士。

702.氏族论

尾注：自隋唐而上，官有簿状，家有谱系。官之选举，必由于簿状，家之婚姻，必由于谱系。有家状者则上之官，为考定而藏之秘阁，副在左户。私书有滥则纠之以官籍，官籍不及则稽之以私书。盖周官旧法，所以重明德、辨等威也。自五季以来，取士不问家世，婚姻不问阀阅，故其书散佚，而其学不传。

康熙曰：胪次历代族氏，详核淹通，足以为考古之助。

水心叶适曰：按：孟子称“故国谓有世臣之谓”，推而上至于元凯，人才之用，必常与其国其民之命相关，治乱兴衰之所从出也。故叔向以栾、郤、胥、原、狐、续、庆、伯降在皂隶，忧公室之卑矣。若夫志不必虑国，行不必及民，但自修饰进取，为门户计，子孙相接，世有显宠，如汉韦、平、袁、杨，晋宋王、谢，北方崔、卢，唐裴、韦、萧、郑之徒，此叔孙豹所闻，谓之世禄，非不朽也，岂惟终其国而不绝？盖有国虽亡，而其家故存者矣。垅亩贱士不暇自忧而忧人，是以汤立贤无方，武王不忘远，得一而用之，足以定大事矣。史家立义，必守向上关捩，庶几有补于世，论俯而就下，遂为李德裕只较台阁仪范、班行准则而已，与孟子、叔向之意何其远也！

东莱吕祖谦曰：古者重氏姓，故有同姓、异姓、庶姓之别。奠系世，辨昭穆，史氏掌之，岂容少有混淆？唐承南北之弊，氏族之书安得不作？不幸遭许、李挟艳后以焚信书，至见目为勋格，使太宗之美意不传，可胜叹哉！

耕道尹起莘曰：氏族相矜，末俗之失也。其是其非，上之人何与焉？而命官定其高下，又以皇族外戚为首，其后改而流为勋格，益非矣。

夹漈郑樵曰：隋唐而上，官有簿状，家有谱系，选举必由于簿状，婚姻必由于谱系。凡百官族姓之有家状者，则上之官，官为考定详实，藏于秘阁，副在左户。私书有滥则纠之以官籍，官籍有阙则纠之以私书。五季以来，取士不问家世，婚姻不问阀阅，故其书散佚而不传。

臣鸿绪曰：周制以宗法系属天下，《诗》曰“君之宗之”是也。唐人重氏族，右姓谱牒皆领于官，犹得古意，第用以淆取士之典则谬矣。

臣士奇曰：以氏族取人，其始则示旌别，其末流于浮竞矣。推本忠厚，凡氏族有子克家者，何难进于通德之门耶？

颜真卿　字清臣，师古五世从孙。开元中举进士，迁御史，杨国忠恶之，出为平原太守。禄山反，与兄杲卿起义兵。肃宗即位，拜工部尚书。德宗时为卢杞所忌，使李希烈，不屈死，封鲁国公，赠司徒，谥文忠。

703.论元皇帝祧迁状

题注：代祖元皇帝，讳昞，神尧皇帝之父，太祖景皇帝之子，周安州总管柱国大将军，袭封唐国公。唐初，太庙七室，代宗时祀九室，谓太祖、代祖、高祖、太宗、高宗、中宗、睿宗、玄宗、肃宗也。德宗立，代宗升祔，真卿时为礼仪使，谓代祖当祧，故有此奏。

康熙曰：论祧迁，义正而词确①。

臣乾学曰：合天下万世之心以事吾祖考，而祖考之心亦安，斯为至公，亦即大孝矣。礼法限制，大率权舆于此。

704.论百官论事疏

题注：代宗时，元载专权，恐奏事者攻讦其私，乃请百官论事，皆先白宰相，然后奏闻，真卿疏奏。

尾注：载衔之，会真卿摄事太庙，言祭器不饬，载以言诽谤，贬陕州别驾。

康熙曰：磊落英爽，真卿多劲节，故文亦似之。

水心叶适曰：真卿论群臣奏事，先白长官，利害甚明，庸人皆可晓。是时去载诛且十年，使代宗能因此发悟罢载，不待稔极恶用大刑也，怪唐人及后世都作寻常文字看过，至杀载而代宗亦无追忆先见之言，视真卿与众人无异，岂以真卿遇事辄言，望风厌之，故不能感动耶？

伯厚王应麟曰：颜鲁公为《郭汾阳家庙碑》云：“端一之操，不以险夷。”概其怀坚明之姿，不以雪霜异其令。斯言也，鲁公亦允蹈之。

臣英曰：真卿骨鲠之士，其言殆凛秋霜而炳皎日矣。

705.谥号状

题注：时代宗崩，真卿为礼仪使，因奏列圣谥繁，请自中宗以上悉从初谥。

尾注：德宗命百官集议，皆是之，独袁傪固排之，云“陵庙玉册已刻，不可轻改”，事遂寝。傪盖妄奏，不知玉册皆止刻初谥也。

康熙曰：禀经义以立言，所见亦超。

水窗刘友益曰：增谥之事，前古无有也，而始于唐人，其溢美无实，不经之甚。然当时臣子无敢言之，独一真卿抗论其失，而亦不能改。虽诏议省祖宗谥，而卒莫之省，惜哉！

臣廷敬曰：上本《礼经》，下考汉唐，立言皆有依据。盖谥用古法，取其德之重者为称，洵不易之义。

臣士奇曰：钦明文思，允恭克让，而止谥曰尧；浚哲文明，温恭允塞，而止谥曰舜：以一字括群义也。真卿之论，意在复古。

郭子仪 字子仪，华州郑人。安史之乱，自朔方提孤军转战逐北，再造王室，进太尉中书令，赐号尚父，爵汾阳王。卒，谥忠武。

706.辞太尉疏

康熙曰：汾阳有功而让，忠诚贯于始终，故其文亦绝无剿饰乃尔。

禹修方岳贡曰：丧乱之余，爵轻臣傲，故汾阳自抑以存国体，所让非细故也。

707.请乘舆还京师疏

题注:代宗时,吐蕃入寇,帝幸陕,以子仪为京城留守。自变生仓卒,天下皆咎元振,元振惧,乃说帝都洛阳,帝可其奏,子仪因上疏云。

尾注:代宗省表,泣谓左右曰:"子仪用心,真社稷臣也,朕西决矣。"遂自陕还京师。

康熙曰:陈昌言,决大计,扶危定倾,汾阳可谓社稷臣矣。

卧子陈子龙曰:其言直而婉,通而明,非汾阳深识大体不能为此。

臣杜讷曰:子仪乃心王室,历有年所,此疏请还西都,尤关宗社,宜其恳笃缠绵也。

杨绾　字公权,华阴人。第进士,补太子正字。肃宗即位,绾见行朝,拜起居舍人,擢中书侍郎,同平章事。卒,谥文贞。

708.条奏贡举疏

题注:宝应二年,绾为礼部侍郎,上言先是取士之科,多因隋旧,其科有明经,有进士,及秀才诸科。明经试大义十、策三,义通七、策通二者及第;进士试策五帖、大经一,全通为甲第,次为乙第;秀才科不时举。惟重二科,其后进士以声韵为学,明经以帖诵为功,罕知实学,故绾以为言。

尾注:疏上,诏诸司通议,给事中李栖筠、左丞贾至、京兆尹严武并是绾议。后虽不行,识者是之。

康熙曰:论贡举情事,皆切中古今流弊,意在黜抑浮竞,崇奖实学,良为有本之言。

淳父范祖禹曰:自三代以后,取士之法,不本于乡里学校,至唐而弊极矣。惟杨绾之议,近古可行,卒为庸人沮止,况先王所以致治之具,欲尽举而措之天下,不亦难乎?

致堂胡寅曰:杨绾初议,仿佛乡举里选之意也。及上贡举条,则徒有问经对策之文,而无兴廉举孝之实,或者犹沮止之,建议之难如此。及绾为相，可以行矣，亦复不闻再请，岂薨谢之遽有所未及欤？ 夫问以经义，已属空言，然亦足以观士人之师尚，顾绾所条，其详不可见尔。

臣熙曰：大廷敷奏，当求实学，不贵浮词，停陈牒，罢帖括，奖恬抑竞，于士风大有裨益。 条奏明切，非迂远之谈。

贾至 字幼邻，河南洛阳人，礼部侍郎曾之子。 官至散骑常侍。

709.议杨绾条奏贡举疏

题注：此文《文献通考》但云李栖筠等，盖诸司公奏也。《文粹》《文苑英华》皆作贾至。

尾注：奏上，敕礼部具条目以闻。杨绾又奏国子监举人，令博士荐于祭酒，试通者升之于省，如乡贡法，明法委刑部考试。众论以为明经、进士行之已久，废之恐其失业，乃诏明经、进士与孝廉俱行，事遂寝。

康熙曰：推原治理所由，竖议鸿壮，与杨绾《条奏》足相发明。

水心叶适曰：自皋陶立用人法，三代莫之或改更，战国及秦坏灭，汉乃变为察廉辟署，然亦相承七八百年，至北齐及隋乃别为科举铨注，今又六七百年矣。 杨绾所言依古察孝廉，李栖筠、李廙、贾至、严武协同绾议，又为衍畅其说，以为“依桑梓者乡里举，在流寓者庠序推”，可见当时人心未至于难回，风俗未至于难革。 然其君臣不知长虑远览，而甘心乱世之敝法，不惟不能变，又助成之益坚，所以寂寞泯灭至今，虽有卓识之君，杰出之相，而已成之俗不可骤反矣。

臣鸿绪曰：选举之法亦因时制宜，欲以乡举里选与学校兼重，乃正士习、端风化之本。 立论已是典确，敷词亦复华赡。

臣德宜曰：朝廷崇教化，则士子敦名节。 归重学校，自是探本至论[2]。

元结　字次山，后魏常山王遵裔。天宝中，举进士上第，历官道州刺史，进授容管经略使。

710.辞容州表

康熙曰：情既恳恻，词复凄楚。元结文在唐诸家中极称峭拔，此尤其杰出者。

水心叶适曰：元结放浪其迹，以文墨自命，出处不常，若非利禄所能羁绁者，而实有材用，论能扶世，政能便民，与温造、李渤之流，唐时高品人物不过如此也。

闻修王志坚曰：李商隐《叙公文》云："公见憎于第五琦、元载，故其将兵不得授，作官不得达，母老不得尽其养，母丧不得终其哀。"

刘晏　字士安，曹州南华人。明皇封泰山，晏始八岁，献颂行在，帝奇之，授太子正字。天宝中，为度支郎中，历吏部尚书，仍兼转运等使。绾利权三十余年，杨炎恶之，贬忠州，赐死。

711.与元载书

题注:广德二年,晏为河南江淮铸钱盐铁转运使。自丧乱以来,汴水堙废,漕运者自江汉抵梁洋迂险劳费,兵火之后,中外艰食。晏乃按行江淮,遗元载书,具陈漕运利害,令中外相应。

尾注:载得书,尽以漕事委晏,晏则疏浚汴水,即盐利雇佣分吏督之,随江、汴、河、渭所宜为歇艎支江船。自扬州部送至河阴上三门,号上门填阙船。调巴、蜀、襄、汉麻枲竹篠为绹挽舟,以朽索腐材代薪,物无弃者。未十年,人人习河险,江船不入汴，汴船不入河，河船不入渭，江南之运积扬州，汴河之运积河阴，河阴之运积渭口，渭船之运入太仓，岁转粟百一十万石，无升斗溺者。

康熙曰：探古人之遗迹，陈当时之利病。晏于治河转漕，可称勤恳，故关中卒赖其利也。

阍公徐孚远曰：晏恐道途梗塞，挽漕多阻，故先为此言，亦所以布腹心于元也。

臣廷敬曰：欲复汴渠以通江淮漕运，而先计四利，后陈四害，然后可权衡其间而得趋避之术。凡举大事者，必有成算，乃能收效于异日耳。

臣乾学曰：关中仰足于外运，道通则商贩集，而公私交利，非独建都时为然也。晏此书，秦人百世赖之矣。

常衮 京兆人。天宝末进士。代宗时，拜门下侍郎，同中书门下平章事。德宗即位，贬潮州刺史，寻起为福建观察使。卒于官。

712.减征京畿夏麦制

康熙曰：制词莹净，诵之犹能感人。

713.大历四年大赦诏

康熙曰：诚恳所至，笔能曲折赴之，深得哀矜勿喜之意。

臣英曰：代言之文，简质中复蕴藉乃尔。

714.大历六年放京畿丁役及免税制

康熙曰：蠲赋省役，以忧百姓，中多恺悌之言。

臣士奇曰：敷词恺恻，尤见不得已而用民力取民财之意，责成长吏，诚属恤下本图。

715.大历十四年减征京畿丁役等制

康熙曰：音节词句皆能取泽于古。

臣杜讷曰：深恤民隐，言言简朴，倍觉婉挚入情。

716.马璘神道碑铭

题注：璘，扶风人。开元末，挟策从安西府，以奇功累迁金吾卫将军，历四镇北庭节度使，入朝检校左仆射。

康熙曰：撷《左》《国》之菁华，兼两汉之隽腴，恢奇英岸，光气熊炳。

臣乾学曰：铭功之章，贵有忠孝激发之意可以垂教。卫孔叔、鲁正考父之鼎得见于经传者，有以也。兹文犹为近古。

臣鸿绪曰：唐世方镇擅兵，多不轨于礼，故称美武臣，必以恭顺朝廷为首，而铺扬勋伐乃其次也。兹篇遣词郑重，雅得体要，非但规模金石遗文而已。

臣士奇曰：先叙勋伐，后叙生平，闳丽为体，波折为致，煌煌典册之语，笔有余闲。

独孤及　字至之，河南洛阳人。天宝末，举高第，补华阴尉，历左拾遗、检校司封郎中、常州刺史。

717.唐景皇帝配昊天上帝议

题注：宝应元年，太常卿杜鸿渐等请以太祖郊配天地，乃罢高祖，以景皇帝配。明年旱，言事者以为高祖不得配之故也，代宗疑之，诏群臣议。及为太常博士，上议。

尾注：议上，由是配享不易。

康熙曰：议礼之文贵确，不在枝叶繁蔓，此文近之。

臣熙曰：郊祀宗祀，礼宜仍旧，不当轻议更易，深得尊祖敬天之意。

718.上疏陈政

题注:及时为左拾遗,上疏。

康熙曰:清言疏朗,足见当时冗兵糜食之害。

臣士奇曰:唐自中叶以后,将骄兵冗,势如养痈。独狐及以李都统书记,代宗召为左拾遗,即上疏陈政。史称其为文彰明善恶,长于议论,信然。

李华 字遐叔,赵州人。官至检校吏部员外郎。

719.中书政事堂记

康熙曰:直起直收,义存鉴戒[3]。文有刚果之气,如风雨骤至,集于笔端。

阳明王守仁曰:有关系文字,登斯堂者,能不凛凛?

献吉李梦阳曰:文有气力,有光焰,盖以忠正之气发为侃侃之词,自是担得斤两,熟此便能豪迈。

李翰 赵州赞皇人,华之从子。擢进士第,官左补阙。大历中,客阳翟死。

720.进张巡中丞传表

题注:巡,邓州南阳人。开元末进士,为杨国忠所恶,调真源令。禄山反,巡起兵讨贼,后与许远同守睢阳,城陷不屈死。翰素与巡善,巡死后,人媢其功,颇有异论,翰乃传巡功状表上。

康熙曰：张巡孤忠拒寇，实有功于唐之再造。斯文激扬忠烈，声光飚举，殆足以发抒其气。

臣廷敬曰："表巡忠，议巡功，原巡情"三语已尽一篇大指，而婉折曲畅，情理俱尽。巡事虽烈，得翰与韩愈之言而益显矣。

臣乾学曰：一城之人视死如归，此非威令所能驱，亦同激于大义耳。巡能率民以义，共得死所，正《易》所谓"悦以犯难，民忘其死"也，兹篇真千古关系文字。

臣英曰：表暴忠烈，其气伉激而文笔遒古。

校记：

①"确"，原作"雄"，据《古文评论》改。

②此条据哈佛本补。

③"存"，原作"有"，据《古文评论》改。

卷三十三

唐

陆贽 字敬舆，苏州嘉兴人。中博学宏词。德宗时以中书侍郎同中书门下平章事，因论裴延龄奸邪，帝发怒，欲诛之，赖阳城等力救，乃贬忠州别驾。卒，赠兵部尚书，谥曰宣。

721.兴元元年奉天改元大赦诏

题注:德宗因朱泚反,出幸奉天,术者言国家厄运,宜有变更。群臣请更加尊号一二字,贽曰:“尊号之典,本非古制。行于安泰之日,已累谦冲;袭乎丧乱之时,尤伤事体。必也俯稽术数,须有变更,与其增美称而失人心,不若黜旧号以祗天戒。”帝纳其言,但改年号而已。帝又以中书所撰赦文示贽,贽曰:“动人以言,所感已浅。言又不切,人谁肯怀?今兹德音,悔过之意,不得不深,引咎之辞,不得不尽[①]。”乃别为诏。

尾注:诏下,四方人心大悦。山东宣布诏书,士卒皆感泣。

康熙曰:诞告之文,仁音如此,故能使当时之民闻诏书而感泣也。

琼山丘濬曰:感人之易者莫如言,故人君一言之善,虽于深宫之中,九重之上,四海之远,莫不应之,况以德音之宣布、诏令之颁行于郡国者哉!夫上有由中之诚,下必有感孚之效,不徒然也。观德宗引过之诏,感夫士卒,可见矣。人君苟能诚实其心,审定其命,择视草之臣,守涣汗之信,则虽蠢愚之夫,骄悍之卒,桀骜之虏,亦无不感动者,况愚直之民、循良之吏乎?

臣熙曰：缠绵恺切，感动当时，百世而后，犹能令人怃然，所谓涣汗之音，风行而草偃也。

臣德宜曰：天之所助者顺，人之所好者谦，引咎推恩，实感动天人之理。

722.兴元元年命马燧浑瑊招讨河中制

题注：朔方节度使李怀光反，诏马燧、浑瑊讨之。

康熙曰：止罪状怀光一人，无一语及朔方将士，所以离散党与，收拾人心，妙有机权，足征庙算。

臣廷敬曰：无张皇之气而有蔼恻之情，以见用兵非得已。至于明任遇之优崇，奖彼军之忠义，皆庙算之长者也。

臣鸿绪曰：陆贽所草制敕，更无他奇，只是开诚布公，一字一句皆从肺腑中出。此制虽专逮燧、瑊勤勤恳恳，自足深入人心，卒成再造之勋，夫岂偶然?

723.兴元元年命李晟制

康熙曰：国家优重功臣，奖其前劳，正以策其后效，此制得之矣。

水心叶适曰：李晟材出李、郭上远甚。德宗将相有晟与陆贽，当朱泚死后，便尽其用，必能制吐蕃，以除关中之逼，渐处置诸镇，迟以岁年，两河之患，十减五六矣。而抑遏掩没，自取衰微，诗人所以叹“日之方中，在前上处”，故为可痛伤尔。

禹修方岳贡曰：西平元勋典型，深重国老，固当以此制副之。

724.论治乱之略疏

题注：初，德宗仓卒变故，每自尅责。贽曰：“陛下引咎，尧舜意也。然致寇者乃群臣罪。”贽意指卢杞等，帝护杞，因曰：“卿不忍归过朕，有是言哉。然自古兴衰，其亦有天命乎。今之厄运，恐不在人也。”贽退而上书。

康熙曰：篇中前言事，后言理，敷衽而谈，最为融浃。

臣乾学曰：天应本乎人事，真千古兴亡治乱之本，炳炳如丹。

725.论征税疏

康熙曰：权衡于先后之间，酌量于缓急之际，于国无损，而于民所益滋多，此疏之大指也。

726.论纳谏疏

题注：德宗谓贽曰："往为君臣一体，故推信不疑，至憸人卖为威福，今兹之祸，推诚之弊也。又谏者不密，要须归曲于朕，以自取名。故顷不诏次对，岂曰倦哉？"贽因上疏谏。

康熙曰：瞩理于微，论事举要。

臣英曰：词清而辨，论进言纳谏之道可谓能尽上下之情矣。

727.论关中事宜状

康熙曰：深识远算之言，不特以闳通擅美。

卧子陈子龙曰：此疏在奉天之前，居事先而料事后，一一如见。宣公后日深得主眷，亦在乎此。

闻修王志坚曰：德宗时，会马燧等讨贼河北，久不决，请济师；李希烈寇襄城。诏问策安出。贽以兵穷民困，恐别生内变，乃上此疏。帝不能用。后有泾原士卒之变，贽言皆验。

臣廷敬曰：推理孎势，言之恳恳，不惮谆复，而事后思之，竟如蓍蔡。

臣乾学曰：唐制之患，在府兵变而为彍骑，彍骑变而为方镇，武夫悍将分布天下，方镇强，禁军弱。贽于内外轻重之际，恺切言之，不特泾原之变预能洞瞩，而僖、昭末祚皆已窥其渐矣。

728.论前所答奏未施行状

康熙曰：补牍而陈忠恳之情，溢于行墨，词义茂美，直余事耳。

臣乾学曰：贽年少入翰林，参裁大议，号称内相，帝之亲倚，可谓深矣。而讥陈过当，骎骎乎积不能容，故此状多绸缪虑祸之言。

臣杜讷曰：曲折往复，娓娓不倦，读之只见诚意蕴结，而不嫌其浩汗。

729.请罢琼林大盈库状

题注：德宗在奉天，仍于行宫庑下，贮诸道贡献之物，榜曰"琼林大盈库"，贽上谏疏。

尾注：疏奏，帝即命去其榜。

康熙曰：泾原军士之变，以二库为兵端，故贽立言如此。

致堂胡寅曰：德宗以专欲致祸，困而不喻，惟货是黩。自古人君不足用为善，盖鲜俪矣。非陆宣公精忠厚德，尽事之之义，其谁能不起遁光胶口之意哉？呜呼！贽可为人臣之式矣。

五峰胡宏曰：四方贡献，各有定制。王者为天下主财，奉礼义以养天下，无非王者之财也，何可有公私之异②？

琼山丘濬曰：《周礼》以太宰、司徒掌国家财用，盖以大臣以道事君，得以相可否，辨是非，而为上之人所严惮。故人君有非义之取，非礼之用，不急之为，非徒不敢擅取而私用之，抑且为之中止而潜消者有焉。苟以中人主之，则上之人平日相与亵狎私昵，凡不可以语人者，皆可与之谋而为之矣，况小人无深识远虑，委曲奉承不暇，且人微言轻，安敢逆上意哉！陆贽论罢之，宜矣。

臣熙曰：德宗播迁之后，据殖私财，失人心，损大计，莫甚于此。反复开导，得理得情。

730.请两税以布帛为额状

题注：德宗时，杨炎为相，作两税法，夏输无过六月，秋输无过十一月，以大历十四年垦田之法为定，而均收之焉。

康熙曰：此论与《征税疏》立言互相表里，而更为详尽。

淳夫范祖禹曰：泉货所以权物之轻重，流于天下则为用，积于府库不为利也。盖谷帛出于民，而官不可为也；钱出于官，而民不可为也。取其所有而予其所无，则上下皆济矣。是故以谷帛为赋，则民不得不耕织以奉公上，此驱之于农桑也。如不取其所有而取其所无，则民之所有弃之必贱矣，官之所无收之必贵矣。谷帛轻则民为之者少，钱重则物贱者多，是以利壅于上，民困于下。至于田野荒，杼轴空，由取其所无故也。为法者必使民去末而反本，则富国之道也。

水心叶适曰：《新史》：凡授田者岁输粟二斛、稻三斛，谓之租。丁随乡所出，岁输绢二匹，绫絁二丈。《旧史》：每丁岁入租粟二石，调则随乡土所产，绢、绫絁各二丈。稻不应多于粟一斛，绢不应特二匹。恐《新史》误也。《旧史》特言岭南诸州则税米，《新史》并记扬州以钱，安南丝，益州罗、绸、绫、绢，江南以布，《旧史》亦不载也。

臣德宜曰：计绢折钱，轻重无定，不若即税本色，较为便民。至于专用谷帛，如汉贡禹之策，当时已病其难行矣。

臣鸿绪曰：布帛计及钱数，则价值高下，输纳维艰，较之初定两税之额，又变本而加厉矣。贽文详尽曲至，洞悉民隐。

731.请罢兵状

题注：贞元元年，马燧破李怀光，贽以河中既平，虑有希旨生事之人请乘胜讨李希烈者，因上奏云。

尾注：书奏，帝从之，诏诸道与淮西接者各守封境，非被侵轶，不须进讨；李希烈若降，当待以不死，自余一无所问。希烈果穷蹙，为其将陈仙奇毒死，妻子皆伏诛，如贽所策。

康熙曰：当献捷之时，原兵革之始，畅发其意，可谓伟辞。

水窗刘友益曰：王者记功忘过，而服叛以礼。怀光之反，固当诛夷，德宗以常解奉天之围，特赦一子，使之收葬其尸。至于希烈之逆，势已穷蹙，亦开其自新之路，未几淮西自平，固不逃陆贽所料。盖亦忠厚存心，以恕待人之意也。

禹修方岳贡曰：德宗征讨诸镇，亦有不得不然之势。但猜疑躁急，使天下有人人自危之心，故兵拏不解而变生意外耳。宣公鉴于往事，故详言叛服之由，劝不穷兵，非教之姑息也。

臣乾学曰：当国威少振之时，度外不测之患，诚足潜消祸机，默挽圮运。《书》曰“必有忍，其乃有济”，《语》曰“小不忍则乱大谋”，《易》曰“已日乃革之”，皆经国之微权也。

臣英曰：首尾数千言，如飚举泉发，皆切中机要。宣公论事之文，豁达剀至，真有唐一代之杰作也。

臣士奇曰：河中既收，淮西未定，岂不欲灭此朝食乎？盖以怀柔则人心自革，休息则士气益强，相乎时势以立言，非为苟安之计也。

臣杜讷曰：审酌时势，洞晰机宜，其条举前辙以为炯鉴，尤极精详剀至。

校记：

①“得”，原作“德”，据哈佛本改。

②“异”，原作“义”，据哈佛本改。

卷三十四

唐

权德舆　字载之，秦州略阳人，徙润州丹徒。宪宗时，自太常卿拜礼部尚书，同中书门下平章事，出为山南西道节度使，以病乞还，卒于道。德舆贯综经术，贞元、元和间为搢绅羽仪云。

732.两汉辩亡论

康熙曰：尊道重儒，君临之极轨。若张禹、胡广辈致身宠荣，苟贪禄利，使后世指目，可谓士林之羞矣。

臣熙曰：张禹、胡广俱以经学儒术柄用，然缄默取容，无所匡正，当时已取讥焉。德舆谓两汉之衰，禹、广实酿成之，尤见卓识。

臣德宜曰：叔孙希世取资，公孙曲学阿世，汉代儒宗皆坐此病，禹、广挹其余波，孔子所云“患失之，鄙夫无所不至”者也。

733.答柳福州书

题注：柳冕为福建观察使。

康熙曰：太学人材所自出，唐宋以来，以名贤处之，选就多士。德舆此书可谓知本之论矣。

闻修王志坚曰：明经一途，本为士之朴鲁者设，当时原有“焚香延进士，瞋目待明经”之语，柳书谓全写注疏，正谓此耳。然朴鲁之士，世间亦不可少，观后世科场所得，恐不如全写注疏之人远矣。既失其末，又不得其本，权公之言真有见者哉。

臣乾学曰：唐世进士科试以诗、赋、策论，而明经、明法、书算之选各为一科。德舆知礼部贡举，取明经初不限员，得士称盛。是书乃其本领，而“通理”“解惑”两言，尤可为说经者训。

734.陆贽翰苑集序

康熙曰：陆贽为文，闳博流畅，委折尽致，谋画能中机宜，诚奏议之杰构也。胪述生平，论次条达，序文之似传体者。

东发黄震曰：陆宣公王佐才也，东坡之说尽之。

臣廷敬曰：贽才长于论思，克复之际，襄赞为多。篇中称引处，低徊往复，缱绻深情。

臣英曰：贾生不遇于汉，宣公作相于唐，篇中援以相况，殆以长沙、忠州晚迹相同也，其致慨于宣公者深矣。

臣士奇曰：陆之制诰昌明，奏议剀切，房、魏、姚、宋皆逊其著作之多，使得生于贞观、开元间，其文当益富矣。叙述本传中，语约而实该。

高郢 字公楚，卫州人。宝应初，及进士第。贞元末，擢中书侍郎，同中书门下平章事。顺宗立，出为华州刺史，寻内召，以尚书右仆射致仕。卒，谥曰贞。

735.鲁议

康熙曰：鲁不得用天子礼乐，自是正论。而篇中疏密得宜，浓纤合法，文章之有圭臬者。

臣乾学曰：欧公尝云：“君子之说如彼，圣人之说如此，则舍君子而从圣人。”鲁禘是非，两汉讫无定论，只是信圣未笃耳。断据精确，殆为宋儒先路。

臣杜讷曰："非礼"一语，断案如山，后复层层洗发，大义凛然，是扶植纲常极有关系文字。

柳冕　字敬叔，蒲州河东人，芳之子。官至福建观察使[1]。卒，赠工部尚书。

736.再答张仆射书

题注：张仆射建封，字本立，邓州南阳人。

康熙曰：文甚简净，而款笃之意独至。

737.与权德舆书

康熙曰：叙历代人才得失之由，最为明确。

臣廷敬曰：三代以后得人之盛无如两汉，此能灼见其由。至议取士，欲先大意而后诵记，诚卓然特识也。

738.复杜相公书

题注：杜黄裳，字遵素。元和初，检校司空，同中书门下平章事。

康熙曰：谓文章由于风俗，风俗根于人心，卓然探本之言。

禹修方岳贡曰：论文变处，可谓知言。

梁肃

739.补阙李君前集序

题注：翰，赵州赞皇人，华之子。

康熙曰：文章有王霸之分，立论恢奇，前此未有。

臣熙曰："文本于道"，方不同于词章记诵之学，得论文关键。篇中绝去排偶，全以浑噩行之，通体精劲。

740.代太常答苏端驳杨绾谥文贞议

康熙曰：义以典而能确，词以恕而能公，持此核人，可以论世而不爽矣。

水心叶适曰：杨绾诚清简，所以得重望者，由元载为之资藉，盖天下公，好恶未尝废也。绾诚不附离，然载能容于朝，终其身，小人之不肖，亦尚有齐量矣。当是时，人主苟于弛懦，上下习为崇侈，然则一朝诛载用绾，人情震惧，而所改化者如此，后人便以"举皋陶、伊尹，不仁者远"为比，则过矣。

伯厚王应麟曰：杨绾赠官制云："历官有素丝之节，庀家无匹布之余。"史臣谓当时秉笔者无愧色。

琼山丘濬曰：说者谓《春秋》以一字为褒贬，一字之褒，荣于黼衮，一字之贬，严如斧钺。吾于赠谥之典亦云。盖爵禄所以荣生者，使之兴起，以建立事功。至于赠谥，非但以荣死者，亦所以激生者焉。世之掌斯权者，乃怀生前忌刻之私，当予而不予，狥死者子孙之请，不当予而予，其得罪于名教也大矣。

禹修方岳贡曰：以绾之方正而谥议犹费词如此，亦见当时盛典之不滥。

臣德宜曰：以一字褒贬为万世荣辱，先儒程颐所谓"政之大权，莫先于谥法"是也。然毋隐美，毋溢辞，尤在于公而已矣。

沈既济 苏州吴人，官至礼部员外郎。

741.论行辟召之法疏

尾注：天子虽嘉其言，而重于改作，讫不能用。

康熙曰：立论岩岩清峙，可为衡鉴之资。

致堂胡寅曰：铨选年格之弊，天下莫不以为当革，而莫有行之者，岂皆智之不及欤？盖自以不能无私，而度人之不能公也；自以不能知人，而度人之亦不能知也。故宁付之成法，犹意乎拔十得五而已，纵未可尽革，如既济之论，亦可救其甚弊矣。虽然，世无不可革之弊，以周汉良法，崔亮、裴光庭一朝而废之，则亮、光庭所建，何难改之有焉？为政在人，人存政举，其本则系乎人，君有爱民之心与否耳。

禹修方岳贡曰：选举之法难于得士，不难于禁私，苟黜陟精明，则私不禁而自止矣。

于公异　苏州吴人。擢进士第，李晟表为招讨府掌书记。公异与陆贽故有隙，贽执政，奏公异不能事后母，既仕不归省，诏赐《孝经》，罢归田里。

742.收西京露布

题注:为西平王李晟作,帝览之,泣下,曰:“谁为之辞?”或以公异对,帝再三咨叹。

尾注:泚奔泾州,其下韩旻等斩其首以降。

康熙曰：辞锋迈达，笔阵韶举。西平故是元功，得此庶能相配。

定宇陈栎曰：德宗以饥羸之卒守一县之地，当朱泚十万之师，内则朱滔、李希烈缔结交乱，外则李怀光观望图逆，回纥驰骛于河北，吐蕃伺变于关外，唐之不亡仅毫发耳，所恃者人心未去也。故李晟以孤军处二强寇之间，内无资粮，外无救援，徒以忠义感激将士，故其众虽单弱，而锐气不衰，卒能克复宗社，不失旧物，而况以天下之大，亿兆之众，守之以道德，用之以仁义，其谁能敌之？故人君苟得民心，则不在地之广狭，兵之众寡，王天下犹反掌也，汤以七十里，文王以百里，岂不信哉！

禹修方岳贡曰：命词敦重，不为夸张。西平克复京师，奉迎车驾，犹谢收复之晚，此文固足副其意也。

臣廷敬曰：叙次详赡，使事典核，其文清丽芊绵，异于喧嚣之制。

臣鸿绪曰：李忠武再造之功不减子仪、光弼。公异叙其行军次第，战斗方略，几与迁《史》争长。其以隋、梁法行文，正露布之体应尔。德宗读之，不禁一再咨叹，宜也。

臣杜讷曰：鹰扬忠愤之气，勃勃满纸，而步武纡徐，矜伐不形，谋篇更为得体。

臣乾学曰：义词英旨，感薄风霜，当与《平淮西碑》并寿[②]。

裴度 字中立，河东闻喜人。贞元初，擢进士，官至宰相，封晋国公。卒，赠太傅，谥文忠。

743.谏用上皇甫鎛程异为相疏

题注：元和十三年，宪宗既平淮西，浸骄侈，判度支皇甫鎛、盐铁使程异晓其意，数进羡余，由是有宠，遂以为宰相。裴度极谏不听，求退不许，因上疏奏之。

尾注：疏奏，帝以为朋党，不之省。

康熙曰：度身更患难，故虽款款忠爱，而出之有危迫之音。

水心叶适曰：皇甫鎛进用，陆贽、裴度皆有谏疏。贽虽详复恳切，不如度之简重得体，真大臣之言也。

744.论魏弘简元稹疏

题注：长庆元年，以度为镇州四面行营招讨使，度自将兵讨王庭凑。时翰林学士元稹与知枢密魏弘简深相结，求为宰相，稹以度望重，恐复有功大用，妨己进取，故度所奏军事，多与弘简从中沮之。度乃上疏云。

尾注：疏奏，上虽不悦，以度大臣，不得已罢弘简枢密，解稹翰林，而恩遇如故。

康熙曰：是时，度以使相讨河朔，而惓惓不忘忠謇，所谓尔身在外，乃心罔不在王室也。

淳父范祖禹曰：昔周宣王使文武之臣征伐于外，而左右前后得孝友正良之士以善君心，是以谗言不至而忠谋见用，此所以能成功也。穆宗庸昏，奸谄在侧，裴度欲先正其本而复治其末，图其大而复忧其小，此辅相之职业也。而其君多僻，卒无成功，盖自古命将出师而小人阻之于内，未有能克胜者也，可不为深戒哉！

水窗刘友益曰：元稹失节于宦者，君子耻之，然时未见其迹也。至裴度论之，则其附会权贵之实，始不可掩，其为小人明矣。

李绛　字深之，裔本赞皇。擢进士宏辞。元和中，授翰林学士，擢平章事。文宗立，出为山南西道节度使，兵变遇害。

745.请崇国学疏

康熙曰：文致爽朗高举。

臣英曰：湛于经术，言成典型。

臣士奇曰：时既讨逆，即欲崇儒，盖经明行修者多，则悖道乱常者寡，故国学关乎世运，非为夸大之言。

746.论裴均进银器状

题注：元和二年春，德音以天下方镇因缘进献，裒刻百姓，赋敛烦重，外以进奉为名，内以货财为事，遂有痛哀之诏，断方镇非时进奉。其夏襄阳节度使裴均素交结内官，恃其援助，遂进银瓮银盆之类万余两，宪宗纳之。学士李绛等论奏。

尾注：宪宗览疏，惊曰："我事繁，都不记，得许令受纳，是我误也。所进是赦书未到前发来，裴均特赦其过，依卿所奏，便送纳度支收管。"其日遂令中使押领银器于中书，宣示宰臣云："裴均违敕，进此银器，缘赦书未到前，已在道路，所以特舍其过，并令送纳度支，所宜知悉。"宰臣惊悦，进状称贺，中外皆喜上之从谏求理焉。

康熙曰：挺劲之辞，一往峭迈。

致堂胡寅曰：攻病不去病源，而徒饮药，药不对病，病固自存。任宦官，喜进奉，宪宗之大病也。李绛、白居易于此二者当朝夕纳诲，必期于格君非心，如晋元帝之覆杯，如苻坚之止猎，终身不为，则天下之治始可望矣。病本不除，今日劝以用贤，用之必不力，明日劝以去不肖，去之必不果，虽目前暂得治安之效，亦终于危乱而已矣。

耕道尹起莘曰：三年，赦文禁进奉矣，而柳晟、阎济美等违赦进奉。四年，降制绝进奉矣，而裴均违制，复进银器，帝之几微，有以来之也。宪宗至此，其好货之病，有不可得而掩者矣。

校记：

①"官"，原作"名"，据哈佛本改。

②此条据哈佛本补。

卷三十五

唐

韩愈　字退之,邓州南阳人。历官吏部侍郎。卒,赠礼部尚书,谥曰文。

747.论佛骨表

题注:宪宗迎佛骨入大内,留三日,乃送佛寺,王公士庶奔走赞叹。愈时为刑部侍郎,上表极谏。

尾注:奏入,帝大怒,欲抵死。崔群、裴度等为力言,乃贬潮州刺史。

康熙曰：义正词直，足以祛世俗之惑，允为有唐一代儒宗。

水心叶适曰：道家淡泊，主于治人，其说以要省胜支离。汉初尝用之，虽化中国为夷，未至于亡也。浮屠本以坏灭为旨，行其道必亡，虽亡不悔，盖本说然也。自梁武不能晓，用灭国之术，当身而失。至唐宪、懿，识虑又出其下，直谓崇事可致福利，悲哉!

西山真德秀曰:《佛骨》一表，见公扶正道、辟异端之功。

水窗刘友益曰：韩愈表谏佛骨，几致极刑，要排斥异端，正议不屈，至今凛凛，犹有生气。

748.禘祫议

题注:时陈京、颜真卿、李嵘、柳冕、裴枢、仲子陵、韦武、陆淳、姚南仲、王绍、王权等各献议,惟颜真卿与愈合。此议中所排五说,即诸人议也。

尾注：后卒从尚书王绍等议，正景皇帝东向之位，附献、懿二主于兴圣庙，禘祫就本室飨之，凡二十年而后决。朱子曰：韩公本意，献祖为始祖，其主当居初室，百世不迁，懿祖之主则当迁于太庙之西夹室，而太祖以下次列于诸室。四时之享，则唯懿祖不与，而献祖、太祖以下，各祭于其室，室自为尊，不相降厌，所谓所伸之祭常多者也。禘祫则唯献祖居东向之位，而懿祖、太祖以下，皆序昭穆，南北相向于前，所谓"祖以孙尊，孙以祖屈"，而所屈之祭常少者也。韩公所议深得孝子慈孙不忘所自生之本意，可为万世通法，不但可施于一时也。

康熙曰：禘祫之议，纷如聚讼，此论折衷众议，条贯井然。

晦庵朱熹曰：此等公家文字，或施于君上，或布之吏民，只用当时体式，直述事意，未尝故为新巧，以失庄敬平易之体，但其间反复曲折，说尽事理，便是真文章，他人自不能及耳。

西山真德秀曰：按：韩公本意，献祖为始祖，其主当居初室，百世不迁，懿祖之主则当迁于太庙之西夹室，而太祖以下以次列于诸室。四时之享，则惟懿祖不与，而献祖、太祖以下，各祭于其室，室自为等，不相降厌，所谓所伸之祭常多者也。禘祫则惟献祖居东向之位，而懿祖、太祖以下皆序昭穆，南北相向于前，所谓"祖以孙尊，孙以祖屈"，而所屈之祭尝少者也。韩公礼学精深，盖诸儒所不及。故其所议独深，得夫孝子慈孙报本返始、不忘所由生本意，真可谓万世之通法矣。程子以为不可漫观者，此类是也。

臣熙曰：驳五说，俱确据典礼，非仅以辩论取胜。

749.复仇状

题注：元和六年九月，富平县人梁悦为父报仇杀人，自投县请罪。敕复仇杀人固有彝典，以其申冤请罪，视死如归，自诣公门，发于天性，志在殉节，本无求生，宁失不经，特从减死，宜决杖一百，配流循州。愈于是献议云。

尾注：梁悦事，《旧唐书》见于《宪宗纪》《刑法志》，《新唐书》见于《孝子张琇传》。自太宗至是，复仇者七人，原者三，不原者四，悦其一也。

康熙曰：典据精核，益知经术之重。

定夫游酢曰：圣人之治天下，于暴乱之人，以公法治之；苟制之于公法而不足，则由于私义而制之。是以暴乱者无所逃罪，而人安其生。夫所谓仇者，皆王诛所不及，公法有时而失者。圣人因礼而为之法，曰某仇也，是其子弗与共戴天者也；某仇也，是其兄弟不反兵者也；某仇也，是其交游所不同国者也。弗共戴天，则世之暴者不敢害人之父母矣；不反兵，则世之暴者不敢害人之兄弟矣；不同国，则世之暴者不敢害人之交游矣。

水窗刘友益曰：报仇杀人，前已论之详矣。梁悦免死而流，固已异于张瑝、张琇之事，然亦未能研核其父见杀之由，而愈之议亦不复及此也。惜哉！

750.论今年权停举选状

题注：德宗贞元十九年，自正月至五月不雨，七月以关辅饥罢吏部选、礼部贡举，愈时为四门博士，抗疏论列。

康熙曰：于论事之中畅发闳议，愈文往往有此，所以迥出诸家之上。

禹修方岳贡曰：似李寻、翼奉《灾异奏》。

751.原道

题注：真德秀云：程正公曰："退之晚年为文，所得处甚多。学本是修德，有德然后有言。退之因学文日求其所未至，遂有所得。如云'轲死不得其传'，似此言语，非蹈袭前人，非凿空撰出，必有所见。若无所得，不知言所传者何事。"又曰："韩愈亦近世豪杰之士，如《原道》中语言虽有病，然自孟子以后，能将许大见识寻求者，才见此人。"又曰："孟子而后，却只有《原道》一篇，大意佷近理。"又曰："《原道》云：'孟子醇乎醇'"。又曰："荀、扬择不精，语不详，若不是他见得，岂千余年后便能断得如此分明也？"朱文公曰："自古罕有人说得端的，惟退之《原道》庶几近之。或问扬子、韩子优劣，曰：各有长处。韩公见得大意已分明，如《原道》不易得也。扬子之学似本于老氏，如清净渊默之语皆是。韩公纲领正，却无近老氏说话。"又曰："《原道》中说得仁义道德极好。问：'定名虚位之说如何？'曰：'后人多讥议之。'某谓如此亦无害，盖此仁也，此义也，便是定名；此仁之道，仁之德，义之道，义之德，则道德乃总名，乃虚位也。且须知此语为老氏说，老氏谓失道而后德，失德而后仁，失仁而后义，失义而后礼，所以《原道》云：'吾之所谓道德，合仁与义言之也。'"程、朱二先生有取于《原道》者如此。惟发端二语，则程子尝曰："仁是性，爱是情，岂可专以爱为仁？退之言'博爱之谓仁'，非也，仁者，固博爱，然便以爱为仁则不可。"而朱子亦曰："韩愈云云，是指情为性。"又曰："仁义皆当以体言，若曰博爱，曰行而宜之，则皆用矣。"又曰："以博爱为仁，则未博爱之前，将非仁乎？问：'由是而之焉之谓道？'曰：'此是说行，非是说道体。'问:'足乎己无待于外之谓德?'曰:'此是说行道而有得于身者,非是说自然得之于天者也。'"学者即二先生之说而参玩之,则此篇大指了然于胸中矣。

康熙曰:奥衍闳深,理纯辞达,荀、扬辈未足方驾也。

震川归有光曰:《原道》一篇,立言正大,发先儒所未发。《唐书》称其奥舒宏深,与孟轲、扬雄相表里,而佐佑六经,知言哉! 至其为文,神诡万状,出有入无,震荡天地,则自孔孟后大文章矣。

鹿门茅坤曰:辟佛老,是退之一生命脉,故此文是退之集中命根。 其文源远流洪,最难鉴定,兼之其笔下变化诡谲,足以眩人。 若一下打破分明,如时论中一冒一承,六腹一尾。

臣士奇曰:孔门之学在求仁,仁之为道甚大,不可以一端名。 老氏见为小而非毁之,此千古异学之源也。 退之斥之,得其要矣。 顾犹曰"博爱之谓仁"至大,程子之定性识仁之篇更为纯备。

752.守戒

题注:自安史乱后,河南河北地裂为七八,蔡地最近成德、淄、青,连结为援,所谓通都大邑介于屈强之间,而不知为之备者也。篇终曰"在得人",及裴度平蔡,而愈之言验矣。

康熙曰:体局峭严,字字精采。 杜牧《守论》盖祖述此篇,而气之雄健则远不逮矣。

臣廷敬曰:唐时藩镇,声势相倚,故能方命自专。 若失其所与,则强者无由跋扈矣。 文有凿然之画,故下笔自尔斩截。

753.师说

康熙曰:提一"道"字为主,识解最高,而用笔尤极其古峭。

迂斋洪迈曰:柳子厚《答韦中立书》云:"今之世,不闻有师……独韩愈不顾流俗,犯笑侮,收召后学,作《师说》,因抗颜为师。"愈是以得狂名。余观退之《师说》云:"弟子不必不如师,师不必贤于弟子。"其言非好为人师也。 学者不归子厚而归退之,故子厚有此说耳。 此文如常山蛇势,救首救尾,段段有力,学者宜熟读。

754.张中丞传后叙

康熙曰：叙致曲折如画，真得龙门神髓，非徒形似也。

东发黄震曰：张睢阳提疲卒数千，抗强贼千万，四百余战无挫衄，天下奇才也。保睢阳以保江淮，保江淮以保四海，有唐藉以中兴焉[①]，天下奇功也。一死睢阳，余事耳，不当徒以其死节言。以许敬宗之祖而有许远之孙，人可以门户论哉！

闻修王志坚曰：巡既死，议者罪巡以食人，愚巡以死守睢阳，人媢其功，以为降贼。翰少与巡善，为立传，表上之，肃宗感悟，而巡大节白于世。欧阳公《张中丞传跋》云："以翰所记，考《唐书·列传》及退之所书，皆互有得失，而列传最为疏略，今翰所撰世亦少矣。"

臣乾学曰：摹写生色，真是颉颃子长。昌黎于褒贬最慎，故《唐书》援此以定许远之案。

755.争臣论

题注：阳城，字亢宗，北平人。好学，贫不能得书，乃求为集贤写书吏，窃读官书，六年，成进士。隐中条山，远近慕其德行，多从之学。徙居陕州，李泌为陕虢观察使，闻城名，泌入相，荐为著作郎。德宗时，拜谏议大夫。

尾注：后裴延龄逐陆贽等，城守延英阁上言，帝欲相延龄，城显语人曰："果尔，吾当取白麻裂之，哭于庭。"延龄卒不相，城之力也。盖有感于此文。

康熙曰：一解一难，开阖有法。

永叔欧阳修曰：退之作《诤臣论》以讥阳城不能极谏，卒以谏显。人皆谓城之不谏，盖有待而然，退之不识而妄讥，修独以为不然。当退之作论时，城为谏议已五年，复二年始廷论陆贽，及沮延龄作相，欲裂其麻，才两事耳。当德宗时，可谓多事，付受失宜，叛将强臣罗列天下，又多猜忌，信任小人，于此之时，岂无一事可言，而需七年耶？当时岂无急于延龄、陆贽两事者？而为谏官七年，适遇其事，一谏而罢，以塞其责。向使止五六年而遂迁司业，是终无一言而去也，何所取哉！

水心叶适曰：韩愈作《诤臣论》年甚少，是时意盛，谓天下事但当如是为之。逮其出入忧患，终不能有所为，似去阳城远矣。城与元德秀卷舒以己而不以人，唐人未有及者，近于东汉人矣。

迂斋楼昉曰：此篇是箴规攻击体，是反难文字之格，当以《范司谏书》

参看。

鹿门茅坤曰：截然四问四答，而首尾关键如一线。

756.答李翊书

题注：贞元十八年，陆傪佐主司权德舆于礼部，愈荐翊于傪，翊用是其年登第。

康熙曰：好学深思，读书养气，昌黎一生得力略尽于此篇。

东发黄震曰：《答李翊书》自叙历学之次第，然后及其养所自出者，当熟味如面承公之教我可也。

荆川唐顺之曰：此文当看抑扬转换处，累累然如贯珠，其此文之谓乎！

鹿门茅坤曰：要窥作家为文，必如此立根基，今人乃欲以字句求之，何哉？

臣英曰：波委云属，态致横溢，真昌黎之自状其文也。

757.答刘正夫书

题注：谓贤尊给事者刘伯刍也。伯刍三子宽夫、端夫、岩夫，无名正夫者。蜀本作嵒夫，今从旧。

康熙曰：于朴茂中独见风骨。

东发黄震曰：观《答刘正夫书》，知庸庸者不足以自见，而“功深”一语，尤为根本之论乎。

鹿门茅坤曰：文公教人作文，大意要自树立，不寻常，不取悦于今世。所谓能自树立、不因寻常等即公本来面目。

臣士奇曰：文必以圣贤为师，非徒貌饰，退之亦教人端其志耳，其志端则行洁而词芳，所谓修辞立诚也。

758.与孟尚书书

题注：孟简，字幾道。由工部侍郎进户部，出为山南东道节度使，终太子宾客。佞佛过甚，为时所诮，常与刘伯刍辈译次梵言，故为此书晓之。

康熙曰：昌黎文最为古峻。今观集中言理诸篇，皆坦夷直截，盖欲明斯道于天下，故语必归于醇正。

晦庵朱熹曰：杨氏之学，后为老子、墨氏之学本之。晏婴、申、韩惨酷，说者谓原之老子，凡非毁圣人而讥薄礼教，婴之书则然。秦之尊君抑臣，严刑峻法，岂为我之弊？其是今非古，坑燔儒学，岂兼爱之激也哉？释氏出入，言最宏阔，其罪福报应之语，既足以鼓惑愚鄙，而其见心明性，超出形器之外，又足陷溺高明；其徒坐食冗费，既足耗蠹海内，而斯民之和声附影，忘本背亲，又足以幻乱风俗，比杨墨之祸，不啻数十百倍也。晋、宋、魏、梁、陈以来，为论排之者，虽未尝绝，其究心竭力终其身而不之置，独愈一人而已。愈之用心，恳恻深切，固见之《与孟简》一书，而其精微详备，兼著本末之论，于《原道》文畅序见之。

东发黄震曰：此因解安传奉释事，遂极言释氏之非，张籍常劝之著书攻释，则辞之。

定宇陈栎曰：孟子辟杨、墨，功不在禹治洪水下者，洪水溺人之身，异端陷溺人心，心溺之祸甚于身溺故也。

鹿门茅坤曰：古来书自司马子长《答任少卿》后，独韩昌黎为工，而此书尤昌黎佳处。

759.再与鄂州柳中丞书

题注：柳公绰自御史中丞出为鄂州观察使，时方讨吴元济，诏发鄂、岳兵，隶安州刺史李听，公绰曰："朝廷谓吾儒生不知兵耶，请自行。"许之，引兵渡江，每战辄胜。

康熙曰：谈兵事文，英气勃发，西汉晁错、赵充国每以此擅长，斯文近之。

闻修王志坚曰：柳公绰以御史中丞出为鄂州观察使，亦讨吴元济，诏发所部兵五千，隶安州刺史李听，公绰曰："朝廷谓我儒生不知兵耶，请自行事。"在元和七年，此书岂以"阁下真能引孤军单进"一段深中事情？后世封疆有事，文臣请缨者，未必乃心王室，或先剋饷，以为三窟，旁观者奢于责报，狠于忌成，惟恐搜索之未尽。回思韩、柳二公之风，遂成绝迹，可发一慨。

禹修方岳贡曰：论客兵之害、土兵之利，可与杜牧之《上李相书》参观。

760.与祠部陆员外书

题注：贞元十八年，中书舍人权德舆典贡举，陆傪佐之，愈时为四门博士，荐侯喜等十人于傪。唐制主司取士，于试文外，又择行谊，采闻望，故其为书如此也。

康熙曰：驾轶排宕，极瀇滉之势。

东发黄震曰：公荐侯喜以下九人，此唐之公荐进士法也。

闻修王志坚曰：《容斋随笔》云："唐世科举之柄，专付之主司，仍不糊名。又有交朋之厚者为之助，谓之通榜。故其取人也，畏于讥议，多公而审。"《摭言》云："贞元十八年，权德舆为主文，陆傪员外通榜。韩文公荐十人于傪，权公凡三榜，共放六人，余不出五年皆捷。"即此书是也。考之贞元十八年，韩公方为四门博士，傪亦以是年出刺歙州，傪不以韩公为出位，德舆不以傪出守而终用其言，可谓难矣。梁肃荐士事，不见于本传，而见于《崔群王涯传》。崔时年甚少，而肃已荐之，其可谓知人。

臣廷敬曰：科举之制，本期杜绝请属，然唐时举子，投所业于公卿，谓之行卷，而公卿亦得论荐于主司，号为得士。后世士趋奔竞，甚至有借标榜以罗门下者，则两失之矣。

臣乾学曰：惟主司于试文外，又择行谊，采闻望，故往往致得人之盛。于今不可复行者，权载之所云，恐既失其末，又不得其本者也。

臣杜讷曰：汲引人才，出于至诚至公，绝无党援之疑，故能尽言而不讳。

761.送水陆运使韩侍御归所治序

题注：宪宗用李绛议，以韩重华为振武京西营田和籴水陆运使。振武，故单于大都护府地，重华后改名约，预甘露之祸。

康熙曰：前幅举其成功，后幅勉其建绩，下语不繁，而屯制之宜，已了然指掌。

鹿门茅坤曰：览此文，与欧阳公《食货志》相参看，始得肯綮。

禹修方岳贡曰：重华真能吏，真边才也，惜其功名不大著，赖文公而传，使后世知有重华及振武极边可以耕屯者，是公文之力也。

762.送浮屠文畅师序

康熙曰：昌黎力排释氏，而为浮屠赠言如此，正《原道》中所谓"明先王之道以道之"者也。

少颖林之奇曰：宋人资章甫以适诸越，越人断发文身，无所用之。夫释氏之教，西方之教也。吾儒之教，中国之教也。使中国自为中国，西域自为西域，所谓修其教而不易其俗，齐其俗不易其宜者盖如此，乌可以中国之教而杂以西域之俗哉！ 晋汉以来，释氏之说流于中国，学士大夫以西方之教而施于吾儒文物礼乐之中，可谓不知本矣。 夫生民之初，人与禽兽杂处而无别，吾儒之教既兴，然后自别于禽兽，不为异类之归，以与天地相为长久而不穷者，由此故也。 释氏之教则曰："去其三纲，灭其五常，与禽兽同群，然后天下可治。"此岂长久之道哉？ 温公谓韩退之之排佛老，惟《文畅师序》最得其要，可谓择之之精，语之之详矣。

东发黄震曰：扶持正教，开明人心，与《原道》之书相表里。

763.送郑尚书序

题注：郑权，字复常，开封人。贞元六年，举进士第。

康熙曰：光伟其气，磊落其辞，而出以精思，故尔超绝。

东发黄震曰：叙事工密。

臣廷敬曰：文至东汉而始靡，后愈趋愈弱，《左》《国》、西京风骨澌灭。如昌黎此等文，矫健无前，洵乎能起八代之衰。

臣乾学曰：不铺叙岭南山川物产，独称府帅统御钤辖之体，及其人情易畔难驯，立言便有关系。

764.送齐皞下第序

康熙曰：极顿挫激昂之妙，文之最有机局者。

东发黄震曰：齐皞之兄为相，有司以嫌不取之登第，公谓其生于私。 夫取舍于其人可也，于其势而取之，私也；于其势之可嫌而故舍之亦私也。 公之论精矣。 然舍之私，尚有愈于取之私。

鹿门茅坤曰：大旨已嫉时之论，而入齐生才数语，只看他操纵如意处。

765.送许郢州序

题注：许志雍，安陆人。贞元九年进士，时于頔节制山南东道，敛民方急，愈因志雍为郢州刺史，将行，序以规之。

康熙曰：寓规于劝，凡为守牧者均当勒之座隅。

叠山谢枋得曰：于頔乃一贪酷吏，其为观察也，赋敛苛急，刺史、县令不可为。 见《唐书》本传。 韩文《送许郢州》《崔复州》二序，皆讽谏之词，文有权衡，有针艾。

闻修王志坚曰：与《崔复州》一篇同意。郢、复在唐，皆隶山南东道，时于頔为节度使，急于敛下，故公以此为讽。然公与頔书，奉之靡所不至，乃于为之属者效箴规，何也？

鹿门茅坤曰：按《唐书》，于公多刻，退之文多托之以讽。

校记：

①“有”，原作“在”，据哈佛本改。

卷三十六

唐

韩愈

766.平淮西碑

题注:元和十二年,裴度以宰相出为淮西宣慰处置使,兼彰义军节度使,愈为行军司马。淮蔡平,以功授刑部侍郎,奉诏撰《平淮西碑》。

尾注:李愬以先入蔡州擒元济,功第一,意颇不平。愬妻,唐安公主也,因诉碑辞不实,诏令斫其文,更令翰林学士段文昌撰。

康熙曰:浑噩似诰铭,高古如雅颂,体裁弘钜,断为唐文第一。

闻修王志坚曰:新、旧《唐书》载,淮西碑仆于李愬倚唐安主入诉。方愬入蔡,具櫜鞬,迎晋公,示人以上下之分。其人知礼如此,不应争功名于文字间。观罗隐《记石烈士事》,知仆碑实出于石。盖将帅宣力之途著,庙堂主持之权微,军中健儿安知所谓"惟断乃成"?而是时政在姑息,遂因而从之耳。观段文昌改作,于愬部将姓名胪列殆尽,则当时所以改作之故可知矣。

卧子陈子龙曰:李义山赞公文曰:"点窜《尧典》《舜典》字,涂改《清庙》《生民》诗。"其言似矣。然公之此文,审轻重,明顺逆,歌之舞之,振动天下,又岂在于抄掇摹绘之间乎?又曰:"公之斯文,若元气濡染,大笔何淋漓!"斯言近之矣。

臣熙曰：典谟训诰之文，《清庙》《明堂》之句，一洗唐人碑版习气，宋儒谓其辞严义伟，制作如经，斯言得之。

767.曹成王碑

康熙曰：原本忠孝立言，已操要领，而叙事遣辞，奇而能法，碑版之文，此其极则也。

鹿门茅坤曰：昌黎自喜陈言之去，故《曹成碑》当亦属公作意之文。

禹修方岳贡曰：退之于此文，可谓字字作意，惟恐其一语之平弱，文之用心盖如此也。

臣鸿绪曰：于治民用兵见其忠，于事太妃见其孝。“既孝既忠”四字为一篇纲领。

768.处州孔子庙碑

康熙曰：气体高深而古色黝然，他家丹雘其辞，终居下乘耳。

东发黄震曰：公以社稷不屋而坛，不如夫子巍然高座。张文潜称“庙貌起于后世，祭天地亦不屋而坛耳”。

鹿门茅坤曰：《孔子庙碑》，汉以来当属昌黎第一。

闻修王志坚曰：欧阳公《谷城夫子庙记》云：“后之人徒见官为立祠，而州县莫不祭之，夫子之尊，由此为盛。甚者谓生虽不得位，而殁有所享，以为夫子荣，谓有德之报，虽尧舜莫若，何其谬论者与！”张文潜云：“庙貌之设，起于后世，如祭天地，亦不屋而坛耳。”二公所言，皆议韩公此文也。按：昌黎是尊题格，欧公是翻案法，其实非有异。

769.魏博节度观察使沂国公先庙碑铭

康熙曰：叙文简质，铭词古奥。其古奥处可及，其简质处不可及。

臣廷敬曰：发端从君命说起，端重有体，中间禀经酌史，含风蕴雅，如睹三代以来法器，铺张骏烈，非此种不足以光金石。

770.袁氏先庙碑

题注：本传：滋，字德深，朗山人。建中初，黜陟使赵赞荐授试校书郎，御史中丞韦贞伯表为侍御史，历迁湖南观察使，封淮阳郡公。

康熙曰：揭出“孝”字，便见此文关系不细，而词理淹综，足以发之。

鹿门茅坤曰：序袁氏世系，千余年若一线，中多荆棘，句字不可读，系之以韵，似追《雅》《颂》。

臣乾学曰：《雅》《颂》之遗，文成典则。

771.司勋员外孔君墓志铭

康熙曰：老笔纷披，弥见丰骨卓荦。

闻修王志坚曰：一篇只叙一事，《唐书》本传尽用之。

772.乌氏庙碑铭

康熙曰：雄姿灏气，有挥斥八极之意。

鹿门茅坤曰：序乌氏世系及战功处，错综而邕。

臣士奇曰：古人立言必本乎忠孝。卫孔氏烝彝鼎之铭，载在《礼经》，其最著者也。燕许但夸文藻，未循本实，退之起衰，斯为一端已。

773.南海神庙碑

康熙曰：典重高华，足以润色太平，铺张盛事。后幅拓开一步，文境倍觉宽舒。

闻修王志坚曰：孔戣本传云：“先是准诏祷南海神，多令从事代祠。戣每受诏，自犯风波而往，韩愈在潮州作诗以美之。”正指此碑韩公作，戣墓志不载，盖与此文互相详略也。

鹿门茅坤曰：以祀事作案摹写，神采晔然。

闇公徐孚远曰：日月出入，山岛竦峙，此曹孟观沧海作也，于公此文亦云。

臣英曰：结撰闳钜，波澜壮阔，词藻瑰丽，雅足与题相配。

臣杜讷曰：古质极似西汉文，在韩集中另为一格。

774.司徒兼侍中中书令赠太尉许国公神道碑铭

康熙曰：古气盘纡，风格峭拔，大类先秦文字。

卧子陈子龙曰：许公忠勤武节，元和之间倚为重臣，固宜得此文以震耀耳。

臣乾学曰：唐平蔡州，其时领重镇者，位无过弘，而弘又都统诸军。惟庙谟独决于裴令公，故首功先度而弘次之。是篇云“王诛以成，最功定次，孰与高下”，盖深表之。

臣士奇曰：唐藩镇纳兵归朝，以功名终，惟许公为最，勒铭垂后，以励臣节，大书特书，得《春秋》之旨矣。至其铭词古健，有汉魏乐府之风。

775.鳄鱼文

题注：潮恶溪有鳄鱼，食民产且尽，愈至数日，令其属以一羊一豚投溪水而祝之，其夕有暴风震雷起湫水中，数日水尽涸，西徙六十里，自是潮州无鳄鱼患。

康熙曰：用笔崭崭，自是奇文。

次崖林希元曰：祭一鳄鱼，而义理正大，讽论严切，殆与商盘、周诰相表里。或谓唐文之下于汉，以此较观，未见其然也。

臣廷敬曰：辞义严正，风霜集其腕下。所谓蔺相如虽千载以上人，凛凛有生气也，读者至今神思悚动，当日之感异类，理固然耳。

卷三十七

唐

柳宗元　字子厚，其先河东人，后徙于吴。贞元中第进士，为监察御史里行。善王叔文，坐贬永州，徙柳州，卒。

776.献平淮夷雅表

康熙曰：颂扬国美之文，典雅为上，宏赡次之，华缛又次之，如此其上乘也。

卧子陈子龙曰：子厚诸雅，如金人仡立，岩岩龙鳞，可与李华诸颂并为一代乐府。

臣熙曰：颂扬得体，雅饬不浮，讽诵一过，可谓穆如清风。

777.驳复仇议

题注：天后时，徐元庆复仇，议者欲舍其罪。左拾遗陈子昂议元庆宜伏国法，然后旌其闾墓，时韪其言。宗元驳之。

康熙曰：挈出“刑”“礼”二字，并提作骨，驳辨至为精核。

西山真德秀曰：退之亦有“复仇”之议，终不若子厚此文明白痛快。

东发黄震曰：旌与诛莫得而并，当考正其曲直，所论甚精，合与昌黎《复仇议》参看。

荆川唐顺之曰：此等文字极谨严，无一字懒散，理精而文工，左氏《国语》之亚也[①]。

778.晋文公问守原议

题注:《左传》:僖公二十五年,晋侯朝王,王与之阳樊、温、原、攒茅之田,阳樊不服,围之,出其民。冬,晋侯围原,原又不降,命去之,退一舍而原降。晋侯问原守于寺人勃鞮,对曰:“昔赵衰以壶餐从径,馁而勿食。”故使处原。

尾注:赵穿弑灵公。太史书曰:“赵盾弑其君。”许悼公疾,饮太子之药而卒。太子奔晋。书曰:“许世子止弑其君买。”

按:唐自德宗惩朱泚之乱,以左右神策、天威等军委宦者主之,置护军中尉、中护军分提禁兵,威柄下迁,政在宦人。其视晋文问原守于寺人尤甚。宗元此议,虽论晋文之失,其意实悯当时宦者之祸。逮宪宗元和十五年,而陈弘志之乱作。

康熙曰:竖义精严,遣调紧拔,森然法戒之文。

东发黄震曰:原虽得人,不当谋之寺人。

闻修王志坚曰:赵衰为文公从亡之臣,岂待人先容者问之勃鞮而后畀?正当时左右得人之一征也。子厚此篇有感时事,借古人发议耳。

卧子陈子龙曰:此子厚深痛于宦官之祸而为此论也。当时伾文之党,尽欲夺北衙之势,张南衙之权,但其行事躁妄,终以自败,然于国谋不可谓非正也。

779.与太学诸生书

题注:贞元十四年,太学生薛约言事得罪,谪连州,阳城送之郊外。帝恶城党有罪,黜为道州刺史。太学诸生何蕃等诣阙请留,宗元以此书勉之。

尾注:太学生得书,守阙下数日,为吏遮止不得上。

康熙曰:辞旨雅畅中,寓有好贤与善之意,故倍觉娓娓可思。

780.答韦中立论师道书

题注:《新史·年表》云:中立,潭州刺史彪之孙。

康熙曰:命意深厚,不为苛激之音。

东发黄震曰:此书后段,说为文之法极详。

伯厚王应麟曰:韩柳并称而道不同,韩作《师说》而柳不肯为师,韩辟佛而柳谓佛与圣人合[2]，韩谓史有人祸天刑，而柳谓刑祸非所恐。

鹿门茅坤曰：子厚书中所论文章之指，未敢必其尽能如所云，要之亦本于镵心研神者。而后之为文者，特路剽富者之金而以夸于天下曰："吾且猗顿矣。"何其不自量之甚也！予故奋袂曰："有志于文，须本之六经以求圣人之道，其庶焉尔。"

臣廷敬曰：此书与退之《与李翊书》参观，乃知韩柳用功得力处。文特辩肆奡兀，独是篇中孟荀、庄老并举类视，虽所见未纯，固当节取其长。

臣乾学曰：于文章之根柢条叶，数词皆备，上下千百年，作者无能出其环中。韩、欧诸公皆好论文，止自言其所得，未若此之闳深肃括也。

781.与韩愈论史官书

题注：元和八年，愈为史馆修撰，刘秀才作书勉之，愈答书。宗元见愈书稿，乃与愈书。

康熙曰：词极雄辨，理甚坚正。

水心叶适曰：令狐德棻在武德初便已建明修史，故贞观中，《晋》及《南》《北》诸书皆获完具，而李延寿又自为集史，虽皆文字不足以望古人，而成败有考，统纪不失，其补益于世多矣。自北齐至隋，词学汇兴，太宗又置文学馆，收拾时彦，名章俊笔相继而起。后世乃谓东汉以来道丧文敝，房、杜、姚、宋不能救，而古文由韩愈始复振，此论固不可易。本朝继之以欧、王、曾、苏，然虽文词为盛，往往不过记叙铭论，浮说闲语，而着实处反不逮唐人远甚，学者不可但随声唱和，虚文无实，终于斫丧而已。

荆川唐顺之曰：提其原书辨处，有显有晦，错综成文。

禹修方岳贡曰：观退之《谏佛骨》之表、论庭凑之辨，必非怯于祸而不为者，但以史绪纷杂，难于综理，故解设而为是言。而子厚折之，可谓当其理矣。

782.段太尉逸事状

题注：段太尉，名秀实，字成公。此状，宗元元和九年在永州作。

康熙曰：刻画情事，能使太尉须眉毕现，与昌黎《张中丞传后叙》工力悉敌。

东发黄震曰：太尉逸事凡三，文高事核，曲尽其妙。

臣鸿绪曰：直起直收，巉峭简严，逼真史迁叙事文字。

臣英曰：叙太尉三事皆刚正慈仁，《诗》所谓‘不畏强御，不侮鳏寡’者欤！笔势复陡健雄迈，曲尽情事。

783.封建论

题注：唐兴，疏属毕王。至太宗时，名臣共论封建事。子厚深探其本，据古验今，反复论之。

康熙曰：博辨纵横，字字沉鸷，中间错举秦、汉、唐之制，引据甚精，断制甚确。

水心叶适曰：苏氏谓柳宗元封建之论出，而诸子之论皆废，虽圣人复起不能易。然宗元言封建非圣人意也，势也。观《易》“地上有水，比。先王以建万国，亲诸侯”，《书》载万邦义尤多。圣人惟恐德不足以有诸侯，更分别甚意与势，而谓其不得已乎。方尧、舜、三代时，所谓建置其国家者，皆天下之贤圣。故臧文仲闻六、蓼灭，谓：“皋陶、庭坚不祀忽诸。德之不建，民之无援”，岂如汉唐以腥臊剑挺之臣、膏粱乳臭之子，加诸亿兆人之上哉！自晋、楚灭国最多，已自别为郡县，至秦始尽空之，天地霍然一变，大要古无封建之论，因李斯不主，后世之说方角立，而宗元遂言公天下之端，自秦始也。

臣士奇曰：事势之流，盖亦运会使然。封建之不可行于后世，与井田之不可行于后世，一也。柳州此文特窥其要。

784.守道论

题注：《左传》：昭公二十年，齐侯田于沛，招虞人以弓，不进。曰：昔先君之田也，旃以招大夫，弓以招士，皮冠以招虞人，臣不敢进。仲尼曰：守道不如守官。君子韪之。

康熙曰：演迤条达，须知柳州文中又有此一种。

西山真德秀曰：《易》曰：“形而上者谓之道，形而下者谓之器。”以一身言之，四肢百骸，形而下者也；吾身所具之理，即形而上者也。推之事物，亦莫不然。自异端之学兴，于是指形器为粗迹，而索道于虚无玄漠不可测知之域，形而上下者始不相属矣。柳子此论，颇得道器不相离之意，故取焉。

785.南府君睢阳庙碑

康熙曰：以两汉之健骨运六代之腴辞。

东发黄震曰：此碑记南霁云也。然一句一字，始终属对，全似韩柳未出时文体，与子厚他文不类，当是少年作。近世晦翁尝以年考之，乃子厚晚年作，殆自隳以从俗耶。

臣熙曰：丽而不俳，缛而能雅。

786.箕子碑

题注：箕子，名胥余，食采于箕，故曰箕子。

康熙曰：立议奇而不轶于法，有此识力，始可以尚论古人。

东发黄震曰：子厚发明箕子之道，善矣，但恐不当于三人分轻重。

叠山谢枋得曰：此等文章，天地间不可多得，惟杜牧之《题项羽乌江庙诗》有云"江东子弟多豪俊，卷土重来未可知"二句得此妙致。

787.陆文通先生墓表

题注：文通先生，名淳，字元冲，避宪宗讳，改名质。子厚此表作于邵州。

按：质附韦执谊、王叔文，为给事中，故《唐书》与执谊、叔文同传。宗元自与质善，特为褒美。然史亦称其能文圣人书，通于后世，其功盖不可泯也。

康熙曰：表章经学之文，要须如此简确。

臣廷敬曰：首尾以《春秋》一事阐发，乃文之特例。而其浑沦、滂魄、渊古之气，蒸浃肌髓，固当雄视一世。

788.裴墐崇丰二陵集礼后序

题注：子厚尝为墐志其墓碣，谓其撰《崇丰二陵集礼》，藏之南阁，盖如序所言云。

康熙曰：通篇惟用直叙，此所谓渊雅之音，故无须于抗坠也。

禹修方岳贡曰：其文质老，不求媚于俗者。

臣鸿绪曰：山陵礼制见于《周官》甚详，开元诸臣从而讳之，其陋已甚。墐所撰礼得登于太常，而子厚表章之，可云卓识。

臣英曰：叙裴氏家学，意重于爱礼近古，柳文之极丰赡整严者。

789.柳宗直西汉文类序

题注：宗直，子厚之从弟。

康熙曰：此篇逼真西汉，近古而尤壮丽，殆子厚所以自状其文品也。

鹿门茅坤曰：览子厚之所以序《西汉》，而文章之旨亦可概见矣。

臣士奇曰：文体至西京始称弘备，为作者取则，由其去古未远，推本经术，不区区以文法为工也。

790.岭南节度使飨军堂记

康熙曰：雄深者其思理也，整丽者其体制也，复有一种俊迈之风骨，旋转于其间，岂非杰构？

鹿门茅坤曰：岭南节度使所领者重镇，所建飨军堂之制亦弘敞，而文亦称。

卧子陈子龙曰：文如画栋雕甍，高牙大纛，翼翼岩岩，观者竦视。

臣廷敬曰：崇闳之论妙于发端，瑰伟之词工于铺叙，详而不烦、质而能雅之文。

791.邠宁进奏院记

康熙曰：能于小中见大，而体局弘敞，词亦足以配之。

禹修方岳贡曰：赞节度之政于天子之都，宜其抑扬有体，进退肃然。

臣乾学曰：朗宁功业在贞、元间，可称节将，记进奏院，而推此发论，立言有体。

792.监察使壁记

康熙曰：用笔谨严，遣言典重，始终以"敬"字绾结，尤为扼要。

臣杜讷曰：首摭经语，竖义森发，篇中铺陈详核，结束整严，文之极有矩度者。

793.兴州江运记

题注：江，嘉陵江也，在汉中府凤县北。

康熙曰：叙述议论，皆以典奥出之，可谓壁垒森严，神采焕发[③]。

閭公徐孚远曰：能知地利远近，读其文可考其绩，不徒以颂德为工。

臣士奇曰：邗沟、枋头皆为军兴计，然不过相度水流，因势利导而已。此役凿山焚林，引江二百里，较为尤难。欲兴利者，不得惮劳，权其轻重，有所必为也。

794.剑门铭

题注:《一统志》:大剑山,在四川剑州。张载《剑阁记》即此,又名剑门山。

按:宋臣欧阳修曰:"唐有天下,文章无虑三变:太祖、太宗时,仍江左余风,则王、杨为之伯。明皇好经术,崇雅黜浮,则燕、许擅其宗。大历、贞元间,韩愈倡之,柳宗元、李翱、皇甫湜等和之,排逐百家,法度森严,抵轹晋魏,上轧周汉,完然为一王法,此其极也。"今于燕、许诸家各存一二以备当时之体,其他雕琢藻绘、穷妍尽致之作,则载入别集。而韩愈之文,采录为独多。昔愈之门人李汉编录愈集,言"文者,贯道之器",而宋儒亦称愈为"因文见道"者。盖自愈以后,士始知以道德仁义为文章之旨归,《易》《诗》《书》《礼》《春秋》为文章之根柢。无论翱与湜,皆受其陶冶而成,即宗元且力与角,而卒莫出其范围也。要之,宗元视愈,伯仲之间,而翱与湜之徒,若附庸焉。有唐一代之文,源流正变不外是矣。

康熙曰：不作萦纡之势而自然矫拔，录此以式轻靡之习。

卧子陈子龙曰：孟阳垂戒之文，此是铭功之作，雄雅不同，各有其体。

臣英曰：词既炳焕，铭亦遒古。

校记：

①此条据哈佛本补。

②"谓",原作"为",据哈佛本改。

③"发",原作"散",据《古文评论》改。

卷三十八

唐

白居易 字乐天，其先太原人，徙下邽。贞元中进士，元和中召入为翰林学士，迁左拾遗，会昌初以刑部尚书致仕。卒，赠尚书右仆射。

795.初授拾遗献书

康熙曰：婉巽而多风，纳约自牖之义也。

禹修方岳贡曰：以翰林学士兼谏官，故宪宗之时，谋猷献替，如李绛、崔群、居易极得其用。

臣熙曰：有官守则尽其职，有言责则尽其言，如此则朝无旷官，官无废事矣。文特婉而多风，自觉天然韶秀。

796.授孔戣右散骑常侍制

题注：孔戣，字君严。登进士第。宪宗元和初，为谏议大夫，历岭南节度使。敬宗即位，召为吏部侍郎，改右散骑常侍。

康熙曰：辞甚圆美。

797.授郑覃给事中制

题注：郑覃，故相珣瑜子。穆宗长庆元年，由谏议大夫转给事中。

康熙曰：娴雅犹存典则。

禹修方岳贡曰：举职以告，有合典制。

元稹　字微之，河南人。元和初，举制科对策第一，拜右拾遗，后为相三月而罢，以武昌节度使卒。

798.献事表

题注:稹为拾遗时,自以职谏诤,不得数召见,乃上疏云。

康熙曰：机理滝畅，不事雕缋，唐文之又一格也。

禹修方岳贡曰：微之少年好以直言极谏自负，砺其锋锐，欲一见于明主也如此。

臣廷敬曰：意必恳到，辞必朗畅，反复委曲，至罄竭所怀而止，盖自贾长沙献策而已然矣。中间援引文皇归过臣下，尤立言有体。

799.论谏职表

康熙曰：文笔清疏，而意独恳到。

卧子陈子龙曰：谏官随宰相奏事，此唐人之良法，至今可行者也。微之此疏，可谓不负谏官矣。

臣乾学曰：微之初入仕，以气节自负。元和元年任拾遗，八十三日而贬河南尉，表当是此时所上，故其词多关系风采。

800.与韩愈书

康熙曰：阐幽之言，足扶名教。

臣英曰：述叙义烈，以备敦史，所谓发潜德之幽光，甄生藉不朽矣。

臣士奇曰：甄君节义不减逄萌、梅福，当时传诣长安，未闻显命，表彰潜德，实赖斯文。

刘禹锡 字梦得，中山人。擢进士，登博学宏词科，工文章，累官至集贤直学士。以党王叔文，贬朗州司马。

801.许州文宣王新庙碑

康熙曰：古藻缤纷，极为雅赡。

臣乾学曰：不独语次倔奇，而峻洁处正复一字不苟。

臣杜讷曰：《宣圣庙碑》文独能新湛，无一肤阔语，是其笔致高骞。

李翱 字习之，赵郡人。德宗贞元中，登进士第，授校书郎。宪宗元和初，转国子博士史馆修撰，忤宰相李逢吉，出为庐州刺史。文宗太和初，入为谏议大夫，寻知制诰。卒，谥文公。

802.论事疏

周忠正

康熙曰："大臣忠正，小臣莫敢为不正"，千古名言。

臣熙曰：唐自淮西既平，朝廷专意姑息，群臣各立朋党，藩镇争以贡献为名，百姓愁苦钱货重而谷帛轻，故李翱言及之。四疏切实不浮，深中时弊。

臣廷敬曰：首揭治本，而以尽言不希恩泽，访求忠正，亦观人之善法也。其论朋党处，语不多而得要，上衍刘向之绪，下开欧阳之端。

屏奸佞

康熙曰：铺叙之文，自尔详尽。

臣廷敬曰：所言质直，不为曲说卮辞，而读之不嫌易尽，气格古也。盖每事抒写，词取达意，其体固应尔尔。

改税法

康熙曰：明白晓畅。

臣廷敬曰：古时田赋皆以谷帛，而汉章帝时以谷贵，乃封钱以布帛为租，则自汉以来，钱帛盖尝迭用矣。唐初行租庸调，其法甚善，亦实未尝有钱也。至大历中，户尽输钱，杨炎作《两税法》，踵而行之。翱为此疏，盖欲复古制以苏农困也。

绝进献

康熙曰：论财货从出之源，洞中情事，文复英爽切挚。

803.复性书

按：翱《复性书》有三篇，今录末篇，而以首篇附著于后。其言曰：

人之所以为圣人者，性也；人之所以惑其性者，情也。喜、怒、哀、惧、爱、恶、欲七者，皆情所为也。情既昏，性斯匿矣，非性之过也。七者循环而交来，故性不能充也。水之浑也，其流不清；火之烟也，其光不明；非水火清明之过。沙不浑，流斯清矣；烟不郁，光斯明矣；情不作，性斯充矣。

性者，天之命也，圣人得之而不惑者也。圣人者，岂其无情耶？圣人者，寂然不动，不往而到，不言而神，不耀而光，制作参乎天地，变化合乎阴阳，虽有情也，未尝有情也。然则百姓者，岂其无性耶？百姓之性与圣人之性弗差也。虽然，情之所昏，交相攻，未始有穷，故虽终身而不自睹其性焉。火之潜于山石林木之中，非不火也；江、河、淮、济之未流而泉于山，非不水也。石弗敲，木不磨，则不能烧其山林而燥万物。泉之源弗疏，则弗能为江为河为济为淮，东汇大壑，浩浩汤汤，为弗测之深。情之动静弗息，则弗能复其性而烛天地，为不极之明。

是故诚者，圣人之性也，寂然不动，广大清明，照乎天地，感而遂通，天下之故，行止语言，无不处于极也。复其性者，贤人循之而不已者也，不已则能归其源矣。圣人知人之性皆善，可以循之，其不息而至于圣也，故制礼以节之，作乐以和之。安于仁，乐之本也；动而中，礼之本也。故在车则闻和鸾之声，行步则闻佩玉之音。无故不废琴瑟，视听言行循礼法而动，所以教人忘嗜欲而归性命之道也。道者，至诚而不息也。至诚而不息则虚，虚而不息则明，明而不息则照天地而无遗，非他也，此尽性命之道也。哀哉！人人可以及于此，莫之止而不为也，不亦惑耶？

真德秀云：“翱书二篇，皆论灭情复性之道。然《中庸》有曰：‘喜怒哀乐之未发谓之中，发而中节谓之和。’是喜怒哀乐欲其中节而已，未尝以为可无也。孟子以恻隐、羞恶、辞逊、是非为四端，正欲人扩而充之，未尝以为可灭也。”又曰：“乃若其情，则可以为善矣。乃所以为善也，孟子因情之善而知性之本善，盖因其所发而知其本体也。以为邪妄而欲灭之，可乎？故程正公曰：‘性为本，情是性之动处。情又几善恶，而论颜子之学，则谓觉者约其情使合于中，亦不以为可灭也。’朱文公亦曰：‘李翱论复性则是，灭情以复性则非，情如何可灭？此释氏之说，陷于其中而不知。’”独末篇之言可以警学者，故录焉。

康熙曰：惕厉其词，可以警学。

臣乾学曰：性命之旨，孔孟没而渐淆，至周、程始能归之于正。习之灭情复性，虽见驳于宋儒，然能以性善为说，已进乎其师“三品”之解矣。

804.平赋书序

康熙曰：经济之文，立论自佳。

琼山丘濬曰：李翱作《平赋书》，盖悯当时之赋不平也。赋所以不平者，盖以其制民产者无法，敛民财者无艺也。既无制民之产之法，而敛之又不以其道，则民贫矣，民贫则君安能独富哉？其所谓“人皆知重敛之可以得财，而不知轻敛之得财愈多”，其言尤为警切。

805.上宰相书

题注：此宰相乃崔群也。

尾注：群不能用，竟为鏄所构，出为湖南观察都团练使。

康熙曰：洮洮清辩，隽利可喜。

子相宗臣曰：文情婉转，气宇轻逸，讽谕之辞有甚于怒骂。

鹿门茅坤曰：明珠九曲，心腕俱灵。

806.答进士朱载言书

康熙曰：行己之道，为学之方，是书约略尽之，而其叙文章源流正变处，尤为详确。

臣英曰：言文章以六经为渊源，以诸子为支派，设辩立论不拘一辙，可谓博而该矣。

臣士奇曰：文以性灵独至为主，乃异于鞶帨为工者。习之立论，推本情性，根柢六经，可谓豪杰之士，斯亦继昌黎而起者。

807.杨烈妇传

康熙曰：摹写情事，有声有色，末作断语，亦自详整。

臣杜讷曰：摹画烈妇守项事，英气逼人，善学史迁诸传始能有此神理。

808.高愍女碑

康熙曰：于大处发论，局阵展舒，波澜空阔。

臣乾学曰：摹次愍女从容慷慨处，真得昌黎之髓。

田弘正　本名兴，字安道，平州卢龙人。田季安时为衙内兵马使，季安死，弘正举六州版籍请命于朝，宪宗嘉之，诏检校工部尚书，充魏博节度使，赐名弘正。卒，赠太尉，谥曰忠愍。

809.谢赐节钺表

康熙曰：语语出于忠款，绝无游辞。

禹修方岳贡曰：弘正生于乱族，独为纯臣。读其表文，真义士击节，凶人夺气。惜乎！功不遂其志也。

臣熙曰：美秀而文，唐表中以意胜者。归命语字字出于肺腑，自可格天贯日。

吕温　字和叔。贞元末，擢进士第，再迁左拾遗，以侍御史副张荐使吐蕃，元和元年乃还，进户部员外郎，御史中丞。窦群荐知杂事，宰相李吉甫持之不下，温怨，因构吉甫，坐贬均州刺史，再贬道州，徙衡州卒。

810.功臣恕死议

康熙曰：逐段议论，皆以两意互发，字字深陗，气体亦遒上不群。

卧子陈子龙曰：八议之典，自古有之，而不著之丹书铁券者，良有意也。

811.张荆州画赞

题注：张九龄为相时，荐周子谅为监察御史，以妄言休咎见杀，九龄坐引非其人，左迁荆州大都督府长史。

康熙曰：义本严正，词复奇宕，精理内含，声光外射。

皇甫湜 字持正，睦州新安人。擢进士第，仕至工部郎中。

812.论进奉书

康熙曰：指事切实，能发天下为家之义。

琼山丘濬曰：普天之下，莫非王土，凡土所生之物，何者而非天子之物乎？ 有之固不足以为夸，无之亦不足以为歉。 为万乘之主，而欲人之贡献，既知其非而禁之，而又不却，人主之举措为何如哉[①]？

813.故吏部侍郎昌黎韩先生墓志铭

康熙曰：渊奥古崛，殆有意仿昌黎而为之者。

臣鸿绪曰：极意推崇，不为过量之言，文亦鲸铿春丽，惊耀天下。

臣英曰：昌黎生平风烈，独举其谏佛骨、说韩弘、使王廷凑数事，盖举其重且大者，此作文之法也。 词句古奥奇崛，复戛戛陈言之务去。

臣士奇曰：造语险涩，而命意则归于醇正，力欲革谐婉之习，故别成一家言。

舒元舆　江州人。元和八年，登进士第，与李训善。太和九年，以御史中丞同平章事。训诈为甘露降，谋伏兵诛中官不克，中尉仇士良率兵杀训及元舆等。

814.上论贡士书

康熙曰：侃侃发摅，最为正论，然国家固宜重士，而士亦宜知所以自重，如此庶两得之耳。

献吉李梦阳曰：杨绾疏云："比文章于郑卫……六经则未尝开卷，三史则皆同挂壁。"②又薛登云："上启陈诗，惟希咳唾之泽；摩顶至踵，翼荷提携之恩。"二说可与此参看。

臣乾学曰：此病至今不可革者，谓苟从宽简，则有司因缘滋弊，宁舍此而就彼也。然先以不肖待有司而责之，得士亦非情理，要当渐变之于文教昌明之后也。

臣杜讷曰：准情协理之言，不禁缠绵悱恻。

李汉　字南纪，宗室淮阳王道明之后。韩愈子婿，少师愈。元和七年，擢进士第。长庆末，为左拾遗。文宗时，李宗闵作相，用为知制诰，累迁吏部侍郎。李宗闵得罪罢相，汉坐其党，贬汾州司马。

815.韩愈文集序

康熙曰：序昌黎文，提"道"字为主，词旨深闳，得不谓之知言！

迁斋楼昉曰：退之诸生，或为祭文，或为行状，浅深疏密，居然可见。汉乃其婿也，故为序之如此。

震川归有光曰：此文第一节先论文不离道，第二节论圣经之深于道，第三节论秦汉之杰作，第四节论后汉、晋、魏之非道，第五节说入退之，形容退之文与道合，第六节论退之之确然守正，见其深于道也。

臣鸿绪曰：汉受知昌黎最深，故言之亲切，一“道”字亦得大原。

欧阳詹 字行周，泉州晋江人。闽人举进士自詹始。詹为国子监四门助教，率其徒伏阙下举韩愈博士。卒，年四十余，崔群哭之甚，愈为詹哀辞，自书以遗群。

816.太学张博士讲礼记记

康熙曰：叙事中饶有朴茂之气，音节近古。

臣乾学曰：盛时气象，读之深怀古之情。

校记：

①此条据哈佛本补。

②“比”，原作“此”，据哈佛本改。

卷三十九

唐

刘蕡　字去华，幽州昌平人。对策不第，贬柳州司户参军。至昭宗时，赠右谏议大夫。

817.制策对

题注：神策中尉王守澄负弑逆罪，不能讨。文宗即位，思洗宿耻，太和二年，引诸儒策之于廷，蕡对策，极言其祸。

尾注：是时第策官左散骑常侍冯宿、太常少卿贾餗、库部郎中庞严见蕡对嗟服，以为过古晁、董，而畏中官眦睚，不敢取。士人读其词，至有感慨流涕者，谏官御史交章论其直。于时被选者二十有二人，所言皆冗龊常务，类得优调。河南府参军事李郃曰："蕡逐我留，吾颜其厚邪？"乃上疏曰："陛下御正殿，求直言，使人得自奋。臣才知懦劣，不能质古今是非，使陛下闻未闻之言，行未行之事，忽忽内思，愧羞神明。今蕡所对，敢空臆尽言，至皇王之成败，陛下所防闲，时政之安危，不私所料，又引《春秋》为据，汉魏以来，无与蕡比。而有司以言涉讦忤不敢闻，臣恐忠良道穷，纲纪遂绝，季汉之乱复兴于今矣。"帝不纳。

康熙曰：剀至详明，发挥经术，此逼真西京文字，可以追踪晁、董。

致堂胡寅曰：裴度、韦处厚抑谏官御史不令伸蕡，何也？蕡策有三事焉，一则讥及文宗，二则举隆宰辅，三则力诋宦寺，此裴、韦所以拒之而不敢当者也。虽然，此寻常之见耳，二公屡朝旧德，盍以栋国取贤，匡君救弊为重乎？ 是时未有一人言及宦寺者，若因蕡言置之高第，请召公卿并责常侍五六人，陈太宗故事及近代之失，咨访厥中，公议既合，此五六人者必有自善之谋，纳兵之请，因而处之以礼，则不出中昃，大计定矣。 乃避远小嫌，失于事会，黜直言之士，增北司之气，其失岂小也哉！ 蕡之所陈，但欲复其扫除之职，异乎申锡训注之谋，事可必行。 惜乎！ 裴、韦读之不详，思之不熟也。

水心叶适曰：唐贤良策惟有刘蕡。 余尝论唐人无识治乱者，惟以文华进身，以气力任事，随其所至，裁割而成。 如蕡考据经术，条析急务，一时大义，略皆先具，进士之俊杰无能及矣。 然知治与致治不同，惜蕡不一试用，观其所为何如也。

伯厚王应麟曰：唐宏词之论，其传于今者，惟韩文公《颜子不贰过》；制举之策，其书于史者，惟刘蕡一篇：不在乎科目得失也。

少颖林之奇曰：召之以直言而其言直，索之以极谏而其谏极，可谓举得其人矣。 始以直言极谏而求之，反以直言极谏而黜之，将何以得天下之实材乎？ 仁祖皇帝尝举直言极谏科，苏子由对策盛言宫中饮酒过度，歌舞失节，仁祖初无是事而举士妄言可黜。 仁祖曰："以直言极谏而求之，焉可以直言极谏而黜之乎？ 小臣疏远，乃能如此，特旨取之。"呜呼！ 仁圣之虑远矣。

淳夫范祖禹曰：自古国家之败未有不由子孙更变祖宗之旧也。 创业之君，其得之也难，故其防患者也深；其虑之也远，故其立法也密。 后世虽有聪明才智之君，高出群臣之表，然未若祖宗更事之多也。 夫中人不可假以威权，盖近而易以为奸也。 自明皇不戒履霜之渐，而轻变太宗之制，崇信宦者，增多其员，自是以后侵于国政，其源一启，末流不可复塞，唐室之祸基于开元。《书》曰："监于先王成宪，其永无愆。"为人后嗣，可不念之哉！

水心叶适曰：立国之势，有未当论治乱安危而先当论存亡者，自昔善论之士，少有能知。《新史》谓唐兵三变，归咎于明皇，而神策宿卫之兵，姑泛言之而已。 如募兵藩镇，以治乱安危言之可也，而存亡之分犹未及焉。 自明皇以杨思勖将兵平蛮，始启亡国之祸。 肃宗用李辅国，代宗用程元振、鱼朝恩，德宗遂为故事。 终唐之世未有言其非者，惟刘蕡对策，欲挈兵柄以归于将。 然王叔文既已取之而不能，使蕡得用，未知其何道以归于将也。 然则以唐事考之，募兵藩镇不过能危乱其国，而亡唐者特中官将兵而已。 三代所以久长，及其诸侯之国有至七八百年者，皆以其虽可危乱而未可亡故也。

卧子陈子龙曰：当时专兵者，皆盗贼耳。兵非天子之兵，将非天子之将也。而天子之兵之将，则又以军容监之，枢密主之矣，故蕡于此复言以兵柄归于将也。

臣熙曰：忠言谠论，反复数千言，文章经济兼而有之，故能闳中而肆外。以直言极谏取士，而以直言极谏弃之，唐所以不竞也。

臣廷敬曰：其经术综三传之绪言，其识略切当世之要务，至触冒忌讳，不顾利害，尤能言人所难言，洵唐宋以来制策之冠冕也。

李德裕　字文饶，赞皇人，宰相吉甫子。相武宗，官拜太尉，进封卫国公。宣宗立，贬崖州卒。

818.讨刘稹制

题注：泽潞刘从谏死，其从子稹擅留军以邀节度。德裕言于武宗，诏稹护丧还东都。稹不奉诏，夺从谏稹官，敕诸军进讨。

康熙曰：德裕处分泽、潞，比迹蔡功，似此辞义严明，所谓制胜于庙堂也。

禹修方岳贡曰：文饶所草诸敕，皆深略玮文，洞见万里，直是相业所系，非徒以词命见推。

臣乾学曰：始吉甫谋讨两河畔将，而德裕独平泽潞余孽，皆以三世遗种一朝歼灭，厥功茂矣。文特凛冽，有风霜之色。

819.赐回鹘书意

题注：会昌中，回鹘为黠戛斯所破，其可汗温介特勒南徙，侵逼天德，欲借振武城居其部落，武宗不许，故作书谕之。

康熙曰：简严中能尽事理。

820.赐回鹘可汗书

题注:回鹘既残破,其王子嗢没斯内附,诏封为怀化郡王,授天德节度使。乌介可汗怒,欲中国缚而送之,帝不许,赐书谕之。

康熙曰：温言抚慰，而开谕晓晰，深得布告诸藩之体。

821.奉宣撰太和公主书

题注:公主,宪宗女也。穆宗时,下嫁回鹘可汗。至武宗会昌中,回鹘国乱,其部众奉主至漠南,侵掠云、朔诸郡,故作书遗之。

康熙曰：词意谆详，妙有操纵。

822.赐石雄诏意

题注:会昌三年,泽潞节度使刘从谏死,其从子稹以郭谊为谋主,遂自立,求节钺不得,发兵反。德裕劝武宗讨之,先是潞州市有男子磬折唱曰:"石雄七千人至矣。"因荐石州刺史石雄将七千人以往,草诏奖戒之。

康熙曰：词锋精整，足以壮鼓旗而新壁垒。后幅戒以持重，允为樽俎名言。

823.赐王宰诏意

题注:宰,智兴子,邠宁庆节度使。方讨刘稹,徙忠武,诏以兵出魏博,趋磁州,兼统河阳行营,进取天井关,德裕以宰乘破竹势,不遂取泽州,撰诏切责。

康熙曰：词不过严，而意甚英决。

臣英曰：激励将士，在感以大义，不事文饰。

824.又赐王宰诏意

康熙曰：兵事机宜，规划详审，非独运筹之妙，亦见驭将之权。

臣士奇曰：文饶神警机速，料事明决，是时刘稹方质宰子，诏中坦然信之，但责其抑私伸义，其知人善任，使阔略不拘小嫌，实高人一等矣。

825.代刘沔与回鹘宰相颉于伽思书

康熙曰：回鹘有功于唐，故不用严辞诮让而多劝谕之言，以大字小之义也。

臣乾学曰：文饶贷粟回鹘，原非倾信其请，其后令石雄邀击乌介，迎还公主，回鹘遂弱，可见庙谟先有成算矣。悉怛谋之死，赞皇终身恨之。此举赖武宗专意委任，奇功克建，亦君臣相得之效云。

826.为宰相与李执方书

题注：开成五年十一月，魏博节度使何进滔卒，其子重顺自称留后。武宗诏河阳李执方、沧州刘约，谕朝京师，或割地自效，不听。宰相与执方书，正此时也。时帝新即位，重起兵，乃授福王绾节度大使，以重顺自副，赐名弘敬。

康熙曰：语直而意婉，文特妙于布置。

臣杜讷曰：字斟句酌，而真挚坦白之意自溢行间，洵辞令之隽品。

827.论侍讲奏孔子门徒事状

康熙曰：理解明确，正论肃然。

雪航赵弼曰：朋党之祸国自古已然，读至此文末幅，真可痛哭。

臣熙曰：事君以忠，党何由立？是时牛、李互相排挤，党议嚣然。德裕兹论，分别邪正公私，可谓穷源探本，惜其行不逮言，不能免于清议也。

828.议礼法等大事

康熙曰：广谘诹以定国是，有识之言。

荆川唐顺之曰：先据经义，次引史册，此汉廷章奏之准也。后世朝报进对之文，所以不可读者，皆伤于自为意见，遗却经史典据耳。

829.论维州事状

题注：文宗太和五年，吐蕃维州副使悉怛谋请降，帅众归成都，德裕以闻，且欲遣生羌擣西戎腹心，群臣请如德裕策，牛僧孺持不可，诏以其城归吐蕃，执悉怛谋等与之。会昌三年，德裕追论此事。

尾注：诏赠悉怛谋右卫将军。

康熙曰：僧孺处置维州一事，守匹夫之小信，忘经国之远图，诚为失计。此文可谓论据详明矣。

致堂胡寅曰：司马氏伸牛僧孺抑李德裕，其素志也。至于维州之事，则判然以德裕为非，窃谓其言过矣。夫维州，李唐地也，吐蕃所必争。唐失而复得，得而复失，不可以弃焉者也。使本非唐地，既与吐蕃和，弃而不取，姑守信约可耳。本唐之地，为吐蕃所侵，乃欲守区区之信，举险要而弃之，借使吐蕃举秦州、下凤翔而来讲好，亦将守信而不取乎？故以维州归吐蕃，弃祖宗土宇，缚送悉怛谋，沮归附之心，僧孺以小信妨大计也。下维州，遣兵据之，洗数十年之耻，追奖悉怛谋，赠以官秩，德裕以大义谋国事也。此二人是非之辨。

卧子陈子龙曰：怀私恨而抑国谋，阻皇风而张虏气，忠臣为国，能无发愤？此卫公所以痛心切齿于僧孺也。

臣鸿绪曰：牛僧孺力阻维州之降，非真守盟约也，不过欲败德裕之成事耳。故臣下有水火之争，即不复顾国家事，门户之祸亦烈矣。

830.丹扆六箴

题注：宝历元年，德裕为浙西观察使时所献。

尾注：帝览箴，手诏答曰："卿文雅大臣，方隅重寄。表率诸部，肃清全吴。化洽行春，风澄坐啸。眷言善政，想叹在怀。卿之宗门，累著声绩。冠内庭者两代，袭侯伯得六朝。果能激爱君之诚，喻诗人之旨。在远而不忘忠告，讽上而常深虑微。博我以端躬，约余以循礼。三复规谏，累夕称嗟。致之坐隅，用比韦弦之益；铭诸心腑，何啻药石之功。卿既已投诚，朕每怀开谏。苟有过举，无忘密陈。山川既遐，眷瞩何已！必当勉已，以副朕怀。"

康熙曰：六事所陈，周详笃挚，名言粲然。

耕道尹起莘曰：《纲目·献书》不书，此其书予德裕之格君也，故《金鉴录》书《丹扆箴书》，非是皆略之。

臣廷敬曰：辞繁者易美，约者难工，六事而括之数十言，可谓微而达矣。德裕不以形迹疏远替其惓惓荩臣之思也。

831.臣子论

康熙曰："立功""立节"两言已括臣道，而又以名节为本，洵为卓尔之见。

西涯李东阳曰：才全德备，大贤以上乃可几之。此文较量前世功名之士，不无出入于名节之闲，盖欲使用人者知所容耳，非为矜功自肆之人藉口也。 末数句，当时必有所指。

832.忠谏论

康熙曰：多引事实，略发辨议而意已明。

正学方孝孺曰：欲道行而辞婉，才是本乎诚心勿欺，乃犯若老泉，欲使龙、比学苏、张之舌，则全以权谲用事，失之远矣。

833.近幸论

康熙曰：切于唐季一时之事，实千古之龟鉴也。

卷四十

唐

杜牧 字牧之，京兆人。太和中进士，举贤良方正，历官监察御史，进中书舍人。

834.罪言

题注:是时刘从谏守泽、潞,何进滔据魏博,颇骄蹇,不循法度。牧追咎长庆以来朝廷措置亡术,复失山东,钜封剧镇,所以系天下轻重,不得承袭轻授,皆国家大事,嫌不当位而言,实有罪。

康熙曰：综天下之情形，权累朝之得失，如聚米画沙，不爽尺寸。

闻修王志坚曰：朱全忠有事兖、郓，必先结罗弘信，得魏而天下更无能与梁抗者。唐庄宗用兵累年，不能大胜，得魏而取汴如寄，当时大势在魏可知已。牧之此论，已预见得。

闇公徐孚远曰：牧之历审成败，见其如此，非浪语者。

臣乾学曰：上策莫如自治，千古理平之要，不独为长庆君臣发也。其笔势放纵，苏氏父子近之，而牧之气较遒上，力追《短长》。

835.原十六卫

康熙曰：府兵与藩镇相为轻重，而唐之兴废即因之。溯源穷委，论断独精。

德颂林駉曰：唐之十六卫，已备汉人南北军之制。汉以卫尉护南军，以金吾巡北军。今十六卫已有金吾将军，掌京城巡警，是北军已寓其间。观白乐天羽林将军之制，所谓国家设十六卫，犹汉之有南北军，其知之矣。自六军禁卫，皆用市人，其选始轻。禄山、吐蕃之变，神策禁军外入赴难，国家遂以倚重，以中人主之，其势益横。北衙既横之后，外庭诸臣莫之谁何，萧复言之而不见听，高元裕谏之而不及用。推原其故，皆外臣不与禁军，专归宦者，其祸至是也。

琼山丘濬曰：府兵之制，居无事时耕于其野，番上者宿卫京师而已，若四方有事，则命将以出，事解而罢，兵散于府，将归于朝，故士不失业而将帅无握兵之重，所以防微杜渐，绝祸乱之原也。呜呼！太宗远矣，而子孙不能守，唐遂以衰而至于亡。后之世主，其于祖宗之法，固不可轻改，而于兵尤当加慎重焉。

臣鸿绪曰：唐初府兵之设最为得策，一变而为彍骑，再变而为召募，遂成藩镇之患，宜樊川激切言之。

836.战论

康熙曰："四支""五败"，字字精确，而文亦磊砢自喜。

叠山谢枋得曰：唐自府兵既弛，藩镇跋扈，要君者皆是，羁縻奉命者十二三耳。此论若当时振起行之，未必不可反危为安，不徒文字严卓可垂也。

臣英曰：论河北之势甚重，骄兵蠹饷，当时强弱之形略见矣。

837.守论

康熙曰：风规峻迈，文采焰然。

叠山谢枋得曰：指画祸乱本根，皆必至之理。文字严紧，无矜张之气。

臣士奇曰：论者往往以晁错削诸侯、庾亮召苏峻为生事之戒，不知见可知难亦有其时。唐以天下全力养成河北诸镇之弊，因循姑息之病也。

838.燕将传

康熙曰：笔力陡健，极似《战国策》中文字。

臣熙曰：纯以《国策》叙事，为传录中变体，笔力陗劲，词句诘屈，更欲自成一家。

郑亚 字子佐，荥阳人。元和十五年，擢进士第，又应贤良方正、直言极谏制科，又以书判拔萃，数岁之内连中三科。会昌初，监察御史，累迁中丞给事中观察使。

839.唐丞相太尉卫国公李德裕会昌一品制集序

按:《文粹》《文苑英华》并载此篇为郑亚作。及考《李商隐集》,有《太尉卫公会昌一品制集序代桂府荥阳公作》,亦见《英华》,与此语多相同。荥阳公即亚。是时亚为桂管观察使,辟商隐判官,当是商隐属稿而亚刊定也。

康熙曰：本以赞德裕之制作，而益见国家功德之崇隆，品裁弘廓，笔墨皆灵。

敬所王宗沐曰：近日应酬，全书不睹，兼昧平生，重贽一临嘉言即付其高者，纵能陡发议论，自成佳篇，不知与其人其书何所取也。此序尚有古人序体，可振颓俗。

臣廷敬曰：逐事扬厉，瑰伟矞皇，鲸铿春丽，雅与制集相称。德裕在武宗朝有经纶润色之功[①]，得此文而益彰。

臣乾学曰：卫公将相勋绩炳烺，史乘所谓以政事为文章，不仅才人之笔也。故叙作文处，皆追本功业，而架格体宪丘明，于俪句中别开生面。

孙樵 字可之，大中间举进士，官职方郎中。

840.复佛寺奏

题注:宣宗敕所废寺,有僧能营葺者,听自居之,僧尼皆复其旧,樵乃上奏。

尾注:中书门下奏言:"崇奉释氏,恐财力不逮,因之生事扰人,望委所在长吏量加撙节。"从之。

康熙曰：就国计民生立论，与昌黎《原道》、永叔《本论》义相发明。

晦庵朱熹曰：世之佞佛者，其人品有四：高明者衒浮诞，愚者溺罪福，久困忧患者以果报为实，自悼愆尤者以忏悔为真。若宣宗之立浮屠，非有所左右也，直以反会昌之政而已。

耕道尹起莘曰：大中之政，务反会昌。三月即位，岂无当急者？而五月首度僧尼，宣宗之始政可知矣。孙樵之奏，曷可少哉？

841.书何易于

康熙曰：《唐书·易于传》全采此文，盖不惟工于叙事，而褒贬亦至公可信也。

伯厚王应麟曰：东坡谓："学韩退之不至为皇甫湜，学湜不至为孙樵。"朱新仲曰："樵乃过湜。如《书何易于》《褒城驿壁》《何将军边事》《复佛寺奏》皆谨严，得史法，有补治道。"

842.书褒城驿

题注：褒城，今属汉中府。汉中，唐为梁州，因德宗南幸升兴元府。

康熙曰：前幅似主而实宾，后幅似宾则实主，此文家变化错综之法。

臣士奇曰：因记驿而发明郡县迁代不宜促数之故，可谓深达物情，有关治体。

843.孙氏西斋录

康熙曰：文颇聱牙，而是非不诡。

臣英曰：论断唐事，词义严峻，文亦峭洁，有风霜凌厉之色。

李商隐　字义山，怀州河内人。开成二年，登进士第，由弘农尉，历为王茂元、郑亚等辟举，后补太学博士，检校工部郎中。

844.为濮阳公檄刘稹文

题注:王茂元,濮阳人。德宗时上书自荐,擢赐校书郎,仕至泾原节度使,封濮阳郡侯。改陈许时,泽潞节度使刘从谏卒,大将郭谊等匿不发丧,拥其侄稹权领军务。宰相李德裕请命稹护丧归洛,以听朝旨,稹竟叛。茂元与从谏有旧,移檄规之。

尾注:稹不能用,诏削夺稹官,命徐、许、滑、孟、魏、镇、幽、并八镇之师四面进攻,郭谊斩稹,传首京师。

康熙曰:淹通朗尽,文之以姿法胜者。

臣廷敬曰:探其隐谋而随事折之,然后导其归顺之机,惧以覆亡之祸,事理显明,利害详晰,其于稹也,可谓忠告矣。虽朱浮之示彭宠,魏武之喻孙吴,何以加诸?

臣乾学曰:义山学刀劄于彭阳公,以繁缛称。然观其体势豪宕,固气盛而言浮,此篇尤矫矫。

臣士奇曰:披抉情事,幽隐毕出,层折反复,不伤于冗,词严义正,益见其厚。义山骈体杰出三唐,而疏畅磊落如斯文者,尤不易得也。

罗隐 字昭谏,新登人。累举不第,钱镠辟为从事节度判官副使,历迁谏议大夫、给事,赐金紫。

845.上招讨宋将军书

题注:僖宗乾符元年,濮州人王仙芝及其党尚君长作乱。二年,以平卢节度宋威为诸道行营招讨使,受任久之,贼势转盛。隐谓威养寇,上书。

康熙曰:气甚清疏,顿挫处自然入古。

臣乾学曰:唐季分崩,诸将骄蹇,拥兵养寇,无敢谁何。而昭谏布衣,移书数镇将之罪,词直义严,壮人心目。

陆龟蒙 字鲁望，居松江甫里。以高士召，不至，及拜左拾遗，诏方下，卒。

846.复友生论文书

康熙曰：穿贯源流，博综理趣，殆从穷经味道中来，故绝无揣摩影响之语。

臣英曰：班固《汉书》以六经为六艺，此谓六籍内兼经史。《左氏传》亦称《左史》，岂始于班马哉？

皮日休 字袭美，隐鹿门山。咸通二年，登进士第，为著作佐郎太常博士。

847.请孟子为学科书

康熙曰：斥庄老而尊孟子，此等议论，在唐人中不可多见。

848.请韩文公配飨书

康熙曰：昌黎卫道之功，得此书推尊，益觉昭揭宇宙而不朽。

臣杜讷曰：表彰昌黎，宜崇配飨，诚为公论。文亦磅礴有气势。

沈颜 字可铸，湖州德清人。天复初进士，官翰林，有词藻，后仕杨行密。

849.象刑解

按：唐文三变，至韩柳而极盛，固矣。然其间亦不乏能自奋拔者，如唐初陈子昂，高识遐览，破襞绩为疏宕，可云杰出。其后德宗时，陆贽论成败，决事机，绵婉入情，为千古奏议所未有，虽复多骈偶，与夫浮夸无实者，相去远矣。李翱、皇甫湜、李汉、欧阳詹得力于韩，各有成就。李德裕气象雄毅，见事明审，《会昌一品集》《钟鍠球鼎》震曜耳目，非于喁细响所可及也。杜牧原本先秦、《国策》《太史公书》，发挥才情，豪宕感激。故于赞皇、樊川采取稍多。李商隐工于书札，一时绝调，今录其非俪体者一篇。唐之文章，如数家者，可以观矣。姚炫取唐文编为百卷，名曰《文粹》，其言曰："撷英掇华，正以雅古。侈言蔓词，率皆不取。"黄吉父以为纂次未公，品题未当，以"粹"自命，实多可疵之体。今考诸家之文，选者尚非其至，特为论定如此。

康熙曰：清拔之气，矫然自异。

水心叶适曰：刑辟自古有。叔向谓"议事以制，不为刑辟"者，尧、舜、禹、汤特缺此一门，虽有刑而无辟故也，故曰"象以典刑，流宥五刑，鞭作官刑，扑作教刑，金作赎刑，眚灾肆赦，怙终贼刑。钦哉钦哉！惟刑之恤哉！"悬刑以示民，而不曰某罪入某刑，惟数圣人为然。盖纯用父兄师友之道薰染而入，而民亦自然乐从，其丽于刑者少矣。

校记：

①"纶"，原作"论"，据哈佛本改。

卷四十一

五代

后唐庄宗　讳存勖，晋王李克用之子。为唐复仇，灭朱氏，遂即帝位。

850.册封吴越国文

题注:同光三年,命吏部侍郎李德林等赐钱镠金印玉册,仍赐红袍御服一副及衣冠剑马等。

尾注:时册礼既备,左右犹具竹册、铜印,枢密院承旨段佃受镠厚赂,遂用玉册。非礼也。

康熙曰：典赡有则，犹足慑强藩之气。

臣熙曰：典册语自须矜贵，佳在整赡处俱见风华。

李继岌　唐庄宗李存勖之子，封魏王。

851.伐蜀檄

题注:后唐同光三年,庄宗命继岌充西川四面行营都统、郭崇韬充东北面行营招讨,帅李绍琛、毛璋等伐蜀,因传此檄,出师凡七十日,蜀主衍出降。

尾注：檄至，诸军皆降于唐。

康熙曰：体本新藻，而气殊朗俊。

穀山于慎行曰：自古创业之君，恶衣菲食，身先俭仆；亡国之主，穷奢极丽，靡费万端：此兴亡之所以判也。陈、隋之季，无俟论矣。前蜀王衍以一州之地，倔僵窟穴；后唐李煜以一隅之安，喙息江海：可谓鹪鹩之一枝，笼鸟之四隅矣。而其服食居处，游宴声色，备极纤华，曲尽侈丽，有一统之主耳目所未睹者。如王衍结绘为山及宫殿楼阁，宴饮、绘山浃旬不下，或为风雨所敝，则更以新者易之，爇诸香，昼夜不绝，久而厌之，更爇皂荚以乱其气。斗大一州，作如许破落，安得不亡？

李严 幽州人，初名让坤。事唐庄宗为客省使，使于蜀，归言王衍可取之状，唐遂发兵灭蜀。

852.聘蜀笏记

题注：严至蜀，为衍陈唐兴复功德之盛，因作《朝见笏记》。

康熙曰：宣畅威灵，使臣之义应尔。词亦雅称。

水窗刘友益曰：书客省使李严如蜀者，一以著宦人之祸，一以著亡蜀之因耳。若夫李严能言蜀主之失，而不能知唐主之失，则亦可谓明于知彼而暗于知己者矣。

周世宗 本姓柴氏，名荣，邢州龙冈人。周太祖圣穆皇后兄守礼之子，幼从姑长太祖家，遂以为子。太祖无嗣，遂即位。帝英武雄杰，慨然有削平天下之志，在位六年崩。

853.赐南唐主李景书

题注：显德五年，世宗复伐江南，至扬州，江南主大惧，遣锺谟尽献江北十有四州地，世宗乃许班师而赐之以书。

康熙曰：简贵得体，尺幅中备四时之气。

854.又赐南唐主李景书

题注：唐元宗既献江北地，受盟于周，自以在位日久，耻于降屈，屡遣锺谟等奉表，贡方物，请传位于弘冀，俾为大国附庸，周世宗答以玺书，力止之，元宗乃已。

康熙曰：义指温厚，不为逆亿。

855.伐江南诏

康熙曰：严毅明正，自能使闻者悚然。

致堂胡氏曰：南唐欲图中原，而结契丹为援，又李守贞、慕容彦超叛，为之出师，谋国如此，欲久存，得乎?

王朴　字文伯，东平人。少举进士，为周校书郎。世宗即位，超迁至枢密使，凡外事征伐，攻取战胜，内修制度，议刑法，定律历，讲求礼乐之遗文，皆朴一人之力而已。及卒，世宗临其丧，以玉钺叩地，大恸者数四，赠侍中。

856.平边策

题注：世宗初即位，朴迁比部郎中，因献平边之策，世宗奇之，迁左谏议大夫，充端明学士。

康熙曰：中一段议论，乃吴之所以敝楚，隋之所以取陈也。筹画既善，文亦复佳。

身之胡三省曰：朴先事上于潜藩，其君臣相得亦有素矣。

升庵杨慎曰：五代人材，王朴为冠。其《平边策》攻取先后，宋兴之初，先平江南，晚定河东，次第不能易也。外事征伐，内修文治。其《论星历》，宋定《钦天历》不能易也。其《论乐律》，宋作《大晟乐》不能易也。其言有曰："彼民与此民之心同，是与天意同，则无不成之功。"近于知道矣。五季之世，而有若人耶？

臣廷敬曰：史言周世宗锐意为治，令近臣著《为君难为臣不易论》及《开边策》，王朴所献独得当时要领。

南唐主李昪 字正伦，徐州人。杨行密养为子，后以与徐温，乃姓徐氏，名知诰。即位后，乃复姓李氏，庙号烈祖。

857.举用儒吏诏

题注：时四方竞起，武人用事，烈祖升元六年冬十月，下诏命有司举用儒者，罢去苛政，与民更始。

康熙曰：崇尚儒术，立意正大。

身之胡三省曰：唐烈祖尚儒，故当国有大事时，犹有能持正以断国论者。

858.论廷臣勿言用兵敕

题注：烈祖生长兵间，知民厌乱，凡有言宜出兵恢拓旧土者，恒叹息曰："兵为民害深矣，诚不忍复言。使彼民安，吾民亦安矣，又何求焉？"时冯延巳等劝取闽、楚、吴越三国，因谕之云。

康熙曰：此篇颇得保境息民之道，辞亦警动[①]。

穀山于慎行曰：唐末以来，中国扰扰，君如置奕，民如浮苴，江北诸州，生民之祸极矣。而吴越、南唐皆以宽仁之政，牧休息之民，保境息兵，辑邻讲好，武昌、江陵亦各有土宇，不寻兵革，以是江南诸州生养蕃聚，无异承平，及有宋膺符，人皆不战而定。所以数百年来，大江以南户口、宗室倍于江北，岂惟天时地利，亦人事之不同也。

南唐主李璟　字伯玉，烈祖李升之长子，庙号元宗。

859.灾异诏

康熙曰：闵恻之思正，无烦多语。

860.答留守周宗乞罢镇诏

康熙曰：熔炼雅饬。

张义方　始名元达。南唐烈祖李升受吴禅，用为侍御史，方倚以肃正邪慝，取前朝王义方名易之，后病瘠卒。

861.上南唐烈祖疏

题注：义方甫就御史职，即上疏言事，烈祖大加称赏，制曰："孤始任义方以风宪，乃能力振朝纲，辞加谠切，可宣示朝野，加赐义方衣一袭，以旌直言。"

康熙曰：伉爽不群，僭国中之铮铮者。

江文蔚　字君章，建安人。后唐长兴中举进士，坐秦王重荣事南奔，烈祖用为宣州观察判官。保大初，迁御史中丞。以弹冯延巳、魏岑贬，逾年召还，命为翰林学士。卒，谥曰简。

862.对仗弹冯延巳魏岑文

题注：时冯延巳当国，与弟延鲁、魏岑、陈觉窃弄威福。及用师福州败绩，死者万计，诏斩觉及延鲁，而延巳、岑置不问，文蔚对仗弹之。文蔚将上疏，先具小舟载老母以待左降，元宗果怒，贬文蔚江州司士参军，而觉、延鲁以宋齐丘救解，复不死。延巳虽暂罢，旋复柄用，方宣延巳制，百官在廷，常梦锡大言曰："白麻虽佳，要不如江中丞疏耳！"是时文蔚直声震江左，传写弹文，为之纸贵。

康熙曰：轩轩标举，略无媕靡之习。

永叔欧阳修曰：唐主好文学，故韩熙载、冯延巳、延鲁、江文蔚、潘佑、徐铉之徒皆至美官，文雅于诸国为盛。

臣乾学曰：树德莫如滋，去恶莫如尽。非已甚也，亦谓邪正不两立耳。偏据之朝乃有此论，非庸中矫矫耶。

欧阳广 吉州吉水人，仕于南唐，为县令。

863.论边镐必败书

题注：保大中，广薄游湖湘，时边镐下湖南，将遂取桂州。而镐御下无法，又不为备，广策其必败，因诣阙上书。书入，不省。及失湖南，元宗思广言，命授以官。执政请召试，广不肯，乃授本县令。

康熙曰：质言无华，论事谐畅。

潘佑 幽州人。陈乔、韩熙载交荐于南唐元宗，起家秘书省正字。后主嗣位，为内史舍人。上疏极论时政，历诋大臣将相，后主发怒，乃自杀。

864.代南唐主劝南汉刘鋹书

题注:宋开宝三年,南汉主刘鋹遣兵侵道州。宋道州刺史王继勋言鋹肆为暴虐,数出盗边,请师南伐。宋乃诏江南国主李煜以书谕鋹称臣,归湖南旧地,因命潘佑为书,遣给事中龚慎仪持以遗鋹。

尾注:鋹得书,囚慎仪,驿书答江南国主,词多不屈,宋主乃命潘美伐之,鋹出降。全文载《宋史》,几二千余言。此从陆游《南唐书》中录出,较为简净。

康熙曰:事大之诚,交邻之道,此书两得之。

臣英曰:明于顺逆之理,达于时势之言,故能爽切不浮,足以耸听。

冯涓　字信之,婺州东阳人。唐大中进士,王建表为节度判官,历官前蜀御史大夫。

865.谏蜀主屡兴兵旅疏

康熙曰:此亦是节要语,然意已周至。

幸寅逊　夔州云安监人,唐上柱国幸希玄之后。善属文,后主孟昶时为茂州录事参军,后加史馆修撰,与修《前蜀书》。寅逊常梦掌中抽草,占者曰:"君必作学士。"未几,果迁翰林学士。后随后主降宋,年九十余,尚有仕进意,治装赴阙,未行而卒。

866.谏击球疏

题注:后主初嗣位,酷好击球驰骋,虽盛暑不已,左右多不敢谏,寅逊乃上疏云。

尾注:后主得疏,虽不能尽从,亦优容不之罪也。

康熙曰:意矫劲而语耸拔。

田淳 成都人。仕蜀为龙游令,屡于后主孟昶前言王昭远、伊审征、韩保贞不可当大任,为朝贵切齿,官卒不显。

867.言朝政得失疏

题注:淳好谈治乱大略。广政中,后主与周世宗交恶,叠兴师旅,淳因上疏。

康熙曰:蜀文类不卑弱,岂扬马之余风使然耶?

臣士奇曰:僻处庸蜀,原无可为,能劝其主固守封境,相时内附,斯为谋国之良矣。词意亦甚简洁。

吴越王钱镠 字具美,杭州临安人。始从董昌为偏将,后讨刘汉宏,封彭城郡开国侯。董昌僭乱,镠讨平之,遂有吴越之地,为吴越王,谥武肃。

868.杭州罗城记

题注:唐景福元年,镠率十三都兵洎徒役二十余万筑罗城,自秦望山薄钱塘湖、霍山、范浦七十里,自为之记。

康熙曰:涉笔娴雅,亦有渊浑之气。

臣杜讷曰:重关设险,具见未雨绸缪。文复磊落光昌,有挥麈而谈、顾盼自雄之致。

丁思觐　楚牙将。

869.谏楚王马希范书

题注:希范,马殷第四子。性奢侈。作会春园嘉晏堂,其费巨万,加赋国中。思觐廷谏,希范谢之,思觐瞋目视希范曰:“孺子终不可教也!”乃扼喉而死。

康熙曰:名义森严,故辞论侃侃。

校记:

①“动”,阙,据《古文评论》补。

卷四十二

宋

太祖 讳匡胤，姓赵氏，涿郡人。宣祖弘殷仲子，母昭宪太后杜氏。事周为殿前都点检。恭帝初，将兵御契丹，至陈桥驿而还，受恭帝禅。

870.谕辅臣诏

康熙曰：承五代僭乱之后，故以慎刑辟、肃纪纲为要。

871.平刑诏

康熙曰：明罚敕法，情见乎言。

872.下孟昶诏

题注：乾德二年十一月，命忠武节度使王全斌等率步骑六万讨蜀。十二月，全斌入利州，败其将王昭远。三年正月，蜀主昶降，全斌入成都，昶遣其弟雅王仁贽奉表求哀，帝赐诏。

康熙曰：谊本宽大，词亦温蔼。

873.禁献羡余诏

康熙曰：英明语正不在多。

874.禁铸铜诏

康熙曰：真恳之意，溢于行墨。

875.治河诏

题注:开宝五年五月,河大决澶州濮阳县,又决大名府朝城县,河南北皆大水,发诸州军士及丁夫凡五万人塞决河,命颍州团练使曹翰护其役,帝下诏。

尾注:是月,决口尽塞。

康熙曰：简要，极有体裁。

876.江南平下诏

题注:开宝九年二月,平江南,都部署曹彬以李煜至京师,授右千牛卫上将军,封违命侯,帝降诏。

康熙曰：骨秀神腴，雅词令则。

臣熙曰：只“上天好生”一语，已见帝王度量。贰而伐之，服而舍之，威德并行，仁义兼尽，规模远大，不独词藻之工。

太宗　初名匡义，改赐名光义，宣祖第三子。太祖受禅，封晋王。初昭宪太后约太祖传位晋王，太祖崩，晋王即位，更名炅。

877.非课最不书劳绩诏

康熙曰：明达治体，有裨黜陟之典。

878.限日决狱诏

康熙曰：深得古人无留狱之意[①]。

879.禁丧葬举乐诏

康熙曰：事关教化之本，故言之不厌其详。

880.戒许王元僖等诏

题注:端拱元年正月,陈王元僖进封许王,韩王元侃为荆南湖南节度使,进封襄王,冀王元份为威武建宁节度使,进封越王,益王元杰为剑南东西两川节度使,帝下诏。四王皆太宗子也。

康熙曰:可作一篇家训读。

881.止尊号诏

题注:端拱二年十二月,先是太平兴国六年群臣上帝尊号,为应运统天睿文英武大圣至明广孝皇帝,至是降诏。

康熙曰:撝谦之语,出于至诚。

882.答樊知古诏

题注:端拱二年,知古为河北西路招置营田使,请修城木五百余万、牛革三百万,帝降诏。知古,初名若水,自南唐来归,赐名知古。

尾注:帝既下诏,仍命有司量以官物给之。

康熙曰:起势甚突兀,词义亦深确,而不诡于正。

883.选寺监官诏

康熙曰:古雅有则,不类浮靡之音。

884.平权衡诏

康熙曰:语本《周官》,弥觉简贵。

885.议立赎法诏

康熙曰:本钦恤以为心,故言之憯怛。

886.赐上官正手札

题注:正时为西川招安使,恃平蜀功,数面攻两川官吏之短。有上章诉其不法者,帝欲保全之,手札戒谕。

康熙曰:辞约而理综。

887.申理冤滞谕

康熙曰：不为督责之词，而劝勉肫切，仁者之言蔼如也。

888.答李至诏

题注：真宗初正储位，以至与李沆并兼宾客，诏太子事以师傅礼，真宗每见必先拜，至等上表不敢当，诏答之。

康熙曰：明畅修洁。

真宗　太宗第三子，初名德昌。封韩王，改名元休。封襄王，又改名元侃。进封寿王，立为皇太子，改名恒，即位。

889.顺时行火诏

康熙曰：事既近古，文亦尔雅可观。

890.切责陈尧咨诏

题注：大中祥符八年七月，先是尧咨以尚书工部郎中，知永兴军，豪侈不法。尝以气凌转运使乐黄目，黄目不能堪，求解去，遂徙尧咨知河南府。又有发其前知长安时不法事，落职知邓州。至是其兄枢密使尧叟为言于帝，请复其官，帝不许，仅令知制诰。又闻尧咨自谓遭谗，时怏怏，遂下诏切责之。

康熙曰：词虽峻切，而意却宽厚。

仁宗　讳祯，初名受益，真宗第六子。初封庆国公，进封寿春郡王，又封升王。立为皇太子，即位。

891.戒贡士进学诏

题注：天圣初，贡礼部数诎者，得特奏名，或因循不学，帝乃下诏。

康熙曰：广励人才，深得激劝之道。

892.恤刑诏

尾注：其后虽法不应奏，吏当坐罪者，审刑院贴奏，率以恩释为例，名曰贴放。吏始无所牵制，请谳者多得减死矣。

康熙曰：有益明允之治。

893.禁按赦前事诏

康熙曰：词旨温厚，意在蠲涤烦苛。

894.立制科举诏

题注：天圣七年，先是大中祥符元年，言者以两汉举贤良，多因兵荒灾变，所以询访阙政，今国家受瑞登封，无阙政也，安取此？乃罢其科，惟吏部设宏词、拔萃、平判等科如旧制。至是乃下诏。

康熙曰：制诏文以健笔为之，便尔生色。

895.给致仕官奉诏

康熙曰：曲体人情，言之恳恻。

896.改定乐制诏

题注：皇祐二年闰十一月，召太子中舍致仕胡瑗，同阮逸等定钟磬制度，下诏。

尾注：于是中书门下集两制太常官，置局于秘阁，详定大乐。

康熙曰：淹雅之词出之郑重，升平气象穆然可思。

897.戒百官诏

题注：皇祐三年二月，时茶法大坏，刍粟之入，大约虚估，券至京师，为南商所抑，往往不售，北商无利，入中者寡，公私两弊。知定州韩琦等以为言，下三司议，三司请入中粮草，仍用见钱法，帝可之。虑复有言者，特下诏申戒。

康熙曰：琢句近古，以遒劲为工。

898.颁乐名大安诏

题注：皇祐三年七月，两制礼官王尧臣等上言："按太常天地宗庙四时之祀，乐章凡八十九曲，自景安而下七十五章，率以安名曲，岂特本道德政教嘉靖之美，亦缘神灵祖考安乐之故。臣等谨上议国朝乐宜名《大安》。"帝下诏。

康熙曰：制作关于典礼，有此大雅之篇，庶足以铺扬鸿业。

臣廷敬曰：乐必有名，名必有义，此诏所以显扬先烈，传无穷也。其文雅则而不靡缛，可以轶唐追汉。

899.戒饬转运使诏

康熙曰：能悉俗吏之弊，故明透乃尔。

900.戒百官诏

康熙曰：崇尚宽裕，足以敦励薄俗。

901.赈济灾伤路诏

康熙曰：中诚恻然，形诸言表。

902.儆百工敦行实诏

康熙曰：治体贵乎敦大，此诏得之。

903.颁久任格诏

康熙曰：留心吏治，播为令辞。

英宗　讳曙，濮安懿王允让第十三子。初赐名宗实。仁宗无子，立为皇子，封钜鹿郡公，嗣帝位。

904.饬百官诏

康熙曰：措辞雅洁，亦觉陈言务去。

905.饬举人制

康熙曰：气体颇似两汉。

臣乾学曰：时京师灾异屡见，帝下诏责躬，罢宴减膳，祷于山川，而制策中亦拳拳下问，其敬天恤民之意，殆庶几焉。

神宗 讳顼，英宗长子。初名仲针。英宗即位，封安国公，进封淮阳郡王、颍王，立为皇太子，即位。

906.赐韩琦诏

康熙曰：仁言隽永。

907.谕边臣诏

康熙曰：从容不迫，是盛世语。

908.求直言诏

康熙曰：时有古气磅礴其间。

909.求言诏

康熙曰：温文安雅，能以顿挫出之，诏令佳品也。

910.谕文彦博手诏

康熙曰：马政，国之所重，宜加意整饬乃尔。

911.资治通鉴序

题注:英宗时,司马光约战国至秦二世如左氏体为《通志》八卷以进,上悦之,命续其事。自治平开局,迨元丰成书,凡十九年。神宗作序,赐名《资治通鉴》,诏迩英经筵,常令进讲。

尾注:又奖谕司马光,诏书云:"史学之废久矣,纪次无法,论议不明,岂足以示惩劝,明久远哉?卿博学多闻,贯穿古今,上自晚周,下迄五代,发挥缀缉,成一家之书,褒贬去取,有所据依,省阅以还,良深嘉叹。今赐卿银绢、对衣、腰带、鞍辔马,具如别录,至可领也。故兹奖谕,想宜知悉。冬寒,卿比平安好,遣书指不多及。"

康熙曰：质而不浮，足以综贯源流，包括全史。

臣英曰：变纪传为编年，使十六代事粲如指掌，涑水真史家之总会也。崇奖扬扢，重以王言，足相辉映矣。

高宗　讳构，徽宗第九子。初封蜀国公，进封广平郡王、康王。金兵初围京师，诏王如金军议和。及金兵至，复受诏至金，留相州。寻拜河北兵马大元帅。二帝北狩，元祐皇后手书告中外，俾帝嗣统，乃即位于应天府。

912.罢上寿诏

题注:建炎元年五月,宰臣等上言,请以五月二十一日为天申节,下诏。

康熙曰：语亦凄惋。

913.察吏诏

康熙曰：达于政体之言。

914.幸学手诏

题注:绍兴二十七年,车驾幸学,随至秘书省右文殿,颁手诏。

康熙曰：整练有余，视北宋诸诏文，又一格调矣。

915.禁加耗诏

康熙曰：真实，辞不假文饰。

孝宗 讳昚，太祖七世孙，秀王偁之子。初名伯琮。高宗太子薨，未有后，诏选太祖之后，育帝于宫中，赐名瑗，封建国公，进封普安郡王。寻立为皇子，更名玮，封建王。立为皇太子，更名昚，受高宗禅即位。

916.断狱诏

康熙曰：有古崛之风。

917.奖谕魏王恺诏

题注:乾道七年二月,进封庆王恺为魏王,判宁国府。恺,孝宗第二子也。

康熙曰：篇短词腴，极有古趣。

918.兴水利诏

题注:乾道九年,臣僚言江西连年荒旱,不能预兴水利为之备,乃下诏。

康熙曰：情势朗豁，言故凿凿。

919.赐魏王恺诏

题注:淳熙三年,恺时判明州。

康熙曰：辞甚雅令。

920.禁两税折钱诏

康熙曰：酌盈济虚，言独款悉。

921.罢官鬻盐诏

康熙曰：真切处可以感人。

光宗　名敦，孝宗第三子。初封恭王。乾道七年，孝宗以恭王英武类己，立为皇太子。十六年传位，在位五年。

922.谕守令诏

康熙曰："本末先后"四字，措语甚约而包举甚博[②]，信为政之纪纲。

宁宗　讳扩，光宗第二子。初封英国公，平阳郡王。光宗受禅，进封嘉王。孝宗崩，光宗以疾不能出，太皇太后吴氏诏王即皇帝位，尊光宗为太上皇。

923.赈荒诏

康熙曰：诏意谆复[③]，仁心为质。

理宗　讳昀，太祖十世孙。父希𤦎，追封荣王。宁宗弟沂王薨，无嗣，以宗室希瞿子均为王。后景献太子薨，宁宗立均为皇子，赐名竑，以帝嗣沂王，赐名贵诚。宁宗疾笃，丞相史弥远与竑有违言，乃称诏立帝为皇子，赐名昀。宁宗崩，即位，封竑为济王。湖州潘壬等谋立竑不克，竑遇鸩薨。

924.从祀五臣诏

康熙曰：一事而有关千载者，如此等诏文是矣。

925.罪己诏

康熙曰：语自恳到，不为矫饰。

校记：

①此条据《古文评论》补。

②“举”，原作“广”，据《古文评论》改。

③“诏”，原作“语”，据《古文评论》改。

卷四十三

宋

张齐贤　字师亮，曹州冤句人。太宗朝特赐进士及第，累官至左仆射、司空，谥文定。议论慷慨有大略，历事两朝，四践两府，九居八座，以三公就第。

926.论安边疏

题注：时太宗北征，议者皆言宜速取幽、蓟，齐贤上疏。

康熙曰：议论能探究源本，而文体亦坚重不靡。

居仁吕本中曰：齐贤之论，其知本矣。然徒知辽未可伐，而不知燕、蓟在所当取，岂惟齐贤，虽赵普、田锡、王禹偁亦不之知也。盖燕、蓟不取则河北之地不固，河北不固则河南不可高枕而卧也，特太宗时未有可取之机耳。

禹修方岳贡曰：以敌之形料敌之情，正如登高下视，虽内治之定谟，实远驭之奇策。

琼山丘濬曰：齐贤之言，乃反本之论，自治之策。

田锡　字表圣，嘉州洪雅人。太宗朝举进士，历官至右谏议大夫，史馆修撰。锡好言时务，居谏位，章疏五十有二。真宗尝谓宰相曰："田锡直臣也，朝廷少有阙失，方在思虑，锡之章奏已至矣。若此谏官，亦不可得。"

927.论边事疏

题注:锡时为河北南路转运副使,驿书言边事。

尾注:书奏,太宗嘉之。

康熙曰:思虑深远,老成谋国之言。

德孚李思成曰:人君论功行赏,必以辅臣为先,而不及于谏诤之士。盖以武臣勤劳,百死一生,乃成厥绩,遂铭功太常,恩覃带砺,此则封功锡爵之彝典也。殊不知武臣之功能平已然之祸乱,谏诤之力克明先见之危亡,破凶诛党,天下肃清,较为武臣,功孰居右?宋之田锡,真其俦也。

琼山丘濬曰:田锡此疏得安静守边之道。

臣杜讷曰:审时度势,发为硕议远犹,居然论治名篇,不仅筹边善策。

928.上太宗疏

题注:锡时以右补阙知睦州,会文明殿灾,拜章极言时政。

尾注:书奏,帝嘉纳之。

康熙曰:通体剀切,而无亢激之气。

德恭周礼曰:世号阳城为极谏,然激于昌黎之论,若锡者无所为而为者也,其贤于城也多矣。

臣乾学曰:天下已安已治,而不敢谓事无过举,谏官之职也,乃久安长治之图,亦在乎此虞廷所以有咨儆欤。

王禹偁 字元之,济州人。太宗朝擢进士,历官至翰林学士,兼通进银台封驳司,寻罢,历知滁、扬、蕲州。

929.请诸邑严守备疏

题注:时濮州盗夜入城,略知州王守信、监军王昭度,禹偁闻而奏疏。

尾注:真宗嘉纳之。

康熙曰:驾御有方,在当时为救弊之要。

臣乾学曰：《易·萃》之《象》曰："君子以除戎器，戒不虞。"当萃聚殷阜之时而有此训，守邦之道宜如是尔。

930.长洲县治记

康熙曰：清晰之笔。

水心叶适曰：王禹偁文简雅古淡，由上三朝未有及者，而不甚为学者所称，盖无师友论议之故也。柳开、穆修、张景、刘牧当时号能古文，今所存《来贤》《河南尉厅壁》《法相院钟》《静胜待月》诸篇，可见时以偶俪工巧为尚，而我以断散拙鄙为高。自齐梁以来，言古文者无不如此。韩愈之文，备尽时体，抑不自名，李翱、皇甫湜往往不能知，而况孟郊、张籍乎？古人文字固极天下之俪巧矣，彼怪迂钝朴，用功不深，才得其腐败粗涩而已。

臣熙曰：叙宰邑之难，殊有感慨。"鸠敛民瘼，平议政体"，庶几循良之遗。

臣廷敬曰：以单父弹琴立义，文有风格，意存观感，不厌其质。

陈靖 字道卿，莆田人。历官至左谏议大夫。平生多建画，而于农事尤详，尝取所谏章奏目曰《劝农奏议录》。

931.劝农疏

尾注：太宗览之，喜，谓宰相曰："朕思欲恢复古道，革其弊俗，驱民南亩，致于富庶。前后上书言农田利害多矣，或知其末而阙其本。靖此奏甚诣理，可举而行之。"因召封奖谕，令条奏以闻。未几，三司以为费官钱多，方水旱，恐遂散失，其事遂寝。

康熙曰：名论硕画，切实不肤。

臣英曰：国家承平，自当以垦田为第一义，所谓根本重计也。篇中胪列公私利弊，如亲历农家而陈述其疾苦者。

鲁宗道　字贯之，亳州谯人。真宗朝举进士，官至参知政事。峭直敢言，上尝书屋壁曰“鲁直”，疾恶少容，贵戚畏惮，人称为鱼头参政，因其姓且言骨鲠也。

932.请重亲民之官疏

尾注：疏上，真宗纳之。

康熙曰：斥言吏弊，详确无伦。

孙奭　字宗古，博州博平人。九经及第，历官至礼部尚书，以太子少傅致仕。

933.谏祀汾阴疏

题注：大中祥符初，得天书于左承天门，帝将奉迎，召宰相对崇政殿西庑，王旦等曰：“天祝符命，实威德之应。”皆再拜称万岁。又召问奭，奭对曰：“臣愚所闻，天何言哉？岂有书也？”帝既奉迎天书，大赦改元，布告其事于天下，筑玉清昭应宫。是岁，天书复降泰山，帝以亲受符命，遂议封禅，作礼乐。王钦若、陈尧叟、丁谓、杜镐、陈彭年皆以经义左右附和，由是天下争言符瑞。四年，又将祀汾阴，是时大旱，京师近郡谷踊贵。奭上疏。

康熙曰：飚发泉流，不以字句见长。

居仁吕本中曰：至是李文靖之言验矣。封禅之议决于丁谓“定计有余”之一言，天书之降成于钦若“神道设教”之一语。虽以王文正之硕德重望，不敢有异议。其后寇准之入相，亦以天书。当时极言其非者，惟孙奭一人而已。“天何言哉？”此足以破世主之惑矣。

934.再谏祀汾阴疏

题注：帝见前疏，遣内侍皇甫继明就问，又上疏。

尾注：奭又言："古者五载巡狩，有国之事尔，非必有紫气黄云然后登封，嘉禾异草然后省方也。今野雕山鹿，郡国交奏，秋旱冬雷，群臣率贺，退而腹非窃笑者比比皆是，孰谓上天为可罔，下民为可愚，后世为可欺乎？人情如此，所损不细，惟陛下深鉴其妄。"

康熙曰：与前疏虽出一意，而弥增剀至。

935.论天书

题注：天禧中，朱能献乾祐天书，奭上疏，未几，能果败。

康熙曰：明挚耸听，识解视王旦诸人高出数等矣。

穀山于慎行曰：自古符瑞、图谶之兴，皆人主所惑，信以为真有而从之，未有明知其伪而为之者也。王钦若天书之诈，则明言天瑞不可必得。前代有以人力为之者，惟人主深信而崇奉之，以明示天下，则与天瑞无异，此欺诈不经之尤者，以此欺其君，真宗明知其伪而佯信之，以此胁其臣，王旦明知其伪而曲从之，此君臣上下公为矫诬以欺天下也。且至以《河图》《洛书》为神道设教而不必有其实，则是自羲、文以来，已开诈伪之端，以欺天下，而《八卦》《九畴》皆天书之别名矣。诬圣之罪，其容诛邪！以是知道经符箓之书，效佛经而为者，皆起于真、徽之世明矣。

尹洙　字师鲁，河南人。举进士，历官右司谏，知渭州，兼领泾原路经略公事，贬崇信军节度副使，徙监均州酒税。洙博学有识度，尤深于《春秋》。自元昊不庭，洙尝在兵间，故于西事尤练习。

936.谏时政疏

康熙曰：三事中言必中的，不仅以条畅为长。

水心叶适曰：尹洙早悟先识，言必中虑，同时莫能及，非擅所长于空文者也。

臣乾学曰：诏令屡更，由于发令不审；发令不审，由于威断不立。其始也稽于众，舍己从人；其继也令出惟行不惟反，涣号所及，信如四时矣。

苏舜钦 字子美。以父任为荥阳县尉，因诣登闻鼓院，上疏极言时政得失。举进士，范仲淹荐其才，为集贤校理监进奏院，坐事除名。

937.玉清宫灾上疏

题注：仁宗天圣七年六月，玉清昭应宫灾。宫为真宗所建，以奉安列圣御容者。舜钦为荥阳尉，上疏。

尾注：七月，诏天下，玉清昭应宫不复缮修，以灾余长生、崇福二小殿为万寿观。

康熙曰：湛深经术，发为谠言，宜其雅健乃尔。

闻修王志坚曰：子美名家子，少年有学行，交游皆贤者，数数上书言事，疏中所谓“来吉人，去佞人”，固当时之人所群而侧目者，以此得祸，惜哉！

臣熙曰：因事进规，得忠告之意。末幅推原征应，援引经术，尤见渊博。

宋祁 字子京，安陆人。天圣初，与兄庠同举进士，号“二宋”。历官至工部尚书，拜翰林学士。卒，谥景文。

938.言灾异疏

康熙曰：明而无隐，朴而不枝。

臣廷敬曰：言灾异者，莫精于汉儒，然多傅会穿凿，一不应则疑天道为无据矣。疏略言征验，专以修治人事为先，可谓朗识达鉴也。

张方平　字安道，南京人。仁宗朝，宋绶、蔡齐举茂才异等，历官至礼部尚书，参知政事，以太子少师致仕，慷慨有气节。既告老，论事益切，至于用兵起狱，尤反复言之。

939.条制资荫敕

康熙曰：弘此远谟，育才厚俗，胥有赖焉。

940.论屯田

康熙曰：源委分明，事理详晰。

贵与马端临曰：兵与农共此民也，故无事而驱之为农而力稼穑，有事则调之为兵而任征战，虽唐府兵之法犹然。至于民田，则驱游民辟旷土，且耕且戍，以省馈饷，尤为良法。自府兵之法既废，然后兵农判而为二，不独民疲于养兵，而兵且耻于为农，然则国力如之何而不疲于饷军也哉?

臣乾学曰：屯卒戍守，用之边腹皆善。惟虑久而废坏，则同于无兵。但用府兵法，循环更调，此弊可祛也。唐用府兵近百年，非明皇坏之，可以永利，故惟此制为尽善也。

王珪　字禹玉，成都华阳人。举进士，历官至参知政事，拜尚书左仆射，兼门下侍郎，封岐国公。

941.赐吴奎免恩命不允诏

康熙曰：渊然古色。

942.戒谕夏国主诏

康熙曰：辞不过严，而简洁有体。

943.赐皇长子淮阳郡王免恩命不允批答

康熙曰：深润无俗氛。

944.赐皇伯祖承亮改封秦国公免恩命不允批答

康熙曰：举止阔远，绝去纤弱。

945.赐韩琦免明堂恩命不允批答

康熙曰：钜典闳辞，略见此答。

946.除富弼依前同中书门下平章事充武宁军节度使判河南府兼西京留守司事仍赐功臣制

康熙曰：气局阔大，非郑公不称此辞。

蔡襄　字君谟，兴化仙游人。仁宗朝，举进士，历官端明殿学士，知杭州。

947.论增置谏官

康熙曰：指事殷勤，意亦悠然无尽。

水心叶适曰：按：古所谓谏者，以人主之身言之，有责其臣以必谏己而自成其德者，舜予违汝弼是也；有责其君以必受谏而后德可成者，傅说后克圣是也。谏行而人主无过，无过则明，明则用人立政无不得其当，而治道举矣。夫知人安民，禹以尧为难者，盖过不能尽无，而明或有所蔽也。

琼山丘濬曰：自古小人欲蔽人主之聪明，恐其耳目之官攻己过发己私，不得久安其位者，必假此三说以诳惑其君。其君不明，或信其说，以至于屏弃正言，疏远正人，以驯致于危亡之地者多矣。

禹修方岳贡曰：此疏论事，从容入情，有永叔之风味。

臣英曰：襄于增置谏官之始即预为听纳之地，名言如屑，其分析处皆能切中情隐。

948.送黄子思寺丞知咸阳序

康熙曰：以令与宰相并举，益见社稷民人之重。

包拯　字希仁，庐州合肥人。举进士，历官至枢密副使。峭直刚毅，贵戚宦官一时敛手，童稚妇女闻名皆惮之。

949.请罢天下科率

康熙曰：深见精虑，发于言表。

950.论委任大臣

康熙曰：理正识超，议归矩矱。

水心叶适曰：欧阳修谓拯素少学问，观此是其天资能近大体，不待学问也。余尝谓尧、舜、禹、皋陶君臣以来，皆素有人议论相传，虽汉唐褊狭，而其流风余烈犹未尽绝。及后世以经术起之，无不欲上继尧禹而鄙陋汉唐，然古人论议断绝殆尽，而偏岐旁径，纵横百起，莫觉莫知，而皆安之以为当然也，岂不可叹哉！

石介 字守道，兖州奉符人。进士及第，历官至太子中允，出判濮州。介笃学有志尚，乐善疾恶，喜声名，遇事奋然有为。作《庆历圣德诗》，忤触夏竦，几萌大祸。有《徂徕集》行于世，人称为徂徕先生。

951.明禁

康熙曰：法令有重轻，行之有本末，本末轻重一舛，则民罔知所从。此篇深得体要，而文亦爽健。

水心叶适曰：救时莫如养力，辨道莫如平气。石介以其忿嫉不忍之意，发为褊宕太过之辞，激犹可与为善者之怒，坚已陷于邪者之敌，莫不震动惊骇，群而攻之，故回挽无毫发而伤败积山陵矣。哀哉！然自学者言之，则见善明，立志果，殉道重，视身轻，自谓《大过》上六当其任，则其节有足卲也。今所录皆放此，可以览观矣。

952.上颍川蔡侍郎书

康熙曰：正辞不挠，一种虚受之意自蔼然可掬。

臣廷敬曰：介性刚鲠，议论或不得其平，蔡侍郎规以中道，而介能自屈，殆可与进德者也。文峭直，无缘饰，亦肖其人。

吴育 字春卿，建安人。举进士，历官至资政殿大学士，尚书左丞，知河中府。

953.驳唐询请停贤良茂才二科疏

题注：时御史唐询请罢制科，帝刊其名付中书，育奏疏驳议，帝因谕辅臣曰：

"彼言者乞从内批行下,今乃知欺罔也。"

康熙曰：详达之章，既有益于人才，亦有关于政治。

臣乾学曰：因灾异而举制科，此考古之误。后世学校废坏，藉此一线以得真才。正论侃侃，令人神竦。

钱公辅　字君倚，常州武进人。仁宗朝，第进士，历官至天章阁待制，知制诰，忤王安石，罢知江宁府。

954.仁宗配明堂议

题注:治平元年正月,诏以仁宗配享明堂,礼院奏乞与两制同议。仁宗当配何祭?故事:二至祀昊天上帝皇地祇,以太祖配。正月上辛祈谷,孟夏雩祀,孟秋祭神州地祇,以太宗配。正月上辛祀感生帝,以宣祖配。季秋大享明堂,以真宗配。翰林学士王珪等议,唐代宗即位,用礼仪使杜鸿渐等议,以考肃宗配享明堂。德宗即位,亦以考代宗配。请以仁宗配享明堂。时公辅知制诰,以珪等议非是,上议。

康熙曰：文虽专论一朝，而事关典礼，可备采择[①]。

臣乾学曰：严父配天，《孝经》之文，郊祀宗祀，周公之典，二义合明，了无疑滞，至汉而寖失古意，至唐宋而紊滥极矣。斯议直探本原，可垂千古。

郑獬　字毅夫，安陆人。英宗朝举进士第一，历官至翰林学士，为王安石所恶，出知杭州，徙青州。

955.应诏上疏

题注:治平中,大水,求直言。

康熙曰:筹时经世,蓄于心而发于言。

956.备乱

康熙曰:拈出“公私”二字,立论最善,而文笔矫矫,足以胜之。

范仲淹 字希文,苏州吴县人。仁宗朝举进士,累官至枢密副使,参知政事,寻出为河东陕西宣抚使,历知邠、杭、青三州。仲淹始经略西夏,与韩琦齐名,及为参政,上十事,中外想望其功业,而谤毁浸行,遂丐外,不得竟其用。

957.上时务书

题注:真宗崩,仁宗年十三,章献皇太后垂帘听政。天圣三年,仲淹以大理寺丞上书。

尾注:书上后三年,复上书执政,请择郡守,举县令,斥游惰,去冗僭,遴选举,敦教育,养将材,实边备,保直臣,斥佞人,几万余言。宰相王曾见而伟之。时晏殊在枢府,荐一士为馆职,曾谓之曰:“公知范仲淹,舍而他荐乎?”殊遂以仲淹荐,擢秘阁校理。

按:《宋史》但言上书,李焘《长编》言上书执政,今查本集,知有两书,《长编》作《大理评事》,今从《史》及《年谱》《志铭》。

康熙曰:不为峭急之音,而意自深至。

雪航赵弼曰:疏畅条达,深切时事,不多援引经传以为高,真大儒实心忧国之文。件件有入手处,虽中主亦当默识之矣。

臣熙曰:条陈时务俱切中。仁宗初政,尤能畅所欲言,不作一危激语,明体达用,斯为经国之文。

958.推委臣下论

康熙曰：博求贤士，一篇大意，文最穆然可思。

震川归有光曰：人主亲择纯贤，以居清要烦剧之任，是真去私谒化朋党之大端。然欲亲自择贤，非召对从容，不拘内外，不分文武，亦何由知天下士哉?

臣乾学曰：苏明允《远虑篇》谓人主当任腹心之臣，而希文则言主权不可下委，然曰审贤以与之，则所重又在知人之明。两贤之意，未始不相发也。

校记：

①"择"，阙，据《古文评论》补。

卷四十四

宋

韩琦 字稚圭，相州安阳人。仁宗朝，弱冠举进士，历官至枢密使，同中书门下平章事，拜右仆射，封魏国公，加司空兼侍中。有威名，识量英伟。嘉祐治平间，再决大策，安社稷，与富弼齐名，号称贤相，人谓之“富韩”云。

959.谏垣存稿序

康熙曰：进言一衷于理，而出之以至诚，得古人臣献纳之义。

卧子陈子龙曰：魏郑公以谏草视史官，唐文皇不悦。我朝王三原梓谏章，有为蜚语入禁中者，遽毁其书。若魏公此论，可以折之[①]。

富弼 字彦国，河南人。仁宗复制科，举茂才异等，历官至枢密使，同中书门下平章事，封郑国公。弼好善嫉恶，出于天资，常言“君子小人并处，其势必不胜”，神宗时，王安石用事，因疾求退，虽家居，凡事关利害，必切直言之。

960.辞定策迁官奏

题注:治平元年四月上。初仁宗无子,英宗以濮安懿王子养于宫中。仁宗崩,帝嗣位,丧次感疾不知人,慈圣皇太后垂帘听政,帝疾益甚,多过失,太后有废立意,疾差乃已。帝由是心怀不平。太后寻还政于帝,而侍养犹多废缺。至是论定策功,加弼户部尚书,弼具奏辞。

尾注:奏入,不报,又奏至六七,上乃优诏答曰:"洪惟仁宗皇帝,欲报之德,昊天罔极,皇太后子育朕躬,方以天下之养,承颜于朝夕,矧敢云养之至乎!"又不允辞赏,至于再三,弼乃受之。

康熙曰:沉至中益著惓恳。

臣英曰:慷慨淋漓,极言竭论,绝无隐避,富郑公真能言人之所难言者。

司马光　字君实,陕州夏县人。仁宗朝进士,历官至尚书左仆射,兼门下侍郎,赠太师,温国公。光孝友忠信,恭俭正直,历相四朝,忠直如一。

961.上殿论御臣劄子

康熙曰:通达古今,故发必中的。

琼山丘濬曰:光所谓"采名不采实,诛文不诛意"二言者,切中后世考课之弊。人君用人,诚能专而久,则人人得尽其才,究其用,而人所毁誉之言,久亦自定。于是因其名以责其实,就其文以求其意,则用舍当而赏罚公矣。

962.请定储贰疏

题注:嘉祐元年八月,先是知谏院范镇首议建储,不从。光闻而继之,又与镇书,言:"此大事,不言则已,一言岂可复反?愿公以死争之。"于是镇言之益力,光亦累奏。此第三疏,光方为集贤校理通判。

康熙曰:无雕镂之迹,发乎自然[②]。

臣廷敬曰:言不切不能达意,而过切或乖大体,惟积诚而有学者能免于二失,此所以为千古不刊之议也。

963.上皇太后疏

题注:嘉祐八年二月,仁宗崩,英宗有疾,皇太后称制,光上疏。

康熙曰:思理淹详,立说明整。

臣乾学曰:太后以英宗之请,权同听政,非临朝者比,且后性慈俭,于曹氏及左右臣仆未尝假借。而文正疏词深剀如此,其绸缪虑祸之意深矣。

964.上英宗疏

康熙曰:义正辞明,可祛纷纭之论。

臣熙曰:圣人之德无加于孝。英宗嗣服之初,司马光首进此疏,大义凛然。后日濮园之议,几同聚讼,光已早见之矣③。

965.论治身先孝治国先公疏

康熙曰:两意并举,引人入胜。

966.上英宗言时政阙失疏

康熙曰:质言无饰,文复雅健。

水心叶适曰:光诸疏按本朝议论行事为三节:庆历也,熙宁也,元祐也。光虽不及仲淹之开济,其灼知国家守成之规模极始尽末者也。

967.仁宗配明堂议

题注:治平元年正月,时翰林学士王珪请以仁宗配享明堂,知制诰钱公辅以为不可,御史中丞王畴复申珪议,光知谏院,与吕诲同上议。

尾注:议上,翰林侍读学士孙抃请如前议,诏从之,光说不行。

康熙曰:详据典礼,可正诸家之谬。

臣廷敬曰:议礼之文,不难引据经典,其简严劲质,真气流溢,为可贵耳。

968.崇奉濮安懿王典礼议

题注:治平二年六月,时议崇奉濮安懿王典礼,翰林学士王珪等相顾不敢先,光独奋笔立议,珪即敕吏以光手稿为案。

尾注：议上，更下中书集议。

康熙曰：名义正大，千古不磨。

正叔程颐曰：言事之臣，知称亲之非而不明尊崇之礼，使濮王与诸父等，若尊称为皇伯父濮国大王，则在濮王极尊崇之道，于仁宗无嫌疑之失矣。

969.应诏论体要

康熙曰：反复条畅，绰有余裕。

禹修方岳贡曰：襍引经传，断以己意，有似刘子政。

卧子陈子龙曰：神宗锐于更制立事，温公以执要之论进，宜其不相入也。此文大概与子瞻相表里，苏用排体，此则散行。

臣乾学曰：州郡之间，使节旁午辇毂之地，告密纷纭，自来论治者以此为患。夫别遣使臣者，外不信其重臣也；置探事员役者，内不信其大臣也：可乎哉？

臣英曰：和平温密之中而具真挚淳庞之气，温公论事类如此，洵端人正士之篇也。

970.辞职疏

题注：王安石求退，帝乃拜光枢密副使，光辞。

康熙曰：不泛作辞荣之语，故尔可传。

雪航赵弼曰：韩琦以不改“青苗”辞安抚之职，司马光以不革新法固辞枢副之官，此皆行人之所不能行，苟非立心正大，操守方正者，曷克臻是哉？

971.乞省览农民封事劄子

康熙曰：备言民事艰难，以深斥新法之害，周详隐恻，得《无逸》一篇之意。

守溪王鏊曰：入之《诗》《书》，可以继《豳风》，并《无逸》。

972.论皇城司巡察亲事官劄子

康熙曰：超然知体之论。

973.五规

康熙曰：五篇振挈要领，可谓硕论訏谟，而气体亦深厚尔雅。

臣熙曰：历叙古今成败，千七百年了如指掌，保泰持盈，议论明切。

琼山丘濬曰：孔子告鲁君，谓平旦视朝，虑其危难，一物失理，乱亡之端，以此思忧，忧可知矣。盖人君惟不知忧也，故不知所虑。当夫安逸之时，知有乱亡之祸，则必忧之矣。忧之则虑之，虑之于无事之时，而寻其端绪之所自起，究其流弊之所必至。如光所言之六事，触类而长之，随机而应之，逆料其未然之害，远探其将至之患，千里之外如在目前，百年之远如在旦夕。事事而思之，惟恐一物之失理；汲汲而已之，惟恐须臾之尚在。不玩狎而因循，不苟且而姑息。如此则修之于庙堂，而德冒四海；治之于今日，而福流万世：尚何危难之有哉？

974.乞改求谏诏书劄子

康熙曰：言事之文，能扼理要。

975.知人论

康熙曰：用笔如剸犀截象，崭然有势。

臣乾学曰：大意以"劳于求才，逸于任人"立说，然元祐得之于涑水，而熙宁失之于临川，故曰知人之明，不可学也。

范镇 字景仁，成都华阳人。仁宗朝举进士，历官至翰林学士，知通进银台司。临大节，决大议，笃于行义，虽在帝前无所屈，劝仁宗建储，章凡十九上，待命百余日，须发尽白，依奏乃已。神宗朝，力谏"青苗"之害，遂致罢黜。

976.请裁冗官冗兵疏

尾注：大臣以募兵塞责，当是王德用。事见皇祐元年十二月④。

康熙曰：洞中当时情事，故明快如此。其欲宽民力以为备，尤为国家本计。

臣杜讷曰：核冗食以纾民困，乃当日之急务。指陈精切爽朗，令人心目豁然，更见笔锋犀利。

977.再陈官冗兵多疏

按：三代以后，相臣德业首诸葛，惟司马光足以匹之。陈寿之评亮文也，曰咎繇之谟略而雅，周公之诰烦而悉。今观光之文，亦可谓烦悉矣。其心力萃于《通鉴》一书，而其奏疏皆切直精当，以经术经世务者。朱熹曰："温公可谓知仁勇也，活国救世，何等次第！其规模稍大，又有学问集，文多不胜载，登其尤者。盖其自谓如人参、甘草，可以愈病者，审矣。"范镇平生与光相得甚欢，议论如出一口。熙宁、元丰之间，天下贤士大夫望以为相者，光与镇二人。光思济斯民，卒任天下之重。镇凝然如山，确乎其不可拔，读其文，可以想见也。

康熙曰：详复推原，文势愈紧而用意愈切，殆弥灾之本术，经国之药言也。

臣廷敬曰：前疏事已详言，此但反复申说，其意自足，节解句断，笔力健举，无俟蔓辞以自饰也。

范百禄　字子功，镇从子。神宗朝进士，历官至翰林学士，拜中书侍郎。

978.对制科策

题注：时治平水灾，大臣方议濮礼。

康熙曰：正论典礼之失，故词不嫌于激切。

臣英曰：古采纷错，词意激昂，宋文之以丰骨胜者。

校记：

①此条据哈佛本补。

②此条据《古文评论》补。

③此条据哈佛本补。

④"月"，原作"户"，误，据哈佛本改。

卷四十五

宋

欧阳修 字永叔，庐陵人。仁宗朝举进士，试南宫第一。历官至枢密副使，参知政事，以太子少师致仕。修天资刚劲，见义勇为，放逐流离，至于再三，志气自若。宋兴百年，而文章体裁犹仍五季余习，修出，一洗卑弱，天下翕然师尊之。

979.劝学诏

题注:庆历四年四月,诏天下州县立学,更定科举法,用宋祁、王拱辰、张方平、欧阳修等言也。

康熙曰：斟酌得宜，意颇近古。

980.弛茶禁诏

题注:嘉祐四年二月,先是茶为官榷,禁私贩甚严,岁报刑辟,不可胜计。园户困于征取,往往破产逃匿。叶清臣、何鬲、王嘉麟等先后上议,请罢给茶本钱,纵园户贸易,而官收租钱。下三司议。三司言:"茶课给本收利,所获甚微,而烦扰为患。园户输纳,侵害日甚,小民趋利,犯法益繁。宜约岁入息钱之数,均赋茶民,恣其买卖,所在收算,而不给本钱。"遂下诏。

康熙曰：虑周细事，言复仁蔼。

981.论删去九经正义中谶纬劄子

康熙曰：汉儒于经学，表章微绪，最为有功，而间引谶纬，未免驳杂。此论自是卓识。

琼山丘濬曰：秦汉以来之六经，所以至于今日者，实赖孔颖达之《正义》。世之学经者，因得以考见古人之训诂义例，而知其名物度数之详，虽其间多驳杂诡异之言，如欧阳氏所言者，然朱子谓汉魏诸儒正音读，通训诂，考制度，辨名物，学者苟不先涉其流，则亦何以用功于此？则其书亦世之不可无者也，第欲中心有主而知所择耳。

982.论台谏官唐介等宜早牵复劄子

题注：据李焘《长编》，嘉祐六年四月，或言枢密副使陈旭阴结宦者史志聪、王世宁，得大用。天章阁待制知谏院唐介、右司谏赵抃、兵部员外郎兼侍御史知杂事范师道、殿中侍御史吕诲，交章言旭为谏官，阿附贵戚，及知开封府，恣行请托，旭奏辩。上曰："除拜二府，朕岂容内臣预议邪？介等言不已，当两罢之。"于是出旭知定州，介知洪州，抃知虔州，师道知福州。

按：《宋史·介师道传》俱作陈升之，盖升之初名旭，避神宗嫌名而改也。

康熙曰：于气度舒徐中，见其爽直论事，极中窾会。

卧子陈子龙曰：当时公在枢府，而拳拳以谏官为言，大臣为国之心可谓深矣。

臣熙曰：绝去嫌疑，独抒诚悃。定国是，惜人材，有关治化，不徒作敢言之气。

983.乞补馆职劄子

康熙曰：清言如屑，可谓其风肆好者矣。

984.论杜衍范仲淹等罢政事状

题注：庆历五年正月，范仲淹、富弼、杜衍罢，以御史中丞王拱辰、右正言钱逸等先后论劾也。衍罢知兖州，仲淹知邠州，弼知郓州。

尾注：疏入，不报。指修为朋党者，益恶焉。

康熙曰：从四人事迹显然处一一引证，更不自立议论，遂尔警切。

水心叶适曰：国初宰相权重，台谏侍从莫敢议，朝士不平，屡有攻击。如卢多逊、赵昌言、王禹偁、宋湜、胡旦、李昌龄、孔道辅更胜迭负，然终不能损庙堂之势。至范仲淹空一时所为贤者而争之，天下议论相因而起，朝廷不能主令而势始轻矣。虽贤否邪正不同，要为以下攻上，为名节地可也，而未知为国家计也。然范、韩既以此取胜，及其自得用，台谏侍从方袭其迹，朝廷每立一事，则是非蜂起，哗然不安矣。

禹修方岳贡曰：力破“朋党专权”四字，举其实事而明之，更为洞快。

臣乾学曰：君子小人各有其类，第君子尚义，故当义而必争，小人嗜利，故见利而必贰。兹极论四人之不同，所以深破朋党之疑也。

985.上范司谏书

题注：范仲淹其先自邠州徙吴县，举进士，累官秘阁校理。天圣七年，以请太后还政，通判河中府，徙陈州。太后崩，召为右司谏。

康熙曰：情义谆笃，文思安雅，大家中有数文字。

晦庵朱熹曰：欧阳公《上司谏书》，其中却自美丽，有好处，有不可及处，却不是阘冗无意思。苏老泉《上欧阳公书》云：“执事之文，纡徐委备，往复曲折，而条达疏畅，无所间断，气尽语完，急言竭论，而容与闲易，无艰难劳苦之态。此三者皆卓然自为一家之文也。”

东发黄震曰：铺叙有法，与昌黎《诤臣论》表里。

叠山谢枋得曰：欧阳公文章为一代宗师，然藏锋敛锷，韬光沉馨，不如韩公之奇奇怪怪，可喜可愕。学韩不成，亦不庸腐；学欧不成，必无精采。独《上范司谏书》《朋党论》《春秋论》《纵囚论》气力健，光焰长，可以发才气，可以生议论。

琼山丘濬曰：今世谏官虽无定职，然国家设立六科，以言责付之，凡内而百司，外而藩郡，应有封章，无有不经由者。矧列署内廷，侍班殿陛，日近清光，咫尺天颜，上无所干属，下有所分理。欧阳修所谓争是非于殿陛之间者也，必也不爱富贵，次则重惜名节，次则晓知治体，如是则上而君德必有所助，下而朝政必无所缺矣。

986.代人上王枢密求先集序书

康熙曰：有起伏，有开阖，气雄而笔宕。

荆川唐顺之曰：驾空层累之文。

臣英曰：历叙前代藉文词以行远者，由经迄史，以见铺扬威德，润色鸿猷，端赖乎此也。其文情复跌荡可喜，真磊落而英多。

鹿门茅坤曰：其机轴自昌黎《送孟东野》来，而思尤婉而正[①]。

987.本论

康熙曰：揭出“礼义”二字，见欧阳为学有本领处，以此继昌黎之后武，倡濂洛之先声，扶翼名教，厥功非小。

东发黄震曰：攻佛法之害政，昌黎之说尽之；攻佛教之害人心，晦庵之说尽之；不能明言其所以害，而徒疾声大呼以汇其愤者，石徂徕之说尽之。欧阳公所谓“上续昌黎斯文之传”者，正以辟佛一事，然《本论》不过就昌黎改易新说，而适以消刚为柔，如闭关息兵，惟敌之纵，而曰我修政事者尔。呜呼！殆所谓能言距杨墨者，皆圣人之徒欤。

东郭邹守益曰：作文须寻得头脑，意思端正，然后措辞练句，斯工于文者也。欧阳子得此法，变正文体，从孟子正经上发出许多议论，非有的见者不能。

琼山丘濬曰：佛去我中国数万里，其势无由至中国，其导之入吾中国者，中国之人也。今其法行乎中国千余年，其势已坚牢不可动摇，其言入人心已深，而其象设屋宇在人耳目者已熟，一旦欲去其势诚难。欧阳氏欲修补吾政教之阙废者，诚反本之论。然吾政教之阙且废非一日，一旦复其千年之故，非假之十百年不能也。十百年中，其君其相岂皆卓然不惑者？莫若定为家乡之礼，颁布天下，使家家行古礼，其势自衰，此则朝令而夕可行也。积数十年，人皆知吾礼之简径，而觉彼法之劳攘，有损于己，无益于事，自然废置而不振。英君谊辟有志于扶世教、辟邪说者出于其间，举韩子所谓“人其人，火其书，庐其居”之说，乘其衰而去之，则中国三代道德之教、礼义之俗顿然复矣。

988.为君难论上

康熙曰：文气峻决，是极有断制之作。

东发黄震曰：《朋党论》谓“君子有其朋”，足以解万世人主之疑；《为君难论》谓用人、听言、专决之失在于违众，足以指万世人君之迷。

臣熙曰：用人难，知人尤难。“知人则哲，能官人”，皋陶之所以陈谟也。此篇专就人心征取舍，而归重知人之意，跃然可思。

989.为君难论下

尾注：二篇皆为王安石而发。

康熙曰：议论与故实相经纬，机法略似上篇。

升庵杨慎曰：子由《君术论》正是此意。

鹿门茅坤曰：此言听言之难。以上二篇并引传记原文以为议论，而于中略点缀数言，自是一体。若史迁之传伯夷，却又通篇以议论为叙事，正与此互相发明。

臣乾学曰：新进勇锐，暗指王、吕诸人。盖安石之读《周礼》，无异赵括之读父书，其言可听而实不可用也，足以戒矣。

990.纵囚论

康熙曰：以紧峭之笔发深挚之思，故持论甚坚而有力。

东发黄震曰：《纵囚论》上下相贼恐太甚，要是三代后盛事。若夫圣人“不立异以为高，不逆情以干誉”，则至论也。

叠山谢枋得曰：文有气力，有光焰，可以发人才气，善于立论。

991.唐书兵志论

康熙曰：源流得失，洞然指掌。

鹿门茅坤曰：唐兵三变处如指掌。

992.唐书礼乐志论

康熙曰：综次淹洽，而妙有镕鍊。

晦庵朱熹曰：此古今不易之至论也。

琼山丘濬曰：修为此言，可为尽古今礼乐之事。后世君臣有志于复三代之治者，其尚视此言为准则，痛革后世苟简之政，而必以礼乐为本，凡其所以施于政治之间者，或寓三代礼乐之意于中，庶几今世复见古昔之盛治，岂非万世之幸哉！

臣廷敬曰：礼乐之用，自朝廷及里巷，无事不由以治，所谓达于天下也。推到化民急务，辞简旨切，不同鲁两生之言。

鹿门茅坤曰：古礼之亡久矣，欧公于此亦无限感慨[②]。

993.唐书艺文志论

康熙曰：振宕中却寓舂容之概，自是欧阳本色。

鹿门茅坤曰：叙事中带感慨，悲吊以发议论，其机轴本史迁来。

994.唐书食货志论

康熙曰：正议被以雅辞，沨沨可诵。

鹿门茅坤曰：论悉，文亦跌宕。

995.五代史前蜀王建世家论

康熙曰：目光远瞩，于治道极有维系。

鹿门茅坤曰：读韩公《获麟解》与此论，世之言祥瑞者扪心退矣。

996.五代史冯道传论

康熙曰：文既高妙，而寓意特深。

鹿门茅坤曰：借妇人女子以感慨当世儒生，有三叹遗音。

997.五代史周臣传论

康熙曰：伟论出之闲淡，是欧文独胜处。

998.五代史唐六臣传论

康熙曰：兴会淋漓，无意不畅。

伯厚王应麟曰：欧阳子书唐六臣于唐亡之后，贬其恶也；朱子书晋处士于晋亡之后，表其节也：一字之惩劝，深矣。

伯厚王应麟曰：欧阳子曰“始为朋党之论者，甚于作俑”，愚考《汉史》，萧望之、周堪、刘更生同心谋议，弘恭、石显奏望之等朋党欲专擅权势，“朋党”二字始见此，遂为万世之祸，可谓一言丧邦。

鹿门茅坤曰：朋党之祸至唐而极，论朋党之文至欧阳子而极。文甚圆，而所见事情特透。

999.五代史宦者传论

康熙曰：笔愈转而势愈紧，势愈紧而意愈切，如千岩万壑，洑流回澜，岂非文章极观！

鹿门茅坤曰：通篇如倾水银于地，而百孔千窍无所不入，其机圆而其情鬯。

1000.五代史伶官传论

康熙曰：抑扬顿放中无限烟波，文之神似龙门者。

鹿门茅坤曰：庄宗雄心处与欧阳公之文，可上下千古。

臣英曰：叙唐庄宗处，倏而英俊，倏而衰飒，凭吊欷歔，虽尺幅短章而有萦回无尽之意。

1001.朋党论

题注：初吕夷简罢，夏竦授枢密使，复夺之，代以杜衍，同时进用富弼、韩琦、范仲淹在二府，欧阳修为谏官，石介作《庆历圣德诗》斥竦为大奸，竦衔之，因与其党造为党论，目衍、仲淹及修为党人。庆历四年四月，上谓辅臣曰："自昔小人多为朋党，亦有君子之党乎？"范仲淹对曰："邪正之党，唯圣心所察。苟朋而为善，于国家亦何害也？"修于是作《朋党论》上之。

康熙曰：叙述最详，论断最紧，故能淹通事理，剖决嫌疑，集中杰作也。

水心叶适曰：欧阳氏《朋党论》，旧传谓其能极小人之情状，故奸邪忌恶尤深。苏氏为《续论》，欲翦戮元恶而抚用其余。按：自古小人害正，比而仇君子，人主必保护爱惜，每加击逐，使君子无以自安。小人为党，君子不为党也。如养鸑鷟、孔鸾，猫鼠常伺其隙，备豫稍不谨，捕而食之，无救矣。孟子言"鲁穆公无人乎子思之侧，则不能安子思"，穆公犹然，况舜、文王乎！

縠山于慎行曰：神宗问君子小人之党，滕甫对曰："君子无党，譬之草木，绸缪相附，必蔓草，非松柏也。"余尝以其言验之，君子何以无党？无所用之也。进退决之礼义，用舍听之君相，浮沉付之命数，建树度之技能，故职业相与则同心共济，出入相友则同道为朋，非有固结之欢、唇齿之援也。何以党为小人？则利害得失滑于方寸之间，而立身行己又无墙壁可恃，使之无党，安可得哉！嗟夫！丈夫七尺之躯，戴员履方，奈何不为松柏而为蔓草哉！

1002.送徐无党南归序

康熙曰：自待甚重，故立论皆高人一层。

闻修王志坚曰：张芸叟《与石司理书》云："顷游京师，每听欧阳文忠公、王荆公、司马温公之论，于行义文史为多，惟欧公多谈吏事。久之，不免有请：'学者之见先生，莫不以道德文章为欲闻者，今先生多教人以吏事所未谕也。'公曰：'不然。吾子异日临事当自知之。大抵文章止于润身，政事可以及物。吾尝贬官夷陵，欲求《史》《汉》一观，公私无有，因取陈年公牍，反复观之，见其枉直乖错，不可胜数。夷陵如此，天下固可知也。当时仰天誓心，曰自尔遇事，不敢忽也。迨今二十余年，出入中外，忝麈三事，今日以人望我，必谓翰墨致身，以我自观，竟是当时一言之报。'"此序谆谆以徒言为诫，即是此意。噫！如公文学，曾不自足，而必求政事以及人，非圣贤心事，何以有此？

荆川唐顺之曰：六一公身蹈此弊，故言之亲切如此。

1003.吉州新学记

康熙曰：格局阔大，波澜老成。

水心叶适曰：韩愈以来，相承以碑、志、序、记为文章大典册，而记虽愈及宗元犹未能擅所长也。至欧、曾、王、苏始尽其变态，如《吉州学》《丰乐亭》《拟岘台》《道山亭》《信州兴造》《桂州修城》，后鲜过之矣。若《超然台》《放鹤亭》《篔簹偃竹》《石钟山》，奔放四出，其锋不可当，又关纽绳约之不能齐，而欧、曾不逮也。

东发黄震曰：《吉州学记》思见道化之成。

闻修王志坚曰：《林下偶谈》云：和平之言难工，感慨之词易好，近世文人能兼之者，惟欧阳公。如《吉州学记》之类和平而工者也，如《丰乐亭记》之类感慨而工者也。然《丰乐亭记》意虽感慨，词犹和平。至于《苏子美集序》之类，则纯乎感慨矣。乃若愤闷不平如王逢原，悲伤无聊如邢居实，则感慨而失之者也。

臣杜讷曰：铺张风俗淳美，由于学校之成，与篇首“王政之本”照耀，有声势，故语语淡朴而遂极炜煌钜丽之观。

1004.王彦章画像记

康熙曰：错综开阖，自然入妙，与柳州《段太尉逸事状》神理相合。

荆川唐顺之曰：此文凡五段，一段是总叙其略，二段是言其能全节，三段是辨其事，四段是言其善出奇策，五段是寺中画像之事，而通篇以忠节、善战分两项，然不见痕迹。

1005.丰乐亭记

康熙曰：归美国家太平以为丰乐之由，立言有体，而俯仰处更多闲情逸韵。

次崖林希元曰：此篇专归功于上之功德。第一节先叙滁之景以为亭，第二节论滁为干戈用武之地，第三节论圣宋平定之事，第四节论民生丰乐皆上之功德，第五节论滁人立亭共享丰年之乐，第六节论宣上意以与民同乐，所以名亭。

鹿门茅坤曰：太守之文借事发感慨，欧公本色。

1006.胡先生墓表

尾注：吕元明尝言：仁宗时，国子先生必求天下贤士，又择其尤贤者专委掌教规矩之事。胡瑗为直讲，有旨专掌学政。胡亦甄别人物，择其过人远甚、人畏服者，奖之激之。又各因其所好，类聚而别居之，故好尚经术者、好谈兵者、好文艺者、好尚节义者，皆以其类群居相与讲习，胡亦时召之，使论其所学，为定其理，或自出一义，故人皆乐从而有成。今朝廷近臣，往往胡之徒也。

康熙曰：安定教士之法，规条最详，篇中专举此事，殆所谓论人必于其大者也。

1007.泷冈阡表

按：自韩愈以古文倡于唐，三百余年，修出而宗之，起五季论卑气弱之敝，黜天圣、景祐间“太学体”诡异之习，士始知通经学古，功倍于穆修、柳开矣。其学长于考究古今治乱兴衰，别白是非利害，故其文章皆与经术相发明，攘斥佛老，尤为知本，虽性道之精微，固有间焉，然文家法度，可谓尽矣。故《言行录》称之曰：“超然独骛，众莫能及，譬夫天地之妙，造化万物，不见痕迹，自极其工。”

康熙曰：叙述先德，情文深婉，令謦欬千载如生，可谓仁孝之言。

东发黄震曰：《泷冈阡表》述其母记父之言，谓“祭而丰，不如养之薄”，谓“治死狱，尝求其生”。

校记：

①此条据哈佛本补。

②此条据哈佛本补。

卷四十六

宋

周敦颐　字茂叔，道州营道人。以舅任历官知南康军，因家庐山莲花峰下，前有溪，取营道所居濂溪以名之，世称为濂溪先生。著《太极图》《通书》，得孔孟之原本，二程子往受业焉。淳祐初，从祀孔子庙庭。

1008.太极图说

题注：图见性理，朱震谓出于陈抟，历传种放、穆修以及于周子。朱子订正，以为周子自作。

按：六经四子之书，非有意于为文，而为天地之至文者也。自孟夫子殁，圣学失传，于是道德文章分而为二。唐韩愈氏虽称因文见道，未能合而为一也。自濂溪子起而上承其统，太极一图乃其所学之精蕴。横渠张子与其同时并兴，自言发明道理，惟“命”字难，《西铭》一书，尤其文之粹者。故朱子云：“自孟子后，方见有此两书。”盖虽未至于无意为文，而醇乎其醇，几于有德之言也。二程之文简质温厚，大儒修辞立诚，自非文士之所企及。刘清之谓本朝惟有四篇文字好：《太极图》《西铭》《易传序》《春秋传序》。盖宋儒之推尊周、张、程之文如此，所谓道德文章合而为一者也。自是而后，其徒相与阐扬师说，要为造道之言，而四子深远矣。

康熙曰：拈一“静”字，是周子教人为学吃紧工夫，然须是仁义中正始为有本之学，否则沦于空寂矣。此可见先儒之言，毫无渗漏处。

晦庵朱熹曰：先生之学，其妙具于太极一图，《通书》之言亦皆此图之蕴。潘清逸志先生之墓，叙所著书，特以作《太极图》为称首，然则此图当为先生书首无疑。

张载 字子厚，长安人。举进士，吕公著荐为崇文院校书，寻移疾去。吕大防荐知太常礼院，以议礼不合归。少喜谈兵，又访诸释老，乃返而求之六经，与二程语《大学》之要，涣然自信，尽弃异学，淳如也，为关中人士宗师，世称为横渠先生。淳祐初，从祀孔子庙庭。

1009.西铭

题注：张子常于学堂双牖，左书“砭愚”，右书“订顽”，伊川曰：“是启争端也。”改曰“东铭”“西铭”。

康熙曰：孔子尝有言曰：“仁人事天如事亲。”《西铭》精奥确切，深有以发明孔子之意，程子以为仁之体盖有见乎此也。

伊川程颐曰：《西铭》明理一而分殊。又曰：《西铭》，某得此意，只是须得子厚如此笔力，他人无缘做得，孟子以后，未有人及此。

和靖尹焞曰：人本与天地一般大，只是人自小了，若能自处以天地之心为心，便是与天地同体，《西铭》备载此意。

晦庵朱熹曰：《西铭》前一段如棋盘，后一段如人下棋。又曰：《西铭》有个直劈下底道理，又有一个横截断底道理。

双峰饶鲁曰：《西铭》一书规模宏大而条理精密，有非片言所能尽，然其大指不过中分为两节，前一节明人为天地之子，后一节言人事天地当如子之事父母。

龟山杨时曰：《西铭》只是发明一个事天的道理，所谓事天者循天理而已①。

1010.与吕微仲书

康熙曰：佛氏之说不可穷诘，此专就道理上一一辨驳，直使之无说自解。

程颢 字伯淳，河南人。举进士，以吕公著荐为太子中允，监察御史里行，议新法不合，乞去，后责监汝州酒税。哲宗立，召为宗正丞，未行卒。颢得不传之学于遗经，以兴起斯文为己任，辨异端，辟邪说，使圣道复明，孟子之后，一人而已，学者称为明道先生。淳祐初，从祀孔子庙庭。

1011.论君道

题注:熙宁初,颢为监察御史,神宗数召见,曰:“欲常常见卿。”前后进说甚多,尝劝帝防未萌之欲,及勿轻天下士,帝优纳之。居职八九月,数论时政。

康熙曰：纯儒之学，实际之言。

东发黄震曰：明道初疏乞定君志，用正人；次乞修学校，尊师儒；次论王伯：皆根本之论。

1012.论王霸

康熙曰：识论皆不落第二层，可以见其生平学术有原本处。

臣熙曰：神宗求治太速，一切设施俱从功利起见。程颢首辨王霸，引入听言用人，词意雅驯，洵为纯儒之学。

1013. 论十事

康熙曰：十事皆切当时之务，儒者之效优于经济乃尔。

东发黄震曰：譬之于疾[②]，此犹剧证，人主所宜力救者也。

臣英曰：制度之损益在于因时，经纬之大纲在于复古，以标本为缓急，洵通儒之言也。

1014.论新法

题注:颢在台职,王安石执政,议更法,中外攻之甚力,颢被旨赴中堂议事,安石厉色待之,颢徐曰:“天下事非一家私议,愿平气以听。”安石为之愧屈,最后乃为此奏。

尾注:奏上,安石犹敬其忠信,但出提点京西刑狱,颢固辞,改佥书镇宁军判官。司马光在长安,上疏求退,称颢公直,以为己所不如。

康熙曰:据理驳论,不屑屑勘及利害,所见独超。

穀山于慎行曰:王介甫所变新法固多苛扰,然亦有利害相半,斟酌损益可以施行者,未必尽非也。但安石行之太骤而不问其难易,诸贤持之太急而不察其便否,两相激而求相胜,遂至误国尔。诚使安石以公平之心,从容渐渍,以洽天下之心,而在廷诸贤以同心图治之谟,为救正调停之策,亦何至纷纷相构,成误国之罪也?

1015.答横渠张子厚先生书

题注:张子问:“定性未能不动,犹累于外物,何如?”程子答书。

尾注:附朱子《定性说》:定性者,存养之功至而得性之本然。性定,则动静如一而内外无间矣。天地之所以为天地,圣人之所以为圣人,不以其定乎?君子之学,亦以求定而已矣。故扩然而大公者,仁之所以为体也;物来而顺应者,义之所以为用也。仁立义行,则性定而天下之动一矣。所谓贞也,夫岂急于外诱之除,而反为是憧憧哉?然常人之所以不定者,非其性之本然也。自私以贼夫仁,用智以害夫义,是以情有所蔽而憧憧耳。不知自反以去其所蔽,顾以恶外物为心,而反求照于无物之地,亦见其用力愈劳,而烛理愈昧,益以憧憧而不自知也。艮其背则不自私矣,行无事则不用知矣,内外两忘,非忘也,一循于理,不是内而非外也,不是内而非外则大公而顺应,尚何事物之为累哉?圣人之喜怒,大公而顺应,天理之极也;众人之喜怒,自私而用知,人欲之盛也。忘怒则公,观理则顺,二者所以为自反而去蔽之方也。夫张子之于道,固非后学所敢议,然意其强探力取之意多,涵泳完养之功少,故不能无疑于此。程子以是发之,其旨深哉!

康熙曰:动亦定,静亦定,显微一致,是彻上彻下之功。若离绝外物以求静,此释老之学,所以别于我儒也。明道此书,最为明白的当。

晦庵朱熹曰:明道言语甚圆转,初读未晓得,都没理会,子细看却成段相应。此书在鄂时作,年甚少。又曰:定性者,存养之功至而得性之本然也。

性定，则动静如一而内外无间矣。天地之所为天地，圣人之所以为圣人，不以其定乎？君子之学，亦以求定而已。性定而天下之动一矣。

臣廷敬曰：圣人以天地万物为心，故其心湛然有主，虚而能应，此所以范围曲成而道济天下也。书中畅发其义，诚探微穷本之论。

1016.晋城县令题名记

题注：颢自上元主簿为晋城令三年。

康熙曰：义存法戒，即一记亦不苟作。

程颐 字正叔。哲宗初，用司马光荐，以处士累擢崇政殿说书，寻罢。绍圣中，窜涪州，徙峡州。颐学本于诚，动止语默，一以圣人为师，卒得孔孟不传之学，为诸儒倡，其言若布帛菽粟，知德者尤尊崇之，称为伊川先生。淳祐初，从祀孔子庙庭。

1017.上仁宗皇帝书

题注：时年十八。

康熙曰：所学既纯，故规模自尔正大。

臣乾学曰：宋世处士皆以大臣荐召，上书累千万言，以非应科之作，故其文多可诵可传。然未有自任之重，比于诸葛孔明，又自拟于孟子、董子、文中子者，固知非大儒不敢为此言也。

臣英曰：罕譬明彻，文亦如八音之交畅，五色之相宣。

1018.代彭思永论濮王典礼

题注：英宗初立，议追尊生父濮安懿王允让。翰林学士王珪等谓宜称皇伯，参知政事欧阳修引《丧服大记》云："为人后者为其父母降服期，是服可降，而父母之名不可没也。"台谏群起非之。治平三年正月，皇太后手诏下中书："濮王谯国夫人王氏、襄国夫人韩氏、仙游县君任氏，皇帝可称亲，濮王称皇，夫人并称后。”御史吕诲等力言不可，皆斥去。彭思永者，字季长，庐陵人。由进士累官侍御史，以言事谪。时召为御史中丞，上疏极谏，而伊川为之属草。

尾注：疏入，英宗感其至切，垂欲施行，而中书持之甚力，卒不果。神宗即位，御史蒋之奇纠欧阳修阴事，挽思永自助。思永言阴事非外人所知，但言其首建濮议，违典礼以犯众怒，出知黄州。

康熙曰：引喻甚明，持论极正，可以折群喙之纷纷矣。

庭芳胡一桂曰：欧阳修倡议以悮韩琦，韩琦主议以悮天子，始于讲学不明，终于执以私意。惜哉！程子曰：“为人后者谓其所后者为父母，而谓其所生者为伯叔父母，此天地之大义，生人之大伦，不可得而变易也。然所生之义至尊至大，虽当专意于正统，岂得尽绝于私恩？是以先王制礼，既降其服以正统绪，然不以正统之亲疏，而皆为齐衰期以别之，则所以明其至重而与叔伯父不同也。”观程子之言，则欧阳修称亲之义，其失礼固已甚矣！而称伯者，又不能推其所生之至恩，亦非至当之论也。要当别立殊称，曰皇伯父、某国太王，而使其子孙袭爵奉祀，则于大统无嫌疑之失，而在所生亦极尊崇之道矣。呜呼！当时无有能明此义者，遂使欧、韩之执见不可复回，卒陷其君上不孝于先帝，次亦不得为孝于濮王，可胜惜哉！

水心叶适曰：程氏议濮邸事，当称“侄嗣皇帝，敢昭告于皇伯父濮国太王。”按兄弟之子称侄，礼无所据。而本生子以其属言者，世俗之辞也。以太加于王，又不经也。为人后者为其父母报，不可没也。持大宗者降于小宗，小宗不敢齐也。避父称亲，义固无当；舍父称伯，理将曷宜？以古人之意议礼，而以世俗之名制礼，可乎？夫立后与为人后，所后父与本生亲，皆至公大义所在，而非私情臆说行于其间也，然则世俗无据之名不可以制礼也决矣。

1019.上太皇太后书

题注：颐在治平、元丰间，大臣屡荐，皆不起。至是司马光、吕公著共疏其行谊，曰：“伏见河南处士程颐，力学好古，安贫守节，言必忠信，动遵礼度，年逾五十，不求仕进，真儒者之高蹈，圣世之逸民，望擢以不次，使士类有所矜式。”诏以为西京国子监教授，力辞。寻召为秘书监校书郎，至阙下，召对，颐上书。英宗后高氏，神宗立，上尊号曰皇太后，哲宗立，加上尊号曰太皇太后。

康熙曰：程子自任之重，隐然有尧舜其君之意，殆与《伊训》《说命》之篇后先光映者也。

水心叶适曰：程氏《上太皇太后书》，问学职业所欲致之君者，具于此矣。盖以辅养主德为大，而以周公之辅养成王为法，为《立政》专言“常伯常任”“缀衣虎贲”发此论也。今按：《立政》历陈夏、商先君及周文、武用人之方，与桀、纣宠任暴逸亡灭之故，乃在成王即政后，非初立幼冲时也。又按：武王既葬，群叔流言，周公居东作诗以贻成王，成王悟天变，罢穆卜，迎归周公。及既作洛，周公复子明辟，成王重留，委国以听，而周、召复相，遂终周公之身与成王之世，然则非成王之智不足以知其臣，非成王之明不足以任其臣，其圣质卓然，周、召盖为其所用以致盛治，非如童稚未识，必待封唐叔挞伯禽以警厉之，若后世俗儒所传而后足以进其德，成其材也。当元祐初，母后垂帘，奸邪窥伺，用事者惴惴度日，常不自保，取子毁室之痛，未知安所寄托。至于流溢横溃，而人之大伦几废矣。辅养之道，岂易言哉！

臣廷敬曰：其思周密而中窾，其辞朗畅而无疵，所谓秩秩德音，异于口耳剿说者也。

臣杜讷曰：引伸层折，娓娓不穷，盖缘悃诚韫结，虽极杼写淋漓，只觉入理入情，而不见其諞缕。

禹修方岳贡曰：先生论经筵，讲说事理，可谓详切，处置条件亦甚近人情[3]。

1020.论经筵第一劄子

题注：颐既授崇政殿说书，上言。

康熙曰：总在本原上著意，发为议论，故纯正宏阔，绝无偏驳。

美和张九韶曰：哲宗以启沃之任待伊川，伊川以圣贤之学辅哲宗，可谓君臣相遇者矣。使哲宗惟和惟一，勿有间之，吾见武丁、傅说不能专美于前矣，而惜乎其不能也。

1021.论经筵第二劄子

尾注：颐每进讲，色甚庄，继以讽谏。闻帝在宫中，盥而避蚁，问：“有是乎？”帝曰：“然。诚恐伤之耳。”颐曰：“推此心以及四海，帝王之要道也。”帝尝凭槛偶折柳枝，颐正色曰：“方春时和，万物发生，不当轻有所折，以伤天地之和。”帝颔之。

康熙曰：匡辅翼赞之道略尽是篇。

鹿门茅坤曰：辅养主德，自是致君第一义，伊川不惮再三言之，可谓识所重矣。

了凡袁黄曰：程颐在经筵，闻上在宫中起行漱水必避蝼蚁，他日请曰："有是乎？"上曰："然。诚恐伤之。"颐曰："愿陛下推此心以及四海，则天下幸甚。"韩维进读《三朝宝训》，因言："陛下仁孝发于天性，每行见蝼蚁，违而过之，且敕左右勿践，此仁术也。愿推此心以及百姓，则天下幸甚。"避蝼蚁，小行也，曲爱也，而二臣谆谆奖导其君曰："推此心以及四海及百姓。"皆凛凛孟氏之家法焉。

1022.易传序

题注：颐尝言："今农夫祈雨，深耕易耨，播种五谷，吾得而食之。百工技艺，作为器物，吾得而用之。介胄之士，被坚持锐，以守土宇，吾得而安之。无功泽及人，而浪度岁月，晏然为天地间一蠹，惟缀缉圣人遗书，庶几有补，于是作《易》《春秋》'传'。"

尾注：张载尝坐虎皮讲《易》，京师听从者甚众。一夕，二程至，与论《易》。次日，语人曰："比见二程，深明《易》道，吾所弗及，汝辈可师。"遂撤坐罢讲。

康熙曰：言理精要，包举全《易》。

和静尹焞曰：伊川先生践履尽《易》，其作传，只是因而写成，熟读味玩，自可见矣。

草庐吴澄曰：时之为时，莫备于《易》。程子谓之"随时变易，以从道"。夫子传六十四彖，独于十二卦发其凡，而赞其时与时义、时用之大。一卦一时，则六十四时不同也；一爻一时，则三百八十四时不同也。始于《乾》之乾，终于《未济》之未济，则四千九十六时各有所值，引而伸，触类而长，时之千万变无穷，而吾之所以时其时者则一而已。

1023.春秋传序

康熙曰：先圣作经之意，后人以揣摩穿凿之见求之，则滋晦矣。三复此文，始知先儒为学精慎如此。

康侯胡安国曰：学《春秋》者，必知纲领，然后众目有条而不紊。自孟轲氏而下，发明纲领者凡七家：孟轲氏、庄周、董仲舒、王通、邵雍、张载、程颐。七家精要之词，智者即词以观义，则思过半矣。

臣乾学曰：汉唐诸儒《三传》注疏义例至精，然皆从褒贬赏罚起见，未免以《春秋》为狱吏之书。惟伊川作传，以为经世大法莫备于《春秋》，胡安国祖之，被旨撰《传》，后遂垂之学官，无以易其说矣。

1024.答朱长文书

题注：长文，字伯源，苏州人。元祐中，起教授于乡，召为文学博士，迁秘书省正字。

康熙曰：言贵立诚，文以载道。此能阐发其旨，觉善诱之心，殷然无已。

东发黄震曰：《答朱长文书》劝勿多作诗文。

1025.颜子所好何学论

题注：濂溪周敦颐掾南安时，程珦通判军事，视其气貌非常人，使二子颢、颐往受学，敦颐每令寻孔颜乐处，所乐何事？颐年十八，游太学，见胡瑗问诸生以颜子所好何学，颐答曰："学以至圣人之道也。""圣人可学而至欤？"曰："然。"又问："学之道如何？"颐因作此。

尾注：瑗得其文，大惊异之，即延见，处以学职。

康熙曰：备举学圣工夫，语语自亲历中得来，故无一切影响之言。

东发黄震曰：《颜子所好何学论》谓其"学以至圣人之道也"。

臣廷敬曰：颜子以圣人为学，圣人之道不外存心养性。立论最得要领，后复引《论语》《中庸》为证，胸中确有所见。

1026.明道先生墓表

康熙曰：在伊川言之无溢辞，在明道当之无愧色。

杨时 字中立，南剑将乐人。举进士，历官至工部侍郎。师事二程子，著书讲学，世称为龟山先生。朱熹、张栻之学得程氏之正，原委脉络皆出于时。

1027.论王安石邪说疏

题注:靖康元年五月,时为国子祭酒上。

尾注:疏上,安石遂降从祀之列。士之习王氏学取科第者已数十年,不复知其非,忽闻以为邪说,议论纷然。谏官冯澥力主王氏,上疏诋时,会学舍中有纷争者,有旨学官并罢,时亦罢祭酒。时又言:“元祐党籍中,惟司马光一人独褒显,而未及吕公著、韩维、范纯仁、吕大防、安焘辈。建中初,言官陈瓘已褒赠,而未及邹浩。”于是元祐诸臣皆次第爵复。

康熙曰:安石学术深为宋世之害,龟山得统程门,辞而辟之,其功伟矣。

晦庵朱熹曰:学以知道为本,知道则学纯心正,见于行事,发于语言,亦无往不得其正。如安石者,其始学也,盖欲凌跨扬韩,掩迹颜孟,初亦岂遽有邪心,特以不能知道,故其学不纯,而设心造事遂流入于邪,又自以为是,而穿凿附会以文之,此其所以重得罪于圣人之门也。

琼山丘濬曰:朱熹云:“安石以文章节行高一世,而尤以道德、经济为己任,被遇神宗,致位宰相,世方仰其有为,庶几复见二帝三王之盛。而安石乃汲汲以财利、兵革为先务,引用凶邪,排摈忠直,躁迫猛戾,使天下之人嚣然丧其乐生之心,卒之群奸嗣虐,流毒四海,至于崇、宣之际而淆乱极矣。”观熹所论,岂有正人君子而“引用凶邪,排摈忠直,躁迫猛戾”者乎?矧其擅废圣经,而敢为“天变不足畏”之说,其得罪名教也甚矣!

1028.答陈莹中书

康熙曰:疏解精奥,足以发挥《易》理,使学者涣如冰释。

臣乾学曰:读中立《夬》《姤》之论,君子所以处小人之道尽之矣。

范育　神宗时,为御史,时王安石欲用秀州推官李定为御史,育与御史林旦、薛昌朝共劾定不孝,皆罢。

1029.正蒙序

题注：张载屏居南山下，左右简编，俯而读，仰而思，有得则书之，或中夜起坐，取烛以书，既成，示门人曰："此书予历年致思之所得，其言殆于前圣合，大要发端示人而已。"

康熙曰：《正蒙》一书，广大精微，无所不有，学者欲探溯道源，此其津筏乎。

水心叶适曰：佛在西南数万里外，未尝以其学求胜于中国，其俗无君臣父子，安得以人伦义理责之？ 特中国好异者折而从彼，盖禁令不立而然。 圣贤在上犹反手，乌在较是非，角胜负哉？ 然昔列御寇自言"忘其身而能御风"，又言"至诚者入火不燔，入水不溺"，以是为道，大妄矣。 若浮屠之妄，则又何止此？ 其言天地之表，六合之外，无际无极，皆其身所亲历，足所亲履，目实见而耳实闻也，以为世外广博之论，置之可矣。 今儒者乃援引《大传》"天地絪缊，通昼夜之道而知""不疾而速，不行而至"，子思"诚之不可掩"，孟子"大而化，圣而不可知"，而曰"吾所有之道盖若是也"，誉之者以自同，毁之者以自异。 嘻！ 末矣。

臣廷敬曰：《正蒙》一书，宋儒颇有异同之论，要其体大思精，非世儒可测其涯涘。 此序悉力推崇，勤勤之意，所见卓然矣。

校记：

①此条据哈佛本补。

②"譬"，原作"辟"，据哈佛本改。

③此条据哈佛本补。

卷四十七

宋

王安石　字介甫，抚州临川人。英宗朝，擢进士，历官拜同中书门下平章事、尚书左仆射、观文殿大学士，封荆国公，加司空。

1030.范镇加修撰制

题注:镇以起居舍人知谏院,嘉祐初,请定继嗣,言甚激切,除兼侍御史知杂事。镇以言不见从,固辞。又力请章十九上,朝廷知不能夺,乃罢知谏院,改集贤殿修撰。

康熙曰：词指郑重。

1031.高旦可著作佐郎制

康熙曰：语有典据。

1032.德妃沈氏侄孙献卿可试大理评事制

康熙曰：婉惬可诵。

1033.磨勘转官制

康熙曰：得古人考课遗意。

1034.王伯恭转官制

康熙曰：庄重得体制。

1035.甘昭吉入内副都知制

康熙曰：古人言正于群仆侍御之臣，此犹得其义。

1036.崔峄刑部侍郎致仕制

题注：峄，京兆长安人。由进士历给事中，言宰相陈执中不应罢，出知庆州，后复以工部侍郎、集贤殿学士知河中府，请老，以刑部侍郎致仕。

康熙曰：遒古之篇，赞勉交备。

1037.上时政疏

题注：仁宗末，安石为三司度支判官，改同修起居注，知制诰。此书言备从官，盖是时所上者。

康熙曰：词极严劲，气则浩瀚。

臣熙曰：当国家丰亨豫大之会，贵于乘时有为。援古镜今，辞意切直，笔力更觉遒劲，有凌厉一切之概。

1038.论馆职劄子

康熙曰：以穷理知人为本，立言有要。

鹿门茅坤曰：若今之经筵官，当亦准此博访考言，以为储养公卿之选。

臣廷敬曰：馆职之除，昔人所谓人物之选，儒墨之荣也。劄中所论，亦辨才论官之意。

1039.礼论

康熙曰：论礼原于性，能条畅其说，而文亦具有古隽之气。

东发黄震曰：《礼论》谓“荀卿不知礼”，自是晓然之理。

臣乾学曰：性恶是荀卿病根，反复折辨，不特于荀有击蒙之功，直是羽翼圣籍。

1040.周公论

康熙曰：论虽翻新而不入于深刻，辨难之文，此为雅则。

卧子陈子龙曰：兰陵所言固是牵于习见，若周公之待士已不可考，然亦恐非一以法制约之而不取谋议者。

1041.三圣人论

康熙曰：圣各诣其极，非必有意矫世，而文势组舞，自奕奕动人。

臣英曰：此篇专主救弊立论，非知圣人之深者。文特清辨洒落，有承蜩弄丸之趣[①]。

1042.上田正言书

题注：田况，字元均，冀州信都人。以甲科举贤良方正，擢右正言，管勾国子监。

康熙曰：书意从昌黎《诤臣论》得来，笔自伉爽。

臣士奇曰：直词正义，痛切指陈，自能使正言心折。

荆川唐顺之曰：欧公《上范司谏书》婉而切，荆公《与田正言书》直而劲[②]。

1043.虔州学记

康熙曰：议论却自醇正，文章极其疏古。

臣乾学曰：既有所教之地，当思所以教之之道。性命之理出于人心，非有古今之异，在所以教者，得先王之遗意而已，作学记须有此本原之论。

臣士奇曰：先王兴学，原本人心，秦人废学，人心终不可夺，具见根柢之言。

1044.度支副使厅壁题名记

题注：宋沿五代置三司使，通管度支、盐铁、户部，谓之总领三部，又置三部副使各一人。

康熙曰：守法者吏，即有治人，无治法之义。文亦笔笔入古。

臣杜讷曰：总挈数语，如高屋建瓴，喷薄而下，遂极腾掀激宕，有不可止遏之势。盖由笔性矫捷，故尺幅之中，文澜亦自迴阔。

1045.慈溪县学记

康熙曰：此与《虔州学记》皆借一州一邑发挥大议，闳阔重厚之文。

东发黄震曰：《慈溪学记》起头谓“天下不可一日而无政教，故学不可一日而无于天下”，此两句关涉大。

鹿门茅坤曰：予览学记，曾、王二公为最，非深于学不能记其学如此。

1046.复仇解

康熙曰：极意论驳，自成一家之言。

东发黄震曰：《复仇解》谓：“复仇之义，为乱世之子弟言之。”

鹿门茅坤曰：当与韩柳《议》参看。

闻修王志坚曰：复仇书于士，非周公之法，然则“青苗”独可信为周公法而必行之乎？

1047.给事中孔公墓志铭

康熙曰：叙述清疏，善于裁制。

东发黄震曰：《孔道辅铭志》以击蛇为小事而附其后，得体。

鹿门茅坤曰：此篇于序事中一一点缀，而风韵焕发，若顺江而看两岸之山，古人所谓应接不暇。

臣廷敬曰：《铭》书请明肃归政及奏曹罗罪状，毅然有刚正不回之概。宁州细事，其智勇之端亦略见于此。文特叙述生动，如霜空皎月，森爽逼人。

1048.广西转运使苏君墓志铭

康熙曰：叙次中能备轻重浅深之法，文亦抑扬尽致。

鹿门茅坤曰：以“刚”字了苏君意气，以“仁智”二字次其吏业，感慨中有法度。

1049.泰州海陵县主簿许君墓志铭

康熙曰：情辞相称。

鹿门茅坤曰：许君多奇气，而荆公之《志》亦如之。

臣英曰：以许君之不遇，明进退得失皆非智力所能强，人当以义命自处。

从志铭发议论亦一变格也。

1050.王深甫墓志铭

康熙曰：通篇发议论，格调自异，而文思倍加沉郁。

闻修王志坚曰：初回与孙侔、常秩齐名。回既早世，秩一出，取美官，为笑于时，惟侔以隐操终。回之为人虽不可知，然拟之以孟子，无乃太过。眉山《辨奸论》所谓收召好名之士，私立名字，以为颜渊、孟轲复出，岂非指此辈耶?

鹿门茅坤曰：通篇以虚景相感慨，而多沉郁之思。

臣士奇曰：志未就，书未具，本无可传，低回太息，说得有可传，而人不知是空中结撰法。

王安国　字平甫，安石弟。熙宁初，以荐召试，赐及第，官秘阁校理。

1051.后周书序

尾注:安国初授武昌节度推官,神宗召问曰:“卿凡秉政,外议谓何?”曰:“恨知人不明,聚敛太急耳。”安石不悦,改崇文院校书。

康熙曰：借《周书》发论，识意矫矫，迥别庸音。

臣熙曰：后周立国规模数语已尽，次复推广言之，以见任人变法之难。是时新法方行，其持论如此。

苏洵　字明允，眉山人。年二十七，始发愤为学，举进士、茂才皆不中，益读书，遂通六经百家之说。至京师，欧阳修上其著书，宰相韩琦见而善之，除秘书省校书郎，以为霸州文安县主簿。

1052.上仁宗皇帝书

康熙曰：反复数千言，于天下事了然心目，自尔快切明透。

水心叶适曰：苏洵自比贾谊，曾巩、王安石皆畏其笔，至以为过之，欧阳氏比于荀卿，则嘉祐后布衣特起，名冠当时而高后世，李觏、王回岂敢望也！或传洵常自挟一书诵习，二子不得见，他日窃视之，《战国策》也，洵闻而叹息。此虽未可信，然观其遗文，大略可见矣。

荆川唐顺之曰：苏洵上皇帝书，其一言当核实用人，其二言任子之不可，其三论考课，其四论监司太守待县令当以礼，其五论武举，其六言当信任大臣，其七言当惜名器，其八言当慎外国之遣使，其九言因郊而赦之不可，其十言当尽去小人。

鹿门茅坤曰：此书反复数千言，如抽藕中之丝，段段有情绪可爱，而中间指陈时政处，又往往深中宋嘉祐间事宜。老泉文章政事，略见于此矣。

卧子陈子龙曰：唐宋任子官至通显为名臣者甚多，惟能不限其所至而有以励其后耳，必欲尽裁之，亦非盛世之事，此范希文所不能行也。

卧子陈子龙曰：吏部考大吏，大吏考其属，最是良法。今自斗食以上，尽令吏部考之，详于小而略于大，既略于大，则小者又不得而详也。

禹修方岳贡曰：每见国家有急警，乃用募格求天下奇谋异能之士，即果得奇谋异能之士而用之，名位不足以服人，权藉不足以用众，措置不可以夙成，终于覆事而已，又况其必无而得猖狂无行之徒耶？明允曰："临事而取，亦不足用。"此言可为龟鉴。

禹修方岳贡曰：人臣不能存形迹，此小不法；不能举职，此大不法也。不能制其大不法而伺其小不法，亦复安所用法乎？

臣廷敬曰：慎惜名器，正以鼓励官常。于当时事宜，慷慨披陈，思风骏发，信是眉山父子之长。

卧子陈子龙曰：南北朝使臣必盛选文学，不独夸耀口语之间，亦所以明用人之当，而寝强敌之谋也。

卧子陈子龙曰：天下事有不得不更，更不可遽更者，则更之以渐。晁错削七国而皆怒，主父偃建分封而皆悦，所谓狙公之术，有时而可用也。

卧子陈子龙曰：此是最可忧之事。宣、和之际，童贯、梁师成为蔡京、王黼内主，故小人在位益坚，卒酿成大乱，不得谓宋朝夷狄之祸重而宦官之祸轻也，况完颜之兵，又实童贯召之乎！

卧子陈子龙曰：此子由不主调停之说所本也。

1053.上富相公书

康熙曰：左萦右拂，极文章之胜。入正意处，隐跃不露，更觉深婉。

荆川唐顺之曰：全是论体有见文字。又曰：此文各自为片段，正与东坡文体不同。老泉之文大抵如此。

鹿门茅坤曰：老泉欲富公和处其下，以就其功名，似疑富公于并相寮贰间有不相能者。

臣乾学曰：语气是勖以和衷，而小人之当决去，自在言表。

闻修王志坚曰：明允此《书》固善，然未免交浅言深，此富公之所以不以为然也③。

1054.修礼书状

题注：时宰相韩琦见洵书，善之，奏于朝，除秘书省校书郎。会太常纂修建隆以来《礼书》，乃以为霸州文安主簿，同修《礼书》，为《太常因革礼》一百卷。书成，未报卒，诏赠光禄寺丞。

康熙曰：思深虑远，故能为此严正之论。

臣乾学曰：遵守敕意，自足拒议者之非，《春秋》《汉志》两证尤为坚确。

1055.春秋论

康熙曰：持论最得要领，用笔更沉着精警，具此识力，始可以论断古今。

东莱吕祖谦曰：此篇须看首尾相应，枝叶相生，如引绳贯珠，大抵一节未尽又生一节。别人意多则杂，惟此篇意多而不杂。

叠山谢枋得曰：此文有法度，有气力，有精神，有光焰，谨严而华藻者也。精熟《孟子》方有此文章。

仲默何景明曰：此论大意三段：自“赏罚”至“何足以为《春秋》”一段，言夫子作《春秋》以赏罚天下；自“夫子之作《春秋》”至“明以与鲁也”一段，言夫子托鲁史，而许鲁假天子之权以尊周；自“子贡之徒”至“散耶”一段，言人不明夫子作《春秋》之意。词妙意到，再不必破碎读之。

鹿门茅坤曰：孔子非思周公而与鲁以天子之权，盖当时诸侯之国并各有史。孔子，鲁大夫也，故得以遍观鲁之史，因其编年纪事之文，而系以赏罚功罪之权，以补王政之阙，垂教万世耳。

1056.明论

康熙曰：辞义精核处，自凿凿不磨。

鹿门茅坤曰：此是老泉本色学问。宋迂斋谓其意脉自《战国策》来，良是。

禹修方岳贡曰：此是人主用明之术，英主不可不知。

1057.管仲论

康熙曰：正意全责仲不能举贤自代，独见其大，而行文极有法度。

东莱吕祖谦曰：老苏文率多是《权书》，惟此文明白的当。前可学，后不可到，中间抑扬反复，更多警策。

迂斋楼昉曰：老泉诸论中，惟此论纯正，开阖抑扬之妙，责管仲最深切，言在意外。

闻修王志坚曰：《余冬序录》云："吾观《管子》《列子》《吕氏春秋》诸书载仲临死之言，所以荐隰朋者，不一而足，然则仲曷尝不举贤以自代哉？明允称仲书论鲍叔、宾胥无之短而不及隰朋之长，何也？天之生朋以为夷吾舌也，其身死，舌焉得生？仲有以知桓公之不能用其言矣。"

1058.辨奸

题注：张文定公安道作《洵墓表》云："嘉祐初，王安石始盛，党友倾一时。其命相制曰：'生民以来，数人而已。'造作语言，至以为几于圣人。欧阳修亦善之，劝先生与之游，而安石亦愿交于先生。先生曰：'吾知其人矣。不近人情者，鲜不为天下患。'安石之母死，士大夫皆吊，先生独不往，作《辨奸论》一篇。"

尾注：《避暑录》云："洵作《论》成，密以示张安道，安石微闻之，两家自此有隙。"

康熙曰：识见明到[④]，要从学问中得来，非亿中也。

晦庵朱熹曰：安石以文章节行高一世，而尤以道德、经济为己任。被遇神宗，致位宰相，乃汲汲以兵革、财利为先务，引用奸邪，排摈忠良，躁迫强戾，使天下之人嚣然丧其乐生之心，卒之群奸嗣虐，流毒四海，至于崇、宣之际，祸乱极矣。

1059.用间

题注:《避暑录》云:"苏明允好言兵,见元昊叛,西方用事久无功,天下事当有改作,因挟其所著书,嘉祐初来京师,一时推其文章。王荆公知制诰,方谈经术,独不喜之。"

按:洵有《权书》若干篇,皆论兵法,今止录《用间》一篇。

康熙曰:通篇皆说"间"不足恃,而始终不脱却"间"字,开阖纵横,文之能事备矣。

鹿门茅坤曰:论三败处刺骨。

臣英曰:言用间而不当,既不足以得敌情,反有此三弊,以用正为上智。苏氏父子好谈兵,此其议论文字之极醇粹者。

1060.六国

康熙曰:稔悉情势,步步深入,归到大意,如千钧一发,壁垒皆新。

升庵杨慎曰:六国纵约,特欲摈秦而已,曾不能出一师,以为秦患,故秦得以闭关避敌,养其全力者十五年,故能制胜而无弊,诸侯所以摈之,适所以成其王业耳。故老泉曰:"封谋臣,礼贤才,以并力西向,则臣恐秦人食之不得下咽也。"

仲默何景明曰:老泉论六国赂秦,其实借论宋赂契丹之事,而宋卒以此亡,可谓深谋先见之识矣。

臣士奇曰:赂秦必亡,理也。然韩、魏与秦最偪,齐、楚、燕、赵莫为之援,势不得不效地以自免。韩、魏亡,而四国亦随之。小苏《六国论》尝及此意。茅坤谓两篇宜合看,良然。

1061.张益州画像记

题注:时张方平以侍讲学士自滑州徙益州,未至,或扇言侬智高在南诏,将入寇,摄守亟调兵筑城,日夜不得息,民大惊扰。朝廷发陕西步骑兵仗络绎往戍蜀,诏趣方平行,许以便宜从事。方平曰:"此必妄也。"道遇戍卒皆遣归,他役尽罢。适上元张灯,城门三日不闭,得卭部川译人始造此语者,枭首境上,而流其余党,蜀人遂安。复以三司使召,方平去蜀之日,民德之,留其画像,而洵为之记。

康熙曰:不屑屑述益州治状,措词高浑而精采,光芒溢于毫楮。

荆川唐顺之曰:此文二段,二项叙事,二项议论。

禹修方岳贡曰：序事劲直，不别起议论，是记之最佳者。

臣杜讷曰：从蜀人怀思恳恻，逼露方平有功斯土，遗爱在民间。间抒写而意味弥觉隽永。

1062.上韩昭文论山陵书

题注:《石林燕语》云:“仁宗山陵,韩魏公为使,时国用窘匮,而一用乾兴故事,或以为过。苏明允为编礼官,以书责公。”

尾注:魏公得书,敛容起谢曰:“某无状,敢不奉教。然华元事,莫未至是否?”闻者服其大度。

按:洵文长于纵横捭阖,似子家,故勿多录。轼也大放厥辞,辙少涵敛。要其痛剀时事,陈安危利害之故,未尝不惓惓也,贾谊以后所罕及也。但其言近于功利,又俱好佛,则其见道不精。故朱熹深斥之,然尝曰:“苏氏文辞伟丽,近世无匹。若欲作文,自不妨模范。”盖在诸贤之科,固政事文学之亚欤。

康熙曰：忠告之情，直谅之言。

闻修王志坚曰：《石林燕语》云：“仁宗山陵，韩魏公为使，时国用窘匮，而一用乾兴故事，或以为过。苏明允为编礼官，以书责公，至引宋华元厚葬事，以为不臣。魏公得之，矍然，已乃敛容起谢曰：‘某无状，敢不奉教。然华元事，莫未至是否？’闻者无不服公大度。”

鹿门茅坤曰：论葬礼甚透，当与刘向《昌陵疏》参看。

校记：

①此条据哈佛本补。

②此条据哈佛本补。

③此条据哈佛本补。

④“识”,原作“说”,据《古文评论》改。

卷四十八

宋

余靖　字安道，韶州曲江人。举进士，历官至工部尚书。

1063.正瑞论

康熙曰：涉笔开爽，可以正纬书之妄。

臣熙曰：后世纪载瑞应失实，非作史本意，见极正大。然上古不书祥瑞，乃圣人有而不居，弥见盛德。图书之出，鸣鸟之闻，用以昭示灵贶，固未尝不重也。

1064.姚璹论

题注：姚璹，思廉之孙。永徽中，明经擢第。则天长寿二年，累迁文昌左丞，同凤阁鸾台平章事。自永徽以后，左右史虽得对仗承旨，仗下后谋议皆不预闻。璹表请仗下所言军国政要，宜委宰相一人，专知撰录，号为《时政纪》，每月封送史馆。宰相撰《时政纪》自璹始。

康熙曰：论史官职守，能中事理，不徒资掌故，备搜考也。

臣廷敬曰：左右史上应柱下一星，故曰史臣者当国之鉴，亿代之眉目也。推原立史之意，指出三不可，侃侃凿凿，笔复简洁。

刘敞 字原父，临江新喻人。举进士，累官至集贤院学士，判南京御史台。学问渊博，尤长于《春秋》。弟攽、子奉世皆知名，世号三刘。

1065.前秀州崇德县尉左惟温可涟水军录事参军

康熙曰：不遗一善。

1066.太常少卿张铸可光禄卿致仕

康熙曰：敦尚风节。

1067.无为军录事参军马易简可太子中舍致仕

康熙曰：意在兴廉让之谊。

1068.龙图阁直学士兵部郎中泾原路经略使王素可谏议大夫

康熙曰：茂奖武勋中，却寓有平定安辑之意，措语特妙。

1069.前邠州观察推官李育可著作佐郎 前赵州军事推官许林宗可大理寺丞

康熙曰：简贵不靡。

1070.西京左藏库使忠州刺史高阳关路驻泊兵马钤辖时明可文思使

康熙曰：语有锋棱。

1071.宰相富弼奏试国子四门助教王渊宰相韩琦奏乡贡进士李常并可试将作监主簿

康熙曰：辞旨温厚。

1072.定武军节度推官卫观可大理寺丞常州团练推官沈披可卫尉寺丞

康熙曰：劝励具备。

1073.翰林学士给事中知制诰欧阳修可礼部侍郎端明殿学士吏部侍郎宋祁可尚书左丞礼部郎中知制诰范镇可吏部郎中刑部郎中知制诰王畴可右司郎中三司度支判官太常博士集贤校理宋敏求可祠部员外郎并依旧职任

题注:嘉祐五年六月,修等上《新唐书》。先是帝以刘昫所撰《唐史》卑弱浅陋,命修、祁等刊正,曾公亮提举其事,十七年而成,凡二百二十五卷。事增于前,文省于旧,修撰《纪》《志》《表》,祁撰《传》,故事书首止署一人名,修以祁先进,且撰述功多,遂分列焉。七月,推赏降敕。

康熙曰：著作一时，劝惩千载，褒辞亦无溢美。

臣乾学曰：简严不溢一语，而原委曲折自尔意尽，足为训辞之式。

1074.礼部侍郎参知政事曾公亮可加正奉大夫进封开国公食邑五百户赐推忠佐理功臣

题注:嘉祐四年冬十月,大祫于太庙推恩。先是嘉祐元年十二月,以曾公亮为礼部侍郎参知政事。

康熙曰：意特崇重，言极和挚。

1075.将作监林洙可司农卿

康熙曰：气体古茂。

1076.权郴州军事判官杨永可右赞善大夫致仕前岳州平江县张正己可大理寺丞致仕

康熙曰：义厚词温。

1077.都官员外郎刑梦臣可侍御史殿中丞沈起可监察御史里行

康熙曰：简切无枝辞。

1078.屯田员外郎胡揆除都官员外郎

康熙曰：得绥边之道。

1079.度支郎中李硕可三司户部判官

康熙曰：语简而尽，蔼然爱民之意。

1080.陕西路都转运使兵部郎中天章阁待制傅求可右谏议大夫河北都转运使工部郎中天章阁待制周沆可兵部郎中依旧

康熙曰：但作褒辞勉励，意在言外。

1081.司门员外郎张巩可开封府推官

康熙曰：急吏缓民，亦一张一弛之意，而造语特为新创。

1082.论邪正

题注：至和二年，宰相陈执中以闺门不肃虐杀女奴三人，为台谏所纠。二月，翰林学士吕溱复言其过恶十余事，改侍读，出知徐州。时学士蔡襄亦以母老乞郡，出知泉州。六月，翰林学士欧阳修又言执中不学无术，谄傲愎戾，出知蔡州。而知制诰贾黯、翰林韩绛相继出知荆南及河阳府。敞以为邪正进退所系，遂上疏。

康熙曰：语本质实，意复忠谠。

臣廷敬曰：兰莸无并，斯理昭然。极论进退消长情形，灿如指掌，使人有明镜止水之思。

1083.为兄后议

康熙曰：引据博，辨析详，以此稽求典礼，不为无助。

臣英曰：立论划然，不为游移两端之说，可备参考。

1084.奔丧议

康熙曰：教孝劝忠，粹然正议。

1085.士相见义

题注:吴澄曰:“《仪礼》有士冠礼、士昏礼,《戴记》则有冠义、昏义,《仪礼》有乡饮酒礼、乡射礼,《大戴礼·戴记》则有乡饮酒义、射义,以至燕聘皆然。盖《仪礼》有士相见礼、公食大夫礼,而无其义,故敞采古经作此二篇。《仪礼》《经传集解》载其文,谓之补亡。”

康熙曰:一以圣人之道相为折衷,岂徒以古雅见长?

琼山丘濬曰:古者相见必有礼。方其未相见也,则以介绍通之;通之而主人辞,以当就宾家往见之,不敢屈尊也;辞之至三而后容其见;闻其有贽也,又辞之至三而后取受。古之人不轻相接,一见之顷而且委曲详悉如此,一贽之微而且力辞固拒如此,当世士大夫相与者,岂复有狎昵放荡之失,交通贿赂之私哉!

臣士奇曰:惟不苟合者始不苟离,事君交友总无二义。

1086.公食大夫义

题注:郑氏曰:“主国君以礼食小聘大夫之礼。”

康熙曰:典实之文,知其深于经学。

臣杜讷曰:意在补《仪礼》阙义。行文朴直缕晰,绝类注疏体裁,复饶古错之色。

1087.致仕义

康熙曰:学识渊博,发为闳辞,固宜佳畅乃尔[①]。

闻修王志坚曰:赏有功,废无功,不如奖廉而黜贪。太平之世无功可课,但使在位廉,则其为功也大矣。

臣乾学曰:君以礼待其臣,士大夫亦以礼自处,所谓恩之至,义之至也。至说到有功必赏,无功必废,尸素者当汗下矣。

1088.君临臣丧辨

康熙曰:经义深湛而出以鸿肆,岂非文人之雄!

臣廷敬曰:援据考核,凿然不刊,可补《檀弓》《左史》之遗。

1089.与吴九论武学书

按：敞、攽兄弟，当时称极博闻，故其文皆典据该洽，弗可易也。春秋列国诸大夫无不学之材，识大识小，彬彬载籍，厥后落落，如二臣之爱礼而重古也。柳宗元所谓森然若入群玉之府，指挥联累[②]，圭璋琮璜，不失其叙者也。

康熙曰：通达治务之言。

臣士奇曰：引据经籍，婉转多姿。

刘攽 字贡父。与兄敞同举进士，历官至中书舍人。博学能文章，论治切直。

1090.七门庙记

康熙曰：信治绩不见于史，得此可补载笔之阙。

臣英曰：养民之泽，百姓怀之不忘，是即桐乡不忘朱邑之义也。文复波委云属，唱叹情深，可为长民者劝。

1091.与王介甫书

康熙曰：析辨处精颖不可当，令安石何处置辞？

南湖丁奉曰：刘攽论新法不便以诋安石，黜士子阿时之策以反惠卿；敞不谄张贵妃典礼，不容宦官当柄；奉世不合蔡确、章惇：此等直节劲气，宜乎以三刘并称云。

吕诲 字献可，开封人。第进士。为殿中侍御史，劾宋庠，迁兵部员外郎，兼侍御史知杂事，争濮议，为御史中丞，劾王安石。三居言责，皆以弹奏大臣去，一时称其鲠直。

1092.论选部

康熙曰：综名实以立言，足资经济。

1093.奏乞致仕表

尾注：此疏以身疾谕朝政，得讽谏体。

康熙曰：殆以医进说者。

榖山于慎行曰：吕诲既劾安石即求去，帝谓宰相曰：“今若出诲，恐安石不安。”安石曰：“臣以身许国，陛下处之有方，臣何敢以形迹自嫌？”乃出诲，安石不复辞。安石固非恋位固宠，排挤异己者，不过欲行其学术，使其君必从，故大械天下之口而后可以行其志，乃不知其自处于私也。

宇文之邵 字公南，为文州曲水令。

1094.应诏上疏

题注：神宗即位，求言，乃上疏。

尾注：疏奏，不报，喟然曰：“吾不可仕矣。”遂致仕。

康熙曰：剀正，亦明决。

沈括 字存中，钱唐人。擢进士第，后知延州，加龙图阁学士。永乐之败，坐贬。

1095.上欧阳参政书

康熙曰：括精于乐律，此但先陈其概，而笔墨疏秀朗豁。

臣乾学曰：谦抑其旨，纡徐其辞，通篇只论大意，不著一语说乐，高处故在于此。

孙觉 字莘老，高邮人。英宗朝进士，历官至吏部侍郎，擢御史中丞。觉有德量，别邪正，虽与王安石善，卒不附之，为所逐。

1096.谏行青苗法疏

尾注：青苗法行，首议者谓《周官·泉府》："民之贷者，至输息二十而五，国事之财用取具焉。"觉奏条其妄，安石览之，怒。觉适以事诣中书，安石以语动之曰："不意学士亦如此。"始有逐觉意。

康熙曰：辞理简括。

琼山丘濬曰：青苗之法，昔人谓其害民者三，曰：征钱也，取息也，抑配也。条例司初请之时，曰随租纳斗斛，如以偿贵纳钱者听；曰凡以为民，公家无利其入，则是未尝取息；曰愿给者听，则是未尝抑配。及其施行之际，实则不然者。建请之初，姑为此善言，以惑上听而厌众论耳。夫奄有四海之大，兆民之众，所以富国之术义无不可，而取举贷出息之利，则是万乘而为匹夫之事也。假令不征钱，不抑配，有利而无害尚且不可，况无利而有害哉！

郑侠 字介夫，福州福清人。神宗朝举进士，官光州司法参军，监安上门。

1097.论新法进流民图

题注：熙宁六年，七月不雨，至于七年之三月，东北流民扶携塞道，并城民买麻粇麦麸合米为糜,或茹木实草根,时又以新法严急,至身被杻械,而负瓦揭木,卖以偿官。侠知安石不可谏,会光州秩满,上都监安上门,悉绘所见为图,诣阁门上奏,不纳。乃假称密急,发马递上之银阁台司。

尾注:疏奏,神宗反复观图,长吁数四,袖以入,是夕寝不能寐。翌日,命开封体放免行钱,三司察市易,司农发常平仓,三卫具熙河所用兵,诸路上民物流散之故,青苗免役,权息追呼,方田、保甲并罢,凡十有八事,民间欢叫相贺。又下责躬诏求言,越三日,大雨,远近沾洽,辅臣入贺,帝示以侠所进图状,且责之,皆再拜谢。安石上章求去,外间始知所行之由。群奸切齿,遂以侠付御史,治其擅发马递罪。于是新法一切如故,侠坐徙英州。

康熙曰:事既流传,文亦佳胜。

德孚李思成曰:宋自开国以来,大臣上书言事,未有如郑侠能尽其忠者也。故神宗感悟,悉罢新法,可谓一言能正君臣之失,而有回天之力矣。

闻修王志坚曰:侠自上此图,刚直闻天下,然卒不向用。晚号一拂居士,布衣粝食,杂植花木于舍旁,觞咏自适,客至必与饮,遇贫士亦薄赆之,二十年如一日。

榖山于慎行曰:新法之行也,中外骚然,痛心疾首,上则皇太后、亲王开陈于内,下则故老、元臣力诤于廷,上皆不入也。及郑侠上《流民图》,乃始反复长吁,通夕不寐,立罢新法十有八事,应时大雨,虽为惠卿、邓绾所争,复行如故,而安石亦因此去矣。侠以州郡刀笔任监门之职,而能直陈民隐,转移上心如此,则抱关击柝,亦非碌碌所处矣。古人谓"一介之士,苟存心于利物,于人必有所济",良非虚语。

卧子陈子龙曰:朴直愤激之言,阅之者不自知其流涕也。

校记:

①"固",原作"自",据《古文评论》改。

②"挥",原作"据",据哈佛本改。

卷四十九

宋

苏轼　字子瞻，眉山人。嘉祐二年举进士，官至端明殿翰林侍读两学士。博通经史，属文日数千言，其体浑涵光芒，雄视百代，神宗每叹为奇才。出知杭州、扬州，辄多异政。

1098.赐尚书刑部侍郎范百禄乞外任不允诏

题注：轼于元祐元年知制诰，二年为翰林学士，四年三月出知杭州。诸诏草皆元祐初作。

康熙曰：用经语发义[①]，疏秀入妙。

1099.赐阿里骨诏

题注：阿里骨，吐蕃别部董毡之养子也。元丰兰州之战有功，自肃州团练使进防御使。董毡死，阿里骨嗣立。元祐元年，为河西节度使，封宁塞郡公。二年，据洮州。三年，奉表谢罪，诏熙河无出兵，许贡奉如故。

康熙曰：恩义兼至，得诏谕之体。

1100.太常少卿赵瞻可户部侍郎

题注：赵瞻，神宗时为开封府判官，言青苗法不便，王安石欲瞻助己，使其党饵以知杂御史，不应，出为陕西转运副使，历官知沧州。哲宗立，复召。

康熙曰：屏功利而用老成，王言甚大。

1101.杨绘可知徐州

题注：绘，神宗初知谏院，数言事，有直声。王安石用事，绘陈免役十害，出知亳州。元祐初复天章阁侍制，知杭州。此言知徐州，史不书。

康熙曰：简净朴直，立意自厚。

1102.扬王子孝骞等二人荆王子孝治等七人并诸州团练使

题注：英宗第二子吴王颢，哲宗初徙封扬王。第四子益王頵，哲宗初徙封荆王。颢在神宗时屡请居外，章上辄却。元祐初乃赐咸宜坊第一区，榜曰“亲贤”。与弟頵对邸，车驾偕三宫临幸，留宴终日，拜颢太尉，诸子皆命赐官，因降制。

康熙曰：言极斐亹，恩谊深笃。

1103.李承之知青州

康熙曰：意宽裕而言典切。

1104.韩维父亿赠冀国公

康熙曰：辞制入古，最饶风韵。

1105.赐韩绛上第二表乞致仕不允诏

康熙曰：蔼如春温。

1106.赐新除落致仕依前光禄大夫范镇赴阙诏

康熙曰：渊重之体式如金玉。

1107.赐太师文彦博乞致仕不许批答

康熙曰：敦厚语，可以觇盛时气象。

1108.赐文武百寮太师文彦博已下上第一表请举乐不允批答

康熙曰：情文，悱恻动人。

1109.又

康熙曰：天怀发中，自成至文。

1110.赐宰相吕公著乞罢相位除一外任不许批答

康熙曰：温文尔雅。

1111.又

康熙曰：庄重典严，而能曲折以尽事理，惟陆贽有之。

1112.赐太师文彦博乞致仕不许诏

题注:彦博以太尉判河南,请老,加太师致仕,居洛阳。

康熙曰：约举而意已周。

闻修王志坚曰：公后作《德威堂铭》直用此二语，当是其极得意语。

1113.赐资政殿学士大中大夫新知成都府王安礼乞知陈颍等一郡不允诏

题注:安礼,安石之弟。以吕公弼荐,神宗召对,欲骤用,以安石当国,辞为崇文院校书。元祐中,加资政殿学士,按《宋史》,安礼历扬、青、蔡三州,不言知成都府。

尾注:安礼苦风痺,知郡时,卧帐中决事。

康熙曰：雅音健笔。

1114.赐宰相吕公著上第一表乞致仕不许批答

康熙曰：体裁修整，而引喻更有风致。

1115.赐宰相吕公著上第二表乞致仕不允断来章批答

康熙曰：词颇简重，益复婉至。

1116.太皇太后赐门下手诏

题注:英宗宣仁圣烈高皇后。哲宗嗣位,尊为太皇太后,群臣请御殿,不许。

侄公绘、公纪当转观察使，力遏之，帝请至再，仅迁一秩。又以官冗当汰，损外氏恩四之一，以为官掖先，下诏。

康熙曰：撝谦之语，弥觉其真。

1117.上神宗皇帝书

题注：熙宁二年二月，以王安石参知政事，议行新法，轼以为不便，又诸新进多以言事得官，台谏议新法不合者先后罢斥。熙宁三年，轼上书论之。

按：薛应旂《宋元通鉴》载此文于四年，然篇中有"君臣宵旰年余"之语，自当在三年也。时王安石赞帝以独任专断，轼因赐进士发策，以"晋武平吴，独断而克；苻坚伐晋，独断而亡。齐桓专任管仲而霸；燕哙专任子之而败"事同功异为问，安石滋不悦，使侍御史谢景温论轼穷治无所得，轼请外，通判杭州。

康熙曰：一书万言，意甚贯串而不失之复，词甚矫厉而不过于激，不独经济之裕，抑亦文章之雄。

水心叶适曰：买灯后所上书，于告君理体，疑若未足。然初学为文者，无不诵习，安石尤畏之者。英宗欲以唐故事召轼翰林，韩琦但用近例入馆而已。使轼已列侍从，与安石较其轻重，宜不止此，余固言之矣。琦号名宰相，乃使俊杰异能之人，计寻常，拘尺寸，以为苟贱委身之地，与绛、灌、冯敬忌贾谊，名异而实同也。惜哉！然轼谓"有始有卒，自可徐徐，十年之后，何事不立"，终不言十年后当立何事。若神宗罢安石而用苏轼，轼非安于不为而止者，亦未知轼以何道致其君，此不可不素讲也。

东发黄震曰：东坡之文，如长江大河，一泻千里，至其混浩流转、曲折变化之妙，则无复可以名状。盖能文之士，莫之能尚也，而尤长于指陈世事，述叙民生疾苦。方其年少气锐，尚欲迅扫宿弊，更张百度，有贾太傅流涕汉庭之风，及既惩创王氏，一意忠厚，思与天下休息，其言切中民隐，发越恳到，使岩廊崇高之地，如亲见闾阎哀痛之情，有不能不恻然感动者，真可垂训万世矣。

鹿门茅坤曰：按：苏氏父子兄弟所上皇帝书不同。老泉当仁庙时，朝廷方尚安静，慁德泽，故其书大较劝主上务揽威权，责名实。长公、次公当神宗庙时，朝廷方变法令，亟富强，故其书大较劝主上务省纷更，持宽大。然次公之言犹纡徐曲巽，而长公之言似觉骨鲠痛切矣。然三人中，长公更胜，其指陈利害似贾谊，明切事情似陆贽。读古人文章，须于此细细权衡，方得他下手处。

鹿门茅坤曰：公感神宗之允所议贡举及停止买灯二事，故敢为危言痛陈时政。然所以结知主上者在此，而所以深执政之嫉怨者亦在此。大略摹仿陆宣公奏议来。

闻修王志坚曰：苏氏上疏动至数千言计，仁宗、神宗皆好文，二苏受知又深，故得尽彻天听，此未可为谏君之法。善乎韩忠定之言也，曰“无太长，上览弗竟也；无太文，上览弗解也”，此却是肯綮语。

臣熙曰：新法不便于民，当时言者甚多，其间指陈利害，质直剀切，无逾此书，于三苏集中尤为奇杰之作。

臣廷敬曰：浑浩流转，神理俱足，忠爱之思，溢于毫楮，不独叹其才之该博已也。

臣乾学曰：历诋时事之失，而括以三言，反复罄遂，拳拳之诚自托于信而后谏，非徒以危言激论沽直名也。

臣士奇曰：结人心、厚风俗、存纪纲三者，实可包举政体，不独为救时之言。

卧子陈子龙曰：荆公亦不为无素望，特学问太高，经济太卑，如以老儒行贾，两非本色。

琼山丘濬曰：苏轼此言以为朝廷之纪纲专在于台谏，盖有见之言也。有志立纪纲以正朝廷，安天下，尚念之哉！

1118.拟进士对御试策一道

康熙曰：指陈时事，逐节条对，透彻了当，不冗不支。

东发黄震曰：拟策剀切而忠厚，盖东坡晚年阅变既深之文。

鹿门茅坤曰：东坡病当时狃于青苗条例诸法及横山用兵等事，故特拟策以发其直言敢谏之气，但不知当时曾及闻神庙否。

闻修王志坚曰：借进士对以讽谏当时之政。又曰：此策与策略几于两截矣。故特出“知人”一段，而苻坚、王猛云云，一一自破之，其于神宗、安石亦应病之药也。

卧子陈子龙曰：安石素恶异己，公进此策，甚刺其不知人不可以任事。

臣廷敬曰：以灏瀚之气，抒超朗之词，辨析透快，而忠义至性尤盎然动人。

臣乾学曰：轼于仁宗时应制科，意在振厉有为。迨熙宁新法、横山用兵，则又失之欲速而急功利，故复《拟进士对策》以讽时政，意在因循旧贯，慎重改作。前后所主不同，其忠君爱国之心、直言敢谏之气则一也。

禹修方岳贡曰：不独害民，又能害法，是深一层论。

卧子陈子龙曰：又为惠卿辈发也。荆公专好人同己，岂能知人？

1119.代张方平谏用兵书

康熙曰：识解既超，则措语自然警动，行文自然高卓。至其疏宕俊迈之气，磅礴笔端，真奇才也。

东发黄震曰：《代张方平谏用兵书》历叙神庙朝用兵次第，说至用人之命以为耳目之观，其言哀痛切至，真可谓万世人主好用兵、人臣好生事者之戒②。

升庵杨慎曰：古之谏用兵，只说不胜之害，务以避害而趋势利。此书说虽胜，其害犹不可言，况以当今时事天时观之，动必不胜，如此立意，便高人一等。

鹿门茅坤曰：予尝谓自古论用兵，惟汉淮南王安《谏伐闽越书》为最，而此书法度似又胜之，此等文章，与天地并传者。

禹修方岳贡曰：张公先朝旧臣，故公为草疏。其词恻怛恳至，又不若公平日所为文，以雄快自喜也。

臣英曰：伉爽淋漓，命意圆湛，而体格端重，词气丰裕，公文之似陆宣公者。

臣杜讷曰：历述当日情事，淋漓痛切，利害较然，一往波折缠绵，尤见老成谋国惓惓无已之心。

校记：

①“用”，《古文评论》作“藉”。

②“之戒”，原作“戒哉”，据哈佛本改。

卷五十

宋

苏轼

1120.策略一

康熙曰：理精辞决，绝无悠泛之言。

鹿门茅坤曰：此则先以人主自断为策略之始，下四篇指其事而条之。

臣熙曰：主术贵于自断，即《泰卦》用“冯河”之义。 文势起伏潆洄，精光溢出，不可迫视。

1121.策略三

康熙曰：势若驰骛，可以逸尘绝迹。

荆川唐顺之曰：《无沮善篇》严密，此篇流畅，各自为体。 只因当时韩、魏、富、郑、杜、祁诸公纷纷外逐而不能久于其朝，故有此议。

鹿门茅坤曰：任法不如任人，而篇中专取诸葛亮之治蜀、王猛之治秦，盖为英庙之初，当熙宁时似以水济水矣。 览东坡所自为辨策问劄子得之。

臣廷敬曰：立法、任人二意萦绕，论极疏畅，不见繁杂之痕。

1122.策略四

康熙曰：难其英伟之气，而又兼隽快之笔。

荆川唐顺之曰：此篇前后各自为段落，起伏与《决壅蔽篇》同。

闻修王志坚曰：久安于逸乐则以术起之，此治天下紧要，著然起之亦未易，长公知天下有伪中庸，而不知天下有伪狂狷也。

臣乾学曰：本是欲用术数鼓舞豪杰，却归到取狂狷、恶乡愿一段。正当议论，令人无所求疵。

1123.策略五

康熙曰：雄辞博辨而有超逸之风，萦纡飘发，此是东坡独绝。

荆川唐顺之曰：此论时弊处，皆借古为谕，亦一体也。

臣英曰：论西汉始末，具见要领，文则中边皆腴。

臣士奇曰：只"通上下之情"一语，反复流转，文如奔蛇走虺，不可把捉。

1124.策别七

尾注:《策别》其总有四,其列有十七。所谓其总有四者,一曰课百官,二曰安万民,三曰厚财货,四曰训兵旅。而所谓课百官者,其别又有六,一曰厉法禁,二曰抑侥幸,三曰决壅蔽,四曰专任使,五曰无责难,六曰无沮善者是也。所谓安万民者,其别又有六,一曰敦教化,二曰劝亲睦,三曰均户口,四曰较赋役,五曰教战守,六曰去奸民者是也。所谓厚财货者其别又有二,一曰省费用,二曰定军制者是也。所谓训兵旅者其别又有三,一曰蓄财用,二曰练军实,三曰倡勇敢是也。别而言之,盖十有七焉,故谓之策别。

康熙曰：任法任人之论，义正而语尽。

琼山丘濬曰：吏多而阙少，在宋时犹如一官而三人共之，今待一官之阙，不止三人也。将因其故而不问欤？则人才日积愈多，及其资次而用之，已衰老矣。衰老之人，志气消阻，筋力不逮，用如是之人以理务治民而欲事妥民安，难矣。如一切汰而择之，则彼奔走仕途，多历年岁，归无生计以度余生，往往至于颠连失所，况彼之所以衰老，皆限于吾之资级使然，仁人君子固有所不忍也。

琼山丘濬曰：轼既言用人不可有一定之制，又言不可开骤进之门，使天下常调举生妄心。诚如其言，则任法既不可，任人又不可，然则如之何而可也？轼固言法者存其大纲，而其出入变化，固将付之于人，要必任用得其人，使之于常法之中，随其资格之所当得者，寓夫抑扬进退之权，于截然可必之中，而有隐然不可必之机，则人法兼行，资望并用，而士无淹滞骤进之弊，而国家皆得人以为用矣。

升庵杨慎曰：此策深切时弊。后一段区画处更觉委婉华润[1]。

荆川唐顺之曰：今若仿此意，虽不能无弊，亦可得一二实才[2]。

1125.策别八

康熙曰：言博而指约。

荆川唐顺之曰：前半言壅蔽之当决，后言所以决之之道。

闻修王志坚曰："至于故常之事，人之所当得而无疑者，莫不务为留滞以待请属""以无法为奸""以法为奸"，此数语者，描写鄙夫情状，可谓照妖镜矣。

臣杜讷曰：笔锋犀利，言言中窾，并刀哀梨不足以喻其快爽。

1126.策别九

康熙曰：疏畅之文，亦复警透。

臣熙曰："择人宜精""任人宜久"，经济名言，施于省府、繁剧之司，尤为扼要。

1127.策别十一

康熙曰：文意屹然山立，其涉笔不羁，有变化错综之妙。

鹿门茅坤曰：专为吏胥以下之才，其情弊与今亦相参，而文甚错综。

臣廷敬曰：纵笔书成，略无停顿，至切中嘉祐间事，尤见先识。

1128.策别十二

康熙曰：局势开阖而严紧，最为挺特。

鹿门茅坤曰：看他行文纡徐婉转、将言不言处。

臣乾学曰：论敦教化，在朝廷示民信义，而指斥用兵、增赋二者之非，所见者大。

1129.策别十三

康熙曰：以劝亲睦为厚风俗之本，以立小宗为劝亲睦之本，文特丝丝入扣。

水心叶适曰：苏氏劝亲睦，欲复小宗。古称继祢者为小宗，其言不详。夫五世之服已迁，而百年之家未散，则宗道宜若可续矣，必也豫储其四，使迭进而无穷，则将不胜其宗，而乖争陵犯之患方起。盖古者赋禄制田，其权在上，贫富贵贱无大逾越，而为之宗以维之。故长者不傲，幼者不侮，而和亲雍睦之教可行。后世崛起，自致贫富贵贱，各极其欲，荣悴异门，交相为病，于是贤者谢宗以自远，不肖者挟长以行私，盖斗阋之不暇，而安能善其俗哉！夫宗者，贵而贤者也，富而义者也，非是二者而拥虚器以临之，教令之所不行也。故贵而贤，富而义，则上礼异之，命为其宗。爵不必亲而疏者可畀也，田不必子而贫者可共也。施舍赒惠，惟族是与。损歌童舞女之奉，厚吊死恤孤之恩，族人依倚，特为宗主，无犯义，无干刑，相趋于实而不惟其名之徇，此今日立宗之要也。

鹿门茅坤曰：三代之遗，言深见而文亦爽。

1130.策别十七

康熙曰：用意最精细，构辞矫厉不群。

闻修王志坚曰：小盗者，大盗之渐也。弭乱之法莫要于去奸民，顾此辈之力，能役使豪贵为护法神，而郡邑长吏宦橐山积，惧他日出境而此辈为难，亦必屈法以全之，如此则奸民终不可去。然则去贪吏者，去奸民之本也。

1131.策别十八

康熙曰：节用、廉取二意互相细绎，而逐段发论，极其警策。

琼山丘濬曰：古今制国用之大略，苏轼此言尽之矣。人君承祖宗之统，为生灵之主，有土地为之产财，有黎庶为之生财，有臣工为之理财。当夫国家无事之时，豫为先事之具，以为万世之计可也。不幸所入才足以为出，所产仅足以为用，吾则痛加抑损，力为撙节，寸积铢累，由小而致大，积少以成多，日计不足，月计有余，岁复一岁，积三年而有一年之蓄，由九年而致三年，由三十年而致十年，由是而致夫百千万年，以为子孙无穷之计。所谓天不能灾，地不能贫，人不能困之者，岂不信其必然哉？

鹿门茅坤曰：子瞻论节财处甚工，而所举郊祀之赏与夫宫观使及都水监数者，盖冗员之一耳，子瞻必有忌讳而未尽之说。

闻修王志坚曰：郊祀之费，此出五代沿习，宋初不能革耳。大臣领宫观，宋初有此制，以逸老优贤，然员额甚少，东坡已以为滥。迨熙宁后，荆公欲优异议诸臣诏宫观，无限员，而滥益甚焉。东坡亦受玉局之禄，亦不以为非也。自今观之，靡天下以养士大夫，不犹愈于靡天下以养奸蠹乎？

1132.策别十九

康熙曰：疏兵制得失，灼然明确，而大意归重训练土兵，亦自有见，非徒托之空言者。

琼山丘濬曰：苏轼此策，于汉、唐、宋军制之得失，了然明白。就其三者而论之，宋之禁军不如汉之践更，汉之践更不如唐之府兵。三代之制不可遽复，必欲复古之渐以壮国势，以省国费，皆莫若唐府兵之尽善焉。然唐行之未百年而中变者，何也？盖府兵之制，无事则番上宿卫京师，有事则调发出征四远，虽曰寓兵于农，暇则耕稼，然军府杂郡县之中，士卒混编民之内，其他徭役科征未能尽蠲，况又承平日久，兵政废弛，番易更代，多不以时，非法征求，分外驱役。此其立制非不善，而其行之既久，终不能以无弊也。设使当时知其弊之所在，补其罅，举其偏，而振其所废坠，虽至今存可也。

阳明王守仁曰：大意言兵民既分，兵不得复为民，则有衰老之卒，兵虽老而廪之终身，则有坐食之费，去三代兵出于农之制远矣。限年而择之，又复听其为民，此诚练军实要法也。行文更极联落照应、错综变化之妙。

鹿门茅坤曰：戍禁兵不如募土兵，真经国之言。

1133.策别二十二

康熙曰：凿空立论，精悍动人。

容斋洪迈曰：致勇莫先乎倡，盖天子无皆勇之将，将军无皆勇之士；倡莫善乎私，故天子必有所私之将，将军必有所私之士。

迂斋楼昉曰：回斡精神，变态百出，首尾相救，曲尽人情物理。看东坡文字，须看他无中生有。

鹿门茅坤曰：“气”之一字，极中兵情，而通篇行文，如虬龙之驾风云而撼山谷，而杳不可测。

1134.论治道

康熙曰：辩论飚起而一轨于正，纵横变动中极有断制。

水心叶适曰：诸叙论舜与皋陶辨析名理，伊、傅、周、召继之。典诰所载，论事之始也。至孔孟折衷大义，无憾矣。春秋时，管仲、晏子、子产、叔向、左氏善为论，汉人贾谊、司马迁、刘向、扬雄、班固善为论，后千余年无有及者，虽韩愈、柳宗元、欧阳修、王安石、曾巩间起，不能仿佛也。盖道无偏倚，惟精卓简至者独造，词必枝叶，非衍畅条达者难工，此后世所以不逮古人也。独苏轼用一语立一意，架虚行危，纵横倏忽数百千言，读者皆如其所欲出推者，莫知其所自来，虽理有未精，而辞之所至莫或过焉，盖古今论议之杰也。轼自以为如万斛泉源，不择地而出，在平地一日千里无难，及其与山石曲折，随物赋形而不可知。嗟夫！古人岂必有此文而后能有此论哉？以文为论，自苏氏始。而科举希世之学，烂漫放逸，不可收拾矣。

方山薛应旂曰：今之论子瞻者，不曰异端杂说，则曰未败之荆公也。呜呼！子瞻之在当时，其政事文章盖以吾儒为归，而汲汲欲有为于天下者也。略见施行，而军国之事因之以就绪者，大有可观。出知方州，而民皆绘像以祀之。此其学术之不足以乱天下也明矣。但其旋用旋斥而弗克，究其所施，志既不终，而又使蒙乱天下之名，子瞻不若是之甚也。

1135.正统论

康熙曰：词省而该，意坚而畅，与欧阳《论》可以参观。

鹿门茅坤曰：正统之说，予尝略言之。子瞻所挈名实轻重为议，恐亦未然。然而文特辨矣。

1136.孔子从先进论

康熙曰：畅朗之文，不诡于道。

东发黄震曰：东坡写景咏物，论说天下事，无一不曲尽其妙，如化工之赋形万物。至论孔子从先进，谓先进为仕进之初。论正统不过虚名篡弑者，与圣人同称而无害，而斥章子，贬曹魏之非，恐亦文人之自主其说，未必圣人之本旨、万世之通论也。

1137.秦始皇帝论

康熙曰：礼之为国久矣，一经拈出，便成佳论。

鹿门茅坤曰：贾谊过秦在于失攻守之势，子瞻过秦在于破坏先王之法。

闻修王志坚曰：此势之所趋，非人力所能为也。长公此犹是科场习气，而文自佳。

臣英曰：气既光昌，论复条达，从《礼运》《礼器》诸篇抉其精义而发为文章，宜其言之有本也。

1138.荀卿论

康熙曰：谓人性恶，诚荀卿学术之偏，此又推极言之，理据精详，非苛论也。

闻修王志坚曰：荀子之书，其微言妙论甚多，独摘一二以为罪，又牵一意外之李斯以连坐之，此论最不公。然其文笔之妙，不可弃也。钟伯敬谓长公此论为荆公作。按：公此论刻《应诏集》，乃应制科时作，未有荆公事，伯敬悮也。

臣杜讷曰：以荀子喜为高谈异说，亦不自知其流弊至此。平心至公之言，可以论世。

1139.韩非论

康熙曰：道德刑名之利害，所见朗彻，而辞笔亦沉鸷绝伦。

敬斋胡居仁曰：言非之惨刻，由老庄以虚无轻天下来，亦本太史公原道德之意而发，与论李斯祸由荀卿同一公案。

禹修方岳贡曰：子长所谓原本道德之意，不过以老子之曰贼、曰杀、曰阴用而不以语人曰利器，申、韩得其一说而为治，长公独以为本之虚无，尤千古绝识。

臣士奇曰：韩非、老子同《传》，史迁深意初未明言，苏氏以“轻天下”三字道破。

1140.伊尹论

康熙曰：推极根柢，妙有发挥。

凤洲王世贞曰：伊尹事功莫大于相汤，又莫难于相太甲，放之复之而人不疑，其耕莘之心即素取信于人故也。论伊尹者，无逾此篇。

闻修王志坚曰：周公之流言，岂其素不如伊尹哉？古今之变，时有所不可，是亦不易之论也。

臣廷敬曰：以“大节”二字作柱，通篇开笔多于正笔，文气更断续不羁。

1141.留侯论

康熙曰：以“忍”字作骨而出以快笔，岂子瞻胸中先有此一段议论，乃因留侯而发之耶？

鹿门茅坤曰：此文只是一意反复，滚滚议论，然子瞻胸中见解亦本黄老来也。

卧子陈子龙曰：匹夫起义，古所未有，当时秦势已成，子房岂料有胜、广、刘、项之可以亡秦哉？故愤愤一击以毕其报韩之志耳。

臣乾学曰：意实翻空，辞皆征实，读者信其证据而不疑其变幻。

1142.张释之论

康熙曰：达于论治，若就日而辨物。

1143.六一居士集叙

康熙曰：从韩愈说到欧阳，语有确据，文亦矜重不凡。

东莱吕祖谦曰：此篇曲折最多，破头说大，故下面应亦大。今人文字，上面言大，下面未必言大，上面言远，下面未必言远，如以文章配天，以孔孟配禹，果然言大非夸。

荆州唐顺之曰：体大而思精，议论如走盘之珠，文之绝佳者也。

鹿门茅坤曰：长公乃欧文忠公极得意门生，此序却亦不负欧公。

1144.潮州韩文公庙碑

康熙曰：气概雄深，光芒万丈，文之有关于世教者，固振古如新也。

晦庵朱熹曰：东坡作此碑，不能得一起头，行数十遭，忽得两句“匹夫而为百世师，一言而为天下法”，下面只如此扫去。

次崖林希元曰：此碑自始至末，无一懈怠，佳言格论，层见叠出，如太牢之悦口，夜明之夺目。苏文古今所推，此尤其最得意者。其关系世道甚大，又不当以文论矣。

臣廷敬曰：文忠一生持论，只重“气”字。文特踔厉，歌辞雄健，洵足媲美昌黎。

1145.志林（录三首）

康熙曰：非属深文，确有至理，中间并入史迁处，尤见卓识。

臣乾学曰：有为而作，如诗家之咏史，使闻者足戒。

康熙曰：雄辨而正，简帙之中具有光焰。

东发黄震曰：论春秋战国之士为天民之秀杰而失职者，善观世变，亦足以见东坡胸次开阔，足以包容天下之士。然战国世变，难以常论，而士之沦胥其间，往往多盗贼小人之为，若尽目为天民之秀杰，则恐太过。顾天下纷扰，政教莫施，士随时以自媒，亦难以当世事责之耳。

康熙曰：立论洞中秦事，识解最高。

叠山谢枋得曰：此论主意有两说。一说斯、高矫诏立胡亥，杀扶苏、蒙恬、蒙毅，其祸不在蒙毅之去左右，而在始皇之用赵高，后世人主用宦官者当以为戒。一说李斯、赵高敢于矫诏杀扶苏、蒙恬而不忧二人之复请者，不在斯、高之乱，而在商鞅之变法，始皇之好杀，后世人主果于好杀者当以为戒。前一段说始皇罪在用赵高，附入汉宣用恭、显事，后一段说始皇之果于杀，其祸反及于子孙，附入汉武杀太子事，此文法尤妙。

鹿门茅坤曰：予览《志林》十三首，按《年谱》，子瞻由南海后所作。公于时经历世途已久，故上下古今处，所见尤别，而此篇亦古今痛快卓荦之议。

校记：

①此条据哈佛本补。

②此条据哈佛本补。

卷五十一

宋

苏辙　字子由，眉山人。与兄轼同举进士。历官至尚书右丞，进门下侍郎。辙论事精确，修词简严。力斥章、蔡，数被贬逐。致仕筑室于许，号颍滨遗老。

1146.侍御史林旦权淮南运副

题注：旦，元祐元年拜殿中侍御史，数言事，极论吕忠卿不宜犹莅小郡，宜投散地，以谢天下。出为淮南转运副使，终河东转运使。

康熙曰：救荒思得良使者，语约而要。

1147.郭逵自致仕起知潞州

题注：逵以安南招讨使讨交趾李乾德，至富良江，斩伪王子洪真[①]，乾德奉表归命。时兵夫三十万人冒暑涉瘴，死者过半，班师，坐贬左卫将军，西京安置，屏处十年。哲宗立，复左屯卫大将军，致仕。

康熙曰：雅驯逼古。

1148.范镇侍读太一宫使

题注：镇为通进银台司，忤王安石，以户部侍郎致仕。哲宗立，拜端明殿学士，起提举中太一宫，兼侍读。

尾注：时哲宗且欲以为门下侍郎，镇雅不欲起，从孙祖禹亦劝止之，遂固辞，改提举崇福宫。

康熙曰：婉挚入情，蔼如之言。

1149.刘挚尚书右丞

题注：哲宗初，挚为侍御史，执宪数月，多所贬黜，时人以比包拯、吕诲。元祐元年，擢御史中丞，寻拜尚书右丞。

康熙曰：义指婉缛，名言可佩。

1150.自齐州回论时事

题注：熙宁二年，辙上书言事，时王安石执政，领三司条例，欲命辙为之。辙力言青苗法不便，安石欲遣八使访求遗利，辙又力陈不可，安石怒，以为河南推官。会张方平知陈州，辟为教授。三年，授齐州掌书记。又三年，除著作佐郎。

康熙曰：立言有绪，多桊挚缠绵之致。

升庵杨慎曰：新法之行，东坡力争不胜，扰扰垂二十年，天下几危。温公革弊一新，五年而吕大防、刘挚调停之说起，颍滨争之。又四年，李清臣用而绍述之说起，新法复行，颍滨争之不胜，天下事去矣。二公议论，关系之大如此。

鹿门茅坤曰：忠悃之言，类两汉书疏。

臣熙曰：辞意诚诚恳恳，论四事当罢，确中当日物情。

1151.陈州为张安道论时事书

题注：张方平，字安道。神宗初参知政事，时议用王安石，方平以为不可。寻判尚书都省，力请出知陈州。时辙为方平所辟，在陈州。

康熙曰：悃逼之语，抒写能尽。

鹿门茅坤曰：通篇指神宗悔心处，感讽开悟，得《易》之“纳约自牖”之意。而始末处有针线法度，代老臣建言，一一典刑。

臣廷敬曰：以简易之得形起改法纷纭之失，疏朗明快，前后起伏，按其部伍，壁垒森然。

臣乾学曰：因悔心之萌开陈善道，笔意淋漓，极似刘向封事。

1152.再论分别邪正劄子

题注:元祐初,一新庶政,惟元丰旧党分布中外,多起邪说,以摇撼在位。吕大防、刘挚患之,欲稍引用,以平夙怨,谓之调停。宣仁后疑不决,辙面斥其非,复上疏。

尾注:疏入,宣仁后命宰执读于帘前曰:"辙疑吾君臣兼用邪正,其言极中理。"诸臣从而和之,调停之说遂已。

康熙曰:君子进而小人退,此治道所以休隆,世运所以清泰也。子由此劄最得其旨,足以辟调停之谬矣。

鹿门茅坤曰:再上劄更觉议论详悉,然《易》之"内君子,外小人",内者进之之词也,外者退之之词也,恐未必如子由所云"内即以之仕于朝,外即以之布于州郡"也。宋时上下并有调停之说,故子由亦不敢不附为此言耳。

卧子陈子龙曰:君子欲持常胜之计,惟在大公至正,捐异同,守法度,而不授小人以口实,然而政柄非一人所执,疑二以议论而起,小人乘之,祸乱从此而生,每每而然也。

臣英曰:引《易》为论,深得阴阳、内外、消长、否泰之理,词气宽裕而意自诚恳。

1153.元祐会计录序

题注:元祐初,辙自中书舍人迁户部侍郎。

康熙曰:本是专言会计,却语语欲其安养休息,用意深远,而文势纡徐。

鹿门茅坤曰:此子由经国之文,须细寻绎之。

臣士奇曰:理财,国之大计,要在预酌盈虚,不至匮耗,正使桑、孔一流无由进说。

臣杜讷曰:容与委婉,不为迫激之言,而忠计棐忱,已洋溢于毫楮。昔人谓子由之文若春风拂柳,袅娜百折,盖其笔性然也。

1154.君术二

康熙曰:以逸宕之文发深至之思,自觉潆洄入胜。

鹿门茅坤曰:分两扇总叙。又曰:子由欲感悟主上,察臣下之情,以收其御臣下之术,然通篇论古处透,而影今处尚未切。

臣熙曰:明于天下之情,而施其御之之术,犹是纵横家言,引古处则曲尽小人心事矣。

1155.君术四

康熙曰：意主推诚待下，立言最为无弊。

鹿门茅坤曰：熙宁、元丰间，其患在于急功利，故于御臣下不得其道。而子由习闻父兄所当仁庙时患其用仁过而法不行，故以厉法禁之意继之，而通篇又以君臣相猜处为感慨议论。

臣廷敬曰：深情曲笔，亹亹言之，如读《鹿鸣》《鱼藻》诸什。

1156.臣事策一

康熙曰：熟悉古来情伪，始能如此敷畅。

崆峒李梦阳曰：人主把重臣看作权臣，所以畏重臣而不用。此作分剖权臣如彼，重臣如此，议论精明，笔力柔缓，人主见之，真足耸心动听。

闻修王志坚曰：三代以后，重臣决不可为，虽圣贤豪杰为之，亦不能善其终，以人情日薄而人言甚烦也。然次公此论，固当存之天地间。

鹿门茅坤曰：古人尝云：文至韩昌黎，诗至杜子美，古今能事毕矣。予独以为人臣建言，感悟君上，如子由重臣一议，则千古绝调也。

禹修方岳贡曰：霍子孟稍亢矣，伊周而后，其武乡侯乎！

1157.臣事策四

康熙曰：宋之兵制，视唐为弱，此能深中时弊，而文气宽舒中却有精警之色。

鹿门茅坤曰：本前篇重武臣中抽出“将之专兵”来，并宋时对病之药，而文曲而鬯。又曰：此论宋鉴五代将权之重，而其弊贻于弱而不振。

臣廷敬曰：《易》曰“师贞，丈人吉”，谓用兵之道利于得正，而任用老成也，归重择将。文气亦发皇形映，有云兴飙起之势。

1158.臣事策九

康熙曰：子由此文欲使仕宦者忘其遥远，而又习知其土风民俗，则易以致治，亦可云通识矣。

鹿门茅坤曰：古者之仕不出百里之国，今国家小吏往往万里驰驱，甚不是体。可与曾子固《送江任序》同看。又曰：近来儒官与杂流俱以本土之人注选，苟州县郡佐贰以上亦皆如之，则善矣。

臣乾学曰：顺适人情大意，题前反复详言，入题以后且叙且议，证古验今，无一懈笔。

1159.臣事策十

康熙曰：通达《周官》之法，故不失之固泥。

鹿门茅坤曰：行文如风行水上。

1160.民政策一

康熙曰：文境愈淡，文格愈高。末一段深得兴起教化之本，孔子曰“观于乡而知王道之易易”者，正此谓也。

鹿门茅坤曰：读此等文，如看李龙眠白描，愈入细愈入妙，不忍释手。

臣熙曰：意迺笔圆，描写人情如画。中段原本风雅，明王者善于导民之意，韵致绝佳。

1161.民政策二

康熙曰：大意欲复古孝弟之科，而文之虚实相涵，波涛曲折，特臻胜境。

鹿门茅坤曰：行文纡徐而迺。

臣廷敬曰：前作数层翻跌，后方结出复古孝弟之科，千回百折，意味无穷，文极纡折而畅。

1162.民政策三

康熙曰：其言甚醇，可以厚风俗，敦教化。

荆川唐顺之曰：此等文体，在论与奏议之间。

鹿门茅坤曰：本欧阳子《本论》来，以生死二端作波澜。

臣乾学曰：只就死生福报立论，而笔意爽拔，使听者神耸。

1163.民政策四

康熙曰：欲训练土兵，与大苏之论吻合，而思绪机轴各极其妙。

鹿门茅坤曰：详兵民之分，而罢省屯戍之卒。

荆州唐顺之曰：翻案用故事。又曰：此篇首尾俱是说戍兵，中间说到土兵一段，甚是跌宕。若使他人为之，则必说了罢戍而后言土兵之可用，便成格套矣。

臣士奇曰：兵民既分，务在画地利，汰冗食，前后分疏二义，坚劲明确。

1164.民政策六

康熙曰：禁游民，重本业，意止两言，而脱卸回环处，烟波无际。

荆川唐顺之曰：此篇之好，全在说国病与农病，二者夹杂混融。

鹿门茅坤曰：今既有丁钱，而复欲收游民之庸调，恐亦难行。独其叙事细密，而文一一如画。

臣杜讷曰：欲使游闲无职之徒尽归南亩，而以收其庸调为驱之之法，是其立言大义。篇中痛陈当时之弊，末路结出本旨，愈见精彩炳烁。

1165.民政策八

康熙曰：此足国裕民之计，为效虽迟，而其利甚大，非留心经济者不能。

闻修王志坚曰：自三代以后，土田宽狭，生齿多寡，遂判然不齐。汉唐西北繁盛，宋以来江南殷阜，由胜国至今，都城在东北几四百年，而三辅之地一望斥卤。自虞集为京东水田之议，至今烂熟书生口吻，而卒不可行，此何以故也？近于文定《笔麈》有一议似可用，然条议无及者，偶读次公策，拈出此段，与识者商之。

鹿门茅坤曰：欲览天下沃饶之地，于以择便兴利，甚为有见。而行文如轻风细浪，柔婉可爱。又曰：汝、蔡、江、汉之间，盖秦以来百战之国，世用锋镝，大略当世之承平者什特二三，而吏于其土者，或不得其人与。久其任而重其权，是以田野不辟而多旷土遗利，苏氏父子往往注心于此。

臣英曰：盱衡古今地势，识解闳远，议论条畅，非迂阔而不切于事情者。文体前后亦结构完密，无懈可窥。

1166.商论

题注:《栾城遗言》云:作《夏商周论》,时年十有六。

康熙曰：识议纯正，文字紧严。

鹿门茅坤曰：此文如天马行空，而识见亦深到。又曰：子由谓商之治尚严，故其享国不及周之八百。予窃疑《商书》曰“代虐以宽”，则商之政未必一于猛也。按:《礼记》虽有“商人先刑罚而后爵禄”之言，要多杂于汉儒之附会，而未必圣人之至言。且周自平王以后，一变而为春秋，再变而为战国，周天子特悬空名于上者五百余年，盖其列国各擅土地、甲兵而不能相一。而其所不敢屠周者，则文、武礼教之遗泽在焉耳。商之六百，未尝不以天子临诸侯也，故商之历虽不及周，而其实过之。然以齐鲁譬之，其迹若近，而其情不可考矣。

1167.周论

康熙曰：以文质为自然之势，乃通儒之言。文亦光采焕发。

闻修王志坚曰：《栾城遗言》曰：“公解《诗》年未二十，初出《鱼藻》《兔罝》等说，曾祖编《礼》，以为先儒所未喻，作《夏商周论》年十有六，史人所未到。”

鹿门茅坤曰：独见之论。又曰：“忠”“质”“文”三字，以之名三代之治则可，以之论三代之相救而又谓若循环然则不可。当其风气之日开，而圣人以渐为之经纬，其间至周而文始大备。及周之衰而苟有王者起，亦不过循文、武、成、康之遗尔，又安得推文而之忠与质乎哉？故愚谓夏未尝尚忠，商未尝尚质，周未尝尚文，此皆后世仰观先王之典礼与其风俗之可见者而强名之尔。孔子曰：“周监于二代，郁郁乎文哉！”颂美之也。假令如世儒相救之说，孔子于此必深言之矣，何以独遗此一段大议？

1168.六国论

康熙曰：洞彻当时天下形势，故立论行文爽健乃尔。

荆川唐顺之曰：此文深得天下之势。

闻修王志坚曰：当时苏秦非不为此论，所以卒不成者，六国无明君，朝聚暮散，为秦所欺而不悟也。

1169.秦论一

康熙曰：揆度嬴秦国势终始，竖议高卓，迥出意表。

鹿门茅坤曰：此篇过秦失所以取天下。

1170.秦论二

康熙曰：前论雄骏[②]，此论平正；前论犹近于权谋，此则庶几王道矣。

鹿门茅坤曰：此篇正言秦之所以取天下当以此不以彼，两篇合一篇。

1171.五伯论

康熙曰：成见在中，故语不贵多，而能扼其要。

鹿门茅坤曰：五伯优劣亦见于此矣。《兵戒》亦云“无为戎首”，故《易》曰“圣人不得已而毒天下也”。

1172.晋论

康熙曰：推勘入细，谈虚者不得矜其高尚。

鹿门茅坤曰：晋之士患在不习事故，无以经略当世。子由议之若未当，而行文自佳。又曰：晋之亡，患在大封同姓，而假之以兵，不戢则逆节生，而中朝无以为居重驭轻之势，内以清虚相高，外以戎狄衡乱，而天下之权无所归矣。故遂以不振而偏安江左，以至于移祚，悲夫！

闻修王志坚曰：自处太高之弊，不独晋人清谈为然，凡后世道学、文章、气节皆是也。

1173.隋论

康熙曰：秦取天下甚难，隋取天下甚易，其势不同，此却举其得失之故，以为先后如出一辙，洵渊识也。

鹿门茅坤曰：论秦、隋处亦似。而其言以术留天下，为名则卑矣。渐开晚宋门户。

臣英曰：引秦隋合论，大意与《过秦论》相类。文气瀰衍宽平，有长江千里之势，亦复光芒肆映，不可逼视。

1174.书论

康熙曰：论意暗指新法，而借书以发摅之。文气宽纡，令人三复不厌。

臣廷敬曰：帝王命令开诚布公，所谓诏下当令中外易晓是也。剖析纯王杂霸之分，论最明切。

1175.汉昭帝论

康熙曰：近里之言，亦切汉事。

闻修王志坚曰：次公此论甚正，计其作必在哲宗初年，有感国事而发也。

鹿门茅坤曰：观栾城此等文字，其识见甚近理，当胜于曾巩。又曰：昭帝之享国日浅，不知其祸由近女室否，假如伊尹相汤以及其子，而太丁、外丙、仲壬并不三四年死，岂皆女室与伊尹之罪与？特曰：为大臣者，有托孤寄国之责，不可不知此议。

臣士奇曰："知道而后知爱身，知爱身而后知爱人"，名论不刊。

校记：

①"真"，原作"兴"，据哈佛本改。

②"论"，原作"后"，据《古文评论》改。

卷五十二

宋

曾巩 字子固，建昌军南丰人。嘉祐二年进士，历官至中书舍人。巩生于末俗之中，绝学之后，其于剖析微言，阐明疑义，卓然自得，发六艺之蕴，正百家之缪，为文章上下驰骋，一复于雅，与欧阳修齐名，为学者所宗。

1176.劝学诏

康熙曰：风励庠序，词令醇茂尔雅。

臣熙曰：建立学校，所以成就人才，宏广治化。诏辞训励详明，足令士风兴起，意味隽永可思。

1177.劝农诏

康熙曰：其谆勉处与汉诏相上下。

臣廷敬曰：古雅之色，和厚之音，盖原本《豳》诗而颉颃汉诏者也。

1178.正长各举属官诏

康熙曰：此诏参酌古今之宜，然必长贰官身自廉正而后简举不谬，表率之地亦良重矣。

臣乾学曰：拈出《冏命》“慎简乃僚”一语作根柢，觉后世自辟掾属最为近古。马端临所谓“苟失其人，非但累衡鉴之明，抑且失倚毗之助也”。文特变古奥之体为开明，别是一格。

1179.赐高丽诏

康熙曰：温润特至。

1180.贾昌衡知邓州制

题注：字子平。第进士，历诸路转运使。神宗召为户部副使，加集贤殿修撰，知河南府。

康熙曰：以召父杜母为之劝，用意良厚。

1181.王制

康熙曰：策典之文，此为正则。

1182.又

康熙曰：典雅可以方轨西汉。

1183.相制

康熙曰：整练中多名贵之语。

1184.又

康熙曰：视唐时诸制诰，殆有过之无不及也。

1185.尚书左右丞制

康熙曰：渊懿温栗之音。

1186.吏部尚书制

康熙曰：非不简严，却自然浏利可诵。

1187.户部尚书制

康熙曰：详于职掌，可备典故。

1188.秘书监制

康熙曰：此选既清，诏词亦甚雅则。

1189.将军制

康熙曰：“公赏罚”“笃恩信”两言甚要，为将之道略尽此矣。

1190.熙宁转对疏

康熙曰：南丰之文邃于经籍，而运以古健之笔，其阐发义理处，弥见朗澈。 此疏所陈，洵为完粹之言也。

东发黄震曰：《熙宁转对疏》劝讲学而得之于心。

遵岩王慎中曰：董仲舒、刘向、扬雄之文不过如是。 若论结构法则汉犹有所未备，而其气厚质醇，曾远不逮董、刘矣。 惟扬雄才艰而又不能大变于当时之体，比曾为不及耳。

鹿门茅坤曰：“劝学”二字，公之所见正，所志亦大，而惜也才不足以副之，故不得见用于时，录而存之，以见公之概。

臣廷敬曰：深醇博大，兼总条贯，至其用意，尤委折多姿。

臣乾学曰：其委折善入处如春膏之润木，其承递不穷处如秋月之出岭。南丰常瓣香庐陵，此文气尤极相似。

臣英曰：兼内外交养以立说，是论学术醇正处，大约曾文多平易质实而义理自裕。

臣士奇曰：治道必本于心，心得必原于学，匡、刘论政未能及此。

1191.自福州召判太常寺上殿劄子

题注:改明州,不果上。

康熙曰：详言以畅典学之旨，此等议论大醇无小疵也。

臣杜讷曰：原据经传，发为文章，语语切实和平，绝无泛滥驰骋之习，固是南丰本色。

1192.移沧州过阙上殿劄子

康熙曰：极铺张扬厉之文，而归于戒惧祗慎，可云有典有则。

水心叶适曰：本朝享国百年，承平无事，盖自仁宗末英宗时人数有此论。其意本欲讽切人主，因归美以求儆惧耳，非以为国家必当有事，而何为若是之无事也。且太祖、太宗为开基受命之君，而三世继承，皆无失德，安得不百年无事？然安危之数，何可预定？存亡之机，必为厉阶。安石不知，而必以纷更乱其俗，以大有为望其君，以祖宗百年无事为大幸不足恃，而不知其一旦有事而不可救者，皆安石为之也。哀哉！周公之《诗》曰："迨天之未阴雨，彻彼桑土，绸缪牖户。"夫古人岂不居安而虑危哉？特不喜危而恶安尔。

东发黄震曰：《移沧州过阙上殿劄子》谓"自生民以来，未有如大宋之隆"，且引《诗》而言之曰："歌其善者，所以启其向慕兴起之意，防其怠废难久之情"，愚于是知公爱君之意深矣，然与警切规谏者恐又是一体。

遵岩王慎中曰：体意虽出于《封禅》《美新》诸家与韩、柳《进唐雅序》等门户中来，然原本经训，别出机轴，不为谀悦浅制，而忠荩进戒之义昭然，与先朝周雅比盛矣，真作者之法也。

鹿门茅坤曰：曾公此劄欲附古者《雅》《颂》之旨，陈上功德，宣之金石，而其结束归于劝戒。

臣熙曰：称美功德，不忘进规，其旨原本《雅》《颂》。文辞典赡博雅，非湛深经术者不能。

1193.救灾议

题注：《神宗本纪》：熙宁元年壬午，以恩、冀州河决，赐水死家缗钱及下户粟。甲申，京师地震。乙酉，又震。辛卯，以河朔地大震，赐压死者缗钱。京师地再震，壬午遣御史中丞滕甫、知制诰吴充安抚河北。癸巳，疏深州益水。八月壬寅，诏京东西路存恤河北流民。

康熙曰：计较利害得失处，经画最周，变通不滞，可补《周礼》所未及。

水心叶适曰：曾巩《救灾议》米百万斛，钱五十万贯耳，何至恳迫繁缕如此？若大议论又将安出？岂其时议者真庸奴耶？巩文甚工，然此议及《鉴湖序》乃文人之累也。

琼山丘濬曰：曾巩此议，所谓赐之钱，贷之粟，比之有司日逐给粟之说，其为利病相去甚远。所谓深思远虑以为百姓长计者，真诚有之，但饥民一户，贷之米十石，一旦责其如数偿之，难矣，不若因时量力，稍有力者偿其半，无力者并与之，或立为次第之限可也。

卧子陈子龙曰：当时赵公于越州，富公于青州，荒政最为精密，然官不大费而民受其实惠者，无如此议为长策。盖宋时各路有转运使、常平仓，故其事尤易行也。

臣廷敬曰：按切当时情势，故娓娓而言，文特浩瀚。

臣乾学曰：劈析机宜，校度理势，言言有裨实用，而醇粹古雅，亦西京晁、董之文也。

1194.寄欧阳舍人书

题注：巩祖名致尧，尚书户部郎中，赠右谏议大夫。

康熙曰：矜贵庄严，而气自纡回不迫。读此等文，当细观其转折脱卸之法。

鹿门茅坤曰：此书纡徐百折，而感慨呜咽之气，博大幽深之识，溢于言外，较之苏长公所谢张公为其墓铭书特胜。

臣英曰：以畜道德而能文章归美欧阳公，足见作铭之不易，以此一义回旋转折，洒洒洋洋，极唱叹游咏之致，想见行文乐事。

1195.福州上执政书

康熙曰：出入《风》《雅》之中，自有温柔敦厚之气，知其本乎性情者深也。

臣士奇曰：陈情之文，一本经术，卓然可贵。

臣杜讷曰：称引篇什，缠绵曲折，而后畅其所欲言，一往悱恻之音，自觉蔼然可诵。

荆川唐顺之曰：南丰之文纯出于道古，故虽作书亦然，盖其体裁如此也①。

鹿门茅坤曰：子固以宦游闽，徼不得养母，本《风》《雅》以为陈情之案，而其反复咏叹，蔼然盛世之音，此子固之文所以上拟刘向，而非近代所及也②。

1196.新序目录序

康熙曰："慎取"二字，真读书要诀，此论文所独辟。

东发黄震曰：《新序目录序》谓刘向所序三十篇，隋唐犹存，今所见者十篇，最为近古，而不能无失。

遵岩王慎中曰：南丰文字，于原本经训处，多用董仲舒、刘向也。

鹿门茅坤曰：见极正大，文有典刑。

1197.列女传目录序

康熙曰：闺门之内，王化之原。畅达其词，足以茂明风教矣。

东发黄震曰：《列女传目录序》：刘向以成帝后宫赵、卫之属多自放，作《列女传》篇，曹大家为注，离其七篇为十四，与《颂义》为十五。嘉祐中，苏颂复定为八篇，南丰疑此传，称《芣苢》《柏舟》《大车》之类与今《诗序》不合，盖不思今序卫宏所作，出向之后也。

遵岩王慎中曰：宋人序古人集及古人所著书，往往有此家数。然多以考订次第为一篇之文而已，不能如先生更有一段大议论以成其篇也。如后叙鲍容、李白集，亦不免用其体，盖小集自不足以发大议论，又适当然耳。

鹿门茅坤曰：子固诸序并各自为一段大议论，非诸家所及，而此篇尤深入，近程朱之旨矣。

1198.南齐书目录序

康熙曰：胪陈得失，当与刘知几《史通》并传。

伯厚王应麟曰：子固谓子显《南齐书》其文益下，愚谓子显以齐宗室仕于梁而作《齐史》，虚美隐恶，其能直笔乎？

东发黄震曰：《南齐书》，江淹尝为十志，沈约又为《齐记》，梁萧子显别为此书凡五十九篇，南丰谓其改折雕刻而文益下。

1199.梁书目录序

康熙曰：说理极为精湛，其言大而有本。

东发黄震曰：梁六纪、五十传，史官姚察之子姚思廉所成。南丰之为此序，辨佛患梁为甚，而佛不能睹圣人之内。

遵岩王慎中曰：《原道》文字，雄健杰特，亘古无伦矣。然说佛之失处，不能如是深；称吾道大旨，亦不能如是精也。

荆川唐顺之曰：通篇俱说圣人之内，而所以攻佛者不过数句。

1200.礼阁新仪目录序

题注:《新唐书·艺文志》:韦公肃《礼阁新仪》二十卷。韦,元和人。《礼乐志》:元和十一年,秘书郎修撰韦公肃录开元以后礼文,损益为《礼阁新仪》三十卷。

康熙曰:论圣人因时制礼处,原本经术,此见南丰为学本领。

东发黄震曰:《新仪》三十篇,韦公肃记开元至元和变礼。南丰谓:"人之所未病者不必改也,人之所既病者不可因也,何必一一以追先王之迹,能合乎先王之意而已?"余谓此名言也。

闻修王志坚曰:《困学纪闻》云:"《礼阁新仪》则指新法,《襄州长渠》则指水利,《兵间诗》则指徐德占,《论交诗》则指吕吉甫。按:南丰尝作《怀友》以遗荆公,公答以同学,荆公《答段缝书》为南丰辨谤,南丰亦荐荆公于蔡学士,其相知如此。后荆公得志,而不为苟同又如此。子固真君子人也。"

荆川唐顺之曰:此文一意翻作两段说。

臣英曰:礼因人情,能为之节而不能变,此实确论。出入经史,其言典醇浓缛,闳博渊雅,南丰之所擅长也。

1201.范贯之奏议集序

题注:师道,苏州长洲人。吴育举为御史,以论事抗刘伉,前后在言责,有闻。如论诸阁女御太多,此其尤切直者,然仁宗每优容之。

康熙曰:归重仁宗,得体得法,识高力厚,典贵之文。

东发黄震曰:贯之,名师道,事仁宗,为言官,其子世京集其《奏议》十卷。南丰发明其遭遇之盛,云:"所以明先帝之盛德于无穷也。"墓则清献赵公为志。

1202.先大夫集后序

题注:巩祖名致尧,官尚书户部郎中。

康熙曰:层折以舒其情,使人忠孝之思油然而生。

东发黄震曰:先大夫,南丰之祖也,事太宗、真宗。

遵岩王慎中曰:先生之文,如此篇之委曲感慨而气不迫晦者,亦不多有。

鹿门茅坤曰:子固阐扬先世所不得志处有大体,而文章措注处极浑雄,韩、欧与苏亦所当俯首者。

禹修方岳贡曰：与《范贯之奏议序》命意相类，而中间所次详略极有体裁。

1203.送丁琰序

康熙曰：南丰之文，每一发议，必根柢于大中至正之道如此。言人才盛衰由于学校劝惩之法，可云探见本原也。

鹿门茅坤曰：篇中所见远，而其行文遣调处，似不免朴遬纡蹇之病，故不英爽，然子固本色自在。

臣乾学曰：推古今人才所以不相及处，便觉《周官》《王制》教养选举之法有本末，有次第，舒翘扬英，为吏者皆当以一通自鉴矣。

校记：

①此条据哈佛本补。

②此条据哈佛本补。

卷五十三

宋

曾巩

1204.筠州学记

康熙曰：开局甚宽，收束甚紧，题之前后，意无不到。

鹿门茅坤曰：不如《宜黄记》所见之深，而其行文亦属作者之旨。

臣熙曰：选理铸辞，雍容典则。推论为学之要，所见符合程朱，有道者之言也。

1205.宜黄县学记

康熙曰：直从学立言，所以深避“筠州一记”之雷同，而昌明博硕，无非经籍之腴润。诸学记中，罕见其匹。

鹿门茅坤曰：子固记学，所论学之制，与其所以成就人才处，非深于经术者不能，韩、欧、三苏所不及处。

臣廷敬曰：“使人人学其性”一语，卓然名言，理极醇正，故辞益详核。

1206.越州赵公救灾记

康熙曰：斟酌古法，叙次详密，可裨救灾之术。

东发黄震曰：《赵公救灾记》救荒之委折备焉。

鹿门茅坤曰：赵公之救灾，丝理发栉无一遗漏，而曾公之记其事，亦丝理发栉而无一不入于机杼及其髻总。救灾者熟读此文，则于地方之流亡如掌股间矣。

闻修王志坚曰：按：赵公者，清献公抃也。公本传，自知成都，乞归知越州。吴越大饥疫，死者大半，抃尽救荒之术，疗病埋死，而生者以全，下令修城，使得食其力。

卧子陈子龙曰：救荒莫急于平谷价，其惠更在给粟之上。

1207.抚州颜鲁公祠堂记

康熙曰：激昂顿挫，善于作势之文。末拈一“仁”字，收煞处亦甚有力。

西山真德秀曰：先叙事，后议论，而神光精焰全于转折处透出，逼是西京。

东发黄震曰：《鲁公祠堂记》发明鲁公功，实无余蕴。

荆川唐顺之曰：此文三段，第一段叙事，第二段议论，第三段叙立祠之事。叙事议论处，皆以捍贼忤奸分作两项，而混成一片，绝无痕迹，此是可法处。又曰：欧公《王彦章记》亦以忠节善战分作两项而不见痕迹。又曰：王彦章之忠则略之，而独言其善出奇；颜鲁公之捍贼则略之，而独言其忤奸而不悔：此是文之微显阐幽处。

1208.徐孺子祠堂记

康熙曰：出处，士人之大节也，必一衷于圣人之道，则干禄不为污，而洁身不为恝矣。议论平实，规模亦老。

荆川唐顺之曰：此篇三段，第一段叙党锢诸贤及孺子事，第二段比论二事，第三段叙作亭。

鹿门茅坤曰：推汉之以亡为存，归功于孺子辈，论有本末。

臣乾学曰：以党锢诸贤与孺子比论，却说到其操虽殊，其志于仁则一，本诸孟子归洁其身之义，而曲畅其辞。

1209.书魏郑公传

康熙曰：笔笔沉著，辨驳甚精，三复其言，可以兴起千载。

闻修王志坚曰：韩魏公尝为谏官，所存《谏稿》三卷，自序云：“欲敛而存之，以效古人缜密之义，然恐无以见人主从谏之美。”司马温公出知边州，尝三上书言事，皆不纳，时范景仁为谏官，公以稿付之，贻书谓：“古之人有奏疏而焚稿者，盖谓言已施行，不可掠君之美。若奏而不通，又自焚其搞，则与不言者何异？”按：二公论不同，如魏公言，则温公为彰君之过；如温公言，则魏公为掠君之美。盖二公皆因古人有焚谏草者，又不忍自焚其草，故委曲分疏，不自觉反堕一偏，不如曾公此论为明白正大而无弊也。

1210.邪正辨

康熙曰：直作两扇文字，而纡徐曲折，有无限波澜，子固集中之别格。

臣英曰：其言迂回澹折，绝去寻常畦径，有类于《公羊》《穀梁》《檀弓》《韩非子》之文。

1211.说用

康熙曰：诠理之文，而措辞倍觉精爽，特类子书。

臣杜讷曰：天地以阴阳生万物，圣人以仁义治万民。根寓理道，阐发妙微。文复坚质峭拔，饶有古趣。

1212.读贾谊传

康熙曰：借意贾生自摅所学，雄浑可以吞吐一切。

臣廷敬曰：长沙制述类皆思深旨远，此文盘纡郁曲，自喻其情，有尚友前古之意。

1213.上田正言书

康熙曰：切偲之雅，忠荩之规。

臣乾学曰：避就向背，举细故塞责；迂僻诞幻，无所可用于世：说出两种深弊，足使任言责者矍然自省。

1214.上欧蔡书

按：巩文章本原六经，斟酌于史迁、韩愈。其论学，则自持心养性，至于服器动作之间，无弗悉；论治，则自道德风俗之大，极于钱谷、兵刑，无勿备。允矣，理当故无二也。孟学不传之后，程学未显之前，厥功伟矣。故朱熹称其词严理正，又谓其拟制内有数篇，杂之三代诰命无愧，而作《大学》《中庸》或问诸文字，亦皆用南丰体。

康熙曰：一气渊涵，极文章之胜观，而恳恳处尤可见用意之深。

荆川唐顺之曰：叙论纡徐有味。

闻修王志坚曰：庆历三年，吕夷简、夏竦等并罢，杜衍、富弼、韩琦、范仲淹皆进用，增置谏官四员，用天下名士，欧阳修、蔡襄首在选中，前书所谓更两府谏官也。自是朋党论起。未几，蔡出知福州，欧为河北都转运使，衍等相继罢去，欧又以甥女事左迁南丰，此书所谓二公相次出两府，亦更改云云也。

臣熙曰：叙说缠绵凄婉，多悠然不尽之思，风水相遭，沦瀫徐生，似其文境。

臣英曰：说出圣贤之用世之心如此迫切，所以激励二公者至矣。

曾肇　字子开，巩弟。举进士，官至龙图阁学士，更十一州，多善政。

1215.论选忠良博古之士置诸左右

康熙曰：文颇质实，而娴于事理。

臣乾学曰：引质经史，典雅简切。

1216.汉文帝论

康熙曰：论断典确，不可移易，而结处尤有斟酌。

臣廷敬曰：其义本于《官礼》，经制规画，则《农政》《食货》诸书之类也。

1217.重修御史台记

康熙曰：详整中有严重之气，动人听睹。

琼山丘濬曰：按曾肇之言，可见御史责任之重且难如此，为御史者必如肇所言，然后为能举其职，不然则于是职有愧矣。 由是观之，则凡其在任之日，所以形于言论，见之章疏者，乃其职分之所当为，非好为是以求名也。

臣英曰：胪列御史职任之重，礼遇之隆，正以见胜任之不易，非苟为夸耀而已也。 文亦体格雄峻，雅与题配。

臣士奇曰：责人非难，责己为难。 识是义，方可为真谏官。

卷五十四

宋

韩维　字持国，忠献公亿之子。元祐中官拜门下侍郎。

1218.求直言诏

题注:熙宁七年,维为学士,承旨入对。神宗以久旱为忧,维对以陛下,忧悯旱灾,非减膳避殿故事足以应天变,宜痛自责己,广求直言。退复上疏,上感悟,即命维草诏。诏出,人情大悦,是日雨。

康熙曰：桑林之祷，此其余风。

1219.国子博士种谔可左藏库副使殿中丞种诊可洛苑副使

康熙曰：简净明当。

1220.淮南江浙荆湖南北路都大发运使右谏议大夫马仲甫可依前右谏议大夫充天章阁待制高阳开路都总管兼安抚使兼知瀛州军州事管内劝农使

康熙曰：字字修洁。

1221.西京左藏库副使带御器械李元方可庄宅副使

题注:宋初选三班以上武干亲信者,佩櫜鞬御剑,或以内臣为之,名御带。咸平元年，改名带御器械。景祐二年，诏无过六人。

康熙曰：语自苍劲。

1222.乞询问讲读臣寮状

康熙曰：敷陈明练，指趣了然。

臣熙曰：忠悃之意以委婉之笔行之，深得告君之体。

刘挚 字莘老，永静东光人。嘉祐中擢甲科，历官至尚书右仆射。陗直有气节，勇于去恶，卒遭谗，贬斥不起。

1223.请修敕令

康熙曰：刑罚非圣人之得已，若科条繁密，则有深文周内之弊。此文剀笃详明，能述钦恤之意。

臣乾学曰：律令自约之繁，历代名臣每议减省。辞旨恳恻，独见得先王明罚敕法本意。

苏颂 字子容，泉州南安人。仁宗朝进士，历官至右仆射，兼中书侍郎，进太子太保。器局宏远，以礼法自持，明经、史、诸子百家，以至图纬、律吕、星官、山经之书，无所不通。

1224.论省曹寺监法令繁密

康熙曰：帝王之道易则易知，简则易从。此中正之言，非补救之论也。

臣廷敬曰：法令简易，规模弘远，即居敬行简之道也。文更朴茂。

吕公著　字晦叔。登进士第，官至司空同平章军国事，封申国公。初与司马光同辅政，光薨，独当国，以贤相称。

1225.请令文武致仕官依外任官给俸钱

康熙曰：缘情立说，乃优恤耆老之谊。

闻修王志坚曰：《野客丛书》曰："石林谓东汉郑均致仕，章帝赐尚书，禄终身，时号'白衣尚书'，则知汉致仕无禄也。又观唐令诸职事官，年七十、五品以上致仕者各给半禄。又致仕官，建中五年敕所请半禄，料从敕出日于本贯及寄居州府支给。"按：此一段可补申公之缺。其后王荆公用事，罢一时异议者，诏宫观官无限员，终宋之世因而不改，盖仿申公意云。

臣英曰：优致仕之臣，亦所以溥国恩、励臣节、风知止也。文亦委折，能尽其意。

吕大防　字微仲，京兆蓝田人。举进士，历官至尚书左仆射，兼门下侍郎。朴厚戆直，进退百官，不市恩嫁怨以邀声誉，人亦不敢干以私。

1226.论祖宗之法

题注：哲宗御迩英阁，召宰执、讲读官读《宝训》，至汉武帝籍南山提封为上林苑，哲宗曰："山泽之利当与众共之，何用此也？"丁度曰："臣事陛下二十年，每奉德音，未始不及于忧勤，此盖祖宗家法尔。"大防因推广祖宗家法以进。

康熙曰：宋之家法远轶汉唐，于此可见其概。

臣士奇曰：宋祖诒谋，非前代可及。宣公推论数则，实可为当时法程。

吕大钧 字和叔，大防之弟。中乙科，为宣义郎，鄜延转运司从事。从张载学，能守其师说而践履之。

1227.选小臣宿卫议

康熙曰：交互发意，滔滔如泉源之涌溢。

臣杜讷曰：文情斐亹，如风行水上，有一波未平一波复起之势。

范纯仁 字尧夫，仲淹子。举进士，元祐中拜尚书右仆射，兼中书侍郎。

1228.论发运均输状

康熙曰：论事之文难于中窾，此殆得之。

东坡苏轼曰：均输立法之初，其说尚浅，徒言徙贵就贱，用近易远。然而废置官属，多出缗钱，豪商大贾皆疑而不敢动，以为虽不明言贩卖，然既许之变易，变易既行而不与商贾争利，未之闻也。夫商贾之事曲折难行，其买也先期而予钱，其卖也后期而取直，多方相济，委曲相通，倍称之息由此而得。今官买是物，必先设官置吏，薄书廪禄为费已厚，非良不售，非贿不行，是以官买之价比民必贵。及其卖也，弊复如前，商贾之利，何缘而得？朝廷不知虑此，乃捐五百万缗以予之。此钱一出，恐不可复，纵使其间薄有所获，而征商之额所损必多矣。

琼山丘濬曰：此桑弘羊之故智，然弘羊自立法而自行之犹有其弊，况后世之人不及弘羊，而又付之庸庸之辈使之奉行乎！大抵民自为市，则物之良恶，钱之多少，易以通融，准折取舍。官与民为市，物必以其良，价必有定数，又有私心诡计百出其间，而欲行之有利而无弊，难矣！政不若不为之为愈也。

1229.奏陈青苗等法疏

康熙曰：力诋新法，反有激成之患。似此婉切深挚，能不使人动心易听?

榖山于慎行曰：青苗之法，其意未尝不善，但其流弊必至病民耳。苏轼谓：出纳之际，吏缘为奸。钱入民手，虽良民不免妄费，及其纳钱，虽富民不免逾期。韩琦谓：条约虽禁抑勒，然不抑勒，则上户必不愿，下户虽或愿请，请时甚易，纳时甚难，将来必有督率同保均赔之患。司马光谓：青苗之散使者恐其逋负，必令贫富相保，贫者无可偿则散而之四方，富者不能去，必责使代偿，十年之外，贫者既尽，富者亦贫，事之必至。数公之论，可谓尽青苗之弊矣。

李清臣　字邦直，魏人。英宗朝进士，历官至中书侍郎。

1230.策旨

康熙曰：语能综要，故各缀数言而大意已自包举。

臣熙曰：极称言之有益，然后叙入所献之言，自觉婉挚可听，述诸篇大意尤明畅。

1231.势原

康熙曰：以“势”字为主，而错综参互以畅之，文气酣适，读此使人怡神。

臣廷敬曰：挹之易竭、盈之易溢者，潢污之流也；探之则深、引之弥广者，灵源之不可以寻尺求也。文势滔莽，亦复如江如河。

臣乾学曰：苏氏《策略》本《战国策》，此又原于周秦子书，其善言事理而洞中窾綮则同之也。

臣士奇曰：创业持成莫不有势，顺乎势之自然即理也，可谓能识治体。

1232.议官

康熙曰：综练世务之言，可令官方整肃。

臣英曰：反复辨驳，所言皆有宋当日之弊，亦自详尽。

1233.明责

康熙曰：立言深中窾会，亦甚精警。

臣乾学曰：立意和平正大，而其言峭直刻深，司马子长谓贾长沙明习申、韩，此亦从韩子《八奸论》来也。

臣杜讷曰：意在责成实效，不为文法所拘牵，中有灼见，力摅忠谠，故光明磊落之气勃勃纸上。

1234.固本

康熙曰：以教导宗室为国之本计，识虑自尔深远。

臣英曰：湛于六籍之言，故典纯端雅，而无佻达繁缛之弊。

臣廷敬曰：爱育之意寓于教诫，自是至理名言，故往复深情溢于词表。

1235.秦论

康熙曰：洞瞩成败，非由臆断。

臣乾学曰：发端于秦，连及隋唐，于时似无所借喻，而道君灵素之事卒如其言，盖见微之论也。

1236.隋论

康熙曰：光武亦尚吏治，然犹能以王道行之，隋文则专尚吏耳。 议论深细，是前人未见到处。

臣廷敬曰：文尚辞则辞胜其理，尚质故理胜其辞，理胜辞无不胜者，经术之文自饶异采。

卷五十五

宋

范祖禹　字淳甫，华阳人。神宗朝进士，历官至翰林学士。祖禹开陈治道，区别邪正，不少借隐。任讲席，守经据正，献纳尤多，苏轼称为讲官第一。

1237.论封桩劄子

题注:初,太祖以帑藏盈溢,又于讲武殿后别为内库。尝谓军旅饥馑,当预为之备,不可临事厚敛于民。太宗嗣位,储积益厚,分左藏库为内藏库,改讲武殿后库为景福殿库,俾隶内藏。乃令拣纳诸州上供物,具月帐于内东门进入,外庭不得预其事,因谓左右曰:"此盖虑异时用度有阙,复赋率于民,朕不以此自供玩好也。"元丰以来,诏诸路金帛缗钱输内库者,委提点刑狱司督催起发,坊场钱勿寄市易务,直赴内藏库寄帐封桩,当输内库金帛缗钱,逾期或他用者,如擅用封桩钱法。

尾注:枢密院议悉,罢封桩,虑诸路观望,或阙缓急之事,乃诏三路,岭南被边勿封桩,诸路如旧。

康熙曰:两事并陈,意实相贯,计虑周详,老成硕画。

臣熙曰:论事平易明白,灼然可见施行,章疏之正则也。

1238.封还臣寮论浙西赈济事状

康熙曰：逐段敷陈，因忧民之切，益以见谋国之忠。

臣乾学曰：直陈事理，无假雕缋，其言凄婉沉挚而不伤激烈，老成忧国之言。

1239.封还差道士陈景元校道书事状

题注：元祐六年，秘书监王钦臣等乞差真靖太师陈景元校黄本道书，奉旨：令秘书省具道书目录，付陈景元，据目录于道藏取索，先校定成本供秘书省，委本省官对校。

康熙曰：意本忠正，词亦明剀。

1240.迩英留对劄子

康熙曰：宋世贤主必推仁宗，此劄称引最合。

臣英曰：章法虽简而义蕴自深，归美仁宗可谓取法于近。

1241.第二劄子

康熙曰：以至公至正本于至静，语有根据，学问治功皆不越乎此。

臣士奇曰：进久安长治之计，而归本法祖。忠爱之意，溢于言词。

臣杜讷曰：举绍圣、元符之流弊，一一先事预筹，而特进本原之论，可谓谋深虑远。

江公望 字民表，睦州人。举进士，历官左司员外郎。

1242.论逻察

康熙曰：熙皞之时，岂尚刻覈？文深得此义。

琼山丘濬曰：天下有道则庶人不议，善于为治者反求诸己而已矣。在己所行有可议者，得人言而亟改之，是人之言有益于我也大矣。夫如是惟恐吾行之而人不我议，议之而我不闻，闻之而我不能改，乌可设法以禁人之议已哉！ 王安石平日所学谓何？ 乃效衰世君臣寄耳目于群小，或者谓安石直不晓事非奸也，岂其然哉！

晁补之　字无咎，巨野人。举进士，历官至吏部员外郎，兼国子监编修、《实录》检讨官。党论起，为谏官管师仁所论，出知河中府。

1243.答外舅兵部杜侍郎书

题注：杜纯，字孝锡，濮州鄄城人。以荫为泉州司法参军，有廉名。熙宁初，上书言政，王安石异之，荐于朝，充审刑详议官，以鞫狱忤安石，免官。元祐初，除河北转运判官，历权兵部侍郎，谢病，以集贤院学士提举崇福宫，卒。

康熙曰：君子之道，持己宜严，而论人宜恕，此庶几得其意矣。

臣乾学曰：补之在苏门，乃少公之客。文之老成简洁，有得于少公，而识见笔力殆于过之。

陈师道　字履常，彭城人。苏轼等荐其文行，为太常博士，迁秘书省正字。师道高介有节，于诸经尤邃于《诗》。

1244.上林秀州书

康熙曰：以礼自重，嶷然有品。

四明陈榳曰：师道贫而高介，傅尧俞怀金以赠，竟不敢出，且不赴章惇之愿见，不服赵挺之绵裘而冻死，史氏不以傅之卓行而传之文苑，是浅乎待师道矣。

张耒 字文潜，楚州淮阴人。举进士，历官太常少卿，数坐党籍贬。

1245.论法上

康熙曰：法立弊生，论甚警透。

臣廷敬曰：以养身立喻，文亦洒然，自饶古趣。

1246.论法下

康熙曰：质文损益之故，圣人诚有所不得已焉。文笔高奇，意亦超然自远。

臣乾学曰：虽不似苏长公奔轶绝尘，却有一种静重严密处，如颍滨晚年议论。

1247.敦俗伦

康熙曰：见地既优，而势更驰骋，不可羁绁。

臣英曰：以廉让为善俗之本，文势复充裕条达而无拘迫之态。

臣士奇曰：俗之不敦，始乎冒利，所见甚晰。文气亦夭矫雄肆，可方贾生。

1248.悯刑论上

康熙曰：人法兼举，立言最为无弊，非仅以高谈取胜。

臣乾学曰：法之弊出于人之弊，说得原委井然，曲折尽致。

1249.双槐堂记

康熙曰：善为波涛，而理特确正。

臣杜讷曰：不仅随题布意，遂使义蕴闳阔，耸人听观。末幅缴应数语，郑重完密，是行文之最有矩矱者。

秦观　字少游，扬州高邮人。始登第，苏轼以贤良方正荐于朝，除太学博士，迁秘书省正字，久之，兼国史院编修官。绍圣初，坐党籍贬。

1250.集策序

康熙曰：此仿佛叙传体，而措词甚有古奥之致。

水心叶适曰：初，欧阳氏以文起，从之者虽众，而尹洙、李觏、王令诸人各自名家。黄庭坚、秦观、张耒、晁补之始终苏氏，陈师道出于曾而客于苏，苏氏极力援此数人者，以为可及古人。世或未能尽信，然聚群作而验之，自欧、曾、王、苏外，非无文人，而其卓然名家者，不过此数人而已。

臣士奇曰：词条虽丰，归于雅质，绝类东汉。

1251.法律下

康熙曰：正色而言，仁人之用心也。

臣廷敬曰：古茂之色，郁郁简牍。

卷五十六

宋

王令　字逢原，广陵人。

1252.师说

康熙曰：以广学树师为治道昌隆之本，与昌黎《师说》各自一意。

后村刘克庄曰：本朝诸人惟逢源别是一种风调，如灵芝、庆云出为祥瑞。

臣熙曰：师道立，则贤才众多，非徒令从事乎记问辞章之末，持论名贵，森然典刑。

1253.正命

康熙曰：其佳处全在明白浅易，可以警迷释惑。

臣英曰：援阴阳推步诸家，以证言命之妄，正与孟子“修身以俟之，所以立命”之说互相发明。 文势亦累累如贯珠，流传不穷。

臣士奇曰：执理既确，骋辨亦雄，使阴阳、佛、老家无从置喙。

邹浩　字志完，晋陵人。第进士。哲宗时，以谏立贤妃刘氏削官。徽宗立，召还，复坐前事，谪岭表。

1254.富绍庭除祠部郎官制

题注:绍庭,弼之子。建中靖国初,除提举河北西路常平,辞曰:"熙宁变法之初,先臣以不行青苗被罪,臣不敢为此官。"徽宗嘉之,擢祠部员外郎。

康熙曰:典严不佻。

1255.谢文瓘除给事中制

题注:文瓘,哲宗时御史中丞,以荐为主簿,召对,除秘书省正字,考功右司员外郎。徽宗立,擢起居舍人给事中。

康熙曰:棱棱露爽,可以激厉在官。

1256.王资深等并除监察御史制

康熙曰:申勉得体,斯为纶言。

1257.上哲宗皇帝书

题注:元祐四年,浩为颍昌府教授,上书。

康熙曰:利害对举,文情条达,能悉事宜。

素庵商辂曰:有曾诞者尝三以书劝浩论孟后事,浩不报。及浩得罪,诞作《玉山主人对客问》,以讥浩不能力谏孟后之废,而俟朝廷过举,乃言为不知几云。

臣杜讷曰:剖析晓畅,得失较然。至其豪迈之气,浮溢行间,尤见笔锋犀利。

臣乾学曰:熙、丰以后,经义、词赋纷纷变置,然究竟终是科条格令。古之所以登进人才,美教化而移风俗者,初不在此也。文推勘利害处,最为朗切[①]。

李之仪　字端叔。官终朝请大夫。能为文,尤工尺牍,苏轼谓入刀笔三昧。

1258.代范忠宣公遗表

题注：之仪坐此表及作《纯仁行状》编管太平。

康熙曰：原本笃棐之谊，而文能行以整练，斯为佳制。

直斋陈振孙曰：端叔代忠宣作遗表，为世传诵。

臣熙曰：辞意悬诚，音节凄怆，写纯仁心事如见[②]。

晁说之 字以道。少慕司马光为人，自号嵩山景迂生。官终徽猷阁待制。

1259.元符三年应诏封事

康熙曰：十事中治道之本，原时政之得失，靡不该举，而博辨雄词奔会络绎，才士之文，直臣之义也。

臣廷敬曰：敷陈缕析，条理穿贯，称引古昔，典则不刊。

臣乾学曰：洒洒数万言，纵横驰骋，可谓长于论事矣。较之董江都、刘中垒，封畛虽分，土略则一也。

臣英曰：文气排宕充裕，有千夫辟易之势，宋文之似唐文者。

臣杜讷曰：言事之文既穷原溯委，有伦有则，而每段必摅警语，章法复极变化，尽谋篇之能事矣。

1260.耻新

康熙曰：好新骋异，文士通病，其不可与入道者往往坐此，此为下一针砭。

1261.传易堂记

康熙曰：叙次《易》学源流，殆无遗义，可以羽翼经传。

直斋陈振孙曰：《传易堂记》述汉以来至本朝传授甚详。

臣熙曰：点次《易》学诸家如指掌，末段叙作堂之意，一往情深。

李昭玘　字成季，济南人。擢进士第，历官至太常少卿。入党籍，闲居十五年，号静乐先生。

1262.进保伍之策疏

康熙曰：确识宏裁，与《周官》遗制相为表里。

汉老李邴曰：伯父为笺奏应用之作，传古切今，琢削稳密，不伤天骨，叙事外自为文章。

伯敬钟惺曰：经济大学问，当与《周礼》《管子》同读，若作文字视之，失之远矣。

臣廷敬曰：保伍之令，本井田之法，通变行之。制犹近古文格，坚苍在神骨间。

臣乾学曰：根柢经术之言，纬之以朴茂浑噩之气，可方秦汉以前文字。

臣士奇曰：原本《周礼》，而参以《管子》之说，经画最详。末以义仓与保伍宜相表里，尤属名论。

校记：

①此条据哈佛本补。

卷五十七

宋

李纲 字伯纪，邵武人。登政和二年进士第。靖康元年，为尚书右丞，充京城守御使。高宗即位，拜尚书左仆射，兼门下侍郎，寻罢，复起知洪潭州，荆湖南路安抚大使，卒。

1263.答诏问攻战守备措置绥怀之方

尾注：疏奏，赐诏褒谕。

康熙曰：当日时势已自难挽，特文字疏畅可观。

晦庵朱熹曰：纲之为人，知有君父而不知有身，知天下之有安危而不知其身之有祸难，虽以谗间窜斥，屡濒九死，而其爱君忧国之志终有不可夺者，可谓一世之伟人矣。

静轩周礼曰：李纲一疏，恳切详尽，实万全之庙算。高宗赐诏褒谕，而不能终用之，惜哉！

臣熙曰：分疏六事，词意条畅。

臣英曰：明快爽直，意存激劝，似陆宣公奏议诸篇。

1264.湖海集序

康熙曰：和平温厚，风人之余韵也。

臣廷敬曰：深沉悱恻之情含咀而出，可谓文中有诗矣。

汪藻　字彦章，饶州德兴人。中进士第，高宗时，为翰林学士，诏令类出其手。康王嗣位，命太常卿汪藻草手书告中外。

1265.为隆祐太后草诏

题注：哲宗后孟氏废居瑶华宫，元符末，诏后还内，崇宁初再废。靖康中，京城陷，六宫有位号者皆北去，后以废独存。张邦昌僭位，尊为宋太后，寻上尊号元祐皇后。后闻康王在济，降诏播告天下。高宗立，尊为元祐太后。

康熙曰：典饬中特有新藻。

臣乾学曰：慷慨危亡，激发忠义，文之剀切，当与陆忠宣并传。

程俱　字致道，歙人。举进士，历官徽猷阁待制，封新安伯，与汪藻对专内外制，为南渡词臣称首。

1266.与李枢密论事书

康熙曰：用意深长，不为一切权宜之说。

罗从彦　字仲素，豫章人。受学于杨时，李侗从受学焉。以特恩授惠州博罗县主簿，卒官。

1267.韦斋记

康熙曰：读此记，知考亭之学得于父师者，其源流至深远矣。

臣士奇曰：全从大处起议论，于韦斋本意只数语收束，是一作法。

臣杜讷曰：前作竿头进步语，末始还题正面，遂尔意味遥深，有帆回湘转，烟波无尽之致。

郑樵 字渔仲，兴化军莆田人。筑草堂夹漈山，闭门诵习，久之乃游名山，搜奇访古，专以讨论著述自负。绍兴间，应召，授右迪功郎，力乞还山。《通志》成，高宗命缴进，会病卒。学者称夹漈先生。

1268.通志总序

康熙曰：网千载而成文，综百家以立说，闳览博物，此其一助也。

贵与马端临曰：郑氏此书该括甚大，卷首序论，讥诋前人，高自称许，盖自以为无复遗憾矣。然夷考其书，殊不尽合，著述真未易言。

臣熙曰：《通志》事采旧闻，思多创获，搜罗繁富，结构精严，诚集古之宏章，应世之实学。《总序》条群略而标其义蕴，如饮海一滴，已具沧溟之全味矣。

臣乾学曰："三通"盖艺苑之渊海也。夹漈承杜之后，开马之先，其书特博而该，读其序，元元本本，纲领已挈矣。

臣英曰：穿贯古今，囊括史册，议论叙述，错综以成文，洵艺苑之鸿编，词林之要典也。

臣士奇曰：轩马轾班，独出创论耳，其评驳陈、范以下诸史最确。

臣杜讷曰：渔仲《通志》一编，考证闳衍，为策府之钜观。《序》亦雄谈伟辨，娓娓不穷。史称其搜奇访古，遇藏书家必借读乃去，故其著述淹博乃尔。

李焘　字仁甫，眉州丹棱人。擢进士第，耻读王氏书，博极载籍，以史自任，仿《资治通鉴》例，断自建隆，迄于靖康，为编年一书，名曰《长编》。官至敷文阁学士致仕。

1269.湖北漕司乖崖堂记

康熙曰：乖崖有宋伟人，此记可称实录。

臣乾学曰：推论出忠定一生本领，便自警切，无泛设语。

王十朋　字龟龄，温州乐清人。擢进士第一，历官太子詹事，以龙图阁学士致仕。十朋孝友，在朝能尽言，历郡著迹，朱熹、张栻雅敬之。

1270.上殿劄子

康熙曰：发论以“气”字为主，文亦具英风毅节。

伯敬钟惺曰：宋始终误于和议，只是君臣气馁耳。此疏拈出一“气”字，鼓舞激发，如良医洞见其受病之根，而用药苦心妙剂，膏肓或可疗乎。

月峰孙鑛曰：大抵天下之势一段，古今和议得失，数语道尽。

臣熙曰：制胜在于养气，为一篇大关键。辞采壮烈，多激楚之音。

杨万里　字廷秀，吉州吉水人。中进士第，官至宝谟阁学士。屡直言谏诤，最后以忤韩侂胄卧家十五年。闻侂胄用兵，忧愤成疾，卒。

1271.论神威疏

康熙曰：辞源茂达，而论据甚精。

伯敬钟惺曰：人君舍君子而信小人，舍众人而信一人，虽明智过人，亦未有不为欺蔽者也。此论精透之甚。

臣廷敬曰：文以意胜，故势极浑噩，而顿接转递复爽然多姿。

1272.论选法在吏不在官

康熙曰：振大纲，略苛细，此铨政名言也。

鹿门茅坤曰：不独选法狱吏，舞文亦犹是。

伯敬钟惺曰：今之选法大都类此，当于此文深省之。

臣乾学曰：剖析弊源，洞中肯綮，就中推出“忽大体”“谨小法”，尤是其所以受病处。长贰各书座右一通，定不致主画诺而箝纸尾矣。

周必大 字子充，一字洪道，庐陵人。第进士，官拜左丞相，益国公。

1273.赐奉国军节度使同知大宗正事士铢上表再辞免加食邑食实封不允仍断来章批答

康熙曰：峭洁无凡响。

素庵商辂曰：必大为翰林学士几六年，制命温雅，周尽事情，为一时词臣之冠。

1274.赐威武军节度使主管侍卫马军司公事李显忠辞免加食邑食实封不允仍断来章批答

康熙曰：数语自尔古雅。

1275.赐尚书右仆射虞允文上表再辞免转左光禄大夫特封成国公加食邑食实封恩不允批答

题注:允文,乾道五年拜右仆射,同中书门下平章政事,兼枢密使。

康熙曰:胚胎于训诰。

1276.赐参知政事龚茂良上表再辞免进太上日历特转两官依例加恩恩命不允仍断来章批答

题注:龚茂良,淳熙元年十一月参知政事,三年六月罢。

康熙曰:善于比拟。

1277.赐显谟阁直学士左朝议大夫知潭州沈介乞守本官职致仕不允诏

题注:元符元年,建阁藏神宗御集,名"显谟"。建中靖国元年,诏以显谟阁为熙明阁,置学士、直学士待制。寻复旧名。崇宁三年,图熙、丰功臣形于显谟阁。政和六年,置直阁。

康熙曰:德言蔼然。

1278.赐观文殿大学士左光禄大夫知福州陈俊卿乞改除一在外宫观遣差不允诏

题注:俊卿相孝宗,以乾道二年罢,为观文殿大学士,知福州。

康熙曰:春容之言,特饶情致。

1279.科举诏

康熙曰:亦得侧席旁求之意。

1280.幸学诏

康熙曰:盛典鸿章,良足相称。

1281.赐利州观察使韩彦直辞免除鄂州驻劄御前诸军都统制恩命不允诏

题注:彦直,世宗子,孝宗乾道七年授都统制。

康熙曰:古藻奕然。

1282.赐观文殿大学士左正议大夫知绍兴军府事蒋芾乞检会前奏除一宫祠不允诏

题注:孝宗朝,芾以言边事结上知,不数年致相位。孝宗欲大举恢复,朝论不同,会芾母卒,密旨使芾决之,芾言天时人事未至,拂上意。服阕,除观文殿大学士,知绍兴府。

康熙曰:高雅,不屑雕润。

1283.赐虞允文辞免特进左丞相兼枢密使进封华国公加食邑食实封恩命不允诏

康熙曰:词义淹赡。

1284.赐草土刘珙允诏

题注:刘珙,子羽长子,子翚从子。除资政殿学士,知荆南府湖北安抚使。丁继母忧,起复同知枢密院事,荆襄安抚使,珙累上奏恳辞,诏听终丧。

康熙曰:温雅多风。

1285.赐观文殿学士大中大夫知建康军府充江南东路安抚使兼行宫留守刘珙乞差在外宫观不允诏

题注:淳熙二年,珙知建康军,复进观文殿学士。

康熙曰:德意宣达。

1286.赐少保观文殿大学士充醴泉观使侍读永国公史浩乞休官不允诏

题注:史浩,隆兴初为相,以与张浚论用兵不合出知绍兴,寻与祠。淳熙初,除少保,观文殿大学士,充醴泉观使。五年,复为右丞相。

康熙曰：爽劲，不事华靡。

1287.赐奉国军节度使殿前都指挥使王友直乞除一宫观遣差不允诏

题注：王友直谙兵法，淳熙元年授奉国军节度使，四年总殿步司，寻进殿前都指挥使。

康熙曰：温语并有锋颖。

1288.赐朝散郎权尚书礼部侍郎兼侍讲齐庆胄辞免除礼部侍郎恩命不允诏

康熙曰：朗润兼擅。

卷五十八

宋

胡宏 字仁仲，安国子。以荫补右承务郎，学者称五峰先生。

1289.祭祀郊社

康熙曰：论礼以义起，黜向来穿凿附会之说，而独归于彝典。

臣英曰[①]：高简明鬯，义指尤深。

1290.鼎象百物

康熙曰： 能发新议，得于独见。

臣熙曰：征事引古，妙于虚实之间，辞亦清辩。

刘子翚 字彦冲。父韐死难。除通判兴化军，辞归。与胡宪、刘勉之相得，所与游皆海内名士，而期以任重致远者。朱熹告以《易》之“不远复”三言，俾佩之终身。

1291.曾子论

康熙曰：以“敬”字立论，是圣贤彻始彻终之学。

臣乾学曰：扼定敬为孝本，指陈亲切有味，蔼乎仁义之言。

朱松　字乔年，徽州婺源人。中进士第，官至司勋吏部郎。争和议，忤秦桧，出知饶州，未上卒。

1292.上李丞相书

康熙曰：正言无隐，深中南宋时弊。

臣乾学曰：倡君臣之义以立士大夫狥国死难之节，议极正大。南渡后，公卿有党，帷幄无人，又何论于景从响应者耶？读此可为三叹。

臣英曰：意主于伸君臣大义，以激利人心，固南宋之要言，实古今通论。

臣士奇曰：反复申明大义，足以激人心，励士节，惟李纲可以当之。

1293.送程复亨序

康熙曰：有切偲而无缱绻，赠言如此，古义可风。

罗愿　字端良。博学好古，法秦汉为词章，高雅精练，朱熹特称重之。有《尔雅异》二十卷。

1294.淳安县社坛记

康熙曰：考论精凿，益见稽古之益。

臣廷敬曰；推原社义深远，与民事关切，解驳洗露，层出不穷。

臣士奇曰：淹雅通博，湛深经术之文，大类南丰风格。

臣杜讷曰：回溯祀典古谊，以见社坛之修为不可已。考据详核，行文雍雅，书卷之气，炜炜照人。

程大昌 字泰之，徽州休宁人。登进士第，以龙图阁学士致仕。笃学，于古今事靡不考究。

1295.象刑说

康熙曰；蔡传谓象刑如天之垂象示人，疏解甚精，得此论发挥，更无遗义矣。

臣熙曰：就经文反复辨诘，以明圣人钦恤本怀，一洗汉儒之陋。

臣乾学曰：侀成不变，圣人最为慎重，而不能废也。有虞氏画衣冠而民不犯，说者谓别异衣服以愧辱之，而不致用刑，恐无此理。文谓画象而期不犯，与铸鼎象物之意同[②]，议极创辟，足破前人聚讼。

范浚 字茂明，兰溪人。尝举贤良方正，以秦桧当国不赴。闭门讲学，学者称香溪先生。

1296.悔说

康熙曰：悔乃进德之机，立说最为沉快。

臣英曰：周子《通书》谓“仲由喜闻过，令名无穷焉”，仲虺赞汤亦曰“改过”，《论语》亦言“寡过未能”，则圣贤之所重可知，斯篇能阐发其义。

彭龟年　字子寿，临江军清江人。登进士第，以待制宝谟阁致仕。龟年学识正大，善恶是非辨析甚严，自伪学有禁，独于关洛书益加涵泳，盖始终特立者也。

1297.戒圣性伤急疏

康熙曰：言不冗而理甚透，可以匹埒匡衡。

鹿门茅坤曰：君子小人心事邪正若此，人主所当亟知。

伯敬钟惺曰：文章简贵，先辈典型具在。

刘光祖　字德修，简州阳安人。登进士第，官至显谟阁直学士。论谏激烈，屡忤韩侂胄，争伪学之禁。

1298.论朋党疏

题注：光宗即位，光祖迁殿中侍御史，入谢，因奏言。

尾注：章既下，读之有流涕者。

康熙曰：文有以质直为贵者，此类是也。

素庵商辂曰：帝下其章，读者至于流涕。婺州进士王介是年对策，亦言今之所谓道学者，即世之君子正人也，君子正人之名不可逐，故设为此名一网去之，圣明在上，而天下以道学为讳，将何以立国哉？帝嘉叹，擢为第三，由是道学之讥少沮。

陈傅良 字君举，温州瑞安人。登进士甲科，官终宝谟阁待制。傅良为学，自秦汉三代而下，靡不研究，一事一物必稽于极而后已。

1299.进周礼说序

康熙曰：《周礼》自是周公之书，此最言之精确。末幅说熙宁新法之害，用意尤细。

晦庵朱熹曰：大概推周官制度亦详，然有杜撰错说处。如云冢宰之职，不特朝廷之事，凡内而天子饮食、服御、宫掖之事，无不毕管。盖冢宰以道诏王，格君心之非，所以如此说固是。但云主客行人之官，合属春官宗伯，而乃掌于司寇，宗伯典礼，司寇典刑；土地疆域之事，合掌于司空，乃掌于司马。盖周家设六官，互相检制之意。此大不然。何圣人不以君子长者之道待其臣，既任之而复疑之耶？或问："如何？"曰："宾客属秋官者，盖诸侯朝觐会同之礼既毕，则降而肉袒请刑，司寇主刑，所以属之，有威怀诸侯之意。夏官掌诸侯、土地、封疆，如职方氏，皆属夏官。盖诸侯有变，则六师移之，所以属司马也。"又问："冬官司空掌何事？"曰："次第是管土田之事，盖司马职方氏存其疆域之定制，至于申画井田，创置纤悉，必属于司空，而今亡矣。"

1300.文王论

康熙曰：合《书》《易》以论圣人，识解深邃，文笔有类诸子。

臣廷敬曰：析理则探赜极幽，立论故穷情尽变。

陆游 字务观，越州山阴人。赐进士出身，以宝章阁待制致仕。才气超逸，尤长于诗。

1301.与尉论捕盗书

康熙曰：捕盗以民为耳目，是亦机宜。

鹿门茅坤曰：自塞耳目最是为政大弊，所论虽小，可以悟道。

臣杜讷曰：见事深透，摛词慷慨，务观之才气超迈，于此可睹一班。

校记：

①哈佛本作“臣廷敬曰”。

②“鼎”，原作“象”，据哈佛本改。

卷五十九

宋

朱熹 字元晦，一字仲晦，松子。登第五十年，仕于外者仅九考，立朝才四十日。自熹去国，始禁伪学日益急，而熹日与诸生讲学不休。其为学大抵穷理以致其知，反躬以践其实，而以居敬为主。黄榦曰："道之正统，待人而后传。由孔子而后，曾子、子思继其微，至孟子而始著。由孟子而后，周、程、张子继其绝，至熹而始著。"识者以为知言。

1302.壬午应诏封事

题注：时熹为左迪功郎，监潭州南岳庙。孝宗即位，诏求直言，熹上封事，时为绍兴三十二年八月。

康熙曰：论治则精要而不浮，论事则明畅而不冗，大儒之言，自尔迥别。

臣熙曰：由格致以臻治平，朱熹一生精力全用于此，应诏特首言之。圣学既明，因以定计，任贤本末兼该，施为有序，洵图治之嘉谟也。

臣廷敬曰：言畅而指深，缕晰之中，规为弘具。

臣乾学曰：此与《戊申封事》理明气昌，情真事切，如日星之丽天，江河之行地。奏封如此，盖与孔孟告君之辞相表里，汉唐以下不足拟也，在考亭集中亦为第一等文字。

臣士奇曰：黜诐邪以正圣学，务修攘以定国计，简忠贤以恤生民，三事深明政要，指画敷陈，言言得体。

1303.辛丑延和奏劄二

题注:淳熙八年,浙东大饥,王淮荐熹提举浙东常平茶盐,召入对,首陈灾异之由与修德任人之说,凡七事,此奏在其中。

尾注:奏上,上为之动容,深纳之。

康熙曰:本天人理欲以立言,自是培养根本议论。

臣英曰:紫阳之文平直坦夷,宣朗闳阔,论心性则有委有原,谈经济则有体有用,良由其见理既明而养气素裕故也。

臣杜讷曰:层层搜剔,如剥蕉心,能令忠爱恳恻之思蔼然可接,不独文情斐亹,引人入胜。

1304.戊申封事

题注:淳熙十五年,熹为江西提刑,奏对称旨,除兵部郎官,熹以足疾乞祠。兵部侍郎林栗论其傲睨,命仍旧江西提刑,周必大、叶适等交章救熹,得以直宝文阁,奉祠去。十二月熹既归,投匦进封事。

尾注:疏上,夜漏下七刻,上已就寝,亟起秉烛,读之终篇。明日除主管太一宫,兼崇政殿说书,熹力辞,除秘书阁修撰,奉外祠。

康熙曰:读前后二段知儒者学术之正,读中一段知儒者经济之优,此等封章,卓然千古。

臣熙曰:指陈时弊及异端、功利之非,謇谔忠言,发于诚笃,所云六务,原本一心,尤振裘挈领之论。

臣廷敬曰:分条晰理之中独揭其大,有万派归源之势。

臣乾学曰:所陈六事皆经国远猷,非一时权宜之策。

臣英曰:忠正之论,伉质之词,如布帛菽粟可以供衣食御饥寒,非仅文字之工也。

1305.甲寅行宫便殿奏劄二

题注:绍兴五年,宁宗即位,赵汝愚荐熹,自潭州召入经筵,熹奏劄。

康熙曰:穷理居敬是朱子一生学问本源,以此为先资,足征靖献之忠矣。

臣士奇曰:疏奏之间,辅以儒术,洵为根本至计。

臣杜讷曰:前幅振纲挈领,逐段阐发义蕴,不事雕缋,而昌明俊伟之气充溢行间,斯为至文。

卷六十

宋

朱熹

1306.贺陈丞相书

题注:陈俊卿,乾道四年,自参知政事除左正议大夫,尚书右仆射,同中书门下平章事,兼枢密使。

康熙曰:蕴忠荩之意,发为直谏之言,固应勉励备至。

臣熙曰:直谏之辞形于和婉,规劝各极其致。

1307.答韩尚书书

题注:《吕东莱年谱》:淳熙元年,韩尚书元吉守婺州,元吉常与熹同荐。

康熙曰:此书可以励士节,砥廉隅,不徒文字之工。

端调葛鼐曰:说得有关系,非高节自持而已。

臣廷敬曰:辞旨从容,已具出处大概,峭洁如鹤唳风清。

臣杜讷曰:委折绵缠,悃诚逼露,故极切迫痛淋,不失为准情协理之论。

1308.答郑自明书

题注:名鉴,连江人。淳熙初,除检书郎,迁著作郎,权郎官,出知台州。

康熙曰:讲明学术,扶进人才,两意无不该畅。

端调葛鼐曰：深心世故若此，真以天下为己任者。

臣乾学曰：讲学不精，出处之际，未免为清议所少，不可以不鉴。

1309.与台端书

康熙曰：激切痛快之言，一根于忠爱，洵可垂世而不刊。

端调葛鼐曰：立意深切，烛见至隐，文字之美又不必言。

臣英曰：篇法虽简，而笔势振耸，公文之以雄健胜者。

1310.上宰相书

题注：宰相，王淮也。淳熙八年，浙东大饥，熹方以江西救荒事毕家居，淮荐熹提举浙东常平茶盐公事，熹即日单车就道。因江西纳粟人未推赏，辞职不受。已而赏行，乃受职。既至浙东上书。

尾注：熹始拜命，即移书他郡，募米商蠲其征，及至则客舟之米已辐凑。熹日钩访民隐，按行境内，郡县官吏惮其风采，至自引去，所部肃然。凡丁钱和买役法榷酤之政，有不便于民者，悉厘而革之。于救荒之余，随事经画，必为经久之计。孝宗谓王淮曰："朱熹政事却有可观。"淮言："修举荒政，是行其所学。民受实惠，宜进职以旌之。"乃进熹直徽猷阁。

康熙曰：非任事之诚，孰肯进此戆言？ 所谓实心实政者，具见于此。

端调葛鼐曰：尽言无隐，皆系实计，但见其真切动听耳。 虽使褊心之人遇之，当不以为戆而加怒。

臣廷敬曰：计画深远，反复恳挚。

臣乾学曰：救荒、行赏，二义分承，步步警切。 推迹利病处，名言硕画，精凿不磨。

康熙曰：此段语意痛切，非见之最真不能言及此，是即古人临深履薄之心、朽索六马之喻，朕生平念兹在兹者亦即此也。

臣士奇曰：此篇专论荒政，其曰乘贱广籴，即常平之法也。 至于爵赏富室，激劝输将，篇中极言切论，以为救荒急务。 当时有为慎惜名器之说者，朱子深辟其非，固知儒者通达时变如此。

1311.答梁丞相书

题注：梁克家，字叔子，晋江人。孝宗淳熙九年，拜右丞相。请召熹，熹辞。

克家奏熹屡召不起，宜蒙褒录。

康熙曰：举纲挈要，义蕴弘长。

1312.与留丞相书

题注：留正，字仲至，永春人。淳熙十六年，光宗内禅，正自参知政事拜右丞相。

康熙曰：立论透快，自是明通之议。

端调葛鼒曰：又申朋党之说，而以知人戒之，方是实际。

端调葛鼒曰：末段可与欧公论并垂。至引君为党一语，尤为快绝，得欧论所未有。

臣英曰：以延纳贤能为相臣之职，自是通达之论，与狷介自守者异矣。

1313.与留丞相书

题注：淳熙十六年，熹除江东转运副使，以疾辞，改知漳州。明年，以子丧请祠，除秘阁修撰，主管南京鸿庆宫。留正，泉人也，是年入相。泉、漳接境，故熹于解任后，致书言郡治诸利病，兼及朋党之议。郡治事，文繁不录。

康熙曰：篇中言君子小人消长之机，极为明切。

臣乾学曰：忠厚悱恻之意，亹亹动人，可以觇其所养。

1314.答汪尚书书

题注：汪应辰，字圣锡，玉山人。绍兴中，尝权吏部尚书。孝宗内禅，应辰言事不合，出知福州。未几，升敷文阁待制，举朱熹自代。隆兴二年，为四川制置使。

康熙曰：紫阳为学本领略具于此书，朱陆异同得失亦于此可见。

臣廷敬曰：凭虚而悟与循实以求，得失相判，书尽于此。

1315.答吕伯恭书

题注：吕祖谦，字伯恭，夷简六世孙也。历官著作郎，直秘阁。倡道于婺，为一代宗师。

康熙曰：极精细，又极浑融，非朱子不能见到此。

臣乾学曰：朱子与伯恭投分最深，故所陈皆肝鬲之言。

1316.答陆子寿书

题注：陆九龄，字子寿，金溪人。乾道五年进士，为兴国军教授。以继母忧去，补全州，未至而卒。

康熙曰：此文考据既精，而用意尤慎，即议礼一事，可悟进学之道。

臣熙曰：古礼既不可考，若就一己所见行之，是无征不信，不若以仍从旧说为善也。议礼之家如聚讼，正不能虚心博采以求至当，如是书所云耳。

1317.与王龟龄书

康熙曰：极写向往之诚，末兼勉励意，两贤相慕，岂同世情酬酢？

臣英曰：舒徐委折，情文兼美，好贤之诚，诤友之义，爱国之心，济时之念，皆于此可见矣。

臣杜讷曰：属望至殷，劝勉至笃，紫阳爱人以德，何其勤拳肫挚而不能自已也！

1318.与刘共父书

题注：刘珙，字共父，子羽之长子也。孝宗初，除中书舍人，直学士院。乾道三年，同知枢密院事，与陈俊卿同举熹待次，会熹丁内艰，未就职。淳熙三年，珙卒，有遗笔诀别张栻及熹，以不能报仇雪耻为恨。

康熙曰：若无意为文，而文之敏妙，迥非修辞家所能企及，由其理胜故耳。

端调葛鼐曰：意妙辞妙，真精金良玉之文。又曰：此义从来所未发，有志匡时者，急当留意于是。

臣乾学曰：未当其任，便求国士以待用，君子之豫为天下计如此，其至也凡百。有位当奉为箴铭。

1319.答陈体仁书

题注：名和柔，温陵人，自号休斋居士。

康熙曰：约举理要，可与言《诗》，可与正《乐》。

端调葛鼐曰：会义精纯，真得《诗》《乐》之本。

臣廷敬曰：意致闲远，如闻清籁，发于自然。

1320.与龚实之书

题注:龚茂良,字实之,兴化军人。乾道六年,召对崇福殿,左丞相陈俊卿欲留之,右相虞允文不乐。会俊卿罢,除直显谟阁,江西运判,兼知隆兴府。熹与书。

康熙曰：词令清圆，而意致恳笃，于人才本末轻重之际，辨之甚明。

臣乾学曰：文字言语之间不可以得士，有进退人才之责者慎勿为所惧。

卷六十一

宋

朱熹

1321.诗集传序

康熙曰：蕴藉深远。玩味此序，可得读《诗》之法，亦可收学《诗》之益。

草庐吴澄曰：论经注，朱子《诗集传》之外，俱不能无遗憾，故当为最。

臣熙曰：论圣人立教之旨，俱从身心义理中精思涵泳而出，俾学者有所持循。造道之言，堪垂不朽。

1322.吕氏家塾读诗记后序

题注：陈氏曰：《吕氏读诗记》三十二卷，博采诸家，存其名氏，先列训诂，后陈文义，意有所发明则别纪之。然自公刘以后，条例未竟，学者惜之。

康熙曰：诵后一段文，须识得古人读书用心矜慎不苟如此。

臣廷敬曰：紫阳立论，专有取乎？不敢轻议前人，自是伟人卓见。

1323.大学章句序

康熙曰：立言必综其要，能令千载之下旷若发矇。

端调葛鼒曰：意格纯古，风旨流畅。此虽先生加工着意之文，然正自思勉皆忘，浑然而得。文章有决不能摹效者，此篇是矣。

臣英曰：《大学》一书为六经门户，由之者可以升堂入奥，斯文直探其底蕴矣。

臣士奇曰：后人讥朱子颠倒《大学》古文，及补《格物篇》以为僭且妄，然而标举微言，开示来学，其功伟矣。

1324.中庸章句序

康熙曰：此书最朱子所尽心一序，溯原竟委，大指已自囊括。

素庵商辂曰：理宗对朱在言："人主学问之要，先卿《中庸序》言之甚详，朕读之不释手，恨不与之同时也。"

端调葛鼐曰：此与《大学序》皆参伍经传之言，不可作文字读也。

臣杜讷曰：推原印证，字字精确，已得全书之要领。昔人评文，谓如日月经天，江河行地，斯篇洵足当之。

1325.漳州教授厅壁记

康熙曰：敦重教职，足以警励师儒。

端调葛鼐曰，学校，人才之本也，岂可为投老食贫之地？

1326.转运司蠲免盐钱记

康熙曰：勤宣上德，辞令温纯。

臣乾学曰：立言有体，而词理典则，亦汉京之遗。

1327.名堂室记

康熙曰：记堂室耳，而必溯父师之教，叙为学之本，乃纯乎义理之文。

臣廷敬曰：叙次历落，法则整严。

臣士奇曰：质实无华，达意而止。其中屏山命字祝辞，最为敷腴有味。

1328.衢州江山县学记

康熙曰：前幅褒美，后义更进一层。

臣熙曰：作尉能以兴学为务，其贤可知。记文既叙襄事之勤，因为推明立教大旨。君子乐与人为善，固当如此。

1329.静江府学记

康熙曰：切要不浮，有资教化。

臣廷敬曰：和雅之音，如闻《韶》《濩》。

1330.江陵府曲江楼记

康熙曰：俯仰流连，极一唱三叹之致。

臣乾学曰：读此文，觉江山临观，俯仰凭吊，千载如画，不知文生情，情生文也。

1131.建宁府崇安县学田记

康熙曰：兼教养以立言，用意特为渊厚。

端调葛鼐曰：学官碑记文字，最难如此不板重者。

臣英曰：经画周详，得古人既富方谷之义。

1332.鄂州社稷坛记

康熙曰：详引古制，称述地德，从来无此典核。

臣杜讷曰：援据典礼，剖义明详，后复推拓言之，逾觉关系郑重，其文澜壮阔犹余事耳。

1333.婺州金华县社仓记

康熙曰：义仓本良法，篇中将青苗相较处，尤觉利病划然。

静轩周礼曰：观文公社仓之法，真通百世而无弊者也。

端调葛鼐曰：论王氏青苗之失，诚为确见。文中宾主相形，起伏收束，立格极工。

臣乾学曰：青苗、社仓之异同，言之凿凿，使沮挠者不得以藉口，虚怀平论，安石有知，亦当心折于地下。

臣士奇曰：救灾备急之道，通籴平价之方，皆在于此，非青苗法可比也，宜诸儒先后鼓舞，必图举行。

1334.衡州石鼓书院记

康熙曰：砥俗式浮，言重鼎吕。

臣廷敬曰：沉邃精实，不可磨灭。

1335.福州州学经史阁记

康熙曰：不取新奇，而文气自疏达动人。

端调葛鼐曰：书多而理愈昧，事勤而心愈放，真溯源穷本之言，使人读而知警。

臣熙曰：读书将以穷理致用，然非主敬存心则无以立多闻建事之本。朱熹举所得以告人，宜其言之亲切而有味也。

1336.学校贡举私议

康熙曰：此议本程子之意，而益发其所未备，洵可以得真才而收实效矣。

端调葛鼐曰：明识伟论，上下千古，无有过之者。

端调葛鼐曰：知之明，辨之确。展读一过，如沃冰雪。

臣廷敬曰：斟酌古今，独抒弘议。后之论科举之制者，咸祖述焉。

臣乾学曰：罢词赋之学，塞利禄之途，而加以分年治经之法，大儒建白，粹然一出于正，与明道熙宁学校取士之议意指略同。

1337.观心说

按：熹之学，穷理以致其知，反躬以践其实，而居敬以成始而成终，故独绍千余年道统不传之绪，先贤论之详矣。而其为文，根极天人性命之原，发挥圣贤道德之蕴，自格致诚正而修齐治平，本末精粗，条理一贯；斥异端之虚无，正俗学之纰缪，抉摘幽渺，辩析毫芒，以归诸大醇。盖曲折而道其所难言，深切而开人所未发，无意于为文，而天下之文章莫大乎是矣。孔子曰"有德者必有言"，又曰"辞达而已矣"，其斯之谓也。

康熙曰：明快透悉，总欲学者实地加功。

臣英曰：紫阳之学以践履笃实为要，以致知格物为本，此文乃其探源寻委，与二氏相别处。

卷六十二

宋

张栻　字敬夫，丞相浚子也。师事胡宏，以古圣贤自期。用荫补官至秘阁修撰，知江陵府，安抚本路。以右文殿修撰提举武夷山冲祐观。卒，学者称南轩先生。

1338.入见孝宗奏

题注：栻时改知严州。宰相虞允文以恢复为己任，意栻当与己合，数遣人致殷勤，栻不答，因入奏。

康熙曰：单挈一“诚”字，洵治道之纪纲。

吕祖谦　字伯恭，婺州人，好问之孙。其学本之家庭，又与朱熹、张栻为友，讲索益精。举进士，复中博学宏词科，除直秘阁，以著作郎兼国史院编修官。卒，谥曰成，学者称东莱先生。

1339.戒谕两淮守令恤农诏

题注：孝宗乾道元年六月，以淮南转运判官姚岳言，境内飞蝗自死，诏夺一官罢之。因以两淮守令，劳徕安集无效，下此诏戒饬之，仍以诏置守令治所。

康熙曰：古蔚中有真气沦浃。

臣熙曰：推原太上德意，以嘉惠农民，膏泽既敷，益光孝治。两淮，南渡后为边防要镇。兹诏不独宁人之本计，实固圉之良图也。

1340.戒谕沿边修武备诏

题注：孝宗隆兴二年，汤思退请撤边备。至乾道八年，始依虞允文之请，决策亲征。九年，仍示虞允文速为边备，乃下诏枢密院。

康熙曰：加意振饬，措语近古。

臣乾学曰：守圉至计，洞若观火，俾将帅牧守闻之当为凛然，而训辞俱得三代谟诰之体。

1341.建隆编敕序

康熙曰：颂扬本朝，体制肃穆，而词意闳远。

臣廷敬曰：文格高简，拟于两汉先秦。

臣杜讷曰：行文典茂矜贵，古色陆离。篇末紬绎引伸，悠然无尽，弥见忠厚至意。

1342.代宰臣史浩等恭书御制秋日幸秘书省近体诗下方

题注：淳熙六年九月十二日，车驾幸秘书省，赐宴，明日内出近体诗一首，赐群臣。丞相以下皆进诗。祖谦进和篇一首，及代宰臣恭书御制下方，又代宰臣作谢表。是月，以幸省恩，转朝散郎。

康熙曰：就一事中发出三层意思，腕力浑劲，颉颃两汉。

臣英曰：端重温醇，不佻不烦，是廊庙文字体裁。

1343.白鹿洞书院记

题注：淳熙五年，朱熹以史浩荐除知南康军，访白鹿洞书院遗址，奏复其旧，为学规俾守之。

康熙曰：崇文讲学，允为治道所重。斯篇能发挥大指，典醇不佻。

臣士奇曰：天下四书院，白鹿为最著。故历陈理学源流，极其郑重。

陆九渊　字子静。登进士第，出吕祖谦之门，官至知荆门军。尝与朱熹会鹅湖，论辨所学，多不合。及熹守南康，九渊访之，熹与至白鹿洞，九渊为讲“君子小人喻义利”一章，听者泣下，熹以为切中学者隐微深痼之病。除将作监丞，居象山，学者号象山先生。

1344.送宜黄何尉序

康熙曰：叙令尉之贤否，状民心之欣戚，有裨激扬吏治。

伯敬钟惺曰：是非曲直，妙在淡淡写出，不费笔墨，而文情都雅。

月峰孙鑛曰：两用“何君何憾”作脉，末却一语掉转，烟波无限。

1345.刘晏知取予论

题注:《唐书》赞曰:“晏因平准法,斡山海,排商贾,制万物低昂,常操天下赢赀以佐军兴,数十年挐兵,敛不及民而用度足,唐中偾而振,晏有劳焉。”可谓知取予矣。

康熙曰：刘晏终与桑、孔有别，持论最公。末以正义裁之，予夺抑扬，确然不爽。

臣廷敬曰：顿挫抑扬，文有矫健之姿。

臣乾学曰：论晏之所以知取予处，深中窾要，而终嫌其出于才术，未闻圣人之大道，此醇儒经济所以绝异于管、商也。

陈亮　字同父，婺州永康人。才气超迈，喜谈兵，论议风生，屡上书言国家大计，不见用。又坐事屡遭大狱，益励志读书。光宗朝对策，御笔擢第一，授佥书建康府判官。卒，谥文毅。

1346.送徐子才赴富阳序

康熙曰：锋颖迸轶，英英四射。

伯敬钟惺曰：人见其议论奇，以为才高，而不知其思虑沉，盖学问大有过人者也。

臣熙曰：为吏贵识大体，持论甚高，意兼责善。文势错综变化，极瑰异之观。

1347.论传注

康熙曰：注疏虽未尽圣贤精意，然实有功经学，下笔极有分寸。

臣乾学曰：自宋以前皆崇尚注疏，诸生谨守其家法，学者诵习其师说，虽精华枝叶，无不异流同源也。得此可证凿空妄说之弊。

臣士奇曰：汉儒之解经不及宋儒之精深，宋儒却不及汉儒之典实。抹倒孔、郑诸家，非也。陈同甫此篇归功注疏，的是公论。

叶适 字正则，永嘉人。擢进士第二，官至宝文阁学士。适志意慷慨，雅以经济自负。朱熹为林栗所劾，适上疏争之，语尤切。卒，赠光禄大夫，谥忠定。

1348.上宁宗皇帝劄子

题注：宁宗朝，适起为湖南转运判官，迁知泉州，召入对，因上此书，帝嘉纳之。

康熙曰：括“和平”二字作主，文亦粹然以醇。

臣廷敬曰：扼要之言，所谓一语胜人千百。

1349.财计上

康熙曰：具此渊通之识，始可权衡会计。

月峰孙鑛曰：权时度势，深得周公之意。

伯敬钟惺曰：析理财之义甚精，论君子之过最当。

臣英曰：究《周官·泉府》之义，字字为新法针砭。

1350.瑞安县重修县学记

康熙曰：高文醇理，名贵可思。

臣杜讷曰：先以吏品、论吏二段，顿挫嘉许，乃进规勉之辞，义正情深，一洗学记陈言，祇饶珠光玉气，辉耀简牍。

卷六十三

宋

蔡沉 字仲默。少从朱熹游，屏去举子业，一以圣贤为师，隐居九峰。熹晚欲著《书传》，未及为，遂以属沉。

1351.书经集传序

康熙曰：提“心法”二字为一篇领要，足该典谟训诰之义。

陈淳 字安卿，漳州龙溪人。从朱熹游，为学益力，无书不读，无物不格，日积月累，义理贯通。以特奏恩授迪功郎，泉州安溪主簿，未上，卒。

1352.宗会楼记

康熙曰：论古宗法之重，详赡典雅，有裨礼教。

臣熙曰：宗会之建，复古礼于久废之余。即事征据经义，意在兴起后人。文情俯仰生姿，用笔谨严有法。

真德秀　字景元，建之浦城人。登进士第，中博学宏词科，官至参知政事。立朝不满十年，奏疏无虑数十万言，皆切当时要务，直声震朝廷。自韩侂胄立伪学之名以锢善类，德秀晚出，独慨然以斯文自任，讲习而服行之，党禁既开，而正学遂明于天下后世，多其力也。卒，赠银青大夫，谥文忠，学者称西山先生。

1353.夏震特授武信军节度使殿前都指挥使进封加食邑食实封

题注：理宗初立，夏震引济王竑至旧班，捽其首下拜，故录其功，加实封。

康熙曰：闳整，可视唐诸制。

荆川唐顺之曰：婉切多风。

1354.皇伯师垂特授少保依前定江军节度使致仕天水郡开国公加食邑食实封令所司择日备礼册命制

康熙曰：绝丽而典。

1355.赐宝谟阁直学士朝议大夫知建康府兼江淮制置使黄度乞检会前奏许令致仕不允诏

题注：宁宗即位，度具疏将论韩侂胄之奸，为侂胄所觉，以御笔除度直显谟阁，知平江府，度固辞，因诏以冲佑禄归养。

康熙曰：音节流美。

荆川唐顺之曰：蔼然仁爱之旨，使人可歌可泣。

1356.赐太中大夫知枢密院事雷孝友正奉大夫参知政事楼钥太中大夫同知枢密院事章良能端明殿学士通奉大夫签书枢密院事宇文绍节兼太子宾客辞免皇太子讲授春秋终篇各特与转行一官不允诏

题注：宁宗嘉定元年冬十月，以雷孝友知枢密院事。二年正月，以楼钥参知政事，章良能同知枢密院事，宇文绍节签书院事。皇太子，沂王贵和也。

康熙曰：简而有文。

鹿门茅坤曰：绝似光武诸手诏。

1357.赐通议大夫知枢密院事兼参知政事雷孝友宣奉大夫参知政事楼钥通议大夫同知枢密院事章良能端明殿学士正议大夫签书枢密院事宇文绍节兼太子宾客辞免皇太子读三朝宝训终篇并特与转行一官不允诏

康熙曰：沐浴于典诰而出之。

1358.上殿奏劄

题注：嘉定元年，韩侂胄已诛，德秀迁博士，入对劄子，寻得旨，召试学士院，改秘书省正字。

康熙曰：两意分疏，条理秩秩。

荆川唐顺之曰：贤者举事，往往为流俗之所憎，公论之所与，排之者以立异近名为罪案，斯无得免者矣。

1359.庚午六月十五日轮对奏劄二

题注：宁宗嘉定三年，德秀为沂王府教授，学士院权直奏札。

康熙曰：辞皆警拔，一言可当千古。

伯敬钟惺曰：论侂胄却从公议天道说来，觉于恩怨功罪俱所不受，贤者深识定力养到之文也。

端调葛鼐曰：正大深畅，极似宣公[①]。

1360.直前奏劄

题注：嘉定四年，时德秀兼礼部郎，上疏。

康熙曰：分疏六事，极意发明。文势流畅充裕，无与为比。

月峰孙鑛曰：法令必本人情，政事必因风俗，后世谈王道者几不知此旨矣。

臣廷敬曰：原本经术，参酌时宜，条达沉实。

臣英曰：西山之文，爽快俊朗，闳中肆外，绝无枝蔓之语，言理论事皆能切中。

臣杜讷曰：著论剀爽，修辞整洁，置之陆宣公集中当亦莫辨。

1361.直前奏劄

题注：嘉定六年，迁起居舍人，奏札。

康熙曰：分别邪正，情状较然。

明卿陈仁锡曰：谏臣与小人心事一一画出，明快无比。

伯敬钟惺曰：盖“为君子者”一段，说得透彻，不愧启沃之臣。

1362.召除礼侍上殿奏劄

题注：理宗既召德秀，寻擢礼部侍郎，直学士院，奏疏。

康熙曰：以人心为格天之本，而归原于公平正大，乃入告之嘉谟。

鹿门茅坤曰：疏“收人心以得天心”处，何等详至！

臣熙曰：天之视听自民，收民心以得天心，深识治道原本。言皆据理切事，洞中机要，远猷长算，经世之才。

臣乾学曰：善言天者，必有验于人。指出收拾人心，宏纲钜目。体国之言，皆裨实用。

臣士奇曰：此劄虽专为恩恤济王，却论及子道、家道、君道之大。昌言崇论，照耀千古。

1363.大学衍义序

题注：德秀作《大学衍义》，自为之序，至端平元年召见，始上进，诏德秀进讲焉。

康熙曰：只叙作书大意，能以平正胜人。

荆川唐顺之曰：内圣外王之道尽于《大学》一书，西山《衍义》发明详备，最于经传有功。醇儒爱君，惓惓切至如此。

臣士奇曰：“《大学》一书，君天下之律令格例”一语，可勒金石。德秀《衍义》、丘濬《衍义补》，亦可谓君天下之条目簿籍也。

校记：

①此条据哈佛本补。

卷六十四

宋

魏了翁 字华甫，邛州蒲江人。登进士第，官至端明殿学士，同签书枢密院事，督视京湖军马。了翁初筑室白鹤山下，以所闻于辅广、李燔者，开门授徒，由是蜀人尽知义理之学。卒，谥文靖，赠秦国公，学者称鹤山先生。

1364.赐左丞相郑清之乞上印绶不允诏

康熙曰：以疏经代言，弥见清新。

1365.赐吏部尚书李埴乞归田里不允诏

康熙曰：敦古，非浮艳可及。

荆川唐顺之曰：言成典训。

1366.论给事台谏之言

题注：史弥远卒，理宗亲政，了翁进文华阁待制，上章论十弊。其六曰"复台谏之典，以公黜陟"，即此也。

康熙曰：语必沉着迅快。

伯敬钟惺曰：后代台省往往勉进一言以塞责，而君之听否弗计也，视此不能无愧。

1367.论士大夫风俗

题注：宁宗嘉定十七年，了翁迁起居舍人，入奏第二疏，史弥远见而恶之。

康熙曰：意在匡绳士风，不为苛疾。

震川归有光曰：画出士大夫面目心事，痛快透彻。

臣廷敬曰：属词剀切，措论崇闳，仍具和缓不迫之致。

1368.赵钥夫宗藩文类序

康熙曰：古者亲贤之辅，端由于养之厚而教之豫，文能畅发，可为准则。

荆川唐顺之曰：元元本本，经术之文。

臣乾学曰：经术之文，湛深博雅，读之令人起敬，曾南丰不得专美于前。

臣英曰：典醇浓缛，西京之雅音，班范之遗棨也。

臣杜讷曰：叙述典核，章法秩然，古腴高华之色扑人眉宇。

1369.泸州重修学记

康熙曰：淹贯经学，肆笔皆有精采。

遵岩王慎中曰：溯厥原始，条贯精详，为曾、王学记所未及。

臣士奇曰：学制非古，庙制亦非古，议论雅正，文亦典则。

1370.洪氏天目山房记

康熙曰：其广搜远综，可以资多闻；其探本返约，可以正学术。 文辞尔雅，又其余也。

弱侯焦竑曰：以读书法记藏书之室，绝有关系。

臣熙曰：今学术纯驳了然胸中，掉尾结转正意，一语有千钧之力。

1371.泸州赡军田记

康熙曰：由泸州说到天下，由军田说到井田封建之制，极能开拓文势。

麟士顾梦麟曰：中有名论。

臣廷敬曰：井田之不可行，势也。 推原其遗意，亦自有一往情深之致。

1372.拙斋记

康熙曰：物欲之知，德性之知，湛然圆通，使人胸中无滞义。

子常杨彝曰：剖析最细。

臣乾学曰：以拙为遏欲复性方，是元公病巧之旨。

1373.眉州江乡馆记

题注：嘉定三年，了翁复原官，知眉州。四年，擢潼川路。

康熙曰：古义错陈，小中见大。

卧子陈子龙曰：得《周官》《左氏》之腴。

1374.井牧说

康熙曰：熟于《周官》，推见先王经世深心。

黄震 字东发，庆元府慈溪人。登进士第，官至提举浙东常平兼王府长史。卒，门人私谥曰文洁先生。

1375.平粜仓记

康熙曰：正当之论，可以劝善风世。

凤洲王世贞曰：从“平”字发议，今时文之滥觞。

王柏 字会之，婺川金华人。质实坚苦，勇于求道，卓识独见，多所论述。卒后，杨文仲请于朝，谥曰文宪。

1376.赋诗辨

康熙曰：古人赋诗多断章取义，有未可以类拘者，然礼义之大防不可不立，斯文庶得其指归矣。

臣英曰：引经据典，古色纷披，商卣周鼎，非复耳目近玩。

臣士奇曰：列国名卿赋诗见志，原所以相礼。扼“礼”字作骨，首尾贯注，委备通明。

牟子才　字存叟，井研人。少从学于朱熹门人李方子。子才在朝屡进直言，历忤史嵩之、丁大全、贾似道，不为之屈。官至端明殿学士，以资政学士致仕，卒。

1377.聚散劄子

题注:理宗朝,子才攻郑清之之短,遂补外。清之卒,诏子才还,兼崇政殿说书。子才随事奏谏,此其一也。

康熙曰：一气流注，而中间顿挫绾结，篇法井然。

月峰孙鑛曰：人君苟留心用贤，只观此聚散之由，便可分别君子小人。

伯敬钟惺曰：叙人才聚散，声凄气哽，若从涕泪中出之。忠臣为国爱惜人才之意，至矣尽矣。

臣廷敬曰：胪写往事，而有宋一代之治忽亦略可睹矣。

臣乾学曰：指陈熙、丰以后人才聚散关系国运处，言之凛凛。后幅发明易散难聚，丝分缕析，洞中情事，可谓言无不尽。

方逢辰　字睦之，淳安人。初名梦魁，淳祐十年进士第一，御改逢辰，字曰君锡。累官至吏部侍郎，秘阁修撰，兼侍读。度宗即位，欲用之，而厄于贾似道，屏居不用。

1378.上理宗书

题注:时为秘书郎,兼国史实录院校勘。

康熙曰：披沥衷诚，无不罄竭。

臣熙曰：精实之论，切中宦寺情弊。然小人以包承为吉，小惩大戒为福，《易》已言之，惟有道之世能无此患，以处置得宜故也。

文天祥 字宋瑞，又字履善，吉水人。举进士第一，知赣州。应诏勤王，后除右丞相，兼枢密使，加少保、信国公。

1379.瑞州三贤堂记

康熙曰：叙三贤进退有关国家，文情弥觉宛折。

臣杜讷曰：用笔坚朴，而超脱变化之致，无一不具，极似龙门风韵。

1380.正气歌序

康熙曰：斯篇出于至性，慷慨凄恻。朕每于披读之际，不觉泪下数行。其忠君忧国之诚，洵足以弥宇宙而贯金石。

谢枋得 字君直，信州弋阳人。举进士乙科，复中兼经科。元学士程文海、尚书留梦炎荐之，终不行，放归。为宋江东提刑，江西招谕使，知信州。

1381.交信录序

康熙曰：语近笺疏，亦饶古趣。

附录

御选古文渊鉴凡例

徐乾学

康熙乙丑春二月，臣等奉旨编校《御选古文》，次第缮写雕刊，钦定名曰《渊鉴》，分为正集八十卷，别集二十六卷，外集八卷，编成目录讫。臣等伏念遭逢圣世，侍奉禁林，仰见皇上功德隆茂，声施遐被，登三咸五，震烁无比，加以圣神天纵，单心稽古，万几之暇，时抒睿藻，与放勋之文思、重华之文明并昭云汉，悬日月，盖自书契以来，莫盛今日。尝于乙夜览观古人著作，病其散于四部，各擅一家，若梁昭明《文选》、宋真德秀《文章正宗》及各代《文粹》《文鉴》《文类》等书，别裁去取，未称完善。乃悉陈秘府所藏，旁搜善本，始自《左》《国》，迄于近代，采其醇粹者若干卷。业蒙圣谟裁定，又命臣等再为披检，每一篇奏御，必经睿虑详绎再三，制旨曰可，然后复令臣等竭其愚窾参订校雠，加以笺注，庄写进呈，乃赐御批，标诸篇首。微文奥义，昭揭万古，于以阐扬理道，则翼赞乎经籍；于以敷陈政事，则裨益夫治体。寻其旨趣，固足以启发神智；稽其故实，亦足以增长见闻。诚训世之要编，觉民之钜典。俯视历代诸家所选，如萤光爝火，弗可同年而语矣。臣等学殖寡陋，识见弇鄙，无以仰称我皇上勤学好古右文之至意，惟是忝窃恩遇，叨预编摩，得以亲承指授，附名简末，不胜荣幸。谨述大凡，以起义例，条如左方。

一、图书为文字之祖，历三古而更四圣，《诗》《书》《礼》《乐》《春秋》订自圣手，同于化工，垂教万祀，无可增损。左氏内外传而后，乃得而商略焉。丘明既亲受经孔子，而公羊、榖梁为子夏弟子，所以折衷微言，发挥大义，文章之古，亦莫过于此矣。至策士纵横，虽近权谲，特辞多雄辩可喜，亦为删其芜累，录其精要。

一、三代以降，惟两汉之文最为近古，朝廷诏策，臣僚章疏，皆非近代可比，故正集中录之为多。

一、魏晋以还，文胜于质，齐梁而下，理不胜辞，然其能者闳览博征，各自造极，每代各存数篇以见其源流正变。

一、唐之燕许，盖亦有意于大，复古而未之能逮，然其施于典册，勒诸金石，往往可采。至韩愈氏醇而能肆，以起衰为己任，柳宗元、李翱、皇甫湜之徒又从而和之，元和文体一变而返于六经。合以陆贽之奏疏剀切、杜牧之议论雄俊，有唐一代之文称伟观矣。

一、五代抢攘，文气衰弱。宋初杨、刘倡导西昆，风会愈以不振。迨穆修、柳开、尹洙始有意复古，至欧阳修推尊韩愈，其文为一代宗师，游其门者，翕然从之。明臣唐顺之、茅坤溯自韩、柳，合欧阳、三苏、临川、南丰为唐宋八大家，至今遵之，故搜采特备。

一、周、张、二程之书，解经论学，未尝以词章自名，而其义蕴深醇，夐非文人所及。朱熹集濂洛大成，为文复斟酌于昌黎、南丰之间，黜伯功，辨异学，自是言文章者，知以道德为根本。有元一代硕儒递相祖述，斯道大阐，皆其功也。第全书卷帙甚多，所存尚未什一。

一、有明文集最繁，其初金华宋濂学于元儒黄溍、柳贯，得考亭之遥绪，与王袆、刘基同为开国文人之首，学者称之，弘正间之为文者，病其平易而欲反之于秦汉以上，自立名号，称为才子，真赝杂陈，波颓风靡，惟嘉隆间唐顺之、归有光辈得文章之正宗。今之所录，要以当理为主，就厥体制略加裁别，宁简毋滥。

一、屈原作《离骚》，义兼风雅，而风雅又为之一变。荀、宋、贾、马于六义之中专标赋名，其流浸广，要以敷陈其义，归之于正，斯有取焉。其他体制，众手实繁，文人才士，兴时感物，比事成章，斐然述作，致有可观，录其最者，都为别集。

一、晚周、先秦之间，政异俗殊，诸子争鸣其说，以后作者滋多，盖亦六艺之支流余裔，夫子所谓必也狂狷者也，采择宜严，存其梗概，自老子始，讫文中子，得若干篇，为外集云。

一、正集重在明理，以时之次为次，论世之义也。别集专主论文，以文之类为次，辨体之意也。 匪曰同异，亦可参互以相发明。

一、凡入集之文，有细注，复有总注，错见每篇前后，颇著作者之由与其人历官本末，疑者阙之。 其间文体曲折，间有发明，但恐愚陋，考证未详，辜负恩命为兢兢云。

（辑自徐乾学《憺园集》卷三十五，《四库全书存目丛书》集部第243册，齐鲁书社，1997年，第319—321页）

进呈古文渊鉴凡例折子

韩　菼

康熙乙丑春二月，臣等奉旨选集古文，上自春秋，迄于有明，网罗苞并，区别部分，为集有三，曰正集，曰别集，曰外集，赐名曰《渊鉴》。 复蒙颁册府之书，俾广加采辑。 臣等学殖寡陋，闻命悚惶，幸得伏读广内之藏暨往昔诸家之选，名山之秘，搜猎颇备，旱夜矻矻，惧负任使，无以仰称我皇上勤学好古右文之至意。 而绠短汲深，万不得一。 凡所去取，悉禀睿裁。 每呈稿本，蒙我皇上亲加论定，益之损之，折衷精当，犹下问可否，俾竭愚管。 稿本既定，庄写进呈，复赐览观，回环数过，乙夜不辍，句分字析，厘正豪芒，笺释音切，丹黄点勘，罔不详核。 乃出御批，理如爻系，笔严衮钺，阐发道奥，开廓群蒙，天文炳焕，卓冠千古。 是书告备，允也集成。 圣人复起，斯文在兹。 臣等节经天语指授，得以成编，萤爝曾无补于离明，山海间不遗其细土。 谨述大凡，以起义例，条如左方。

一、正集主于羽翼圣经，发挥大业，言之为实学，用之为实效，原心性则必斥异端，论治道则必绌功利。 时有升降，文亦相因，治本化原，理则不二，斯集指趣，根柢于斯。 盖我皇上崇正学以正人心，甚盛意也。

一、“春秋三传”已列于经，其在文家是为鼻祖，祭川先河，斯为知本。宋儒真德秀选《文章正宗》冠以《左传》，斯集盖仍其例。

一、三代以后，西汉文最古，诏令犹有典诰遗则，奏疏班史所载，其亦精矣，登之十有八九。 夫文沿时而必变，变而不能复其势也。 东京、六朝、唐、宋、元、明递以降矣，要各成一代之文，弗可偏废也。其中八家于变之中有复古之力，盖时之善变者，世久尊信，自不可易，故采取特多。

一、道统之传为斯文大宗，孟子而后，弗绍千祀，有宋真儒辈出，微言大义，晦而复明。我皇上心契道源，德弘圣绪，濂洛关闽，屡经表章。是集录《太极图说》《西铭》《经传》《大学》《中庸》诸序，弗当作文字观，然实文章之关键也。而五子中，朱子之集最博，盖传授道学，兼极儒林文苑之长，固弗能多载，然其醇乎醇者，已略备于兹。

一、释书之文原于《尔雅》，汉儒之功专在训故，作者大趣抑俟注家，匪博以精，易于乖舛。是集疏解，引据众说，务审其安，弗参亿妄，疑则从阙。

一、正集主明理，以时之次为次，论世之义也。别集主论文，以文之类为次，辨体之意也。匪曰同异，亦可参互以相发明。

一、别集别于正也，正不容别，缘正而别也。宗子之别为别子，别子又各以次为宗，其始仍一本也。文章亦不尽作者意，纵横盖滥觞于屈宋，扬波于扬马，后乃风流弥扇，烟花形于翰墨，青白工其妃偶，灵心巧变，日出无穷，卷轴浩繁，端须刊落，兹集虽在于极观致味，要亦衷正道而论之。司马迁最嗜奇爱古，然其言曰“文不雅驯，缙绅先生难言之”，曰“择其言尤雅者著于篇”，此固选家之义例也。

骚。按：应劭曰：“离，遭也，骚，忧也。”又《离骚序》云：“离，别也，骚，愁也。”史迁谓：“国风好色而不淫，小雅怨诽而不乱，若《离骚》者，可谓兼之矣。”盖缘变风变雅而作，其辞隐佹，要归于正，一言以蔽，共叹其忠。文多弗尽载，特录其尤，后虽有作者，弗及也已。盖体创而调孤，单行千古，弟子而外，弦绝无传。

赋者，古诗之流也。《乐府古题序》“诗之流有二十四，其一曰赋”，缘其初，于诗六义中特为一义。然古赋诗见志，即以赋称，后缘诗作赋，辞兼比兴，而风、雅、颂之遗意亦存焉。兹集盖取其合于古诗人之义者录之，唐宋而后渐以降矣，因其时也，弗欲亡之也。

檄，《说文》云：“木简为书，长尺二寸，以号召也。”大抵陈彼之恶，说此之德，晓谕百姓之书。急则插羽，谓之羽檄，言如飞之疾也。汉高羽檄征天下兵。今其文见于史者，始司马相如《谕巴蜀》，而骆宾王檄最著，并录以备一体。

难者，诘辨之义，故有问难，有论难。文亦始见于相如、东方朔，故录之。

七发者，说七事以启发也，犹楚词七谏之流，后七激、七辨、七依、七启、七命诸作驰骋而不离其则，录乘原始。

牒，札也。《广韵·书板》曰：牒，盖古人书板。 手简、讼词皆曰牒，后惟官府公移曰牒。

下白于上曰表，汉魏犹质古，自六朝以来，俱四六体，致饰极妍，日以繁富。 集中所收，缘文相质，贲如之中，有尚未白之意焉。

牋与笺同，亦表类。《说文》云“表，识书也”，谓于书中表记之也。 郑氏衍《毛诗》“传未尽者曰笺”，谦不敢言注，特表识其不明者耳，后施于所尊敬，亦弗专主君。

状，体也，象也，又形容之也。《通鉴》：汉景三年，吴王濞遗诸侯书，罪状晁错。 注谓：形状错罪，又类也，牒也。

启，开白也，通施于君长之前。

赞，参也，佐助也。《易·系辞》“幽赞于神明”，程颐《春秋传序》“先儒之论曰游夏不能赞一词”，又《孔光传》已刻印书赞，言书赞辞于简策也，后凡史氏之题辞曰赞。

箴者，攻疾防患，喻箴石也。 斯文之兴，盖盛于三代矣。 今录其可嗣音者。

凡笺、表、檄、牒、书、启、序诸体，自六朝始专为俳偶。 徐陵、庾信盛才绮艳，号为徐庾体，后进模范，唐之初盛，盖皆宗之。 李商隐、温庭筠益加繁缛，用是相夸，号三十六体。 宋初杨亿最擅名，号西昆体。 欧阳修、苏轼力矫其习，欲以雅音防节淫哇，体又一变。 斯其彰彰较著者也。 余文人杰士岂曰腹羽，多有碎金，皆遴柬而录之。 盖上下千有余年，而四六之文之变备矣。

一、外集专录诸子。 盖自王教衰熄，百家乱宗，其辞宜在所辟，然矫励颓俗，感切时敝，穷极物类，指擿痛痒，多可观采，其于吾道有淄渑之别者，存而味之自见也。 博物好古家于周秦以来之法物，收拾残缺，多不忍废，况奇文异书乎？ 伪托者弗录，隐怪之甚者弗录，侮圣言者弗录，志谨也；文中子后弗录，志终也。 后虽有作，无足观也已，盖自唐以后，正学复明，而子家亦亡。

（辑自韩菼《有怀堂文稿》卷十一，《四库全书存目丛书》集部第245册，齐鲁书社，1997年，第495—497页）

进呈御选古文渊鉴表

徐乾学

管理修书总裁事务、原任刑部尚书、今给假回籍臣徐乾学诚惶诚恐、稽首顿首上言：

伏以运启文明，式焕图书之色；道隆述作，载垂琬琰之华。维论著实繁于众流，而折衷悉由乎睿断，固足经纬天地，协和邦家，辉映山川，光华日月者也。臣诚惶诚恐，稽首顿首。

粤稽书契之兴，肇自鸿蒙之始。羲文颉迹，乃见权舆；夏诰殷盘，遂多制作。纷纶六艺，实为载道之书；流衍百家，弥广立言之旨。指归既别，体制斯殊。托始周秦之时，以及元明之代，累朝所积，四库称多；秘府所藏，千秋特盛。然而中区纯驳，辨介毫芒，酌水别其渑淄，闻音察乎宫角，要无乖于义理，庶各畅其条流。叹夫兰陵首编雕虫，遗议逮至华林，继辑买璞，蒙讥辞句，亦有纯疵，风气不无升降。若乃陶钧万汇，开造化之洪炉；翦截群言，提文章之玉尺。自非经圣神之闳览，何由成简策之伟观？

伏遇皇帝陛下尧文炳焕，禹律铿鋐。披绿帙之高词，万签并录；搜紫台之秘典，乙夜忘疲。允矣敦敏之性成，共仰聪明之天纵。珠毫乍染，同九经之不刊；瑶札旋题，传百世以为宝。固已昭回云汉，辉丽星辰。上耀三霄，下饰庶物。以故家知坟索，被荣光之炜煌；户习猗那，沐庆云之葩郁。乃犹于万几暇晷，覃思艺文，百氏遗编，咸归品藻，务严抉择，用法来兹。尽收兰台石室之藏，兼采蠹简竹书之记，掎摭得失，勾校锱铢，手自丹黄，亲加甲乙。金壶霏润，萦烟雾以裁缣；瑶管春容，绕龙鸾而拂素。尽删瑕纇，悉采菁英。体或别于员方，义同归于典则。网罗大备，可废九流七略之篇；囊括无遗，允为册府词林之秘。复命臣等补加笺注，再行校雠。正故牍之乖讹，先求依据；增遗文之脱漏，必务该详。然后各冠御评，赐名《渊鉴》。譬涵众川之广，若照庶品之形。悬日月以为昭，树津梁而永济。微言共揭，奥旨常新。

臣学殖庸虚，性识椎鲁。钩沉决滞，惭经学之空疏；起例发凡，愧史才之融贯。篇题东壁，叨沐恩荣；笔札西清，亲承商榷。伏蒙诏旨，敢不竭其编摩；仰禀高深，得稍窥夫条汇。排理既竣，次第进呈。伏愿瑞应畴图，祥开象纬。风驰化偃，八方霑稽古之荣；日镜天临，九服享同文之治。臣等无任，瞻天仰圣，激切屏营之至，谨以校过《御选古文渊鉴》正集八十卷、别集二十六卷、外集八卷随表上进以闻。

（辑自徐乾学《憺园集》卷十二,《四库全书存目丛书》集部第243册,齐鲁书社,1997年,第13—14页）

御选古文渊鉴后序

徐乾学

皇上万机余暇，稽古右文，选定《古文渊鉴》，既成，命臣等编注，别为三集，上之，御制序文冠其篇首，范围群籍，弥纶道要，焕乎之章，蔑以加矣。今年春，臣乾学以蒙恩赐假，奉辞便殿，皇上面谕臣撰为后序以进。祇命屏营，退自循省，臣本下里末儒，学术浅狭，遭逢际会，备员禁林，得纵观四库六阁之秘，恢廓闻见，犹恐无当圣心，陨越成命，而猥以爝火之光仰附星日，涓滴之流助润江河，臣虽愚昧，犹自知其不可也。

然臣观自古之有选本，始于西晋挚虞《文章流别》一集，自后作者继轨，于今所传，若萧统、姚铉、吕祖谦诸家而外，孔逭为《文苑》之选，谢沈有《名文》之集，唐志《楚辞》、别集、总集，著录者八百一十八家。莫不上禀朝命，汇成钜典。至考其删缉之旨，其出于宸衷之裁定者，十无一二矣。

我皇上神明天纵，尤殚心于致知格物之学，本源而及流，体道以尽器，多识畜德，衡量在心，故以之讨论古今，洞若观火。自臣之缉此书也，每篇奏御，必亲加评骘，指示瑕瑜，大抵近道则虽拙犹存，悖理则虽工必斥。臣备蒙提诲，始悟读书为文具有体要，资以去取，藉之成书。私念古人著录之本，今卷帙零落，所存不多，其存者又未必尽传。而臣决是书之必传者，以悉经圣鉴之裁定，足为后法故也。

臣以微末获操铅椠，以从事斯局者六年于兹，敢敬述所自，窃附于见知之末云。

（辑自徐乾学《憺园集》卷十九，《四库全书存目丛书》集部第243册，齐鲁书社，1997年，第101页）

御选古文渊鉴后序

陈廷敬

钦惟皇上资大圣之才，弘帝王之略，辑熙广运，久道化成，理洽寰中，威行域外，山陬海澨，车书大同。自雕题凿齿之乡，乌弋黄支之地，罔不怀仁慕义，梯航万里，顿颡来庭，诚耳目所未殚，图册所不载。由羲、农、轩、昊以还，垂衣舞干之世未有能及此者也。乃若运谧时和，玉弩不荐，金芒戢耀，家闻讴诵，俗被文明，而声教所讫，荒徼殊方，遣子入学，袭冠带而服儒雅者，跂踵骈迹，集于阙下，此皆功德敻巍，声名洋溢。是以宗仰君师，无思不服，管窥蠡测，有可得而扬扢焉。

我皇上自莅宝座，统万邦，体乾健之不息，凛益进于无疆。爰廑睿怀，永惟大道，论思不舍夫寸阴，封章尤慎乎子夜，寒星在而求衣，炎景昃而方食，克勤克俭，惟几惟康。举凡事天敬祖，君国子民，薄罚捐租，立纲陈纪，敦五礼而齐七政，驾三古而迈百王，惟实践之宸修，悉推本于载籍。溯自三坟五典、八索九丘、群经诸子、百家众流之学，靡弗探赜研微，极深致远，博闻多识，并贯兼该。朝退清燕，不停编于文史，不辍诵于诗书。储宫之训，胄子之教，自朝伊夕，惟学是务。用是言语制诏、命令文章，彬彬乎皆图畴典诰之风，以暨皇情抒写，玮构鸿裁，天格丽瞻，摛藻振采，圣躬手自勒成御集诗文，卷帙盈积，盖庆霄在上，万物五色，昭回之光焕乎亿世者也。若夫洒翰龙鸾，炳烛穹壤，又以见天纵之多能，圣作之兼美。唐哉皇哉！弗可罄悉已。

乃者披丹函翠检之藏书，展绨几牙签之睹记，肇始《左》《国》，历秦汉以来，下逮元明，君相臣士，庙堂之显迹，草泽之遗文，可以裨益政理，润色隆平者，综其篇什，撷其英华，加以御评，晰义阐辞，厘为三集，钦定名曰《御选古文渊鉴》，正集八十卷，别集二十六卷，外集八卷。既竣事开雕，亲制序言，冠之首简，复命臣等撰为后序。

臣廷敬学殖薄陋，承诏惶恐。伏睹圣学闳远纯粹，发为至文，昭列两阃，真所谓浩乎若江海，高乎若丘山，赫乎若日月，包乎若天地，六经之词是也。今御选文罗百家之群言，断众义之至是，则犹景星之佐三辰，陵麓之附嵩岳也。于以光文治而畅皇风，岂小补哉？凡我臣工，幸遭休明之世，熟悉圣主勤政典学如此，其至敢不精白自励，无怠无旷，以仰承嘉德，觏兹集也，宜其憬然而兴矣。至于古今学术之殊途，文家之流别，圣论审详，洞原镜委，臣不敢赘于是，战栗泚笔，谨记所见于雕戾之旁者，以与诸臣颂扬而相勉焉，且与天下之为士者相勉焉。

（辑自张建伟、张玉玲、马甫平整理《阳城历史名人文存》第四册，三晋出版社，2010年，第196—197页）

御选古文渊鉴后序

高士奇

臣闻帝王传心之要备于六经，六经简古醇粹，苞孕万有，后世操觚之家融液变化，分其一体，无不足以垂世行远，霑溉艺流。秦汉以降，作者纷出，班固《艺文志》及唐四库书目所载，无虑数十百家。自宋元迄今，递相祖述，斐然可观。其间卷帙繁夥，涉猎难遍，又正变淆杂，踳驳不伦，自非撮精领要，荟萃成编，无以昭晰群言，一归简当。萧统《文选》华而失实，真德秀《文章正宗》约而未该，他若《文萃》《文鉴》《文类》诸书，各次其一代之作，不能囊括古今，集成众美。甚矣！文章之道，作者难，选者为尤难也。

我皇上以天纵之资，日新之德，克勤克俭，止孝止慈，旰食宵衣，孜孜求治，六宇无尘，海外有谧。万几余暇，博观载籍，自典坟、河洛、礼经、乐制，以至诸史百家、九流七略、象纬阴符、山经水注，无不搜讨渊源，研贯底蕴。臣以庸驽忝窃禁近，亲见皇上发签陈几，丙夜不休。所制诗文昭回日星，凌轹江海，百氏精微，悉归陶冶。复于披览之下，采摭诸书，起自《左》《国》，讫于元明，上下数千年，芟繁薙杂，辑为一书，名曰《古文渊鉴》。辞长而理短者，虽工不录；理胜而辞绌者，虽善不登。揆之道而合，指之事而宜，醇而后肆，文不掩质，如是者为正集；其或含思托兴，广引曲喻，称文小而取义大，如是者为别集；至若钩索窅渺，奥衍磅礴，纵横百变而不谬于圣人之旨，如是者为外集。共得一百一十四卷，付之剞劂氏。皆皇上手自遴择，赐臣等校勘，复奏御前重加睿鉴，必毫发无疑始命臣等各抒一得，辨核鲁鱼，笺释句读，次第呈览，亲加评骘，只语单词，洞中窾要。凡理学之源流，政治之本末，风会之升降，于是乎在。以此登诸册府，自足表里六经，使帝王传心之要后先昭揭，非止含英咀华，资长闻见，为足扬不朽之盛业也。

是书始于乙丑，逮今庚午，将告成事，时臣已荷圣恩得归田里，皇上复念臣曾与校雠，命作后序。伏思臣草茅一介，蒙皇上亲赐拔擢，供奉内廷，自愧学识弇浅，无补万一，今投闲林野，不当与名简末，乃皇上俯垂眷顾，俾得操笔和墨，从诸臣后窃附姓氏，皇上高厚之恩振古所未有也。犬马余生，不知所报。谨拜手稽首，恭序以进。

（辑自高士奇《经筵文稿》卷四，《清代诗文集汇编》第166册，上海古籍出版社，2010年，第289—290页）

四库全书荟要总目按语

《古文渊鉴》六十四卷，圣祖仁皇帝御选，内阁学士臣徐乾学等奉旨编注。康熙二十四年制序颁行。始自《春秋左传》，迄于宋臣之作，千有四百余首，按代为次，以散体为主，而间及排偶，去取谨严，凡有关于垂世立教及指陈事势、切于身心家国者，以理则纯、以词则茂而后登，选注亦征引简切，务在考核人地出处，而不徒以字句为训，洵可谓综百代之风会，垂万古之典则者矣。乾隆四十一年六月恭校上。

（辑自《乾隆御览本四库全书荟要》集部第18册，吉林人民出版社，1997年，第7页）